내 도도한 항아리

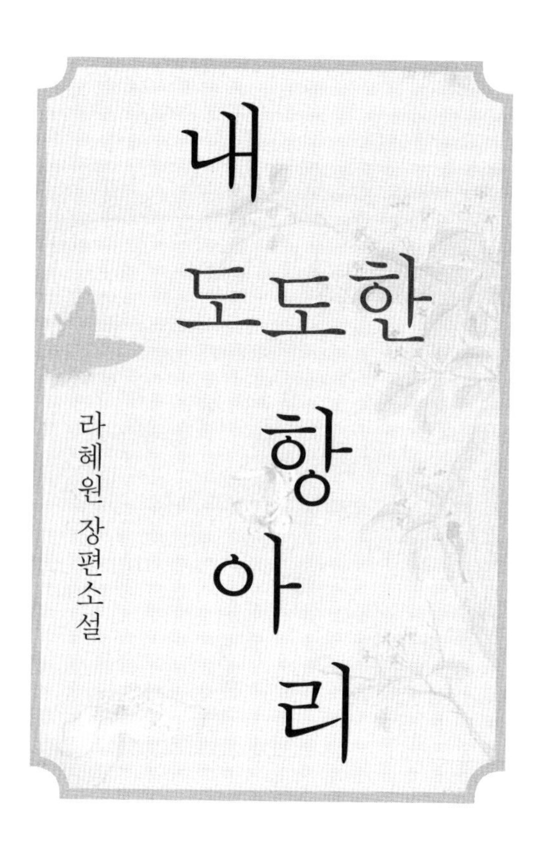

내 도도한 항아리 1

고즈넉

내 도도한 항아리 1

초판 1쇄 발행 2015년 10월 3일

지은이 라혜원
펴낸이 윤승일
펴낸곳 고즈넉

출판등록 2011년 3월 30일 제319-2011-17호
주소 서울시 동작구 등용로 37, 106동 201호
대표전화 02-6269-8166 **팩스** 02-6166-9199
이메일 realfan2@naver.com

ISBN 978-89-6885-033-2 04810
978-89-6885-032-5 (세트)

차 례

수진궁

1

궁은 어둠 속에 잠겨 있었다.

날아오를 듯 힘차게 뻗은 기와지붕 위로 구름이 서서히 몰려들기 시작했다. 이윽고 한 줄기 무더운 바람이 불어왔다. 처마 끝에 줄을 지어 앉은 어처구니들의 그림자가 바람을 맞아 소리 없이 꿈틀댔다. 몰려든 구름이 달을 에워싸자 머지않아 달은 검은 구름 속에 완전히 갇혀버렸다. 이윽고 종루에서 징소리와 북소리가 들려왔다.

서른 번을 울려 삼경삼점(밤 열 한 시경)을 알린 후 소리는 조용히 물러났다. 수진궁(壽進宮)은 다시 깊고 고요한 정적 속으로 빠져 들었다.

백악산 자락 밑에 자리한 이곳 수진궁은 왕실의 사고(私庫) 역할을 하는 여러 궁방 중의 하나였다. 그 때문에 창고사에는 왕실에 바칠 각종 물품들이 쌓여 있었다.

그런데 최근 창고사에서 잡물들이 연이어 사라졌다. 거듭된 가뭄과 흉년으로 백성들이 좀도둑질에 나서거나 무뢰배로 변하는 일이 비일비재하다고는 해도, 왕실 궁가까지 도둑이 침입했다면 이는 예사로운 일이 아니었다.

평시라면 숙직의 번도 서제소(書題所)를 하룻밤 지키는 것으로 마감되었을 터였다. 그러나 오늘 밤은 달랐다. 당직을 서는 노자들은 수진궁의 구석구석을 살피며 밤새 순찰을 돌아야 했다.

"거추장스럽게 됐구먼."

그렇게 웅얼거리며 나복은 함께 숙직을 서게 된 득수를 따라 서제소 마당으로 내려섰다. 끈적거리는 어둠이 몸에 찰싹 달라붙어 오는 게 느껴졌다.

기분 나쁜 어둠이었다. 무겁고 습한 공기 때문만은 아니었다. 왕성해진 음기가 양기를 눌러 엎드리게 한다는 삼복. 그 첫 번째 절기인 초복이었던 것이다.

오늘처럼 음기가 기승을 부리는 날 사당까지 둘러봐야 하다니. 생각만으로도 나복은 몸이 옹송그려지며 털끝이 쭈뼛 섰다.

사당은 이백 칸 넓은 수진궁의 동쪽 협문 너머에 있었다.

구석진 자리에 고즈넉하게 자리하고 있었지만 사당은 이 궁방에서 가장 중요한 장소 중 하나였다. 봉작(封爵: 왕자, 왕손 등을 군으로 봉하는 것)을 받지 못하고 죽은 대군과 왕자, 미혼인 채 죽은 공주와 옹주의 혼령을 모시며 제사를 지내는 곳이기 때문이었다. 백자천

손이 번창할 것이라는 덕담 같은 이름과는 달리 수진궁은 일찍 세상을 떠난 왕손들을 모시는 제향궁이기도 했다.

하지만 백성들은 수진궁을 다른 이름으로 불렀다. 귀신들의 궁. 그것이 수진궁의 별칭이었다.

귀신 중에서도 가장 기가 세고 한이 많은 것이 처녀 총각 귀신들이라 했다. 그런 귀신들을 잔뜩 모신 까닭에, 수진궁은 그 이름만으로도 사람들을 벌벌 떨게 했다. 특히 아이들에게는 특효약이었다. 수진궁 귀신이다, 한마디면 울던 아이들도 언제 그랬냐는 듯 울음을 멈췄다. 호랭이가 덮치면 뭐라고 하라 했냐? 어른들이 그렇게 물으면 아이들은 수진궁 귀신! 수진궁 귀신! 하며 입을 모아 대답했다.

수진궁 귀신을 둘러싼 괴담도 끊이질 않았다. 보름달이 뜬 밤 수진궁 귀신에게 빌면 소원이 이뤄진다는 소문도 저잣거리에 그럴듯하게 퍼져 있었다.

그러나 마주치는 순간 육신과 영혼을 모조리 빼앗아간다는 무시무시한 수진궁 귀신을 제 발로 찾아 들어갈 만큼 간이 큰 이는 많지 않았다. 수진궁에 상직하는 제관이나 노자들조차 한밤중에는 사당 근처로 지나는 것을 꺼릴 정도였다.

"하필 이런 날 상직이라니, 우라질."

창고사로 향하던 득수가 저고리 앞섶을 거칠게 잡아 흔들어댔다. 귀신 생각에 간이 졸아든 나복과 달리 득수는 더위 때문에 성질머리가 뻗친 모양이었다.

"쫌생아, 월이 그년 어딨냐? 사당 뒷마당에 있냐?"

"월이는 갑자기 뭣하러 찾냐?"

불길한 예감에 나복이 눈치를 살피며 득수에게 되물었다. 월이는 수진궁에서 기르는 개였다. 사람 가리지 않고 꼬리를 흔들어대는 순한 성격 덕분에 귀여움을 받고 있었지만 도난사건이라도 발생하면 짖지도 않았다며 난데없는 분풀이를 당하는 것도 녀석이었다. 며칠 전 창고사에서 잡물이 사라졌을 때 득수가 월이에게 괜한 발길질을 해댔던 것을 나복은 기억했다.

"더워 뒈지기 전에 몸보신 좀 해야겠어 하는 말이다. 월이 년도 그동안 먹이고 살펴준 은혜에 보답할 때도 됐고."

"무슨 헛소리냐. 거들떠도 안 보던 주제에."

"그러니까 이제 거들떠봐 준다는 거 아니냐."

득수는 가로막는 나복을 가볍게 밀쳐내고 사당 쪽으로 방향을 바꿔 걷기 시작했다. 득수를 말리려고 나복이 쫓아 뛰었다. 그렇게 밀고 당기며 실랑이를 벌이다 보니 어느새 사당으로 향하는 협문 앞이었다. 그 사실을 깨닫자 나복이 화들짝 놀라 득수의 팔을 놓았다.

둘의 눈이 마주쳤다. 잔뜩 겁먹은 나복의 눈에서 달아나려는 낌새를 읽은 득수가 나복의 목덜미를 덥석 잡으려 했다. 하지만 나복이 빨랐다. 허겁지겁 내빼는 나복의 뒷모습을 보며 득수는 혀를 끌끌 찼다.

"하, 참. 이래서 쫌생이들하고는 뭘 해도 피곤하다니까. 그래, 잘

가라, 쫌생아. 좀도둑놈 잡으면 포상은 다 내건 줄이나 알아라!"

득수는 손바닥에 퉤퉤 침을 뱉어 두 번을 탁탁 털어낸 다음 의기양양한 얼굴로 발걸음을 옮겼다.

끼이익.

문을 살짝 열자 안에 잠들어 있던 어둠이 삐걱대며 몸을 일으켰다. 사당 안으로 한 발을 내딛자, 침입자의 방문이 불쾌하다는 듯 어둠이 차가운 콧김을 뿜어냈다. 냉랭한 기운이 순식간에 수생을 덮쳐왔다.

수생은 얼어붙듯 그 자리에 멈춰 섰다. 치마 밑으로 허벅지를 타고 오소소 소름이 돋아났다. 한여름인데도 부르르 몸이 떨렸다. 수생은 슬그머니 내밀었던 발을 뺐다.

되돌아갈까. 문득 떠오른 생각에 놀라 수생은 세차게 고개를 가로저었다.

말도 안 돼! 이렇게 쉽게 포기하겠다는 거냐, 이 천하의 겁쟁아. 그분을 떠올려보라구!

머리를 콩콩 찧으며 잔뜩 스스로를 나무란 후 수생은 다시 사당 안쪽을 들여다보았다. 하지만 발길은 쉽게 떨어지지 않았다. 저 섬뜩한 어둠 속으로 진격하려면 용기가 필요했다.

수생은 다시 한 번 자신의 준비 태세를 점검해보았다. 오른손에는 단단히 움켜쥔 대추나무 가지. 짐승의 이빨처럼 날카로운 가시가 툭툭 위협적으로 솟아나 있었다. 목에는 염주처럼 걸린 붉은 목걸이. 귀신이 가장 싫어한다는 붉은 열매, 대추로 만든 목걸이였다.

붉은색은 양기로 가득해 귀신을 물리치는 데 효험이 있다고 했다. 게다가 오늘 수생이 준비한 대추는 벼락 맞은 대추나무에서 따온 것이었다. 벼락이 만든 뜨거운 양기까지 흡수한 대추 열매. 귀신을 쫓는 부적으로 이보다 더 강력한 것은 없었다.

수생은 왼손으로 저고리를 더듬어 품고 온 종이가 안전한지 확인했다. 마지막으로 저고리 소매 안에서 대추 한 알을 꺼내 단단히 입에 물었다.

이제 준비는 끝났다. 수생은 대추나무 가지를 쥔 오른손을 치켜들었다. 그리고 전투를 독려하는 장수처럼 허공에 대고 힘차게 흔들었다.

겁내지 마. 할 수 있어. 할 수 있다고!

그렇게 주문을 걸며 수생은 사당 문을 힘껏 열어젖히고 어둠 속으로 성큼 몸을 밀어 넣었다.

수진궁엔 수없이 드나들었지만 사당 안에 들어와 보긴 처음이었다. 비록 아버지가 수진궁의 제향 업무를 담당하고 있다 해도 사당은 자신 같은 계집이 함부로 드나들 수 있는 곳이 아니었던 까닭이다.

어둠이 눈에 익기를 기다리며 수생은 미리 들어두었던 사당 내부 구조를 다시 한 번 마음속으로 떠올려보았다.

어느 정도 사물의 윤곽을 알아볼 수 있게 되자 수생은 행동을 개시했다. 대추나무 가지를 창이자 방패삼아 어둠 속을 헤치고 들어갔다.

휘장이 드리운 몇 개의 감실이 벽 쪽으로 나란히 늘어서 있었다. 금방이라도 감실 안에서 귀신이 튀어나올 것만 같아 곁눈질도 하기가 겁이 났다. 남쪽으로 난 작은 창 아래 이를 때까지 수생은 고개도 돌리지 않고 걸었다.

창문 아래 멈춰 서자 가쁜 숨이 절로 터져 나왔다.

잠시 숨을 고르고 나서 수생은 천천히 창 밑으로 시선을 내렸다. 그리 크지 않은 제상 하나가 벽에 붙은 채 놓여 있었다. 상을 덮은 흰 천이 바닥까지 길게 드리워져 있었고, 상 위에는 작은 항아리 몇 개가 줄을 지어 늘어서 있었다. 모두 들은 대로였다.

탐색이라도 하듯 수생은 항아리들을 주의 깊게 훑었다. 한가운데 놓인 작은 항아리에 수생의 눈길이 꽤 오랫동안 머물렀다.

이윽고 항아리에서 시선을 뗀 수생은 고개를 들어 다시 창을 올려다보았다. 창밖으로 정방형 하늘이 떠 있었다. 아직 달은 보이지 않았다. 구름 속에 가린 희미한 자태가 달이 저 뒤에 숨어 있음을 알려줄 뿐이었다.

수생은 뒤로 몇 걸음 물러선 후 다소곳이 두 무릎을 꿇고 앉았다. 대추나무 가지는 오른쪽 옆에 살포시 내려놓았다. 얼마나 세게 움켜쥐고 있었던지 손바닥이 어느새 땀으로 축축해져 있었다.

실수만 하지 않으면 돼. 그럼 모든 게 잘 될 거야.

심호흡을 한 후 수생은 저고리 품에서 종이 한 장을 꺼내 바닥에 펼쳤다. 종이가 반듯하게 펴지자 나뭇가지를 집어 들어 왼쪽 검지 위로 가져갔다. 날카롭게 솟은 대추나무 가시를 수생은 손가락 끝에 대고 힘껏 눌렀다. 손끝을 파고드는 매서운 통증과 함께 종이 위로 붉은 피 한 방울이 툭 떨어졌다.

검붉은 거대한 핏방울. 아니, 자세히 보니 그것은 수생의 입에서 비명 대신 튀어나온 대추알이었다. 가시에 찔린 손가락에선 몽글몽글 피가 배어나오고 있었다. 보는 사람이 없다 해도 민망하긴 매한가지였다.

수생은 얼른 대추알을 집어 들어 다시 입에 물었다. 그리고 피가 배어나오는 왼손 위로 오른손을 가져가 검지 첫 번째 마디 위를 꾹 눌러 잡았다. 그 손가락을 붓처럼 움직여 수생은 종이 위에 붉은 글씨를 써내려가기 시작했다.

근연(近緣).

염원을 담은 두 글자였다.

부탁드립니다, 귀신님. 귀신이라는 말이 마뜩치 않으시다면 왕자님, 공주님, 마마, 나으리, 아가씨……. 누구시든 좋습니다. 제 소원을 들어주세요. 능창군, 그분과 가까이 연을 맺게 해주세요.

능창군 이전. 선왕의 서손(庶孫: 서자가 낳은 아들)이자 왕의 이복 조카.

수생은 오늘 그 사내에 대한 염원을 수진궁에 살고 있다는 귀신들에게 빌러온 것이었다.

얼마 전까지만 해도 수생은 수진궁 귀신에 대한 이야기를 들을 때마다 콧방귀를 끼었다. 그런 이야기 따위 믿지 않는다며 두 귀를 꼭 막아버렸다. 실은 귀신의 '귀' 자만 들어도 잠을 설칠 만큼 귀신이 무서웠기 때문이지만, 수생은 그런 비밀을 들키고 싶지 않았다. 사당지기 흥복의 여식이 귀신에 벌벌 떤다는 게 알려지면 놀림감이 될 것이 뻔했기 때문이다.

다만, 귀신이 소원을 들어준다는 이야기에 코웃음을 친 건 진심이었다.

소원을 이뤄주는 귀신이라니. 이게 웬 초복에 팥죽 먹는 소리람? 물에 빠지면 지푸라기라도 잡고 싶은 심정은, 그래, 그렇다고 치자. 하지만 그런다고 물에서 빠져나올 순 없잖아? 그렇게 간절하면 손을 놀려 헤엄을 치라고.

수생은 요행수나 바라는 사람들이 싫었다. 간절한 소원은 간절한 노력에 의해서만 이뤄지는 법이었다. 수생은 어린 시절부터 아비에게 그리 듣고, 배웠고, 믿었다.

하지만 능창군을 만난 순간 모든 것이 달라지고 말았다. 능창군이 일으킨 황홀한 바람에 휩쓸려 수생은 연모의 늪에 풍덩 빠져버리고 말았다. 감히 꿈꿀 수도, 넘볼 수도 없는 사내. 그에게 가까이 가고 싶었다. 이제 수생에게도 지푸라기가 필요했다.

소원을 이뤄주는 귀신이라고? 그런 귀신이라면 백 번이라도, 천 번이라도 빌러 가야지. 이보다 더 간절한 노력이 어디 있다고! 그렇게 결국 수생은 오늘 이곳까지 숨어 들어왔던 것이다.

근연이라는 두 글자가 종이에 배어들었다. 대추를 물고 있느라 입안에 고인 침을 꼴깍 삼킨 후 수생은 몸을 일으켰다. 그리고 큰 원을 그리며 혈서 주위를 천천히 돌기 시작했다.

한 걸음, 두 걸음, 세 걸음…….

사당의 나무 바닥이 발걸음에 맞춰 삐걱거렸다. 그 소리가 벽에 부딪혀 울리며 음산한 소리를 냈다.

수생은 허둥지둥 손을 뻗어 바닥에 놓아둔 대추나무 가지를 찾았다. 귀신을 물리칠 창이자 방패. 이걸 절대로 몸에서 떼어놓지 말아야겠다는 생각이 들었다.

수생은 등 뒤로 늘어뜨린 긴 머리카락을 앞으로 당겼다. 촘촘히 땋은 머리카락 끝에 댕기가 야무지게 매어져 있었다. 수생은 들고 있던 나뭇가지를 댕기 줄 사이에 꽂았다. 삐죽삐죽 튀어나온 대추나무 가시들을 머리카락 사이에 단단히 박는 것도 잊지 않았다.

됐다! 이 정도면 떨어지진 않겠지?

자유로워진 두 손으로 수생은 다시 종이 주위를 돌기 시작했다. 빨리 끝내고 싶다는 마음에 점점 걸음이 빨라졌다. 하지만 함께 외워야 한다는 주문만은 잊지 않았다.

첫 번째 바퀴를 돌 땐 휘파람을 불었다.

휘파람은 잠들어 있던 귀신을 불러내는 소리라 했다. 두 번째 바퀴부터는 능창군의 이름과 제 이름을 한자 한자 차례대로 섞어 불렀다. 그래야 두 사람의 연이 섞인다고 했다.

그렇게 일곱 바퀴를 돈 후 걸음을 멈추었다. 이로써 종이 속에 염원이 제대로 새겨졌을 것이었다.

이제 마지막 의식만이 남았다. 다시 창문 아래 제상으로 다가간 수생은 한가운데 놓인 달 모양의 항아리 앞에 섰다. 조금 전 눈여겨보았던 항아리였다.

이 항아리가 수생의 눈길을 잡아 끈 것은 색감 때문이었다. 언뜻 보면 주변의 것들과 똑같아 보였지만 자세히 보면 이것만이 다른 것들과 미묘하게 달랐다. 항아리 표면을 감싼 설백색 아래 보일 듯 말 듯 푸르스름한 기운이 어른거렸다. 달빛도, 촛불도 없는 어둠 속에서 이렇게 이런 미묘한 차이가 눈에 들어온 것인지 수생은 신기했다.

그래, 이 항아리가 신호를 보내는 게 틀림없어.

더 이상 망설이지 않고 두 손을 뻗어 항아리를 들어 올렸다. 염원을 적은 종이를 집어넣은 후 수생은 손가락으로 항아리를 두드렸다.

톡, 톡, 톡.

소문이 이르는 대로 정확히 세 번을 두드리자, 그것이 신호라도 되는 양 어디선가 바람이 불어왔다.

그 바람과 함께 구름이 밀려가면서 달빛이 내려와 항아리에 닿았다. 순간적으로 번쩍, 작은 빛이 일었다. 모든 일이 잘 되고 있다는 신호 같았다.

이것으로 소원을 비는 의식은 모두 끝났다. 수생은 항아리를 원래 있던 자리에 조심조심 내려놓았다.

긴장이 풀렸는지 부르르 몸이 떨려왔다. 싸늘한 기운이 어깨 근처로 훅 몰아쳐오는 것도 같았다. 수생은 반사적으로 고개를 돌렸다. 그러느라 의뭉스런 연기 한 줄기가 항아리에서 피어오르는 것을 보지 못했다.

이상한 낌새를 알아차린 건 냄새 때문이었다. 처음엔 사당에서 흔히 맡을 수 있는 향냄새인 줄 알았다. 그런데 아니었다. 향 말고 다른 것이 타는 냄새였다. 이를테면 종이 같은 것…….

종이라고? 수생은 급히 제상 위로 시선을 돌렸다. 시퍼런 불꽃이 항아리 속 종이를 휘감고 있었다. 염원을 담은 종이가 몸을 비틀며 재로 변해갔다. 종이를 집어삼킨 불꽃은 먹잇감을 노리는 독사처럼 놀리듯, 위협하듯, 항아리 밖으로 혀를 날름날름 내밀었다.

아, 안 돼, 내 종이!

불꽃을 향해 수생은 반사적으로 손을 뻗었다. 종이를 꺼내야 한다는 생각뿐이었다. 하지만 불에 손끝이 닿는 순간 놀라서 손을 거두고 말았다. 그냥 불꽃이 아니었다. 온몸을 얼려버릴 듯 차가운 불꽃이었다.

혼란스러웠다. 잘 되어가고 있는 건가? 아니면 뭔가 잘못된 걸까? 불꽃의 정체를 확인해야겠다는 생각이 들었다. 수생은 항아리를 급히 들어올렸다. 안을 들여다보려고 얼굴을 숙이는 순간, 화악, 불꽃 한 줄기가 일었다.

수생은 깜짝 놀라 항아리를 쥐고 있던 손을 놓아버렸다. 그 사실을 깨달은 찰나, 수생은 다시 항아리를 잡으려고 몸을 날렸다. 아슬아슬하게 손끝에 항아리가 걸렸다. 차갑고 미끄러운 항아리의 감촉이 손가락을 스쳤다. 하지만 그뿐이었다. 야속하게도 항아리는 그대로 수생의 손을 스쳐 바닥으로 곤두박질쳤다.

와장창.

떨어진 항아리가 산산이 부서지며 수생 대신 날카로운 비명 소리를 냈다. 깨진 항아리 조각들이 수생의 눈앞에서 나뒹굴었다. 불꽃은 온데간데없었다. 조금 전까지 수생의 입안에 있던 붉은 대추 한 알이 사당 바닥에 떨어져 또르르 굴러갔다.

수생은 반사적으로 사당 문을 향해 시선을 던졌다. 누군가 항아리 깨지는 소리를 들었을 게 틀림없었다. 아니나 다를까, 곧 다급한 발소리가 사당을 향해 뛰어왔다.

들키면 안 돼!

수생은 숨을 곳을 찾아 재빨리 주변을 둘러보았다. 휘장이 드리운 채 늘어선 감실들이 눈에 들어왔다. 그 안에 숨어야겠다는 생각에 몸을 일으키던 수생은 다시 주저앉았다. 자신의 눈에 띈다는 건 다른 사람의 눈에도 띈다는 얘기였다. 그렇다면 감실은 가장 위험한 장소였다. 차라리 바로 옆 제상 밑에 숨는 게 나을 것 같았다.

수생은 제상 아래 길게 드리워진 흰 천 밑으로 항아리 조각들을 마구 밀어 넣었다. 날카로운 조각 끝에 손가락이 베이고 찔렸지만 아픔을 느낄 새도 없었다. 보일 듯 말 듯한 푸른 기운이 자신의 상처 난 손가락 쪽으로 연기처럼 몰려들고 있다는 것도 전혀 눈치 채지 못했다.

깨진 조각들을 다 밀어 넣었을 즈음, 끼이익 소리를 내며 사당 문이 열렸다. 수생은 천 밑으로 들어가 급히 몸을 숨겼다.

발소리가 천천히 다가왔다. 나무로 된 바닥이 삐걱대는 소리가 귓가를 지나 심장을 긁어댔다. 두려움이 비명으로 터져나올까 봐 수생은 두 손으로 입을 꼭 막았다. 그리고 최대한 몸을 웅크렸다. 입안이 바짝바짝 타들어갔다.

제상 앞까지 다가온 발소리가 갑자기 멈췄다. 그와 동시에 누군가 수생의 머리끝을 잡아당겼다. 수생은 그 자리에서 굳어버렸다.

아이고, 들켰구나. 이 일을 어떡한다? 지금이라도 싹싹 빌어볼까? 발목이라도 붙잡고 매달려 볼까? 잘못했다고 엎드려 빌면 눈감아주진 않을까? 수많은 생각이 정신없이 수생의 머릿속을 날아다녔다.

그런데 이상했다. 금세라도 머리채를 잡혀 끌려 나갈 줄 알았는데 더 이상은 아무 일도 일어나지 않았다. 밖에 선 사내에게선 어떤 행동도, 반응도 없었다.

수생은 눈동자로 곁눈질을 해보았다. 하지만 상황을 파악하기엔 역부족이었다. 마음을 단단히 먹고 수생은 천천히 고개를 돌렸다.

머리를 잡아당기고 있는 것은 사내도, 귀신도 아니었다. 머리끝에 꽂아놓은 대추나무 가지 끝이 흰 천에 걸려 버둥거리고 있었다. 그 바람에 천 끝이 휘장처럼 곡선을 이루며 들려 올라가 있었다.

안도감에 온몸의 힘이 쭉 빠졌다. 주저앉지 않기 위해 버티느라 진땀이 날 지경이었다. 쪼그린 두 무릎에 얼굴을 묻고 수생은 숨죽인 한숨을 길게 내뱉었다.

마음을 진정시킨 후 수생은 다시 고개를 들었다. 그때, 들려 올라간 천 밑으로 멈춰 선 사내의 두 발이 보였다. 다시 심장이 빠르게 뛰기 시작했다. 사내가 이쪽을 바라본다면 발각되는 건 시간 문제였다.

수생은 손을 뻗어 나뭇가지를 천에서 떼어내려 했다. 천을 흔들어서는 안 됐기에 손끝에 온 신경을 집중했다. 그러나 어떻게 엉켜버린 건지 나뭇가지는 쉽사리 떨어지지 않았다. 이번에는 댕기에서 나뭇가지를 빼내보려 낑낑대봤지만 촘촘히 땋은 머리 사이로 파고든 가시는 쉽게 수생을 놓아주지 않았다.

마지막 방법을 쓰는 수밖에 없었다. 한 손으로 천이 흔들리지 않도록 나뭇가지를 잡은 채 다른 한 손으로 수생은 조심조심 댕기를 풀기 시작했다.

그 사이, 득수는 바닥에 떨어져 있는 작고 동그란 물체를 노려보고 있었다.

뭐지, 이게?

허리를 숙여 물체를 집어 들었다. 대추였다. 조금 전까지 누군가가 입에 물고 있었던 듯 침이며 잇자국이 선명했다.

눈을 번득이며 득수는 재빨리 주위를 살폈다. 벽에 붙은 제상을 덮은 천이 미세하게 움직이고 있었다. 자세히 보니 천 끝이 살짝 안쪽으로 말려 올라가 있었다.

잡았다, 요놈! 지난 번 좀도둑을 잡은 개똥이 놈한테 어떤 포상을 내렸더라? 쾌재를 부르며 득수는 몸을 바짝 엎드렸다.

그가 천을 향해 손을 뻗은 것과 수생의 머리가 풀려 흩어진 건 거의 동시였다. 수생은 쥐고 있던 나뭇가지를 최대한 천천히 손에서 놓았다. 이제 다 됐다. 조금만. 조금만 더…….

그때였다. 천이 휙 걷히더니 시커먼 득수의 얼굴이 안으로 쑥 들어왔다. 순간 수생은 숨이 멎을 것 같았다. 심장이 바닥까지 떨어졌다 다시 튀어 오르며 거친 비명을 뿜어냈다.

"으아아아악!"

그런데 들려온 건 자신의 목소리가 아니었다.

"저, 저, 저리가! 저리 가지 못해!"

뒤로 나자빠진 채 시퍼렇게 질린 얼굴로 득수는 마구 소리를 내질렀다.

실성한 듯 비명을 지르는 득수 때문에 수생은 어안이 벙벙했다. 그러다 한 가지 생각이 번개처럼 머릿속을 스쳐갔다. 그래, 귀신이다. 귀신이 여기 있는 거야! 수진궁 귀신에 대한 온갖 섬뜩한 이야기들이 한꺼번에 떠올랐다.

"꺄아악!"

수생의 입에서도 외마디 비명이 튀어나왔다. 숨어 있던 자리에서 튀듯이 뛰쳐나오다 치마에 걸려 수생의 몸이 앞으로 고꾸라졌다. 급한 마음에 차마 몸을 일으키지도 못한 채 수생은 득수를 향해 기어갔다.

순식간에 득수의 얼굴에서 핏기가 빠져나갔다. 두 발을 미친 듯이 버둥거리며 엉덩이로 뒷걸음질을 쳐대던 득수는 한순간 벌떡 일어나 혼비부신 줄행랑을 쳤다.

수생도 따라 도망치고 싶었지만 다리에 힘이 들어가지 않았다. 그래서 그대로 엉금엉금 기었다. 어떻게든 달아나야 했다.

정신없이 기어가고 있는 수생의 어깨 옆으로 풀어헤친 머리카락이 흘러내렸다. 바닥을 짚던 수생의 손이 제 머리카락 위에 엉켜들었다.

그 순간 수생은 퍼뜩 한 가지 사실을 깨달았다.

사내가 본 것은 귀신이 아니었다. 수생 자신이었다. 머리를 풀어헤친 자신을 귀신으로 착각했던 것이다.

내가 어딜 봐서 귀신이란 말이야?

수생은 그대로 바닥에 이마를 박았다. 푸하하하, 터져 나오는 웃음 때문에 어깨가 들썩였다. 누가 본다면 귀신에 홀려 미쳤다며 손가락질을 해댔을 것이다. 가만, 누가 본다면? 수생은 재빨리 고개를 들었다. 언제 다시 사당문을 열고 사람들이 들이닥칠지 몰랐다. 그러기 전에 빨리 사당을 빠져나가야 했다.

수생은 얼른 바닥을 짚고 일어났다. 그리곤 재빨리 제상을 향해 달려갔다. 제상 아래 밀어 넣어둔 항아리 조각들을 서둘러 치마에 주워 담고 수생은 상 아래에서 빠져 나왔다.

혹시 빠뜨린 게 없는지 마지막으로 뒤를 돌아보았을 때, 흰 종이 모서리가 천 사이로 삐죽 튀어나와 있는 게 보였다.

설마…… 그 종이인가? 하지만 그 종이라면, 분명 불에 타서 재가 되고 있었는데.

꺼림칙한 느낌이 들었다. 확인을 해야 할 것 같았다. 수생은 침을 한 번 꼴깍 삼킨 후 손을 뻗어 종이를 잡아당겼다. 무엇엔가 걸리기라도 한 듯 종이는 꼼짝도 하지 않았다. 이대로 더 잡아당기면 찢어지고 말 것 같았다. 종이를 빼내기 위해 수생은 다시 천 밑으로 고개를 집어넣었다.

그리고…….

처음엔 희미한 불빛인 줄 알았다. 그런데 어둠 속을 떠돌던 그 빛은 수생의 시선이 닿는 순간 눈 깜짝할 사이에 두 점으로 모여들었다.

어둠 속에서 수생을 노려보는 두 개의 빛. 그것은 사람의 눈이었다.

아니, 아니다. 그것은…….

그렇다, 귀신이었다. 사당에 살며 사람의 혼을 빨아들인다는, 바로 그 수진궁 귀신.

그 사실을 깨닫는 순간, 흰 그림자가 수생을 향해 맹렬하게 달려들었다. 수생은 외마디 비명을 지르며 반사적으로 엎드렸다.

싸늘한 바람이 얼굴로 훅 불어왔다. 사지가 바들바들 떨렸다. 하지만 수생은 손가락 하나도 움직일 수가 없었다. 마치 온몸이 마비라도 된 것 같았다. 수생이 알 수 있는 건 흰 그림자가 자신의 감은 눈앞에 여전히 위협적으로 버티고 있다는 것이었다.

다시 한 번 바람이 일었다. 조금 전과는 비교도 할 수 없는 공포감이 수생을 휘감았다. 온몸의 피가 빠져나가는 것 같았다. 이러다 터져버리는 게 아닐까 싶을 만큼 심장이 격렬하게 뛰었다. 하얗게 빈 머릿속에서는 제 심장 소리만이 시끄럽게 울려댔다.

정신 차려, 호랑이한테 잡혀가도 정신만 차리면 살 수 있다고! 가만, 호랑이한테는 수진궁 귀신이라 외치면 된다 했지? 그럼 수진궁 귀신한테는? 그래, 대추! 대추 목걸이가 있었어!

수생은 제멋대로 떨고 있는 손을 허겁지겁 대추 목걸이로 가져갔다. 목걸이를 쥔 손에 힘이 들어가지 않자 다른 손을 겹쳐 올렸다. 그리고 대추가 터질 만큼 목걸이를 꽉 움켜잡았다.

눈을 뜨는 동시에 목걸이를 뜯어 던지고 도망가는 거야. 그러면 살 수 있어!

필사적으로 중얼거리며 수생이 눈을 떴다. 하지만 전혀 예상치 못한 광경에 수생은 멈칫 하고 말았다.

흰 종이 위 붉은 두 글자가 눈앞에서 춤을 추고 있었다.

근연. 자신이 종이에 적어 넣은 두 글자였다.

수생은 고개를 조금 더 들었다. 손에 쥔 종이를 살랑살랑 흔들고 있는 손목이 보였다. 그 손목을 따라 올라가니 흰 목덜미가 보였다. 그 목덜미 위에는 조금 전 자신을 노려보던 눈빛.

그 눈빛과 마주친 순간 수생은 발작적으로 대추 목걸이를 뜯어내 귀신을 향해 던졌다. 그리고 온몸의 힘을 짜내 후들거리는 몸을 일으켜 세운 후 뒤도 돌아보지 않고 사당 문을 향해 달리기 시작했다.

2

목덜미에 느껴지는 뜨뜻한 기운. 끈적한 이물감. 목에서 피가 솟구치고 있었다.

부탁입니다, 마지막 소원이니 제발 들어주십시오.

수생은 울먹이며 애원했다.

그분을, 능창군 나리를 마지막으로 한 번만 뵙게 해주십시오.

간절함이 통했던 것일까. 어둠 속에서 능창군의 얼굴이 희미하게 피어오르기 시작했다. 단정하게 일자로 다문 입술, 반듯한 콧날, 양옆으로 길게 뻗다 살짝 아래로 꼬리를 내리며 마무리 되는 단아한 눈. 유순한 느낌을 풍기는 얼굴에서 유난히 도드라지는 눈의 광채까지…….

이렇게 가까이에서 능창군을 본 것은 처음이었다. 수생은 눈물과 콧물이 뒤범벅 된 얼굴을 얼른 두 손으로 비비고 다시 능창군을 바라보았다. 능창군도 고개를 내려 수생을 마주 보았다. 황홀했다. 감격에 겨워 온몸이 녹아내릴 것만 같았다. 좀 전까지의 공포심은 이미 날아가 버리고 없었다.

이게 마지막일지도 몰라. 그렇게 생각하자 불끈 용기가 치솟았다. 어차피 마지막이라면, 그래, 저 품에 안겨나 보고 죽자.

수생은 두 눈을 질끈 감고 다짜고짜 능창군의 품을 향해 뛰어들었다. 그런데 품에 안긴다고 생각한 순간 수생의 몸이 휘청거렸다. 눈을 떠보니 능창군은 어느새 수생의 등 뒤에 서 있었다.

수생은 급히 자세를 추슬렀다. 그러는 사이, 능창군의 눈이 점점 밝아지더니 순식간에 두 개의 빛으로 변했다. 그 빛이 무섭게 수생을 향해 돌진해왔다.

번쩍.

수생이 눈을 떴다. 식은땀으로 전신이 흥건했다. 고요한 방 안에는 벌써 새벽빛이 새어 들어오고 있었다.

그래, 꿈이었다.

하지만 정말 꿈이라고 말해도 되는 것일까. 어디서부터가 꿈이고 어디까지가 현실인지 혼란스러웠다. 조금 전 보았던 냉기 서린 눈빛은 꿈이라기엔 지나치게 생생했고, 간밤 수진궁에서의 일들은 현실이라기엔 너무나 허황되게 느껴졌다.

수생은 방 안을 눈으로 둘러보았다. 모든 게 평소와 다를 바 없는 모습이었다. 소박한 장롱이 벽에 기대 있었고, 옆에 놓인 작은 책상 위에는 문방사우가 흩어져 있었다. 펼쳐진 종이와 그 옆에 놓인 붓, 갈다 만 먹이 비스듬히 누워 있는 벼루…….

글씨 연습을 한다고 앉았다가 인정을 알리는 종소리가 들리자 까치걸음으로 방을 나가던 간밤의 자신이 떠올랐다.

이번에는 두 손을 들어 살펴보았다. 가시에 찔린 자국, 깨진 조각에 긁힌 자국들이 여기저기 나 있었다.

그래, 꿈이 아니었다.

수생은 수진궁 귀신과 맞닥뜨린 후 집으로 돌아오던 길을 머릿속으로 되짚어보았다. 집은 수진궁 담벼락 밑에 붙어 있다 싶을 만큼 지척이었지만 돌아오는 길은 마치 억겁처럼 길게만 느껴졌다. 귀신이 쫓아올까 봐 연신 뒤를 돌아보느라 몇 번이고 넘어질 뻔했지만 수생은 멈추지 않았다. 그렇게 어두운 밤길을 도망쳐올 때, 자신의 손에는 아무것도 들려 있지 않았다. 소원을 적은 종이도, 깨진 항아리도.

조반상을 들고 들어 온 수생의 낯빛이 창백했다.

밥상머리에 앉아서도 어깨만 축 늘어트릴 뿐 숟가락을 쥔 손을 움직일 생각조차 없어 보였다. 분명 어젯밤 잠자리에 들 때까지도 별다른 기색은 없었는데. 게다가 아무리 안 좋은 일이 있어도 밥상머리에선 언제 그랬냐는 듯 활기를 되찾는 여식이 아니던가. 홍복은 의아한 눈길로 탐색하듯 수생을 살폈다.

멍하니 생각에 잠겨 있던 수생은 흥복의 시선을 느끼고 정신을 차렸다. 아버지가 한 술도 뜨지 않은 채 자신을 뚫어지게 바라보고 있었다.

"왜 그렇게 보세요, 아버지?"

"누구더냐, 넌?"

흥복에게서 뜻밖의 질문이 흘러 나왔다.

"예? 누구냐니요?"

아직도 꿈인가. 수생은 잠시 혼란스러웠다. 꿈에선 능창군이 귀신으로 변해 달려들었더랬다. 그렇다면 혹시 아버지도? 수생은 들고 있던 숟가락을 던지듯 내려놓고 두 손을 엉거주춤 등 뒤로 짚었다. 여차하면 달아날 준비를 갖추기 위해서였다.

"누구냐고 묻지 않더냐?"

재차 묻는 흥복의 굳은 얼굴을 보자 또 다른 불안감이 엄습했다. 혹시 이놈의 귀신이 내 얼굴에 무슨 짓이라도 한 건가? 수생은 겁이 나서 재빨리 손으로 얼굴을 더듬어보았다. 이마, 눈, 코, 입술, 그리고 뺨까지…… 변한 건 없었다.

두 손을 그대로 뺨에 댄 채 수생은 다시 흥복을 보았다. 그 시선을 받은 흥복이 고개를 숙여 조반상을 내려다보았다. 수생의 시선도 흥복을 따라 내려갔다. 텅 빈 밥그릇이 아버지 앞에 덩그러니 놓여 있었다.

"똘망똘망한 우리 수생이는 밤사이 어디로 사라진 건지, 원."

흥복은 짐짓 한숨을 내쉬었다. 수생은 그제야 아비가 자신을 놀리고 있음을 알아챘다.

"아버지도 참, 놀랐지 않습니까."

"무슨 안 좋은 꿈이라도 꾼 게야?"

이번에는 진짜 걱정스런 얼굴로 홍복이 물었다. 수생은 급히 입술에 미소를 띠우고 힘차게 고개를 저었다.

"그럼, 어디 몸이라도 아픈 것이냐?"

"튼튼한 우리 수생이는 어디로 사라졌냐, 또 이렇게 물으시려구요?"

자신의 말투를 흉내 내는 여식을 보며 홍복이 껄껄 웃었다. 그 웃음을 보니 이제야 악몽에서 벗어나 일상으로 돌아온 기분이 들었다.

"잠시 기다리세요, 아버지. 금방 진지랑 수저 갖고 올게요."

수생이 빈 밥그릇을 들고 부엌으로 향하는데, 싸리문 밖에서 인기척이 들려왔다. 수진궁 노자들의 우두머리이자 고직(庫直: 창고지기)을 맡고 있는 정용이었다.

수생은 반색을 하며 얼른 인사를 했다.

"소임 영감 안에 계시냐?"

평소라면 마주 웃으며 인사라도 건넸을 텐데 오늘 정용은 불쑥 용건부터 꺼냈다. 무언가 급한 일이 생겼다는 뜻이었다.

"이 시간에 어쩐 일인가? 곧 들어갈 참이었는데."

정용의 목소리를 들은 홍복이 방문을 열고 나왔다.

"이른 시간에 죄송합니다, 영감. 아침에 사당에서 소란이 좀 있었던 터라 함께 가보셨으면 해서 말입죠."

정용의 말에 수생은 가슴이 덜컥 내려앉았다. 설마, 항아리 조각을 누군가 발견한 걸까? 어젯밤 일을 되짚어보던 수생의 가슴이 갑자기 두근 반 세근 반 뛰기 시작했다. 사당엔 깨진 항아리만 뒹굴고 있는 게 아니었다. 수생은 자신이 어젯밤 사당에 댕기도 풀어놓고 왔다는 사실을 불현듯 깨달았다.

의복을 갈아입은 흥복이 정용을 따라 나선 뒤 혼자 남은 수생은 안절부절 마당을 서성였다. 간밤의 일이 불러올 결과가 점점 두려워지기 시작했다. 사당 관리는 수진궁 제향 업무를 책임지는 아버지의 소관이었다. 누군가 몰래 사당에 들어가 물건을 파손했다는 것이 알려진다면 흥복도 책임을 면할 수 없을 것이다.

게다가 그 여식이 장본인임이 드러난다면?

양반이었다면 징계 정도로 넘어갈 수 있으리라. 그러나 신분이 낮은 흥복에게는 더 가혹한 벌이 내려질 것이다. 제 소임을 게을리한 죄, 자식을 제대로 다스리지 못한 죄로 치도곤을 당할지도 몰랐다. 곤장을 맞는 흥복의 모습을 떠올리자 수생은 가슴이 메어지는 것 같았다.

더 큰 문제는 그것으로 끝이 아닐지도 모른다는 사실이었다. 귀신에게 빌러 들어갔던 것이 발각된다면 파직을 당할 수도 있었다. 공공연히 행해지고는 있다 해도 이 나라에서 무속신앙은 엄연한 금기였던 것이다.

여기까지 생각이 미치자 도저히 그냥 앉아 있을 수가 없었다. 아무래도 사당으로 가봐야 할 것 같았다.

수생은 어젯밤 헐레벌떡 달려왔던 길을 되짚어 다시 수진궁으로 뛰어갔다. 이렇게 빨리, 그것도 제 발로 그 무서운 사당을 다시 찾아가리라곤 어젯밤 이 길을 도망쳐올 땐 상상조차 못했던 일이었다.

사당으로 통하는 협문이 활짝 열려 있었다. 겹을 이뤄 선 내인들과 노, 비자들 너머로 시끌벅적한 소리가 들려왔다. 다투고 있는 사내들의 거친 목소리였다.

수생은 소리가 나는 쪽으로 다가갔다. 무슨 일이 벌어지고 있는지 보려고 까치발을 한 채 목을 길게 뺐다. 덩치 큰 사내 한 명이 자신보다 조금 더 작고 마른 사내의 멱살을 잡고 윽박을 지르고 있었다. 그 앞에 선 홍복은 어떻게 싸움을 말릴까 고민하느라 잔뜩 찌푸린 얼굴이었다.

"그래도 어떻게 이게 네놈 거란 말이냐?"

멱살을 잡힌 사내가 소리치자 덩치 큰 사내가 거칠게 응수했다.

"네놈이야말로 무슨 권리로 가져가라 마라 참견이야!"

"그만들 두지 못하겠나! 경건해야 할 사당 앞에서 이게 대체 무슨 짓들이야!"

홍복의 호통에 멱살잡이를 하던 사내의 기세가 한풀 꺾였다. 내친 김에 홍복은 단호한 걸음으로 다가가 두 사람을 떼어놓았다. 분이 풀리지 않는지 두 사람은 한참이나 씩씩거리며 서로를 노려보았다.

덩치 큰 사내의 얼굴을 본 수생의 표정이 굳었다. 사당에서 마주쳤던 바로 그 노자, 득수였다. 좀 더 자세히 상황을 살피기 위해 수생은 사람들 사이를 헤치며 앞으로 나갔다.

사실 수생은 사당 앞에 모인 이들 중 수진궁에 속하지 않은 유일한 사람이었다. 하지만 왜 네가 여기 있냐며 수생을 타박하는 이는 없었다. 그도 그럴 것이 수생이 수진궁을 드나드는 일은 전혀 별스러운 일이 아니었다. 공좌부(公座簿: 벼슬하는 사람들의 근무 상황을 적던 장부)에 날인을 하지 않았다 뿐이지 그 어떤 관리보다 바지런히 궁의 업무를 위해 발품을 팔았고, 노비관안(官案)에 이름을 올리지 않았다 뿐이지 어떤 비자들보다 더 적극적으로 궂은일을 도맡아 했다.

궁 사람들 대부분은 자신들 대신 심부름이며 각종 잡일을 도맡아주는 수생의 존재를 마다치 않았다. 싹싹하게, 열성적으로 일하는 수생을 일부러 찾는 이들까지 생길 정도였다.

수생이 그렇게 하는 이유는 단 하나, 홍복을 위해서였다. 양반도 아닌 놈이 친척 잘 만나 소임 자리를 차지하고 있다는 시기와 질투. 그로 인해 아비가 받을 미움과 배척을 조금이라도 줄여보기 위해서였다.

사실 천민 출신의 홍복이 영감 소리 들으며 관리 행세를 한다 하여 곱지 않은 시선을 보내는 이들도 없지는 않았다. 특히 같은 천민 출신에게서 명령을 받아야 한다는 사실에 반감을 나타내는 노자들이 그랬다. 다행히 홍복의 고지식하리만치 공정한 행동거지와 업무 처리 그리고 수진궁 내인과 비자들의 손을 거들기를 마다치 않는 수생 덕분에 그러한 불만들이 특별히 불거진 적은 없었다.

그런데 어젯밤의 무모한 행동 때문에 그 모든 노력이 수포로 돌아갈지도 몰랐다. 아니야, 무슨 방법이 있을 거야. 수생은 입술을 깨물었다. 일단은 정확한 상황을 파악하는 게 더 중요했다.

앞으로 나가자 사당 옆에 축 늘어져 있는 흰 개 한 마리가 보였다. 수진궁 뒷마당에서 기르던 개, 월이였다.

죽은 건가? 분명 어젯밤까지만 해도 꼬리를 치며 애교를 떨던 녀석인데.

놀란 수생은 달려가 월이를 안아 들었다. 월이는 눈도 감지 못한 채 죽어 있었다. 눈을 감겨주려 했지만 딱딱하게 굳은 눈꺼풀은 움직이질 않았다. 왈칵 눈물이 날 것 같았다.

"눈 좀 떠봐, 월이야. 누가 널 이렇게 만든 거야, 불쌍한 우리 월이."

울먹이던 목소리가 너무 컸던 걸까. 갑자기 사방이 조용해졌다. 눈물이 그렁해진 눈으로 수생이 고개를 들었다. 사당 앞에 모인 사람들의 눈이 모두 자신에게로 쏠려 있었다. 홍복은 물론 멱살잡이를 하던 득수와 나복도 마찬가지였다.

수생은 변명이라도 하듯 울음 섞인 목소리로 웅얼거렸다.

"월이가 죽었습니다. 얼마나 딱딱하게 굳었는지 눈도 안 감긴단 말이어요."

"안다. 그 때문에 우리가 여기 와 있는 게다."

정용의 대답에 수생의 얼굴이 벌겋게 달아올랐다. 퍼뜩 정신이 들었다. 내가 지금 무슨 짓을 하고 있는 거지? 여기 온 목적은 그새 홀랑 다 까먹은 거냐? 이 바보 맹꽁이! 벽에 머리라도 박고 싶은 심정으로 수생은 자학했다. 하지만 소득이 없는 건 아니었다. 적어도 이 소란이 항아리 때문은 아니란 것을 알았으니 말이다.

그렇다고 안심하긴 일렀다. 득수가 자신을 알아볼지도 모른다는 생각이 갑자기 들었다. 월이를 안은 채 수생은 쭈뼛쭈뼛 사당 벽으로 몸을 붙였다.

"자, 이제 말해보게. 어떻게 된 일인가? 누가 월이를 이리 만든 게야?"

홍복의 추궁에 사람들의 시선이 다시 두 노자에게로 향했다.

"영감도 아실 겁니다. 제가 얼마나 월이를 애지중지 돌봐왔는지 말입지요."

나복이 먼저 나섰다.

"그런데 이 무뢰한 같은 놈이 초복 땜을 해야 한다고 며칠 전부터 경을 읊더니 아, 글쎄, 이런 짓을 저질렀지 뭡니까요."

저 사람 짓이었다니! 그런 못된 놈인 줄 알았으면 어젯밤 사당에서 더 혼쭐을 내줬어야 하는 건데! 사당 벽에 딱 붙어 빼끔히 고개만 내민 채 수생은 득수를 째려봤다. 그러다 벽에 그어진 붉은 줄에 시선이 닿았다. 쪼그려 앉은 수생의 눈높이로 피처럼 검붉은 줄이 쭉 이어져 있었다.

수생은 월이를 내려다보았다. 머리 위의 상처에 피가 흥건했다. 누군가 월이가 흘린 피로 사당 벽에 줄을 그어놓은 것이 분명했다.

월이를 내려놓은 수생은 허리를 굽힌 채 종종 걸음으로 줄을 따라 걸었다. 줄은 사당의 네 벽을 따라 끊어질 듯 이어져 있었다.

수생이 사당 벽을 따라 도는 동안에도 갑론을박은 계속 이어졌다.

"예부터 양반님들도 허기진 백성들 사정 생각해서 복날 잡아가는 자기 집 개들은 눈감고 모른 척해준다고 했습니다요."

득수의 변명이 끝나기 무섭게 나복이 다시 목소리를 높였다.

"그럼 그런 자비로운 양반님 댁 개를 잡아오면 됐을 것 아니냐! 겁나서 그런 짓은 꿈도 못 꾸는 주제에."

"그렇게 용감해서 간밤에는 줄행랑을 쳤더냐?"

득수가 코웃음을 치며 맞받아쳤다.

"그래서 네 놈은 잡으란 좀도둑은 놓치고 불쌍한 개나 쳐 잡았냐?"

"그게 무슨 소린가? 간밤에 도둑이 들었단 말인가?"

좀도둑 얘기에 긴장한 것은 흥복만이 아니었다. 사당을 한 바퀴 돌아 다시 문 앞까지 와 있던 수생도 덜컥 가슴이 내려앉았다. 이어질 이야기들을 생각하자 간이 쪼그라드는 것 같았다.

"아닙니다요. 쇤네들은 좀도둑이 들까 봐 순찰만 돌았습니다요. 이 겁만 많은 놈이 귀신 무섭다고 내빼는 바람에 결국엔 쇤네 혼자 돌았지만 말입죠."

"사당에서 무슨 소리가 났다고 네놈이 분명 그러지 않았냐?"

나복이 항의했다. 하지만 득수는 그 말을 무시한 채 계속 말을 이었다.

"그건 월이였습니다요. 정숙해야 될 사당 근처에서 미친 것처럼 날뛰고 있길래 제가 그놈을 잡았습죠. 마침 복날이라 잡은 김에 개장국 해먹을 생각이 났던 것이구요."

허, 입술에 침이나 바르고 뻥을 치시지? 어이가 없어서 저절로 코웃음이 나왔다. 당장이라도 달려 나가 사실을 고하고 싶은 마음을 수생은 꾹 눌러 참았다.

"그렇다면 확인을 해보면 될 일일세."

홍복이 곧바로 사당으로 들어갈 채비를 했다. 사당 안의 기물이 없어지거나 파손되기라도 한 건 아닌지 알아보려 함이었다.

"안 됩니다!"

펄쩍 몸이 뛰어오르는가 싶더니 어느새 수생이 홍복의 앞에 서 있었다.

그 광경을 지켜보던 사람들의 눈이 휘둥그레졌다. 아무리 홍복의 여식이라 해도 임무를 수행하겠다는 제 아비의 앞을 가로막다니.

누구보다 당황한 것은 수생이었다. 급한 마음에 튀어나오긴 했는데 이 상황을 어찌 수습해야 할지 머릿속이 아득해졌다.

"무엇이냐?"

홍복의 얼굴은 엄하다 못해 무서울 지경이었다. 대답할 말을 찾던 수생의 머릿속에 조금 전 보았던 사당 벽의 핏자국이 떠올랐다.

"피, 핏자국이 있습니다."

"또 월이 얘기더냐? 그 얘기라면……."

"벽을 따라 쭉 나 있습니다. 누가 몰래 월이의 피를 사당 벽에 발라놓은 것 같아요."

수생은 손으로 사당 벽을 가리켰다. 홍복은 급히 수생이 가리킨 곳으로 다가갔다. 정용과 노자들이 그 뒤를 따랐다.

순간 수생은 고민에 빠졌다. 사람들의 시선이 딴 곳으로 몰린 사이 슬쩍 사당 안으로 들어가 버릴까. 들어가서 어젯밤 흔적들을 재빨리 치워버릴까. 하지만 자신을 노려보는 득수의 시선과 마주친 순간 수생은 그 생각을 포기해야 했다.

날 알아본 건가? 그게 아니라면 저리 무서운 눈으로 노려볼 이유가 없을 텐데. 수생은 득수의 시선을 피해 급히 고개를 숙였다.

"개의 피로 결계를 만든 것입니다."

갑자기 카랑카랑한 목소리가 협문 쪽에서 들려왔다. 홍복을 도와 제향 업무를 맡고 있는 내인(內人) 연화였다. 평소와 다름없이 어깨를 꼿꼿이 편 채 연화는 서두르지 않는 발걸음으로 사당을 향해 다가왔다.

"귀신으로부터 액운을 막으려면 개의 피를 주위에 뿌려 결계를 치면 된다는 말이 있습니다. 허황된 이야기지만, 겁이 많은 자들은 믿게 되는 법이지요. 아마도 그 피를 사당 벽에 바른 자도 귀신을 막으려 그런 짓을 했을 것입니다. 사당에 들어갔다 헛것이라도 본 게지요. 아니면 지레 겁을 먹었거나요."

홍복 앞에 선 연화는 뒤늦게 허리를 굽혀 인사를 했다. 고개를 숙여 맞인사를 한 후 흥복은 득수를 보았다. 당황하는 빛이 득수의 얼굴에 역력했다.

"누구보고 겁이 많다고?"

나복이 옆에서 약을 올려대자 여기저기서 키득대는 웃음소리가 들려왔다. 득수의 얼굴이 붉으락푸르락해졌다.

"사당 안에도 피를 뿌려놨는지 제가 확인하고 오겠습니다."

사당으로 들어가는 연화를 따라가고 싶어 수생은 애가 탔다. 하지만 사람들의 시선이 모두 이쪽을 향하고 있는 터라 차마 그럴 수가 없었다. 그저 발을 동동 구르며 문 앞을 서성거릴 뿐이었다.

그 사이 득수가 더듬더듬 변명을 시작했다.

"무, 무서워서 그런 게 아닙니다요. 어제가 마침 복날이다 보니 귀신의 기가 세질까 봐 걱정이 돼서 그런 것입니다! 그게 뭐 잘못이란 말입니까!"

"겁이 나면 누구나 그리 할 수 있지. 허나, 자네 잘못은 그게 아니야. 월이는 궁의 재산이네. 이 궁에 속해 있는 모든 건 사사로운 재물이 아니라 나라의 재산이란 말일세."

흥복의 말에 득수가 입을 꾹 다물었다. 불만 가득한 마음이 다문 입술 사이로 쑥 튀어나와 있었다.

"누가 월이를 데려다가 양지바른 곳에 잘 묻어주게."

흥복이 엄히 덧붙인 말에 득수가 곧바로 반발했다.

"이왕 끊어진 목숨 아닙니까! 땅에 묻어 썩어갈 거 아니냔 말입니다! 그럴 거, 뙤약볕에 뛰어다니느라 죽을 맛인 아랫것들 몸보신 좀 시켜주면 어디 덧납니까?"

"그래도 내 말 못 알아듣겠나? 토지, 목재, 등유, 이런 물자들만이 아니라 살아있는 동물도, 가축도 모두 궁에 속한 것이고 나라 것이야. 누구도 사사로이 취해선 안 되는 것들이란 말일세."

"언제부터 말입니까요?"

조금 전과 확연히 달라진 말투로 득수가 되물었다. 순간적으로 그의 눈에서 차가운 불꽃이 어른거렸다. 분위기가 급격히 얼어붙었다. 흥복도, 다투며 깐죽대던 나복도, 호기심에 그들을 둘러싸고 있던 무리들도 모두 입을 다물었다.

본래 수진궁은 예종대왕의 차남이었던 제안대군의 사저였다. 제안대군이 후사 없이 세상을 떠난 다음에도 나라에 환수되지 않은 채 남아 있던 수진궁은, 선왕의 뜻에 따라 아들 영창대군의 재산이 되었다. 하지만 이 년 전, 수진궁은 다시 국가로 귀속되었다. 대군이 역모사건에 연루되었기 때문이었다.

위리안치되었던 대군이 죽음을 맞은 지금, 수진궁의 이러한 내력을 입에 담는 것은 금기 아닌 금기처럼 여겨지고 있었다. 고작해야 사당 귀신들의 음기가 더 강해지면 어쩌냐는 두려움 섞인 농담들이 가끔씩 오갈 뿐이었다.

그런데 겁도 없이 언제부터 수진궁이 나라의 것이었냐고 이죽대다니. 자칫 왕의 처사에 대해 불만을 가진 것으로 여겨질 수도 있는 행동이었다. 만일 득수가 하찮은 노자가 아니었다면 필시 그런 오해를 받고도 남았을 것이다.

하지만 득수는 자신이 뱉은 말의 무게를 전혀 알지 못한다는 듯 굴었다.

"왜 그리 노려보십니까? 아, 예, 알겠습니다, 다 이놈 잘못이라굽쇼? 여부가 있겠습니까. 천한 물건 주제에 감히 궁의 귀한 재산에 손을 대다니, 죽을죄를 지었습니다요!"

"어허, 이놈이 진짜 왜 이러냐. 소임 영감이 하는 말씀은……."

난감한 상황을 수습하려고 정용이 나섰지만 득수는 그의 말을 들은 체도 않고 뒤돌아섰다.

쌩한 걸음으로 협문을 넘던 득수의 시선이 일순간 수생을 향했다. 눈이 마주칠까 봐 수생은 얼른 고개를 돌렸다. 그는 곱지 않은 시선으로 수생을 노려본 후 다시 가던 걸음을 재촉했다.

연화가 곧 들어갈 때와 똑같이 단정한 걸음으로 사당을 나왔다.

"다 돌아봤는가?"

득수의 뒷모습에서 시선을 거둔 홍복이 연화의 대답을 기다렸다.

수생도 마른 침을 삼켰다. 제발, 제발…….

"예, 별것 없었습니다."

휴우, 어찌나 크게 한숨을 쉬었는지 수생의 입에서 나는 바람소리가 연화의 귀에까지 들려왔다. 연화가 슬쩍 수생을 돌아보았다. 수생은 급히 미소를 입에 걸었다.

"어젯밤에 사당에서 수상한 소리가 들렸다 하는데, 사라진 물건도 못 보았고?"

"확인했습니다. 아무 이상 없었습니다."

일에는 언제나 철저한 연화였다. 괜한 호기심에 들썩이지 않았고, 감정을 내세우는 일도 없었다. 쓸데없는 도움은 주지도 받지도 않는다는 것이 철칙인 만큼 타인에게 휘둘려 일을 그르치는 일도 없었다. 그런 점들 때문에 연화는 흥복의 신뢰를 듬뿍 받고 있었다. 자신의 눈으로 직접 확인하지 않고도 흥복이 고개를 끄덕인 것은 연화에 대한 그런 믿음 때문이었다.

"그렇다면 됐네. 자, 이제 모두들 돌아가게."

흥복이 업무를 위해 서제소로 가고 나자 나복을 비롯한 노자들 몇이 월이를 포대에 싼 후 사라졌다. 모여 있던 이들도 각기 제자리로 돌아가기 위해 자리를 떴다.

연화는 사람들이 모두 사라질 때까지 입을 꾹 다물고 있었다. 단 둘이 남게 되자 수생이 넙죽 허리를 숙였다.

"정말 고맙습니다, 항아님."

"무슨 말이냐?"

"모른 척해주신 것 아니에요? 사당 안에서 아무것도 못 보셨어요?"

"보았으면 못 보았다 하겠느냐? 날 어찌 보는 게야? 너야말로 무언가 숨기는 게 있는가 보구나."

"아닙니다."

과상되게 손사래를 치며 부인을 해봤지만 연화의 꿰뚫는 눈빛에는 당해낼 재간이 없었다.

"실은, 맞습니다."

어깨를 축 늘어뜨리며 수생은 쉽게 포기 선언을 했다. 연화에게 간밤의 일을 털어놓는 것이 좋을 것 같았다.

냉정한 얼굴을 하고 있지만 실은 어떤 사내보다도 의리가 있는 게 연화였다. 아비를 돕기 위해 스스로 궂은일을 찾아다니는 자신을 연화가 알게 모르게 몇 번이고 도와주곤 했다는 사실도 수생은 알고 있었다.

"따라오너라."

연화가 등을 돌리더니 먼저 앞서 걸었다. 뒤를 따르던 수생은 연화의 머리에 묶인 댕기를 본 순간, 헉 하고 놀란 숨을 들이마셨다. 궁인들이 사용하는 네 겹 다홍색 댕기 대신 사당에 흘린 자신의 댕기와 똑같은 것이 연화의 새앙머리 가운데 묶여 있었다.

수생의 기척을 느꼈는지 연화가 뒤를 돌았다. 새침한 얼굴이 실룩거리는가 싶더니 연화가 보일 듯 말 듯 미소를 지었다.

"역시 항아님이 도와주신 거죠? 그럴 줄 알았습니다!"

수생은 달려가 연화를 와락 껴안았다. 작은 웃음이 피식 하고 연화의 입술에서 새어나왔다.

"헌데 항아리는요? 깨진 조각들은 어찌하셨어요?"

"이번에야말로 무슨 소린지 모르겠구나. 내가 본 건 이 댕기밖에 없었다."

연화가 보지 못했다면 정말로 없었던 것이 틀림없다. 어찌 된 영문인지 수생은 감을 잡을 수가 없었다. 다행이라고 해야 할지 그 반대라고 해야 할지도 지금으로선 도통 알 수가 없었다. 그놈의 귀신 때문에 꽤나 오랫동안 골치가 아플지도 모르겠다는 예감만이 불길하게 수생을 휘감을 뿐이었다.

도움을 받았으니 대가를 치르라며 연화는 서찰 한 장을 내밀었다. 글월 비자를 대신해 신성군 댁 윤상궁 마마님께 전해드리라는 것이었다.

그 말에 수생은 펄쩍 뛰어올랐다. 놀라서도, 싫어서도 아니었다. 애타게 기다리던 일이었기 때문이다.

신성군 댁에 글월 심부름을 간다는 건 능창군 곁으로 갈 수 있다는 것을 의미했다. 능창군 나리의 얼굴을 뵐 수 있다니! 벌써부터 수생의 가슴이 콩닥거렸다.

수생이 이제나 저제나 목이 빠지게 글월 심부름을 기다리고 있었다는 사실을 연화도 모르지는 않았다. 하지만 연화는 무수리도, 비자도 아닌 그녀에게 일을 맡기면 홍복을 볼 면목이 없다는 이유로 곧잘 수생을 외면하곤 했다.

그런데 귀신에게 빌자마자 연화가 자신에게 글월 심부름을 시켰다!

이것이야말로 어젯밤 일의 효력이 나타나고 있다는 징조가 아니던가.

역시 사당에 들어가길 잘 했어.

조금 전의 조바심과 후회는 어디로 내다버렸는지 수생은 어느새 간밤의 일을 떠올리며 배시시 미소를 지었다.

"윤상궁 마마님이 어제부터 고열이 나고 거동이 불편하시다는구나. 별일 아니라고는 하셨다지만 강건하신 마마님께서 갑자기 편찮으시다니 걱정이 돼서 말이다. 네게는 고모 되시는 분이니 다른 비자들보다는 네가 직접 뵙고 문안 여쭙기 편하겠지."

윤상궁은 연화가 처음 궁녀가 되었을 때 모시던 상궁으로, 지금은 왕의 배다른 동생 신성군의 궁가에서 지내고 있었다. 윤상궁은 또한 홍복의 사촌누이이자 수생의 당고모이기도 했다. 상궁이나 내인의 혈족들이 독점해온 수진궁의 소임 자리에 홍복이 오를 수 있었던 것도 윤상궁과의 혈연관계 덕분이었던 것이다.

당고모의 병환은 수생에게는 금시초문이었다. 걱정스런 표정을 짓는 연화를 보며 수생도 같이 고개를 끄덕였다. 자꾸만 떠오르는 능창군 생각을 억누르려 애를 썼다.

당고모님이 편찮으시다는데 이 무슨 철없는 마음이란 말이냐. 얼마나 못돼먹은 심보냔 말이다!

그렇게 자신을 꾸짖어봤지만 간질간질 불어오는 연분홍빛 바람을 막을 수는 없었다.

연화의 문안 서찰을 품에 넣고 수생은 수진궁을 나섰다. 능창군의 황홀한 미소를 떠올리며 옮기는 발걸음이 날아갈 듯했다.

능창군을 처음 보았던 날도 오늘처럼 연화의 문안 서찰 심부름을 갔다.

그날은 윤상궁의 생일이기도 했다. 동짓달 치고는 그리 춥지 않았으나 하늘이 흐릿하여 금방이라도 비가 쏟아질 것 같은 날이었다. 신성군 댁이 위치한 새문리로 접어들었을 때는 이미 한두 방울 비가 내리기 시작했다.

수생은 발걸음을 서둘렀다. 그러나 신성군 댁에 도착한 수생은 대문 안으로 한 발짝도 들어갈 수가 없었다. 중요한 회합이 있는 날이라 외부인들은 출입할 수 없다는 것이 문지기의 말이었다.

수생은 쉽게 물러나지 않았다. 자신한테 맡겨진 일은 반드시 끝을 내야 직성이 풀리는 성격이었다. 게다가 오늘은 특별히 부탁받은 심부름을 온 길이 아니던가. 그러니 책임을 지고 서찰을 전해야만 할 의무가 자신에겐 있었다.

"이 서찰만 전해드리고 가겠습니다. 꼭 오늘 전해드려야 하는 서찰이라 그럽니다."

"아, 글쎄, 돌아가라니까. 오늘은 천한 기운이 집안으로 들어오는 걸 철저히 막으라는 명이 있었단 말이다!"

문지기는 야멸차게 수생의 눈앞에서 문을 닫아걸었다.

"천한 것이 아닙니다, 귀한 마음이 담긴 서찰이란 말입니다! 제가 문제라면 어르신이 대신 전해주시면 될 것 아닙니까? 허니 문 좀 열어주십시오!"

수생은 닫힌 문을 쿵쿵 두드리며 애원했다.

"소용없다지 않냐! 쓸데없이 힘 빼지 말고 어여 가거라. 괜히 비 맞은 생쥐 꼴 되지 말고 말이다."

문지기의 발걸음이 멀어졌다. 얼마 지나지 않아 조금씩 빗방울이 굵어지기 시작했다.

일단 처마 밑으로 몸을 피한 다음 수생은 조금 전 문지기가 했던 말을 곱씹어보았다. 이 서찰이 천한 기운을 담고 있다니. 이대로 돌아가면 그 말을 인정하는 꼴이 돼버리고 말겠지? 그렇게 생각하자 꼭 서찰을 전하고 말겠다는 오기가 솟아났다.

이처럼 큰 대갓집이나 궁가에는 반드시 개구멍이란 게 있기 마련이었다. 수생은 담을 따라 집을 돌며 유심히 담벼락 밑을 살폈다. 집 뒤편으로 돌아가서 몇 걸음을 걷던 수생이 걸음을 멈췄다. 담벼락 밑에 조금 튀어나온 커다란 돌이 보였다.

좋아, 딱 걸렸어.

수생은 얼른 무릎을 꿇고 앉아 돌 양쪽에 손을 얹었다. 그대로 힘껏 잡아당기자 돌은 오래 버티지 못하고 곧 수생의 손에 끌려 나왔다. 돌이 빠져나온 자리에 개 하나가 드나들 만한 구멍이 생겼다.

연화의 서찰을 저고리 품에 넣은 다음 수생은 개구멍 속으로 고개를 들이 밀어 안쪽의 상황을 살폈다.

고즈넉한 뜰이었다. 인기척은 없었다. 나뭇잎 위에 비 떨어지는 소리만이 뜰 안을 메우고 있었다.

아무도 없는 것을 확인하고 수생은 재빨리 몸을 구멍 속으로 밀어 넣었다. 그런데 쉽게 빠져나갈 수 있으리라 자신했던 구멍은 생각보다 좁았다. 어깨 윗부분까지는 어찌 저찌 빠져나왔지만 그 다음부터가 문제였다. 더 이상 몸이 앞으로 나가지 않았다.

팔을 빼내보려 낑낑대봤지만 전혀 소용이 없었다.

아무래도 다른 개구멍을 찾아보는 게 나을 것 같았다. 수생은 몸을 뒤로 빼려 했다. 그런데 어깨가 꽉 끼어 도저히 움직여지지가 않았다. 마치 포박당한 죄인처럼 양 어깨를 몸에 딱 붙인 채 옴짝달싹 못하는 처지가 되고 만 것이다.

개구멍에 끼인 수생은 어떻게든 빠져나가기 위해 발버둥을 쳐댔다.

“놀랍구나. 우리 집 견공이 언제 이렇게 자랐단 말이냐?”

개구멍과 씨름하느라 누군가 다가오는 것도 몰랐던 터였다. 목소리에 퍼뜩 정신을 차려보니 가죽으로 만든 태사혜 한 짝이 눈앞에 버티고 서 있었다.

다시 어깨를 비틀어보았지만 정수리에 떨어지는 애꿎은 빗방울만 사방으로 튕겨나갈 뿐 앞으로도 뒤로도 꼼짝할 수가 없었다.

“들어오겠느냐, 아니면 나가겠느냐?”

신발 주인의 목소리가 느긋한 것을 보면 적어도 호통을 칠 생각은 없는 듯했다. 조금 마음이 놓이자 갑자기 제 모습에 부끄러움이 밀려왔다. 얼굴을 들키고 싶지 않았다.

“나, 나가려던 참이었습니다.”

“그럼 잠시 기다리거라. 내 얼른 밖으로 나가서 발을 잡아당겨주마.”

“아닙니다, 그냥 여기서 밀어주시면 됩니다!”

“그래? 이렇게 말이냐?”

사내가 다가오더니 수생의 두 어깨에 손을 올렸다. 부드럽게 밀자 그렇게 꽉 끼어 있던 수생의 어깨가 거짓말처럼 뒤로 쑥 밀려나왔다.

수생은 허겁지겁 개구멍에서 몸을 빼냈다. 누가 보기 전에 빨리 자리를 떠야겠다는 생각뿐이었다.

하지만 막상 발길은 떨어지지 않았다. 품에 있는 서찰이 마음에 걸렸던 것이다. 어떻게든 연화의 마음을 윤상궁 마마께 전해드리고 싶었다.

수생은 다시 개구멍 앞에 무릎을 쪼그리고 앉아 담 너머의 사내를 불렀다.

"혹시 아직 계십니까? 계시다면 청 하나만 들어주십시오."

"말해보아라. 안 그래도 궁금해서 뛰쳐나갈까 하던 중이었다."

밖으로 나온다는 말에 놀라 수생은 냉큼 서찰을 품에서 꺼냈다. 서둘러, 그러나 공손하게 수생은 서찰을 쥔 두 손을 개구멍 안으로 밀어 넣었다. 신고 있던 신발과 사내의 말투 그리고 어깨를 밀어주던 고운 손으로 미루어볼 때 상대는 지체 높은 분이 틀림없었다.

"이것 좀 받아주십시오."

"역시 연서였더냐? 아쉽구나. 시작은 흥미로웠는데 끝이 이리 상투적이라니."

"무슨 말씀이신지 모르겠사오나, 윤상궁 마마께 드리는 서찰입니다."

"윤상궁?"

"예, 오늘이 마마의 생신인지라 예전에 모시던 내인이 문안인사 여쭙는 것입니다."

"그렇다면 얘기가 달라지는구나."

"예?"

수생의 반문에 답은 들려오지 않았다. 대신 무언가가 담장 위로 휙 날아오르는가 싶더니 건장한 사내의 몸이 쿵 소리를 내며 수생의 앞에 나타났다.

깜짝 놀란 수생이 뒷걸음질을 쳤다. 가뿐하게 자세를 추스른 능창군이 수생을 향해 성큼 다가왔다.

그 얼굴을 본 순간 수생은 다시 한 번 눈이 휘둥그레졌다. 이 세상에 존재할 것이라고는 상상조차 해본 적 없는 수려한 용모의 사내가 자신을 향해 손을 내밀고 있었다.

난생 처음 보는 우아한 자태에 수생은 넋이 나갔다. 얼굴을 들키지 말자는 다짐은 잊은 지 오래였다. 놀란 입을 다물지도 못한 채 수생은 얼이 빠진 사람처럼 능창군을 보았다.

"이런, 비를 오래 맞은 게로구나. 왜 진작 얘기를 하지 않았느냐. 그랬으면 내 그리 짓궂은 장난을 치느라 너를 이리 떨게 하지도 않았을 터인데. 자, 어서 들어가자꾸나."

"허나, 오늘은 중요한 회합이 있는 날이라 천한 이들은 들이지 말라 하셨다고……."

수생의 말을 듣고 능창군은 그제야 이해가 간다는 듯 고개를 끄덕였다. 그리고는 다정한 미소를 띤 채 수생을 지긋이 내려다보았다. 눈 위로 드리운 긴 속눈썹이 깜빡일 때마다 수생의 심장도 쿵쿵 소리를 냈다.

"괜찮다. 들어가서 네가 직접 전해드리거라. 서찰을 쓴 이의 마음도 함께 전해야 하지 않겠느냐?"

이처럼 지체 높은 분이 이리 고귀하고 너그러운 마음씨까지 지니셨다니. 이렇게 완벽한 분이 세상에 존재했다니…….

바로 그 순간이었다. 수생이 연모의 늪에 풍덩 빠져버린 것은.

윤상궁을 통해 수생은 그가 바로 신성군의 양자인 능창군이라는 사실을 알게 됐다.

능창군에 대한 소문은 수생도 예전부터 익히 들어 알고 있었다. 배우지 않고도 글을 익힐 정도로 재지(才智)가 뛰어나고 어떤 무인보다도 궁마술에 능하며 십 리 밖에서도 빛나는 훤칠한 외모를 가졌다는 사내.

능창군을 보지 못한 여인은 있어도, 본 후에 가슴앓이를 않는 여인은 없다고 했다. 얼마나 잘난 사내길래 그렇게 많은 여인네들이 목을 매는 건지 수생도 궁금증이 일긴 했다. 다만 그것은 어디까지나 자신과는 상관없는 대상에 대한 단순한 호기심에 불과했다.

하지만 능창군과의 만남은 모든 것을 뒤바꿔놓았다. 그날을 떠올리면 차가운 겨울비도 달콤하기만 했다. 칼바람도 살랑살랑 봄바람처럼 느껴졌다. 그렇게 시작된 수생의 능창군 찬가는 계절이 두 번 바뀐 지금까지도 변할 줄을 몰랐다.

변하다 뿐이랴. 그날 이후 능창군을 떠올릴 때마다 수생은 온몸에서 힘이 빠져나가는 것 같았다. 얼굴이 시도 때도 없이 달아오르고 심장이 미친 듯이 두근거리기도 했다. 능창군을 보지 못하는 날이 길어지면 시름시름 입맛을 잃고 앓아눕기까지 했다.

다른 누군가가 능창군을 보고 왔다는 이야기를 전해 듣기라도 하는 날이면 부러워서 눈물이 찔끔 날 것만 같았다.

조금이라도 더 자주, 더 근거리에서 뵐 수만 있다면 그것만으로도 세상에서 가장 행복한 계집이 될 수 있을 것 같았다.

근연. 수진궁 귀신에게 빌었던 수생의 소원은 바로 그런 것이었다.

3

신성군 댁에 도착한 수생은 곧장 윤상궁의 거처로 향했다. 그러나 윤상궁의 모습은 보이지 않았다. 대신 방을 청소하던 각심이가 수생을 맞았다.

"마마님께서 편찮으시다 하여 걱정이 돼서 들렀는데 어찌 되신 겁니까? 어딜 가신 거예요?"

"이미 쾌차하셨습니다. 가벼운 고뿔이라셨어요."

"아아, 정말 다행입니다. 저희 항아님께서 얼마나 걱정을 하셨는지 모르거든요. 그럼 지금 마마님은 어디 계시는지요? 전해드릴 서찰이 있어서요."

"군부인 마님께서 시키신 일이 있어 잠시 나갔다 온다 하셨습니다."

"그럼 곧 돌아오실까요? 잠시라도 뵙고 가야 저도 그렇고 저희 항아님도 안심이 되실 것 같아서 말예요."

"그럼 예서 기다리십시오."

"고맙습니다."

각심이가 방 청소를 마저 하려고 등을 돌리자, 수생은 담벼락 위로 고개를 빼끔 내밀어 사랑채 안마당을 살피기 시작했다. 혹시 뒷모습이라도 볼 수 있지 않을까. 하다못해 바람에 휘날리는 도포 끝자락이라도 보이진 않을까. 그런 기대로 이쪽저쪽 고개를 빼봤지만 능창군의 모습은 보이지 않았다. 역시 이렇게 쉽게 행운이 찾아올 리 없었다.

사실 신성군 댁에 심부름을 온다고 해도 능창군을 만나기란 쉬운 일이 아니었다. 설혹 운이 좋아 우연히 마주친다 해도 가까이 다가갈 기회는 극히 드물었다. 사사로이 말을 섞거나 아는 체를 하는 것 또한 신분 차이를 생각해본다면 꿈같은 일일 뿐이었다.

처음 만났던 날 그렇게 가까이서 얼굴을 마주하고 이야기를 나눴다는 사실이 지금 와 생각하면 믿기지 않을 정도였다.

오늘이 지나면 연화가 또 언제 글월 심부름을 맡길지 기약도 없는 터라 수생은 애가 탔다. 이 기회를 놓칠 순 없다는 생각이 들었다. 어디 계시는지 알아내 꼭 뵙고 가리라!

"그런데 말입니다, 오늘따라 집 안이 참 조용합니다. 윗분들께서는 어디 출타라도 하셨나 보지요?"

걸레질을 멈추고 각심이가 뒤를 돌아보았다. 담장 너머를 흘끔거리며 물어오는 수생의 속내가 훤히 보였다.

"윗분들이라면 누구를 말씀하시는 건지요?"

능창군을 일컫는다는 게 뻔했지만 각심이는 시치미를 뚝 뗐다.

"그야 뭐, 군부인 마님도 계실 것이고, 또……."

"군부인 마님이라면 사랑채에 계실 겁니다. 좀 전에 혼례 때문에 능창군 나리와 상의하실 일이 있다 말씀하시는 걸 얼핏 들었거든요."

"예? 혼례라니요? 그게 무슨 말씀입니까!"

마른하늘에서 벼락이 떨어진대도 이보다 더 놀라지는 않았을 것이다. 능창군을 볼 생각에 들떠 있던 마음이 순식간에 가라앉았다. 아니, 가라앉다 못해 저 낭떠러지 밑바닥까지 아득하게 곤두박질쳤다.

"저도 자세히는 모르지만, 올 가을에 혼례식이 있다 들었습니다. 아, 참. 이것 비밀입니다. 제가 소문 낸 거 들키는 날엔 군부인 마님께 입방정 떨었다고 혼쭐이 납니다. 그러니 꼭 비밀 지켜주세요, 아셨죠?"

각심이는 할 말을 마쳤다는 듯 뒤를 돌더니 다시 걸레로 방바닥을 박박 문지르기 시작했다. 그 입에서 콧노래가 흘러나왔다. 잠시 후 각심이는 등 뒤에서 신발이 끌리는 소리를 들었다. 슬쩍 고개를 돌리자 비틀비틀 걸어가는 수생의 뒷모습이 보였다.

아이고, 세상이 무너진대도 저리 비통할까. 순진하기도 해라. 허긴 내가 이 맛에 놀려먹지.

본인은 감춘다고 믿지만 남들 눈엔 대놓고 드러나는 표정 때문에 수생을 놀리는 맛은 단연 으뜸이었다. 이 궁가의 하인들이 수진궁에서 오는 그 어떤 비자보다도 수생을 반기는 것은 그런 이유에서였다.

수생은 창백해진 뺨에 힘을 주어보았다. 그래도 입술이 떨려오는 걸 막을 수는 없었다. 능창군 나리께서 혼례를 치르신다니. 생각만으로도 눈물이 핑 돌았다.

대문을 향해 터덜터덜 걷던 수생이 갑자기 걸음을 멈췄다. 그리곤 제자리에 선 채로 고갯짓과 도리질을 번갈아 해댔다.

아니야, 어쩌면 사실이 아닐 수도 있어. 저 각심이가 뭘 잘못 들은 걸지도 몰라. 그래, 나리를 만나 뵙자. 그리고 직접 여쭤보는 거야.

수생은 즉시 방향을 돌려 능창군이 기거한다는 사랑채를 향해 뛰어갔다. 하지만 마음이 급해서였을까. 사랑채로 이어진 중문을 넘다 수생은 하마터면 앞으로 고꾸라질 뻔했다. 발이 그만 문턱에 걸려버린 것이었다.

땅바닥에 엎어지기 전 수생은 간신히 문짝을 붙잡았다. 그 덕분에 다행히도 넘이지는 것만은 피할 수 있었다. 그러나 그것으로 끝이 아니었다. 수생의 몸무게에 밀린 문이 담벼락에 가서 부딪히며 요란한 소리를 냈다.

드르르 방문 열리는 소리가 났다. 엉거주춤 문에 매달려 있던 수생은 그 소리를 듣고 재빨리 문 뒤로 몸을 숨겼다.

누군가 대청마루로 나오는 기척이 들리더니 능창군이 기둥 너머로 스윽 얼굴을 내밀었다. 수생의 눈이 커졌다. 능창군은 사랑채 안마당을 눈으로 살핀 후 다시 안으로 사라졌다.
"무슨 일이더냐? 밖에 누가 온 게야?"
방 안에서 점잖은 여인의 목소리가 들려왔다.
"아닙니다, 어머니. 바람이었나 봅니다."
능창군의 목소리 뒤로 다시 방문이 닫혔다. 그 소리가 천근만근 무쇠만큼이나 무겁게 수생의 마음을 짓눌렀다. 능창군에게로 향하는 모든 길, 모든 문이 닫혀버린 것만 같았다.
그나마 다행인 점이 있다면, 능창군이 어디 있는지를 알게 됐다는 사실이었다. 수생은 능창군이 사라진 곳을 향해 반사적으로 달려갔다. 대청마루를 지나 기역자로 꺾어진 모퉁이를 돌았다.
능창군의 방문 앞에 이르자 안에서 수런수런 목소리가 들려왔다. 수생은 대청마루 밑에 쪼그리고 앉아 흘러나오는 능창군의 목소리에 귀를 기울였다.
"인빈 마마가 돌아가신 지 얼마 되지도 않았습니다. 하여, 너무 서두르시는 게 아닌지 걱정이 됩니다."
"조부모의 상을 모시는 것은 일 년이면 족하다 했다. 올 가을에 식을 올리는 것이면 그리 흉 될 것도 없느니라."
군부인 신씨는 마주앉은 아들이 고개를 끄덕이는 모습을 지긋이 바라보았다. 매일 보아도 볼 때마다 감탄이 나오는 용모였다. 참으로 잘났구나. 이러니 뭇 여인네들 애간장이 녹는다 할 밖에. 흐뭇한 미소가 신씨의 얼굴에 떠올랐다.
남편 신성군이 어린 나이로 세상을 떠났기 때문에 신씨에게는 후

사가 없었다. 지금 앞에 앉아 있는 아들 전은 신성군의 친형인 정원군의 셋째 아들이었다. 왕실의 결정에 따라 전을 양자로 입적한 것은 그가 아홉 살 되던 해였다.

당시에도 능창군에 대해서는 나이답지 않게 총명하고 늠름하다며 소문이 자자했다. 정원군의 세 아들 중에 최고라고 모두들 입에 침이 마르도록 칭찬을 해댔다.

그런 전을 양자로 들인 것을 신씨는 큰 복이라 생각했다. 하지만 세월이 지나면서 그것이 전에게는 커다란 족쇄가 될 수도 있음을 알았다.

신성군의 어머니이자 전의 할머니인 인빈 김씨는 선왕의 총애를 듬뿍 받던 후궁이었다. 왕의 그러한 총애는 인빈의 아들 신성군에게까지 이어졌다. 만일 신성군이 일찍 세상을 떠나지 않았다면 지금의 왕을 제치고 그가 조선의 지존이 되어 있을지도 모를 일이었다.

그 때문일까, 남편이 죽은 후 십오 년이 흘렀지만 왕은 여전히 새문리에 대한 경계심을 버리지 않고 있었다. 능창군에 대한 사람들의 칭송이 언제 왕을 그리고 왕을 둘러싼 자들의 심기를 긴드릴지 알 수 없었다.

왕의 이복동생이 역모 죄로 몰려 목숨을 잃은 사건은 신씨를 더욱 두렵게 했다. 막연하게 느끼던 불안이 현실감을 가지고 다가왔던 것이나.

그런데 이런 저런 사건에도 전은 태연해 보였다. 여전히 책 읽는 것만큼이나 말 타기와 활쏘기를 즐겼고, 하인 하나 대동한 채 한성

거리를 돌아다니는 것도 좋아했다.

겉으로 보이는 저 태평한 모습이 정말 진심일까. 신씨는 궁금했다. 혼례를 올리려 하지 않는 건 여인네들 마음 훔치기를 즐기기 때문일까, 아니면 다른 이유가 있는 것일까. 아들의 속마음을 떠보기 위해 신씨는 다시 혼례 이야기를 이었다.

"그나저나 참으로 고운 규수더구나. 그리 꼭 맞는 규수도 찾기 힘들 게야. 미색이며 학식이며 어디 하나 빠지는 데가 없는데다 성품 또한 어찌나 고운지 칭찬이 자자하단다."

"어머니께서도 맘에 드신다니 다행입니다."

"꼭 남의 말 하듯 하는구나. 그래, 그렇담 너는 어떠냐?"

"무슨 말씀이신지요?"

"혼례 말이다. 네 생각을 듣고 싶구나."

능창군은 잠시 미소를 띤 채 말 없이 앉아 있었다. 문 밖에서 엿듣고 있던 수생만 발을 동동거리며 조바심을 칠 뿐이었다.

어서 대답을 드리세요, 나리! 혼례 같은 건 올리지 않겠다고 말씀드리시란 말이어요.

하지만 들려온 대답은 수생의 바람과는 거리가 먼 것이었다.

"혼례품은 어찌하기로 하셨습니까?"

"어찌 말을 돌리는 게냐? 하고 싶지 않은 게야?"

제 말이 그 말입니다!

신씨의 질문에 수생은 속으로 맞장구를 쳤다.

혼인 같은 건 하고 싶지 않으신 게 틀림없습니다! 허니 제발 그리 말씀해주십시오, 나리……. 제발…….

"그럴 리가 있겠습니까. 어머니께 얼른 떡두꺼비 같은 손자 하나 안겨드리는 게 제 소원 중의 소원입니다."

수생의 간절한 바람도 아랑곳 않고 야속한 대답이 흘러나왔다. 산산조각이 난 마음을 끌어안고 수생은 털썩 그 자리에 주저앉았다.

"그것이야말로 힘든 일이 아니더냐. 어지간한 박색 며느리를 얻지 않고서야 어찌 네게서 떡두꺼비 같은 손주가 나오겠느냐."

능창군이 바람 같은 웃음을 날렸다. 그 웃음이 방문 넘어 불어와 수생의 가슴을 할퀴어댔다.

군부인이 방을 나서는 기척이 들렸다. 수생은 들키지 않게 대청마루 밑에 꼭꼭 숨었다. 가뜩이나 비밀이라던 혼례 소식이었다. 엿들은 게 들통 난다면 빗자루 세례를 받으며 쫓겨날 것은 물론이오, 다시는 이곳에 걸음도 못할 것이 분명했다.

군부인을 방문 앞까지 배웅한 후 전은 다시 자리로 돌아와 앉았다. 조금 전까지는 없던 서글픈 미소가 그의 얼굴에 떠올랐다.

대청마루 밑에 숨은 수생도 치마폭에 얼굴을 묻었다. 가슴이 옥죄며 코끝이 시려왔다.

"혼례라……."

"혼례라니……."

한숨처럼 동시에 뱉어낸 말이 능창군의 방과 대청마루 밑을 잠시 떠돌다 흩어져갔다.

4

뜨겁게 내리쬐던 햇빛이 어느덧 어스러졌다. 하루 일과를 마친 어린 각심이와 비자들이 궁가 뒤뜰의 정자로 속속 모여들었다. 정자에 오른 이들은 종이 하나씩을 앞에 펼쳐놓은 후 삼삼오오 모여 재잘대기 시작했다. 오늘은 이들의 회합일이었다.

회합일이라 하여 정해진 날짜가 따로 있는 것은 아니었다. 달이 한 번 졌다 차오르는 동안 소녀들은 너덧 번을 만날 때도 있었고 단 한 번을 모이지 못할 때도 있었다. 회합일의 기준은 단 하나. 새문리 신성군 댁으로 누군가 글월 심부름을 가는 날이었다.

신성군 댁 글월 심부름에 목을 매고 있다는 공통점으로 묶여 있는 소녀들. 수생을 비롯한 그들 모두는 서로에게 경쟁자이자 동지였다.

처음 이 회합을 주동한 사람은 수생이었다. 난생 처음 느껴보는 연모의 정에 끙끙 앓던 수생은 그런 제 마음을 털어놓을 곳이 필요했다. 수진궁 안에도 능창군을 흠모하는 여인들이 많다는 사실을 알고 있었던 터라 수생은 그들에게 다가갔다.

그런데 생각보다도 반응은 냉랭했다. 평소 친밀하게 지내던 이들조차도 능창군에 관해서만은 달랐다. 단단히 울타리를 치고 수생이 들어오지 못하도록 밀어냈다. 이른바 텃세였다. 능창군 나리는 우리들 거야! 우리들이 먼저 흠모했으니 그쪽은 빠지시지! 그들의 눈빛은 그렇게 말하고 있었다.

하지만 그대로 포기할 수생이 아니었다. 흐흥, 이런 식으로들 나온단 말이야? 그럼 내게도 비책이 있다구.

수생은 연화가 거느리고 있는 각심이 물이에게 능창군을 만난 이야기를 슬쩍 흘렸다. 요리조리 살을 보태고 뺀 끝에 누가 들어도 혹할 만한 이야기로 만들어냈다.

수생의 말을 들은 물이의 귀가 쫑긋 섰다. 여태껏 그 누구도, 심지어 수진궁의 글월 심부름을 도맡아 하는 비자, 자영이조차도 그렇게까지 지척에서 능창군을 본 적은 없다고 했다. 그런데 그리 오랫동안 대화를 주고받았다니! 손수 내밀어주신 손을 잡아보기까지 했다니! 수생의 이야기는 순식간에 무용담이 되어 수진궁 여인들 사이에 퍼져 나갔다.

다음 단계는 글을 배울 사람들을 모으는 일이었다.

수생은 어려서부터 홍복에게 글이며 셈을 배웠다. 이런 거 배운

다고 양반이 되는 것도 아닌데 뭐하려요? 어릴 때는 그렇게 삐죽대며 도망을 다녔지만 자라면서 수생은 홍복을 이해하게 됐다. 못 배운 것, 천한 것이라는 이야기를 듣게 하고 싶지 않았던 아비의 마음을.

그래서 얌전히 배운 글이었는데, 이런 쓸모가 있을 줄이야.

수생은 이번에도 물이에게 글방에 올 것을 권했다. 기본적인 한자를 깨우쳐야 글월 심부름도 맡을 수 있다는 걸 너도 알지 않니? 언문은 물론이고 말야. 내가 다 가르쳐줄 테니 배우고 싶은 사람들 있으면 모두 데리고 오렴. 그렇게 물이를 꼬드긴 지 며칠도 채 지나지 않아 능창군을 흠모하는 이들이 하나 둘씩 수생의 글방으로 모여들었다.

더 이상의 텃세는 없었다. 수생을 배척하던 이들이 이제는 오히려 수생을 중심으로 뭉쳤다.

수생은 그들에게 글을 가르치고 시를 짓게 했다. 그들이 짓는 시는 대부분 능창군을 향한 연시였다. 각자가 지은 시를 서로에게 읊어주고 함께 깔깔거리다 보면 저녁 시간이 훌쩍 지나가곤 했다.

하지만 이 글방에는 그보다 더 중요한 기능이 있었다. 바로 정보 공유였다. 글월 심부름을 갔던 누군가가 능창군을 보고 온 날은 모두의 잔칫날이었다.

특히나 오늘은 다른 누구도 아닌 수생이 글월 심부름을 간 날이었다. 또 어떤 무용담을 가지고 올까. 모이를 문 어미가 돌아오기를 기다리는 어린 새들처럼, 회합에 모인 소녀들은 연신 고개를 빼며 수생을 기다렸다.

그런데 돌아온 수생이 좀 이상했다. 신성군 댁에서 무슨 일이 있었는지, 능창군을 보기는 한 건지, 아무리 물어도 대답이 없었다. 시를 짓기 위해 펴놓은 한지 위에 먹물만 몇 방울 멍하니 떨어뜨리고 있을 뿐이었다.

팔꿈치로 서로를 쿡쿡 찔러대며 소녀들은 더위 먹은 엿가락처럼 축 늘어진 수생을 흘끔거렸다. 흠, 흠. 물이가 크게 헛기침을 하자 수생이 겨우 고개를 들었다.

“뭔데 혼자만 알고 계시는 겁니까? 자꾸 이렇게 비밀을 만들면 저희 회합에서 추방입니다!”

성격 급한 물이가 깍듯하게 존댓말까지 붙여가며 성질을 누르고 있는 것은 수생에게 글 선생 대접을 해주기 위함이었다.

말해버릴까. 수생은 잠시 고민했다. 혼자만 알고 있기엔 너무 잔인한 소식이었다. 하지만 진짜로 다 털어놓는다면?

울고불고 통곡하는 소녀들의 모습이 수생의 눈앞에 쉽게 그려졌다. 꺼이꺼이 울며 바닥을 내리치는 자신의 모습도 보였다. 안 돼, 못 해. 수생은 도리도리 고개를 저었다.

게다가 비밀이랬다. 자신의 입방정 때문에 다른 사람이 피해를 입게 할 순 없었다.

수생이 고민에 빠진 사이, 자영이 요전 날 보았던 능창군의 이야기를 다시 꺼내며 잘난 척을 하기 시작했다.

“너희들 그분 말 타시는 거 본 적 없다고 했지? 내가 얘기해줄까?”

“어서 말해봐라. 어떠셨는데? 눈이 멀 정도로 황홀했다며?”

물이가 얼른 자영을 재촉했다.

“말등 위로 훌쩍 뛰어오르시던 그 모습이란……. 한 줄기 황홀한 바람이오, 천상의 날갯짓이더라니까. 게다가 말고삐를 감아쥐신 그 손은 어쩜 그리 우아하시다니? 손등 위로 난 힘줄은 또 어떻고. 아아, 정말 생각만 해도 녹아버릴 것 같아. 얘들아, 나 어떡하지?”

사실 이 이야기는 벌써 몇 번이나 질리도록 들은 이야기였다. 하지만 모두들 새로운 이야기라도 되는 양 열심히 자영의 말에 귀를 기울였다. 능창군에 대해 얘기할 수 있다는 사실만으로도 그들은 모두 잔뜩 신이 나 있었던 것이다.

“좀 더 자세히 말해봐라. 도포는 뭘 입으셨어? 지난 번 활터에 입고 나가셨다는 비취빛 도포?”

“아니, 은은한 자색이었다.”

“안색은 어떠셨고?”

“광채가 빛났지! 게다가 또 그 입술이 말야…….”

자영이 갑자기 말을 멈추더니 야릇한 미소를 지으며 주위를 둘러보았다. 입술이란 말에 모두의 눈이 반짝반짝 빛났다. 신음 같은 아우성도 터져 나왔다. 자영은 그 모습을 보며 다시 한 번 미소를 지었다. 이번에는 으스대듯 뽐내는 미소였다.

자영이 이렇게 웃는다는 건 불길한 징조였다. 이런 미소를 흘리고 나면 십중팔구 입을 꼭 다물어버림으로써 사람들의 약을 바짝 올리곤 했던 것이다.

"입술이 왜, 입술을 어쩌셨는데? 아오, 답답해. 빨리 좀 말해봐라."

물이가 재촉하자 자영은 심장이 떨린다는 듯 과장되게 가슴팍을 움켜쥐었다.

"아우, 떨려서 도저히 말을 못하겠어. 나중에 직접들 봐. 그 모습, 그 자태……. 아아, 정말이지 직접 보지 않으면 도저히 설명할 길이 없다니까."

"그럼 설명할 길을 찾아야죠. 그런 걸 하려고 우리가 이렇게 모인 것이 아닙니까."

느닷없이 끼어든 목소리는 수생의 것이었다. 모두의 시선이 수생에게로 쏠렸다. 저녁 바람이 불어온 덕분일까. 늘어진 엿가락 같던 수생이 조금 기운을 차린 듯 보였다.

"자, 모두들 시를 한 번 읊어봅시다. 못 지은 사람이야말로 회합에서 추방입니다. 누가 먼저 시작하시겠습니까?"

글방 선생의 위엄을 담아 수생은 제자들을 쭉 훑어보았다. 그 눈길이 자영의 얼굴 위에서 멎었다.

"저요?"

자영이 손가락으로 제 얼굴을 가리키며 물었다.

"읊어보십시오. 시제는 그분의 입술에 대한 것입니다."

그랬다. 수생을 움직인 건 저녁 바람이 아니었다. 능창군의 입술이 대체 어땠다는 건지 그 얘기를 듣고 싶어, 마음이 참을 수 없을 만큼 꼼지락거렸던 것이다.

"앵두 같은 입술에 거친 숨결 닿았네."

자영이 읊은 첫 구절에 수생은 헉, 숨을 들이마셨다. 능창군 나리의 숨결이 닿는다니. 상상만으로도 얼굴이 빨개지고 심장이 콩닥콩닥 뛰기 시작했다. 아이, 참. 내가 지금 뭘 상상하고 있는 거지? 수생은 얼른 고개를 저은 후 자영의 다음 시구를 기다렸다.

"그 숨결 멀어져도 차마 눈길은 떨어지지가 않네. 바람에 오르락내리락 펄럭이는 것이 내 마음이련가."

무엇을 탐하신 걸까. 어떤 꽃잎이, 어떤 향기가 그 입술에 닿은 걸까. 자영의 시가 수생의 상상 속에서 끝없이 부풀어 올랐다. 그러다 결국 여인에게 입 맞추는 능창군의 모습을 상상해버리고 말았다. 그 여인이 혼례상 앞에서 능창군과 교배례를 하는 모습까지 떠올랐다.

낮에 들었던 이야기가 다시 생각났다. 능창군과 혼례를 올릴 상대는 모든 걸 지닌 완벽한 여인이라는…….

말도 안 돼. 모두들 속고 있는 게 틀림없어!

수생은 자신이 만들어낸 상상 속의 여인을 향해 눈을 흘겼다. 갓 시집온 며느리를 앞에 둔 시어머니처럼 머리끝부터 발끝까지 샅샅이 그 여인을 살폈다. 작은 흠이라도 찾아내고 싶었던 것이다.

하지만 결국엔 능창군과 너무나 어울리는 기품 있는 여인이라는 사실을 인정할 수밖에 없었다. 신분, 미모, 학식, 성품을 모두 갖춘 여인이라니. 그 정도면 도저히 경쟁이 되질 않잖아.

갑자기 귀신이라는 놈한테 부아가 치밀었다.

나쁜 놈. 소원을 들어준다더니 다 헛소문이었던 거야?

회합이 파하자마자 수생은 맹렬한 기세로 동쪽 협문을 향해 돌진했다.

그 기세 그대로 협문을 밀어젖히자 사당이 어둠에 잠긴 모습으로 수생을 맞았다.

"이 무능한 귀신 같으니라고! 능력도 쥐뿔 없는 주제에, 겁만 주면 다더냐? 아무짝에도 쓸모없는 귀신 나부랭이야!"

사당을 노려보며 수생은 원망을 쏟아냈다. 가슴 속이 조금 후련해졌다.

그때 갑자기 사당 앞 고목의 나뭇가지가 흔들렸다.

항의라도 하듯 땅에 붙은 그림자가 움찔댔다.

흠칫 놀란 수생이 나무 그림자 뒤를 노려보았다. 누군가 어둠 속에 숨어 자신을 지켜보고 있는 느낌이었다.

어디선가 스산한 울음소리가 들려왔다. 밤 고양이 같기도 하고 부엉이 같기도 했다. 아니, 사당에 잠들어 있는 원혼들이 자신을 위협하는 소리인지도 몰랐다.

도망갈 것 같으냐? 흥, 가소로운 귀신 따위를 누가 겁낸다고!

그렇게 귀신을 향해 다시 쏘아붙이고 싶었지만, 이번에는 차마 입 밖으로 소리가 나오질 않았다.

또 한 번 그림자가 흔들렸다. 문득 수생은 이상한 느낌이 들었다. 자신이 서 있는 곳에서는 바람 한 점도 느낄 수가 없었기 때문이다.

그렇다면 그림자는 바람에 흔들리고 있는 게 아니었다. 제 스스로 움직이고 있는 것이었다.

그 사실을 깨닫는 순간, 사당 안에서 느꼈던 섬뜩함이 생생하게 되살아났다. 귀신이 뿜어내던 차가운 입김이 다시 등골을 훑으며 올라오는 것만 같았다.

수생은 서둘지 않으려 안간힘을 쓰며 협문을 닫았다. 태연한 척 아무렇지도 않은 얼굴로 애써 고개를 든 채 수생은 수진궁 마당을 가로질렀다.

무언가가 자신을 따라붙는 느낌이 들었다. 꺼림칙한 느낌에 수생의 발걸음이 점점 빨라졌다. 맘 같아서는 어젯밤처럼 걸음아, 나 살려라 도망을 가고 싶었지만, 조금 전 내뱉은 말이 발목을 잡았다.

후회할 말은 처음부터 하지를 말라 했는데. 아버지 말씀 틀린 게 하나 없다니까. 울고 싶은 심정이 되어 그렇게 웅얼거리며 수생은 집으로 가는 발걸음을 재촉했다.

근연(近緣)

5

제향의식에 쓸 그릇을 닦고 있는 수생의 얼굴은 눈에 띄게 창백해져 있었다. 며칠 밤을 제대로 잠도 못 잔 채 뒤척인 탓이었다. 푹 파인 눈 밑이 검푸르게 변해 있었고 옅은 홍조가 돌던 뺨은 파리하게 질려 있었다.

"귀신이 벗이라도 하자고 달려들겠다?"

흘끔흘끔 수생을 곁눈질하던 물이가 더 이상 참지 못하겠다는 듯 툭, 한마디를 던졌다. 그 말에 수생이 펄쩍 뛰어 올랐다.

"그런 벗은 절대 사절이다. 달려들기만 해봐라, 코를 납작하게 해줄 테니."

겁먹고 있다는 사실을 들킬까 봐 수생은 큰소리를 쳤다. 그리고는 귀신 생각을 떨쳐내려는 듯 손에 든 짚으로 그릇을 박박 문질렀다.

놋그릇이 반질반질 윤이 나기 시작했다. 매끄러워진 표면이 마치 거울처럼 수생의 얼굴을 비추었다. 이 정도면 연화에게 칭찬을 들어도 될 법했다.

기분이 좋아진 수생은 콧노래를 부르며 그릇에 비친 자신의 얼굴을 들여다보았다. 햇빛을 받은 그릇이 반짝였다. 순간적으로 눈이 부셔왔다.

수생은 눈꺼풀을 한 번 깜빡인 후 다시 눈을 떴다. 그 눈이 다시 휘둥그레졌다. 그릇에 다른 사람의 얼굴이 비춰지고 있었다. 낯선 남자의 얼굴이었다.

외마디 비명과 함께 수생이 들고 있던 놋그릇이 공중으로 붕 날아올랐다. 동그랗게 뜬 수생과 물이의 눈이 동시에 하늘을 나는 그릇을 쫓았다. 다음 순간 정점을 찍은 그릇이 포물선을 그리며 땅으로 곤두박질쳤다.

수생은 그릇을 잡으려고 다급히 손을 뻗었다. 하지만 헛손질이었다. 하얗고 날씬한 손 하나가 어디선가 쑥 나타나더니 수생보다 먼저 그릇을 낚아챘다. 연화였다.

"일어서라."

"예?"

"네가 요즘 어디에 정신을 빼놓고 다니는지는 모르겠다만 이런 식이라면 네게 어떤 일을 맡길 수 있겠느냐?"

"이상한 것을 보았어요, 항아님. 분명 그 그릇에 이상한 남자의 얼굴이 비춰졌단 말입니다!"

"몰래 흠모하고 있는 남정네의 얼굴은 아니었고?"

"그럴 리가 있습니까? 그건 능차……!"

울컥한 마음에 변명을 하려다 하마터면 능창군의 이름이 입 밖으로 나올 뻔했다. 수생은 급히 그 이름을 입안으로 삼켰다. 이름을 꺼냈다가는 자칫 홍복의 귀에 그 이야기가 들어갈지도 몰랐다. 감히 넘봐서는 안 될 사내를 여식이 마음에 품고 있다는 것을 안다면 고지식한 홍복은 놀라서 뒤로 나자빠져버릴 것이 분명했다.

"예, 그랬나 봅니다. 헛것을 봤나 봐요. 이제 아니 그러겠습니다."

풀썩 고개를 떨군 채 수생이 두 손을 내밀었다. 연화가 들고 있는 그릇을 돌려받으려는 것이었다. 하지만 연화는 오히려 수생의 손에서 짚을 빼어들었다.

"됐다. 고직에게나 가보아라."

"예? 어, 어째서요?"

"심부름 시킬 일이 있다며 널 찾더구나."

다행이었다. 연화를 화나게 했나 싶어 덜컥 내려앉았던 가슴이 안도의 한숨을 내쉬었다. 수생은 걷어붙인 소매 단을 냉큼 내리고 창고사로 달려갈 준비를 했다. 그때 들려온 연화의 목소리가 수생의 발길을 붙잡았다.

"물이 너는 이 그릇들을 사당에 갖다 놓거라. 빠진 그릇이 없나 잘 챙기고. 하나라도 없어지면 좀도둑이 들었다고 또 난리가 날게다."

연화의 말에 수생은 쥐도 새도 모르게 사라진 항아리 조각을 다시 떠올렸다. 자신이 사당에서 깨버린 그 항아리…….

분명 연화는 그날, 깨진 조각은커녕 부스러기 하나도 보지 못했다고 했다. 좋다, 그 말이 사실이라고 치자. 그렇다고 해도 항아리 하나가 없어졌다는 사실은 변하지 않았다. 그것을 아무도 모른다는 건 말이 안 됐다. 누군가 반드시 눈치를 챘어야 했다. 아무리 생각해도 이상한 것 투성이었다.

수상한 기운이 주변을 자꾸 맴도는 것도 그 사라진 항아리와 관련이 있는 게 아닐까. 문득 그런 생각이 들었다. 그래, 분명해. 그 항아리를 깨버렸기 때문에 모든 일이 틀어져버린 거야. 갑자기 능창군께서 혼례를 올리신다질 않나, 불쑥불쑥 이상한 그림자가 튀어나오질 않나.

그럼 이제 어떻게 하지? 항아리를 찾으면 괜찮아질까? 하지만 흔적도 없이 사라진 걸 어디서 어떻게? 게다가 찾는다고 해도 산산조각난 항아리를 다시 붙일 수는 없는 노릇이잖아?

답이 없는 질문에 다시 한 번 긴 한숨이 새어나왔다.

정용은 노자들을 시켜 창고사 물품을 정리하고 있었다. 수생은 정용에게 종종걸음으로 달려갔다. 목재를 나르던 노자 하나가 지나가던 수생의 어깨를 부딪혀왔다. 억센 힘이었다. 눈물이 찔끔 날 만큼 아파서 수생은 부딪힌 어깨를 감싸 쥐었다.

"눈깔은 어따 빼놓고 다니는지, 시발. 일하는 거 안 보이냐?"

퉁명스럽게 내뱉는 목소리가 왠지 익숙하다 싶어 수생은 고개를 들었다. 아니나 다를까, 득수가 자신을 흘겨보고 있었다. 그 눈빛이 꽤나 사나웠다.

"거, 참. 득수 너도 엔간히 좀 해라. 그렇게 성질대로 살다간 제명에 못 죽는다고 내 몇 번을 말하냐."

정용이 다가오며 수생의 편을 들었다. 마뜩잖은 듯 두 사람을 흘낏거린 후 득수가 쿵쿵거리며 멀어져갔다.

"괜찮냐?"

"그럼요, 아무렇지도 않습니다."

수생은 재빨리 어깨를 쥐었던 손을 내렸다.

"이것 좀 평시서에 전달해줄 수 있겠느냐? 차지 영감께 하달된 내서(內書)다. 관원들이 퇴근하기 전에 전달하려면 서둘러 가야 할 터인데 마침 창고사 물품들을 정리하던 참이라 내가 직접 움직이긴 힘들 것 같아서 말이다."

내서란 왕궁에서 궁방에 내리는 물품 주문서를 뜻했다. 내서가 내려오면 궁방에서는 그것을 평시서에 전달해야 했다. 시전을 관리, 감독하는 기관인 평시서에서는 내서에 적힌 내용에 따라 상납할 물품의 종류와 수량을 각 전(廛)에 부과했다. 그렇게 해서 납상(納上)받은 품목들을 다시 궁에 바치는 것이 수진궁이 담당하는 일 중의 하나였다.

내서를 전달하는 일은 무역 일을 담당하는 고직의 몫이었다. 정용은 내서를 전달하러 가는 길에 수생을 여러 번 데려간 적이 있었다. 글자를 읽고 셈이 빠르며 기억력도 좋은 수생을 데리고 나가면 시전을 돌아볼 때 꽤 쓸모가 있었다. 그 때문에 정용은 수생과 함께 시전에 나가길 즐겨했다.

"그럼요, 한두 번 하는 일도 아닌데 맡겨주세요. 실수 없이 잘 전달하고 오겠습니다."

"그래, 내 너만 믿는다. 소용마마 진봉 하례품을 특별히 주문하신 듯하니 납상 기일은 반드시 지켜야 한다 이르고."

시전은 운종가를 따라 길게 늘어서 있었다. 운종가는 성문을 열고 닫는 시각을 알리는 종루를 중심으로 동쪽으로는 배오개, 서쪽으로는 북청교까지 넓게 뻗어 있는 길을 가리켰다. 사람들이 구름처럼 모였다 흩어진다 해서 붙여진 이름답게, 최근 들어 점점 더 많은 사람들이 물건을 사기 위해 이곳 운종가로 모여들었다. 운종가에 한 번씩 심부름을 갈 때마다 수생은 시전을 둘러싸고 벌어지는 이러한 변화를 체감하곤 했다.

운종가의 가게들은 여염집 몇 채를 이어놓은 듯 길쭉한 기와집 모양을 하고 있었다. 이 거대한 규모를 자랑하는 가게들은 길가에 상품 진열대를 내어놓고 손님들의 시선을 끌어당겼다.

평시서에 들러 내서를 전달한 수생도 곧 사람들의 물결에 섞여 시전 구경에 나섰다. 시전 가게 중 가장 큰 규모를 자랑하는 선전 앞에서 수생은 걸음을 멈췄다. 자주색, 비취색, 녹색 천 위에 섬세하고 화려한 무늬가 새겨진 고급 비단들이 진열되어 있었다.

능창군 나리가 걸치시면 얼마나 눈이 부실까. 수생은 버릇처럼 능창군을 떠올렸다. 순간 주위의 모든 풍경들이 자취를 감추었다.

오직 우아한 걸음걸이로 도포자락을 휘날리며 걷는 능창군의 모습만이 수생의 눈앞에 아른거렸다.

그 상념을 깨운 것은 어디선가 들려오는 고함소리였다.

"저놈 잡아라! 소매치기다!"

다급하게 외치는 소리에 수생이 뒤를 돌아봤다. 그 순간 누군가 수생의 옆을 맹렬한 기세로 스쳐 지나갔다. 조금만 몸을 세게 돌렸다면 부딪혔을 만큼 아슬아슬한 거리였다. 악 소리가 절로 입에서 터져 나왔다.

달아나고 있는 것은 몸집이 작은 사내아이였다. 잡아달라며 쫓아오는 사람은 다리를 절고 있는 초로의 남자였다. 저렇게 힘없고 편찮으신 어른의 물건을 훔치다니! 분개하고 있는 수생의 앞으로 노인이 절뚝이며 지나갔다. 그러나 몇 걸음 못 가 노인은 풀썩 주저앉고 말았다.

"어르신, 괜찮으십니까?"

수생은 얼른 다가가 노인을 부축했다.

"나는 괜찮으니, 저놈 좀…… 저놈 좀 잡아주시오."

주름으로 쪼그라든 노인의 손가락이 수생의 소맷자락을 부여잡았다. 고생이 배어 있는 손이었다. 볕으로 타고 가뭄에 메마른 흙바닥처럼 튼 손등이었다.

고향에서 농사를 짓다 거듭되는 흉년에 결국 땅을 버리고 여기까지 왔으리라. 아니면 손바닥만 한 땅에서 난 농작물을 팔아보겠다고 먼 길을 왔을지도 모른다. 그런 불쌍한 노인네의 물건을 훔쳐?

절대로 그냥 놔둘 수 없지!

수생은 벌떡 일어났다. 곱게 내렸던 소매 단을 다시 팔뚝 위로 걷어붙였다.

"그럼 위험하니 여기 꼼짝 말고 계세요. 아셨죠, 어르신?"

이내 전력 질주가 시작됐다. 저만치 앞에서 뛰어가는 사내아이를 따라잡기 위해 수생은 있는 힘껏 속도를 높였다. 수생이 쫓아오는 걸 본 아이도 뒤질세라 달음박질을 쳤다.

시전 사람들의 이목이 수생과 아이에게 쏠렸다. 영문을 모르는 사람들은 다 큰 계집이 치맛단을 걷어 올린 채 장바닥을 헤집고 다니는 모습에 눈이 휘둥그레졌다.

사내아이는 가게 앞 진열대와 사람들 사이를 요리조리 누비며 다녔다. 가뜩이나 작은 몸에 어찌나 날랜지 수생은 마치 산 다람쥐를 쫓고 있는 기분이었다. 숨이 턱까지 차며 옆구리가 아파왔다. 수생은 잠시 멈춰서 옆구리를 움켜쥔 채 심호흡을 했다.

"야, 너 이리 안 와? 곱게 말할 때 올래, 아니면 잡혀서 맞을래?"

누가 봐도 더 이상 쫓을 힘이 없어 헉헉거리는 주제에 수생은 큰 소리를 쳤다.

뒤를 돌아본 아이가 빙긋 웃으며 제자리에 섰다. 여유 있는 그 모습에 약이 바짝 올랐다.

"아무리 세상이 말세라도 그렇지, 불쌍한 어르신 등을 쳐? 세상 그렇게 사는 거 아니라고, 너."

여전히 옆구리에 손을 올려놓은 채 수생은 씩씩거렸다. 아이는 수생이 숨을 고르길 기다리기라도 하듯 제자리에서 움직이지 않았다.

왜 도망가지 않는 건지 수생은 문득 의아해졌다. 아이는 그런 수생을 한 번 쳐다본 후 주변을 휙휙 둘러보았다. 무언가를 경계하는 기색이었다.

뭘 보는 거지? 수생도 고개를 돌려 좌우를 살폈다. 구경꾼들 사이에 숨어 아이를 노려보고 있는 건장한 사내 하나가 보였다. 기회가 오면 단숨에 낚아채겠다는 듯 사내는 아이에게서 시선을 떼지 않았다. 마치 먹이를 노리는 맹수 같은 모습이었다.

단순한 구경꾼이 아니라는 것을 수생은 직감할 수 있었다. 소매치기를 단속하는 관원인가? 아니, 그럴 리 없어. 관원이라면 그냥 뛰어나와 잡아갔겠지. 그럼 뭐지?

수생이 뚫어지게 사내를 바라보자 구경하던 사람들의 시선도 자연스레 그를 향했다. 갑자기 쏟아지는 시선에 사내는 당황했다. 엉거주춤 뒷걸음질을 치던 사내의 입에서 짧은 욕지거리가 튀어나왔다. 제기랄. 목표물을 포기한 맹수처럼 사내는 등을 보이며 멀어져갔다.

그와 동시에 아이가 다시 뛰기 시작했다. 그런데 도망가는 게 아니었다. 수생을 향해 뛰어왔다. 수생은 깜짝 놀라 몸을 곧추세웠다. 하지만 아이는 이번에도 수생을 그대로 지나쳐갔다. 소매치기를 당한 노인이 아이의 앞을 가로막았다. 아이는 그대로 뛰어가 노인의 품에 안겼다.

"할아버지! 이제 됐어요. 따돌렸어요."

수생은 어안이 벙벙했다. 할아버지라고? 대체 이게 어떻게 된 일인가. 분명 소매치기를 잡아달라지 않았던가.

"괜찮냐? 어디 다친 데는 없고?"

"멀쩡해요. 다 이 누나 덕분이에요. 열심히 쫓아와줘서 고맙습니다."

아이는 씩 웃으며 수생에게 넙죽 절까지 했다.

속았다는 생각에 속이 부글부글 끓기 시작했다. 수생은 노인을 향해 획 고개를 돌렸다.

"어르신?"

노인을 부르는 수생의 목소리에 심상치 않은 기운이 느껴졌다. 하지만 노인은 전혀 아랑곳 하지 않는 듯 태연한 얼굴로 다가오더니 수생의 두 손을 덥석 잡았다.

"처자 덕분에 살았소. 그나저나 아주 잘 달립디다. 내가 사람 하나는 잘 골랐지. 안 그렇수?"

"혹시, 일부러 거짓말을 하신 건 아니겠죠?"

"왜 아니겠수?"

유들유들 웃으며 대답하는 노인 때문에 수생은 말문이 턱 막히는 것 같았다.

"아니, 대체 왜요? 아까 그 사람은 또 누구고요?"

"궁금하우? 그럼 일단 우리랑 같이 갑시다. 내, 가서 다 얘기해줄 테니."

"어떻게 믿고 따라간단 말이에요? 또 저를 속이실지 어찌 압니까?"

"속고만 살았수? 웬 의심이 이리 많어. 아, 믿기 싫으면 그러든가. 우리야 뭐 손해 볼 것 있나?"

노인은 갑자기 표정을 바꾸더니 수생의 손을 내팽개치듯 놓았다. 그리고는 손자의 손을 냉큼 잡더니 수생의 곁을 쌩하니 스쳐 지나갔다. 기가 막혀서 수생은 말이 안 나올 지경이었다.

그런데 걸어가는 노인과 꼬마의 뒷모습은 찬바람 일으키며 지나간 사람들 치곤 꽤 느긋했다. 어서 따라오라는 재촉 같이 느껴질 만큼 느릿느릿하게 걸어갔다. 다리가 불편해서 그런가? 수생은 고개를 갸웃거리며 노인의 걸음걸이를 살폈다.

가만, 아까는 분명 다리를 절었는데? 눈을 비빈 다음 수생은 다시 노인을 보았다. 역시 멀쩡했다. 너무나도 정상적인 걸음걸이였다.

조금씩 가라앉던 호흡이 다시 거칠어졌다. 이 사기꾼들! 도저히 그냥은 못 넘어가! 따라오라고? 좋다 이거야. 무슨 꿍꿍이로 따라오라고 했는지는 몰라도 이번에는 절대 호락호락 속아주지 않을 테다. 왜 날 속인건지 대답도 들어내고 사과도 꼭 받아내고 말 테다!

수생이 따라오는 것을 확인한 노인과 꼬마가 속도를 높였다. 가로 세로로 교차하는 미로 같은 골목길을 그들은 마치 제 집 만난 물고기들처럼 미끄러져 들어갔다. 수생도 그들을 쫓아가기 위해 열심히 발걸음을 놀렸다.

한참을 그렇게 걸어간 끝에 수생은 어느 좁은 골목길로 접어들었다. 좀 전까지와는 사뭇 다른 풍경이 눈앞에 펼쳐졌다.

건장한 사내 몇 명이 드문드문 망을 보는 것처럼 골목 주위를 서성이고 있었다. 길가에 여러 물건들을 진열해놓고 그 옆에 쭈그려 앉아 있는 사내들도 보였다. 좀 더 적극적이고 대담한 이들은 지나가는 사람들을 끌어당기기도 했다.

노인과 아이는 그런 이들을 지나 평범해 보이는 기와집 안으로 사라졌다. 수생도 급히 그들을 따라 마당으로 들어섰다.

노인은 어느새 커다란 궤짝 하나를 가져와 그 안에 든 물건들을 끄집어내고 있었다. 아이는 노인을 도와 궤에서 꺼낸 물건을 바지런히 바닥에 늘어놓았다.

"뭐하슈, 처자. 어서 이리 오시구랴."

수생을 향해 손짓을 하며 노인이 이를 드러내 웃었다. 그 모습은 소매치기를 잡아 달라 부탁할 때의 불쌍한 늙은이도, 거짓말을 들키고도 적반하장 격으로 나오던 뻔뻔한 사기꾼도 아니었다. 과장된 친절로 무장한 장사치의 얼굴이었다.

노인과 아이가 무엇을 하는 사람들인지, 여기서 지금 무슨 일을 하려는 건지 수생은 비로소 알 것 같았다. 그들은 이동 상인이었다.

이곳 운종가에서는 관에서 정식으로 허가를 받은 시전상인들만이 장사를 할 수 있었다. 공식적으로는 그랬다. 그러나 정식 상점들 이외에도 은밀하게 장사를 하는 이들이 있었으니, 그들이 바로 이동식 가게를 운영하는 상인들이었다.

시전보다 더 싸게, 시전에 없는 진귀품을!

이동 상인들은 그렇게 외치며 사람들의 발길을 끌어당겼다.

장사 방법도 은밀하고 독특했다. 판매할 물품들은 궤에 넣어 근처의 집에 숨겨놓는다. 여리꾼이 지나가는 손님들을 끌어서 집으로 데려오면 그때부터 궤에서 꺼낸 물건들을 두고 흥정이 시작되는 것이다.

지금 수생을 끌고 온 장사치들의 속셈도 그런 것일 게 뻔했다. 멀쩡한 사람 뒤통수를 친 것도 모자라 이제는 등까지 처먹으려는 심보라니. 내리쬐는 뙤약볕보다 더 뜨거운 열이 수생의 뒷덜미를 타고 정수리 끝까지 뻗쳐올랐다.

수생은 돌진하듯 달려갔다. 그리곤 노인에게 얼굴을 바짝 들이댔다. 제 딴에는 위협하는 느낌을 주려는 것이었다.

"이런 장사가 불법이라는 건 알고 계시겠죠?"

"아이고, 어찌 이리 피부가 곱고 반들반들 윤이 날까. 탱탱한 게 땀구멍도 하나 없네 그랴. 아무리 뛰어 댕겨도 땀 한 방울 안 나겠어."

노인은 수생의 얼굴을 요리조리 과장되게 살피는 시늉을 했다. 아이를 쫓느라 땀범벅이 된 모습을 보고도 이런 말을 내뱉다니. 놀리고 있는 게 분명했다. 아무래도 첫 번째 위협은 실패인 것 같았다.

하지만 여기서 물러설 순 없었다. 이번에는 사내들처럼 양반다리를 하고 궤짝 앞에 주저앉았다. 최대한 기세등등하게 보이기 위해 두 손을 무릎 위에 떡하니 짚고 노인을 노려보는 것도 잊지 않았다.

"관아에 일러바치면 어떻게 되는지도 아시겠죠, 어르신?"

힘을 주어 애써 눈을 부릅뜨고 있는데 눈앞으로 갑자기 푸른빛이 너울거리며 밀려들었다. 저도 모르게 두 눈을 깜빡이며 수생은 고개를 뒤로 젖혔다.

그 빛의 정체는 노인이 펼쳐 들고 있는 은은한 비취색 비단이었다. 매끈하고 부드러운 비단의 감촉이 돌연 수생의 목덜미를 감싸왔다.

"이 보슈, 얼마나 잘 어울리우? 선전에서 파는 비단이랑 똑같은 거요. 값은 딱 절반 쳐드리리다!"

"어르신!"

"아니면 명주가 필요하신가? 자, 이쪽에 보면 말이오……."

"관원들한테 들키면 태형에 처해질 수 있다는 것도 아십니까?"

"그런 거 하나도 안 무서워요!"

갑자기 아이가 소리를 치는 바람에 수생은 고개를 돌렸다. 두 주먹을 앙칼지게 쥔 채 아이가 수생을 노려보고 있었다.

"매 같은 거 무섭지 않아요. 배곯는 것보단 매 맞는 게 차라리 낫다고요!"

분한 마음에 노인을 위협하느라 아이 앞에서 몹쓸 얘기를 했던 건가. 혹시 앞뒤 사정도 모르고 오해를 했던 건 아닌가. 갑자기 미안한 마음이 밀려들었다.

수생이 어찌해야 할지 몰라 난감해하고 있는데 노인이 다시 입을 열었다. 어느새 목소리가 바뀌어 있었다.

"아까 그놈이 누군지 아시우? 여기 시전에서 고용한 무뢰배라오. 우리네처럼 여기서 장사 좀 해보겠다는 사람들 찾아다니면서 패고, 뺏고, 쫓아내는 게 그런 놈들 하는 일이지. 왜 소매치기라고 속였냐고? 도와달라고 하면 사람들은 눈길을 돌리거든. 저놈 잡아라, 하면 그때서야 쳐다봐주지. 그러니 어떡하겠수. 그놈들한테 끌려가지 않으려면 최대한 많은 이들의 눈길을 잡아끌어야지. 처자처럼 맘 착한 사람 만나면 따라붙어주는 사람이 있으니 더 안전해지고 말이우."

"하지만 그렇게 이목을 끌었다가 관원들한테 붙잡히기라도 하면 어쩌시려고요?"

"그까짓 게 대수요? 관원들한테는 붙잡혀도 매 몇 대 맞고 풀려나지만 무뢰배들한테 걸리면 가진 걸 다 빼앗기는데. 그러면 우린 굶어죽소."

불법으로 장사를 하는 치들은 나라에서 부여받은 역은 피하고 장사의 이익만 취하려는 무뢰배들이라는 이야기를 많이 들어온 터였다. 그래서 수생은 그런 장사치들을 기피했다. 여리꾼의 호객 행위도 꿋꿋이 거절했다. 관에서 허가받지 않은 상인에게 물건을 샀다가 혹여 문제가 생기면 아비에게 해라도 갈까 싶어서였다.

하지만 이야기를 이어나가는 노인을 보고 있자니 측은한 마음이 들었다. 웃음도, 뻔뻔함도, 과장된 친절도 걷어내고 난 얼굴에는 고된 삶의 흔적이 깊은 주름으로 남아 있었다. 쭈글쭈글 앙상한 노인의 거친 손등도 다시 눈에 들어왔다. 무언가 조금이라도 도움이 되고 싶어졌다. 비록 자신을 속이기는 했지만 그런 이유라면 속아주는 것도 나쁘지 않을 것 같았다.

"그러면 궤짝 안에 들어있는 물건 좀 보여주시겠어요? 필요한 물건이 있는지 보고 싶어서요."

수생의 말에 노인과 아이의 얼굴이 다시 피어올랐다. 노인은 궤짝 문을 열더니 콧바람을 불며 안에 든 물건들을 하나하나 꺼내놓기 시작했다. 작은 장신구들이 연이어 수생의 앞에 놓였다. 이대로 가다가는 궤 안의 물건들을 모두 끄집어낼 태세였다.

수생은 자리에서 벌떡 일어났다. 자신이 직접 궤짝 안을 들여다보는 게 더 빠르고 덜 번거로울 것 같았던 것이다. 하지만 노인은 수생의 의도를 잘못 받아들인 듯했다. 가버리려는 줄 알고 궤 속에서 항아리 하나를 급히 들어 올려 수생에게 내밀었다.

"자자, 어서 앉으시우. 이 안에 처자한테 딱 맞는 장신구가 있을 거요. 어디 구경이나 한번 해보시구랴. 눈이 휘둥그레질 거요."

아니나 다를까. 항아리를 보는 수생의 눈이 심상치 않게 빛났다. 제대로 낚았구나. 쾌재를 부르며 노인이 항아리를 땅에 내려놓으려는 순간, 수생의 손이 덥석 항아리를 잡았다.

"어르신, 이걸 저한테 파세요."

"이걸 다 말이오?"

노인이 화색을 띠며 물어왔다.

"아, 그 처자 성격 한번 화통하시네. 잘 생각하셨수. 조선 천지 어딜 가도 이런 거 못 구하거든."

"네, 잘 압니다, 그러니까 파세요, 이 항아리."

순간 노인의 얼굴에 실망의 빛이 역력하게 떠올랐다. 안에 든 장신구를 모두 사겠다는 줄 알았더니, 고작 이 볼품없는 항아리라고? 노인은 수생에게서 항아리를 다시 뺏어오려 했다. 내어주지 않으려고 수생은 재빨리 항아리를 품에 안았다.

그 항아리였다. 아니, 그것을 쏙 빼닮은 항아리였다. 달 모양을 닮은 생김새는 물론이려니와 보일 듯 말 듯 푸른 기운을 품은 빛깔까지, 모든 게 수진궁 사당에서 깨져버린 항아리와 똑같았다. 누군가 깨진 조각들을 주워서 감쪽같이 이어붙인 후 이곳에 갖다놨다고 해도 믿을 정도였다.

"이 처자가, 뭐하는 거요! 그건 파는 게 아니라 장신구 담아놓는 용기란 말요. 그 안에 든 걸 사든지 안 살 거면 당장 내놓으슈!"

"이 항아리가 꼭 필요합니다. 반드시 사야 한단 말이어요."

"그럼 한 번 내놔보슈. 얼마나 내놓는지 봐서 내 결정하리다."

떨떠름한 표정으로 노인이 내뱉었다. 항아리와 바꿀 포(布)나 곡물을 내놓으라는 뜻이었다.

그런데 이번엔 수생이 당황하고 말았다. 심부름을 온 것이었기에 항아리와 바꿀 아무것도 갖고 나오지 않았다는 걸 깜빡 잊어버리고 있었던 것이다. 포도 갖고 있지 않으면서 물건을 보여 달라 했으니, 게다가 팔지 않겠다는 걸 사겠다고 고집까지 부렸으니, 노인이 또 역정을 낼 것은 불을 보듯 뻔했다.

집으로 돌아가서 포를 가져오겠다고 할까. 하지만 그 사이 노인이 사라지면 어쩌지? 항아리를 먼저 갖고 가겠다고 해볼까? 하지만 그리 해줄 리 없겠지?

수생은 어찌해야 할지 망설였다. 그런데 당황한 수생이 답을 찾은 것보다, 노인이 수생의 당황을 알아차린 것이 먼저였다.

"아니, 지금 보니, 이 처자 빈털터리구만?"

노인의 눈이 가늘어졌다. 금방이라도 불만의 말이 노인의 입에서 튀어나올 것 같았다. 수생은 잽싸게 선수를 쳤다.

"어르신, 제가 꼭 다시 포를 가지고 돌아오겠습니다. 허니 이 항아리를 제게 먼저 주시면 안 될까요? 사람 하나 구하는 셈 치시고 도와주세요, 네? 부탁드리겠습니다."

"……이게 그리 중요한 거요?"

단번에 안 된다 거절할 줄 알았는데 노인의 반응은 의외였다. 조금 더 불쌍해 보이면 부탁을 들어줄까 싶어 수생은 냉큼 제 얼굴을 가리켰다.

"그럼요, 어르신! 제 얼굴 좀 보세요. 눈 밑이 시퍼렇지 않습니까? 눈에는 핏발도 서 있지요? 이게 다 며칠 째 잠을 못 자서 그런 겁니다. 이 항아리 때문에요……. 똑같이 생긴 걸 깨버렸거든요."

"그래서, 다시 구하지 못하면 큰일이라도 생긴단 말이오?"

찌푸린 얼굴로 물어오는 노인에게 수생은 고개를 끄덕였다. 한 번으로는 이 항아리가 얼마나 필요한지 표현이 안 될 것 같아, 다섯 번, 여섯 번, 연신 고갯짓을 했다.

노인은 양옆으로 번갈아가며 입술을 삐죽댔다. 그리고는 이윽고 손을 뻗더니 수생에게서 항아리를 휙 낚아챘다.

"어르신……."

울상이 된 수생이 다시 한 번 매달려보려는데, 노인이 항아리를 거꾸로 들었다. 항아리 안에서 장신구들이 우르르 쏟아졌다. 텅 빈 항아리를 노인이 다시 수생에게 내밀었다.

"가져가구랴. 아까 전에 도와준 값이오."

"저, 정말이세요? 감사합니다! 감사합니다, 어르신! 은혜는 절대 잊지 않겠습니다!"

노인의 맘이 변할까 봐 수생은 얼른 항아리를 품에 안았다. 어렵게 얻고 보니 항아리가 더 소중하게 느껴졌다.

수생은 항아리 표면을 손으로 한 번 쓰다듬어 보았다. 화답이라도 하듯 항아리가 햇빛에 반짝 빛났다. 그 순간, 수진궁 제사 그릇 위에 나타났던 낯선 얼굴이 문득 떠올랐다. 다시 심장이 부르르 떨렸다.

역시, 이 항아리를 발견한 건 우연이 아니야. 최근 들어 나타난 수상한 기운들하고 관련이 있는 거야. 그렇다면 이 항아리는 그런 기운을 물리치는 데 도움을 주려고 나타난 게 틀림없어!

그렇게 생각하자 자신을 속인 것도 모자라 여기까지 끌고 온 노인과 아이가 은인처럼 느껴졌다. 수생은 노인의 손을 꼭 잡았다.

"어르신, 건강하세요. 너무 위험한 일일랑 하지 마시고요. 그럼 또 뵐게요."

수생은 노인에게 허리를 굽혀 인사를 한 후 아이에게도 손을 흔들었다. 아이는 물끄러미 수생의 얼굴을 쳐다볼 뿐 마주 손을 흔들지도, 웃어주지도 않았다.

수생은 다가가 아이의 머리를 한 번 쓰다듬은 다음, 떨어뜨리지 않게 두 팔로 단단히 항아리를 안았다.

"저기, 이거 저희 할아버지가 드리래요."

막 기와집 대문을 나서려는데 아이가 손에 무언가를 꼭 쥔 채 달려왔다.

"그게 뭐야?"

대답 대신 아이는 손안에 있던 것을 수생의 소매 끝에 꾹 눌러 매달았다. 뭔가 싶어 팔을 들어보니 하얗고 동그란 물체 두 개가 소매 끝에서 반짝이고 있었다.

"귀에다 하는 거예요."

"그런데 이걸 왜 나한테 주는 거야?"

"그거, 사람 골로 만든 거요!"

궤짝 앞에 서서 이쪽을 보고 있던 노인이 큰 소리로 덧붙였다.

"네에?"

"전란 때 죽은 사람만 몇인데, 인골이 뭐 대수라고 그리 펄쩍 뛰슈. 이 장바닥에도 온갖 귀신들이 돌아다닐 텐데."

"전 이제 귀신이라면 신물이 난단 말입니다!"

"난 귀신이라도 얼굴 한 번 봤으면 좋겠구만……."

중얼거리듯 던진 노인의 말이 수생의 가슴에 와서 박혔다. 전란으로 가족을 모두 잃은 걸까. 문득 호들갑을 떤 것이 미안해졌다.

"진짜 무서운 건 귀신이 아니라 사람이오. 처자도 사람을 조심하시우. 그 귀걸이도 말이오, 하고 다니기 뭐하면 호신용으로 갖고 다니는 것도 나쁘진 않을 거요."

노인의 말처럼, 소매 반대편으로 삐죽 튀어나온 귀걸이 끝이 꽤 날카로워 보였다.

다시 거리로 나섰을 때는 오후 햇빛이 상당히 기울어 있었다. 수생은 항아리를 품에 꼭 안은 채 골목을 따라 걷기 시작했다. 이곳 운종가는 두 겹 세 겹으로 겹쳐진 골목길이 미로처럼 뻗어 있기로 유명했다. 덕분에 처음 오는 사람들은 물론이고 이미 몇 번이나 다녀간 사람들조차 길을 잃고 헤매기 일쑤였다.

이 미로에 익숙하다 자신했던 수생도 오늘은 좀처럼 원하는 길을 찾을 수가 없었다. 노인과 아이를 급히 따라오느라 미처 길을 기억해둘 틈이 없었던 탓이다. 낯선 모퉁이를 몇 번 돌고 나자 자신이 어디쯤 와 있는지 수생은 감을 잡기도 힘들어졌다.

그러는 사이 점점 날이 어두워졌다. 어느덧 땅거미가 내려앉고 있었다.

다리는 이미 천근만근 무거웠다. 가짜 소매치기를 잡느라 시전 바닥을 한바탕 뛰어다녔고, 이동 상인들을 따라 다시 꽤 먼 길을 걸었다. 게다가 돌아가는 길을 찾지 못해 헤맨 시간까지 합치면 하루 반나절 계속 쉬지 않고 다리를 놀린 셈이었다.

당장이라도 주저앉고 싶은 마음을 겨우 추스르며 수생은 걸어갔다. 눈앞에 큰 길로 이어질 법한 골목이 보였다. 드디어 미로를 벗어난다는 생각에 수생은 재빨리 모퉁이를 돌았다.

그러나 길은 이내 수생을 막다른 골목으로 이끌었다. 행인도, 점포도 없는 으슥한 골목길이었다. 살짝 겁이 나기 시작했다. 수생은 품고 있던 항아리를 꼭 끌어안았다.

그때 멀리서 희미하게 사람 발자국 소리가 들려왔다. 수생은 뒤를 돌아보았다. 행인이라면 길을 물어볼 심산이었다. 하지만 수생이 발견한 것은 급히 벽 뒤로 몸을 숨기는 검은 그림자였다.

수생의 얼굴이 딱딱하게 굳었다. 누군가 자신을 따라오고 있었다. 요 며칠 자신을 쫓아다니던 이상한 기운과는 또 달랐다. 그것은 막연한 불안감에 어깨를 움츠리게 만들지언정 위협적인 느낌은 아니었다. 그런데 지금 따라붙은 검은 그림자는 명백한 위협처럼 느껴졌다.

빨리 이곳을 벗어나야 한다는 경고가 머릿속을 울렸다. 수생은 무거운 다리를 힘겹게 끌며 달아나기 시작했다. 수생이 움직이자 숨어 있던 발자국 소리도 다시 수생을 따라 움직였다. 뒤를 돌아보니 검은 그림자가 무섭게 자신을 쫓아오고 있었다. 언뜻 보아도 건장한 사내였다.

주저앉고 싶은 마음을 채찍질하며 수생은 있는 힘을 다해 달렸다. 하지만 발자국 소리는 점점 더 가까워졌다. 누군지 몰라도 자신을 노리는 게 분명했다.

"누구 없어요? 도와주세요! 도와주세요!"

수생은 정신없이 소리치며 달렸다. 도와달라는 소리가 공허하게 텅 빈 골목을 울렸다. 아까 그 꼬마가 무뢰배를 피해 도망 다닐 때 이런 심정이었을까. 그럼 난 뭐라고 외쳐야 되지? 아무도 들을 사람이 없는데 누구한테?

발소리가 어느새 등 뒤까지 바짝 따라붙었다. 사내의 거친 숨소리가 수생의 뒷덜미에 와 닿았다. 이윽고 어깨에 사내의 손이 닿았다.

붙잡히기 전에 수생은 재빨리 주저앉았다. 어깨를 움켜잡으려던 사내의 손이 허공을 갈랐다. 그와 동시에 달려오던 사내의 몸이 주저앉은 수생과 부딪히며 날아올랐다. 맹렬하게 달려오던 기세만큼이나 요란한 소리를 내며 사내가 나가 떨어졌다.

사내와 부딪힌 수생도 그대로 엎어지며 바닥을 굴렀다. 그 와중에도 항아리가 깨지지 않게 최대한 몸을 웅크렸다. 그 바람에 팔꿈치며 무릎이 온통 흙바닥에 쓸려나갔다. 수생은 상처를 확인하는 대신 잽싸게 몸을 일으켰다. 그리고 다시 달아나기 시작했다. 사내도 다시 뒤를 쫓아왔다.

숨이 턱까지 차올랐지만 수생은 쉬지 않고 달렸다. 눈앞에 보이는 길모퉁이를 돌자 다행히도 사람이 보였다. 수생은 정신없이 그를 향해 달려갔다. 앞에 선 사람이 누구인지는 확인할 겨를도, 여유도 없었다.

"도와…… 도와주세요!"

수생은 헐떡이며 간신히 도움을 청했다. 수생의 목소리를 들은 사내가 급히 다가왔다. 그와 동시에 뒤에서 따라오던 발자국 소리가 멈췄다.

"무슨 일이시오?"

"수상한 사람이……. 쪼, 쫓아와서……."

가쁜 숨을 몰아쉬며 수생은 사내 앞에 털썩 주저앉았다. 품고 있던 항아리도 옆에 내려놓았다. 어찌나 힘을 주고 있었던지 팔꿈치

안쪽이 저려왔다.

수생은 따라오던 사내가 어떻게 되었는지 보려고 뒤를 돌아보았다. 그 순간이었다. 커다란 손이 뒤에서 수생을 덮쳤다. 억센 힘으로 등 뒤의 사내는 수생의 눈과 입을 틀어막았다. 소리도 지르지 못한 채 수생은 발버둥을 쳐댔다.

"아무리 급해도 발 뻗을 곳은 알아봤어야지."

빈정거리는 목소리가 수생의 귓가에서 낄낄댔다. 멈췄던 발소리도 다시 모퉁이를 돌아 다가오기 시작했다.

"잘 붙잡고 있게!"

다가온 사내가 끈으로 수생의 입에 재갈을 물렸다. 곧이어 복면 같은 것이 수생의 얼굴을 덮어씌웠다. 마지막으로 사내는 수생의 두 손을 등 뒤로 돌려 손목이 아프도록 묶었다.

수생은 있는 힘을 다해 몸부림을 쳐보았다. 그러나 건장한 사내 둘의 힘을 당해내기는 애당초 무리였다.

한 패였다니. 바보같이 호랑이 소굴로 뛰어들었다니! 이제 어떻게 하지?

너무 겁이 나서 사고가 일시에 정지해버린 것 같았다. 새하얘진 머릿속에선 어떤 생각도 떠오르지 않았다. 그저 기묘한 소음만이 윙윙대며 머릿속을 긁어댈 뿐이었다. 그것이 미칠 듯이 뛰는 제 심장 박동 소리라는 것도 수생은 깨닫지 못했다.

사내들은 커다란 포대 하나를 꺼내더니 수생의 머리에서부터 포대를 덮어 씌웠다. 마치 보쌈을 당하는 아낙네처럼 수생은 포대 안에 갇혀버렸다. 이내 사내가 포대를 번쩍 들어 어깨에 들춰 멨다.

머리가 아래로 향하며 피가 순식간에 이마로 쏠렸다. 아까보다 윙윙거리는 소리가 더 커졌다. 목구멍 저 안에서 울음이 터져 나왔다. 수생은 재갈이 물린 입 사이로 두려운 흐느낌을 토해냈다. 뜨거운 눈물이 뺨을 타고 흐르는 대신 귓바퀴 속으로 몰려들었다.

"어서 가세. 가서 이년을 어떻게 처리할지 한번 잘 생각해보자고."

수생을 들춰 업고 가던 사내가 다시 입을 열었다. 그 목소리에 수생은 흠칫했다.

아는 목소리였다. 아까는 너무 당황한 터라 알아채지 못했다. 하지만 지금 들려온 목소리는 분명 득수의 것이었다.

그 사람이 왜? 어째서 나를?

마치 망치로 뒤통수를 얻어맞은 기분이었다. 공포로 꽁꽁 얼어붙었던 머릿속에 우두둑 금이 가는 소리가 들렸다. 서서히 머리가 다시 회전을 시작했다. 생각이 되살아났다.

수생은 마음을 진정시키려고 애를 썼다. 그리고 득수가 왜 자신을 납치했는지, 어디로 데려가려 하는지 그 이유를 알아내려 했다. 하지만 아무리 머리를 굴려도 해답을 찾을 수가 없었다. 지금 수생이 아는 것은 이 사내들의 손아귀에서 벗어나야만 한다는 사실뿐이었다.

그래, 여기서 포기하면 안 돼. 끝까지 노력해봐야 돼. 어떻게든 빠져나갈 방법이 있을 거야.

수생은 묶인 두 손을 필사적으로 비틀어보았다. 그러나 손목을 묶은 천은 풀리기는커녕 더욱 사납게 손목을 조여왔다.

이번에는 한 손만 비틀어 빼보려고 했다. 팽팽하게 조인 끈에 쏠리며 손등의 껍질이 벗겨졌다. 그런데 이상하게도 까진 손등보다 손목 안쪽이 더 따끔거려왔다. 날카로운 금속이 연신 살을 찔러대는 것 같기도 했다.

뭐지? 수생은 팔목을 살짝살짝 비틀어가며 금속의 정체를 알아보려 애를 썼다. 그 순간 퍼뜩 좀 전의 일이 수생의 머릿속을 스쳐 지나갔다.

귀걸이! 항아리를 받아들고 나올 때 호신용으로 쓰라며 노인이 주었던 바로 그 귀걸이였다.

시커먼 우물 속에서 밧줄을 찾은 기분이었다. 머리 위로 빛이 한 줄기 보이는 것 같았다. 이제 밧줄을 타고 저 빛을 향해 올라가기만 하면 된다!

수생은 다시 손목을 비틀며 손가락을 꼼지락거렸다. 손끝에 귀걸이의 감촉이 만져졌다. 소매 안쪽으로 들어가 있는 귀걸이 끝을 밖으로 빼서 포대를 찢을 수만 있다면 여길 빠져나갈 수 있을 거란 확신이 들었다.

수생은 조심조심 손가락으로 뾰족한 귀걸이 끝을 눌렀다. 소매에 박혀 있던 귀걸이가 조금씩 움직이는 게 느껴졌다.

반대편 손바닥에 드디어 귀걸이가 떨어졌다. 수생은 얼른 손을 모아 귀걸이를 움켜쥐려 했다. 그 순간, 수생의 몸이 급작스럽게 앞으로 쏠렸다. 꼼지락거리는 수생의 움직임을 느낀 득수가 포대를 다시 한 번 단단히 어깨에 걸쳐 멨던 것이다.

귀걸이가 손바닥을 스치며 굴러 떨어졌다.

안 돼!

귀걸이를 잡기 위해 수생은 필사적으로 손가락을 폈다. 그 절박한 심정이 하늘에 닿았던 걸까. 다행히도 귀걸이 끝부분이 손가락 사이에 걸렸다. 그렇게 귀걸이는 한동안 수생의 두 손가락 사이에 대롱대롱 매달려 있었다.

수생은 귀걸이를 떨어뜨리지 않으려고 손가락 끝에 힘을 주었다. 손끝에서부터 팔뚝까지 팔이 부들부들 떨려왔다. 이대로 가다가는 다시 귀걸이를 떨어뜨리고 말 것 같았다. 그러자 다시 심장에 바들바들 경련이 일어났다.

수생은 손가락 끝에 모든 신경을 집중하며 천천히 손을 접었다. 안전하게 손 안에 귀걸이가 들어올 때까지 숨도 쉴 수 없었다.

드디어 손바닥에 귀걸이가 닿는 순간, 수생은 손을 꼭 오므렸다. 그리고는 참았던 숨을 깊이 토해냈다.

이제 됐어! 수생은 얼른 반대편 손으로 포대를 잡고, 귀걸이 끝의 뾰족한 부분을 포대 자루에 꾹 찔러 넣었다.

귀걸이 끝이 포대 자루를 뚫는 느낌이 났다. 수생은 다시 귀걸이를 아래로 내려 그었다. 포대가 찢겨나가고 공기가 안으로 들어왔다.

조금도 망설일 시간이 없었다. 수생은 있는 힘껏 뒤로 몸을 날렸다. 포대를 찢고 나온 몸이 허공에 붕 뜨는가 싶더니 바닥으로 쿵, 소리를 내며 떨어졌다. 그 바람에 머리를 덮고 있던 복면이 위로 벗겨졌다.

수생은 자신이 떨어진 곳이 경사진 길이라는 것을 알았다. 그것을 깨달은 순간, 수생은 그대로 몸을 굴렸다. 그렇게 수생은 비탈길을 따라 데굴데굴 몇 바퀴를 굴렀다.

생각지도 못했던 상황에 득수 패거리는 깜짝 놀랐다. 하지만 놀란 것은 그들만이 아니었다. 어깨에 봇짐을 잔뜩 맨 채 그들 옆을 스쳐 지나던 사내도 포대 자루에서 계집이 떨어지자 깜짝 놀라 멈춰 섰다.

수생을 쫓아가려던 득수와 일행은 멈칫거릴 수밖에 없었다. 의심을 잔뜩 담은 사내의 눈초리를 의식할 수밖에 없었던 것이다.

그 사이 수생은 재빨리 몸을 일으켰다. 손이 묶여 있어 무릎으로 일어나야 했지만, 절박한 상황에 처하니 안 될 것이 없었다.

일어난 수생은 필사적으로 달아나기 시작했다. 떨어질 때 부딪힌 어깨가 아파왔다. 묶인 손 때문에 있는 힘껏 속력을 내지도 못했다. 그래도 수생은 달렸다. 저 길만 돌아가면 도와줄 사람이 나타날 거야.

한 번 배신당한 희망이지만 수생은 그 희망을 다시 끌어안았다.

얼마 가지 않아 등 뒤에서 사내들이 뛰어오는 소리가 다시 들렸다. 자신을 쫓아오는 득수 패거리임이 틀림없었다.

그들의 발소리가 점점 가까워졌다. 모퉁이를 돌기 직전, 사내들은 수생의 등 뒤까지 바짝 따라와 있었다. 득수가 수생을 잡기 위해 손을 뻗었다.

안 되겠어. 붙잡히고 말겠어.

그렇게 생각한 순간, 모퉁이 저쪽에서 돌연 검은 손 같은 것이 나타나 수생을 끌어당겼다. 수생은 다시 들리지도 않을 비명을 내질렀다. 패거리가 또 있었던 건가? 절망감이 수생을 덮쳤다.

정체 모를 사내가 수생의 허리를 뒤에서 꽉 끌어안은 채 벽에 바짝 기대섰다. 수생은 몸을 비틀며 다리를 버둥거렸다. 그럴수록 허리를 잡은 손이 점점 수생을 죄어왔다.

엄청난 힘이었다. 아무리 몸부림을 쳐도 꿈쩍도 하지 않을 만큼 압도적인 힘이었다. 도저히 이길 수 없다는 생각이 들었다. 점점 수생의 몸에서 힘이 빠져나갔다.

이윽고 득수가 모퉁이를 돌았다.

이제 정말 끝이라는 생각이 들었다. 도저히 빠져나갈 수 없는 덫에 빠진 것 같았다. 수생은 발버둥을 칠수록 죄어오는 올가미를 목에 걸고 있는 기분이었다. 득수는 바로 그 올가미를 틀어쥐고 마지막 일격을 가하러 오는 저승사자였다.

수생을 향해 곧장 달려온 득수는 주먹 하나가 들어갈 정도로 가까운 거리에서 멈춰 섰다. 짙은 땀 냄새와 거친 숨소리가 밀려들었다. 눈동자를 희번덕대며 득수가 수생을 보았다.

득수와 눈이 마주치자 수생은 몸부림을 멈춘 채 그대로 굳어버렸다. 차마 숨을 내쉬기도 힘이 들 정도였다.

득수의 오른손이 천천히 올라갔다. 그 두껍고 커다란 손이 다시 수생의 얼굴을 향해 내리치듯 다가왔다. 맞는다는 생각에 고개가 반사적으로 돌아갔다. 벌써부터 뺨이 화끈거리는 듯 했다.
그런데 수생의 뺨에 닿은 것은 득수의 솥뚜껑 같은 손바닥도, 그 손바닥이 전하는 타는 듯한 통증도 아니었다. 가느다란 바람 한 줄기였다.
의아한 생각에 수생은 천천히 고개를 돌렸다. 그의 손이 수생의 얼굴 앞을 휘휘 지나가며 바람을 일으키고 있었다.
다시 한 번 득수와 눈이 마주쳤다. 득수가 눈썹을 찡그리더니 또 다시 손을 위로 들어올렸다. 수생은 이번엔 고개를 최대한 뒤로 뺐다. 득수의 투박한 손이 수생의 코끝을 닿을 듯 말 듯 스쳐지나갔다.
뭘 하는 거지? 뻣뻣하게 굳은 채로 수생은 그의 행동을 지켜보았다.
득수는 몇 번씩이나 손으로 허공을 휘저었다. 그래도 손에 닿는 것이 없자 멍한 얼굴이 되어서는 사방을 두리번거리기 시작했다.
마치 수생은 안중에도 없다는 듯이. 아니, 수생이 보이지 않기라도 하다는 듯이.
"어떻게 된 건가? 어디로 내뺀 거야?"
헉헉대며 뒤따라온 사내가 득수에게 물었다.
"글쎄, 그게……. 분명 눈앞에 있었는데……."
득수는 자신의 눈앞에서 벌어진 일이 믿기지 않는다는 듯 연신 고개를 갸웃거렸다.
이 상황이 이해가 되지 않기는 수생도 매한가지였다. 내가 보이지 않는다는 거야? 어째서? 어떻게? 게다가 날 붙잡고 있는 이 사내는 누구지?

모든 것이 의문투성이었다. 그러나 분명한 것이 하나 있었다. 이 사내는 적어도 득수와 한 패가 아니라는 사실이었다. 그렇다면 이 사람은 날 구해준 것이다! 수생은 제 허리를 감고 있는 손의 주인공이 누구인지 알고 싶어 조바심이 났다.

하지만 일단은 득수 패거리의 손에서 벗어나는 게 먼저였다. 행여 숨소리라도 들릴까 싶어 숨을 멈춘 채 수생은 눈앞에서 벌어지는 상황에 온 신경을 집중했다.

"뭐하고 있나, 빨리 가서 잡아오지 않으면 이대로 놓쳐버리고 말 텐데! 어디로 갔냐니까?"

"하, 진짜 어디로 간 거지? 미치겠네, 귀신이 곡할 노릇이라고."

득수는 제자리를 맴돌면서 연신 두 손으로 얼굴을 비벼댔다.

"정신 차리라고! 자, 일단 자네는 이쪽으로 가봐. 난 이 길로 가볼 테니. 서둘러!"

사내는 안절부절 못하고 있는 득수의 등을 억지로 떠밀었다. 그리고 자신도 옆으로 난 길로 재빨리 뛰어갔다.

득수 패거리의 발걸음 소리가 조금씩 작아지다 이윽고 밤의 어둠 속으로 사라졌다. 골목에는 이제 수생과 수생을 구해준 사내만이 남았다.

그래도 아직은 안심할 수 없었다. 수생은 숨을 죽인 채 행여나 들려올지 모를 발자국 소리에 대비했다. 자신을 찾지 못하면 사내들이 다시 이곳으로 돌아올지도 몰랐다.

하지만 대체 왜?

득수가 무슨 이유로 자신을 납치까지 하려고 하는지 수생은 도저히 알 수가 없었다. 물론 사당에서의 일로 흥복에게 반감을 품었을 수는 있었다. 그 이후로 자신을 보는 득수의 눈초리가 곱지 않았던 것도 사실이었다.

불현듯 오늘 오후 창고사에 갔을 때 그와 마주쳤던 일이 떠올랐다. 그렇다면 그때 그는 자신이 시전에 올 거라는 걸 알았던 걸까. 우연이 아니라 일부러 나를 따라왔다는 건가?

득수와 한 패거리였던 사내는 또 누구일까? 분명 처음 보는 사람이었다. 누군지는 몰라도 수진궁 사람이 아닌 것만은 확실했다.

생각할수록 머릿속이 복잡해졌다. 누군가에게 납치를 당할 만큼 미움을 받고 있었다니. 게다가 그 이유조차 알 수가 없다니.

그때 허리를 감쌌던 손이 스르르 풀렸다. 득수 패거리에 대한 생각에 빠져 있던 수생은 문득 현실로 돌아왔다.

그렇지, 날 구해준 사내. 그가 여기 있었지.

사내는 수생의 손을 묶고 있던 끈을 풀어주었다. 곧이어 수생의 입을 막고 있던 끈도 풀려 나갔다.

득수 패거리의 발자국 소리는 더 이상 들려오지 않았다. 드디어 끝났다는 생각에 긴장이 풀렸다. 꽁꽁 묶여 있던 손목이 비로소 시큰거렸다. 넘어지며 부딪힌 어깨며 팔다리의 상처도 이제야 아프다고 아우성을 쳐댔다. 수생은 금방이라도 주저앉아버릴 것만 같았다.

그래도 감사 인사가 먼저였다. 수생은 사내의 얼굴을 보기 위해 고개를 뒤로 돌리려 했다. 그때 사내의 목소리가 수생의 귀에 속삭

여댔다.

"이제 넌 내 손아귀에 들어왔다."

순간 머리카락이 쭈뼛 곤두섰다. 소름이 등줄기를 타고 머리끝까지 내달렸다. 아직도 끝난 게 아니었다니! 수생의 머릿속에 오늘 겪었던 일들이 주마등처럼 스쳐 지나갔다.

제사 그릇 위에 비친 수상한 얼굴 때문에 연화에게 혼이 났던 일은 이 재수 오지게도 없는 날의 전조에 불과했다. 사기를 당했고, 납치를 당했고, 조롱을 당했다.

그런데 그것도 모자라 자신을 도와준 줄 알았던 사내한테마저 이렇게 뒤통수를 맞다니. 천신만고 끝에 겨우 탈출에 성공했다고 믿었는데. 드디어 이 재수 없는 하루가 끝이 났다고 안도하려던 참이었는데. 잠시나마 허리를 감싸고 있던 그 손에 고마움을 느꼈는데.

가슴 속에서 분노와 신경질이 뒤범벅된 뜨거운 덩어리가 울컥 치솟았다. 자신도 모르게 불끈 주먹에 힘이 들어갔다.

수생은 앞뒤 잴 겨를도 없이 뒤에 선 사내를 향해 팔꿈치를 날렸다. 헉 소리를 내며 사내의 몸이 앞으로 쏠렸다. 그 틈을 놓치지 않고 뒤를 돌아 왼발로 사내의 복부를 힘껏 걷어찼다.

명중이었다. 앞으로 고꾸라지는 사내를 보고 있자니 십 년 묵은 체증이 다 사라지는 기분이었다. 짜릿한 쾌감에 온몸이 찌릿찌릿했다. 하지만 쾌감은 곧 급격하게 통증으로 변해갔다. 마치 무쇠를 들이받기라도 한 것처럼 팔꿈치며 발목이 아파왔다.

"으아!"

수생은 저도 모르게 왼 발목을 움켜쥐고 토끼뜀을 하며 외마디 비명을 토해냈다. 그 소리가 맞아 쓰러지는 사내의 신음보다도 더 크게 텅 빈 골목길을 울렸다.

그 사실을 깨달은 순간, 수생은 얼른 발목을 쥔 손을 놓았다. 얕보이면 끝이야, 정신 차려. 방심하다가 뒤통수를 맞은 게 벌써 몇 번째인지 그새 까먹은 거야? 수생은 고통을 참기 위해 턱에 힘을 주며 이를 악물었다. 찔끔 나오려던 눈물을 감췄다.

재빨리 주위를 둘러보자 자신의 손목을 묶었던 끈이 땅에 떨어져 있는 것이 보였다. 냉큼 끈을 주워들고 수생은 사내를 노려보았다.

사내는 배를 움켜쥔 채 쓰러져 있었다. 앓는 듯한 신음 소리가 사내의 입술을 뚫고 흘러 나왔다. 갓을 쓴 채 고개를 숙이고 있어서 사내의 얼굴은 보이지가 않았다.

어떤 놈인지 얼굴을 확인해야겠다는 생각이 들었지만 섣불리 다가갔다가는 또다시 붙잡힐 위험이 있었다.

수생은 어찌해야 할지 잠시 망설였다. 그냥 도망가 버릴까? 지금 도망간다면 쫓아오진 못할 것이다. 하지만 이대로 얼굴도 보지 않고 뒤돌아서기엔 사내의 정체가 너무 궁금했다. 득수와 한 패거리 같지는 않았는데 그렇다면 이 사내는 누구인가? 도대체 무슨 억하심정이 있기에 나를 괴롭히는 거지? 게다가 조금 전에 벌어졌던 그 기이한 일은 대체 뭘까?

호기심과 두려움이 수생의 마음속에서 치열한 다툼을 벌였다. 하지만 싸움은 오래 가지 않았다. 수생은 두 손으로 끈의 양쪽을 말아쥔 다음 사내를 향해 선전포고를 했다.

"너 말이야, 거기 꼼짝 말고 있어. 조금이라도 움직이면 또 한 대 맞을 줄 알아! 황천길 재촉하고 싶지 않으면 얌전하게 내 말 듣는 게 좋을 거라구!"

목소리가 떨리는 것을 감추기 위해 수생은 과장되게 목청을 높였다. 그리곤 엉거주춤 뒤로 엉덩이를 뺀 채 사내를 향해 한 걸음을 내밀었다.

그때 사내의 입에서 들릴 듯 말 듯 짧은 소리가 흘러나왔다. 수생의 귀에는 그 소리가 마치 쿡, 하며 흘리는 비웃음으로 들렸다.

수생은 멈칫했다. 설마, 지금 웃은 건가? 그렇다는 건 또 무슨 수작을 꾸미고 있다는 얘기야?

사내를 향해 내민 발 대신 뒤에 남아 있던 다리에 힘이 들어갔다. 여차하면 뒤돌아 뛸 생각이었다.

하지만 수생의 생각은 틀린 것 같았다. 사내가 배를 움켜쥐며 연이어 밭은기침을 토해냈던 것이다.

"좀…… 도와…… 주……."

고통스런 신음을 중간중간 흘리며 사내는 수생에게 도움을 청해왔다. 이런 뻔뻔한 놈을 봤나. 병 주고 약 줘도 부아가 치밀 판에 병 주고 약까지 달라니. 다시 관자놀이까지 확 열이 뻗쳤다.

홧김에 사내를 향해 다시 한 발 다가가려는데 사내가 이번에는 수생을 향해 팔을 뻗었다. 수생은 발목을 붙잡힐까 봐 깜짝 놀라 뒷걸음질을 쳤다.

하지만 사내는 수생이 물러난 뒤에도 들어 올린 팔을 내리지 않았다. 떨리는 손끝이 사내가 느끼고 있을 고통을 말해주고 있었다.

지금이 기회라는 생각이 들었다. 수생은 잽싸게 다가가 날렵한 동작으로 사내의 팔을 낚아챘다. 사내에게선 일말의 저항도 없었다. 수생은 끈으로 사내의 손목을 꽁꽁 묶기 시작했다.

"아! 아프오……."

"아프다고? 것 참 잘 됐네. 너 같은 놈들은 더 아파봐야 되거든. 넌 말이야, 악질 중의 악질이야. 줬다 뺏는 놈들보다 주려다 뺏는 너 같은 놈들이 더 못됐다고. 줬다 뺐으면 잠깐이라도 가질 수나 있지, 주려다가 뺏으면 얼마나 신경질이 나는 줄 알아? 넌 나한테 평화를 주는 척 뺏어갔어! 첨부터 괴롭히는 놈들보다 도와주는 척 뒤통수치는 놈이 더 나빠. 다 끝난 줄 알았는데 다시 시작하는 놈이 제일 나쁘다고!"

한번 입을 열자 봇물 터지듯 말이 흘러나왔다. 하루 종일 겪었던 일들에 대한 분풀이를 수생은 사내에게 모두 쏟아냈다. 끈을 쥔 손에 절로 힘이 들어갔다. 한마디 한마디 할 때마다 수생은 온 힘을 다해 끈을 묶었다.

"아윽!"

단발적인 비명이 사내의 입에서 튀어나왔다.

"엄살떨지 마시지?"

다시 한 번 손목 묶은 끈을 야무지게 잡아당긴 다음 수생은 끈의 양 끝을 모아 단단히 매듭을 지었다. 이로써 드디어 기나긴 하루의 고난도 확실하게 매듭을 지은 것이다. 이제 남은 것은 사내의 얼굴을 확인하는 일뿐이었다.

수생은 사내의 얼굴을 가리고 있는 갓을 향해 손을 뻗었다. 험악한 얼굴이 자신을 노려보더라도 절대 당황하거나 놀란 표시를 내지 않으리라 다짐하며 수생은 천천히 갓을 쥔 손을 위로 들어올렸다.

턱에서부터 입술을 거쳐 콧날이 드러났다. 서서히 드러나는 사내의 얼굴을 보고 있으려니 왠지 모를 불길한 느낌이 수생을 엄습해 왔다. 수생은 꿀꺽 침을 한 번 삼킨 후 사내의 갓을 끝까지 들어올렸다. 드러난 사내의 눈이 수생을 보았다.

아아, 안 돼. 이건 절대 있을 수 없는 일이야. 도저히 있어서는 안 되는 일이라고. 운명이 아무리 가혹하다 해도 이럴 순 없어…….

고통으로 얼굴을 일그러뜨린 채 쓰러져 있는, 그러니까 수생 자신이 발길질을 해서 고꾸라뜨리고 그것도 모자라 잔뜩 욕을 해대며 손목을 묶어버린 그 사내는 다름 아닌 능창군이었다.

능창군이 그 아름다운 미간을 잔뜩 찌푸린 채 흙바닥에 쓰러져 수생을 애원하듯 바라보고 있었던 것이다.

눈앞이 아득해졌다. 세상이 무너지는 기분이었다. 아니, 세상이 무너진다면 차라리 기쁠 것 같았다. 그러면 이대로 땅 밑으로 꺼져버릴 수 있을 테니.

하지만 세상이 자신을 위해 무너져줄 리 없었다. 나쁜 일, 재수 없는 일만 잔뜩 만나다 죽는 게 자신의 운명처럼 느껴졌다. 그리고 지금 이 순간, 인생에서 가장 끔찍하고 불행한 일이 자신에게 닥친 것이었다.

"너는……."

능창군이 힘겹게 입을 열었다. 설마, 나를 알아보신 건가? 수생은 황급히 손을 들어 얼굴을 가리고는 반대쪽으로 고개를 돌렸다.

영원히 날 모르셔도 좋아. 나리를 흠모하는 수많은 계집 중의 하나라 여기셔도 좋아. 하지만 나리께 욕설을 퍼붓고 발길질을 한 계집으로 기억될 순 없어!

수생은 얼굴을 가린 자세로 종종 뒷걸음질을 치며 뱅그르르 반 바퀴를 돌았다. 능창군에게 완전히 등을 돌린 자세가 되자 수생은 벌떡 몸을 일으켰다. 이대로 달아날 심산이었다. 혹시라도 나중에 오늘 일을 물어보신다면 아니라고, 잘못 보신 거라고 딱 잡아떼면 돼.

하지만 수생은 몇 걸음 채 가지도 못해 발목을 붙잡히고 말았다. 억센 손아귀의 힘에 의해서가 아니었다. 능창군의 신음소리 때문이었다. 수생은 두 손으로 잽싸게 귀를 틀어막고는 방금 들은 소리를 떨쳐버리려는 듯 도리질을 해댔다. 나리, 조금만 참으시면 됩니다. 제가 얼른 가서 다른 사람들한테 나리를 도와 달라 청할 테니까요.

수생은 다시 한 발을 앞으로 내밀었다. 그 순간 능창군이 좀 전보다 더 커다란 신음 소리를 냈다. 그 소리에 수생의 발이 허공에 우뚝 멈춰 섰다.

어떡하지? 돌아갈까? 하지만 영영 미움 받을지도 모르잖아. 수생은 눈을 질끈 감고는 허공에 멈췄던 발을 땅에 내디뎠다.

그러나 발바닥이 땅에 닿는 순간 다시 마음이 흔들렸다. 정말 이대로 가버려도 될까? 그러다가 나리한테 정말 큰일이라도 나면 어쩌지?

수생은 고개를 살짝 돌려 능창군을 곁눈질했다. 능창군은 미동도 없이 흙바닥에 쓰러져 있었다. 가슴이 덜컥, 소리를 내며 내려앉았다.

에라, 모르겠다. 수생은 몸을 돌려 능창군에게로 달려갔다.

"나리! 괜찮으십니까?"

수생은 능창군 앞에 풀썩 주저앉았다. 기척을 느낀 능창군이 얼굴을 들었다. 눈이 마주칠까 봐 수생은 냉큼 고개를 숙였다. 그 바람에 천으로 꽁꽁 묶인 그의 흰 손목이 눈에 들어왔다. 헉, 자신이 한 짓인데도 저절로 입안으로 숨이 들어찼다.

얼른 끈을 풀어야겠다는 조바심에 수생은 능창군의 손을 덥석 잡았다. 능창군의 손이 움찔하는 게 느껴졌다. 그 손이 달아날까 봐 수생은 움켜잡은 손에 힘을 주었다.

"괜찮습니다, 나리. 해치려는 게 절대 아닙니다. 풀어드리려는 것이니 잠시만 기다리세요."

수생은 허둥지둥 끈을 풀기 시작했다. 하지만 얼마나 세게 묶었는지 매듭 사이로는 손톱 끝조차 들어갈 틈이 없었다.

이렇게 단단히 묶여 있었다니, 손목이 얼마나 저리고 아프셨을까. 죄책감에 수생은 몸 둘 바를 모를 지경이었다. 그러나 수생의 애타는 심정과는 달리 꽉 묶인 매듭은 풀릴 기미조차 보이지 않았다. 아무리 안간힘을 써봐도 헛수고였다. 진땀이 이마에 배어나오기 시작했다.

"아니 되는 것이냐?"

보다 못한 능창군이 물어왔다.

"아닙니다, 다 되어갑니다!"

능창군을 안심시키기 위한 거짓말이었다.

"내, 다행히 눈은 다치지 않았구나……."

능창군이 힘없이 수생의 말을 되받았다.

이렇게 되면 마지막 수단을 쓰는 수밖에 도리가 없었다. 정말 이런 모습만은 보이고 싶지 않았지만 능창군을 위해서라면 못할 일이 뭐란 말인가.

"하오면 나리, 잠시만 눈을 감아주시면……."

수생의 말이 떨어지자마자 능창군의 얼굴에 대번 긴장의 빛이 떠올랐다. 수생은 급히 변명을 시작했다.

"아, 아니, 오해하시면 안 됩니다. 나리께 뭘 또 어떻게 하려는 게 절대 아니라구요. 저 그런 사람 아닙니다, 나리. 이번엔 저를 믿으셔도 돼요, 정말입니다!"

"알겠다……. 어서 풀어나 다오."

능창군은 한숨을 푸욱 내쉬더니 천천히 눈을 감았다. 그 모습을 확인한 후 수생은 잽싸게 매듭 한쪽을 이로 꽉 깨물었다. 그리고는 있는 힘을 다해 잡아당기기 시작했다.

처음에는 꼼짝도 않던 천이 조금씩 헐거워지기 시작했다. 조금 더 낑낑거리자 드디어 저항이 약해지면서 매듭이 확 풀려나왔다. 그 바람에 수생의 몸이 뒤로 나자빠졌다. 매듭을 마저 풀어야겠다는 생각에 수생은 급히 몸을 일으켰다.

하지만 끈을 향해 손을 뻗던 수생은 그 자리에서 동작을 멈췄다. 능창군이 자신의 얼굴을 빤히 쳐다보고 있었던 것이다. 그렇다면 꼴사납게 이로 천을 물어뜯는 모습을 다 보셨단 말인가? 당장이라도 쥐구멍이 있다면 찾아 들어가 엉엉 울고 싶은 심정이었다.

그렇게 잠시 넋을 놓고 있는 사이 능창군이 손목을 이리저리 움직이기 시작했다. 손목에 감겨 있는 끈을 마저 풀어내려는 것이었다.

그 모습을 본 수생은 소금 맞은 새우처럼 튀어 올랐다. 그리고는 허둥지둥 자신이 묶었던 끈을 마저 풀었다.

능창군의 손목 주위로 굵고 벌건 줄이 생겨나 있었다. 깜짝 놀란 수생이 능창군의 손목을 잡아 자신의 눈앞으로 끌어당겼다.

"어머나, 이를 어쩌면 좋습니까? 나리의 곱디고운 손목에 이런 자국이 남다니요!"

갑작스런 수생의 호들갑에 능창군이 손목을 슬쩍 빼내려 했다. 그러다가 통증을 느낀 듯 얼굴을 찌푸리며 작은 신음을 흘렸다.

"많이 아프십니까? 다른 곳은 괜찮으세요? 아까 맞으신 곳이 어딥니까? 여긴가요? 아니면 여기?"

수생의 걱정스런 손이 능창군의 가슴에서 복부까지 이곳저곳을 돌아다니기 시작했다. 이번에는 능창군의 얼굴이 당황의 빛으로 물들어갔다.

"왜, 왜, 왜 이러느냐?"

수생을 말리기 위해 능창군이 다급히 수생의 손목을 부여잡았다. 그제야 자신이 무슨 짓을 하고 있었는지를 수생은 깨달았다. 얼굴이 확 달아올랐다. 감히 나리의 몸에 손을 대다니.

"송구합니다, 나리. 제가 잠시 정신이 나갔나 봅니다."

수생은 급히 능창군에게 잡힌 손목을 빼려 했다. 그런데 이번에는 능창군이 놓아주질 않았다. 아아, 화가 단단히 나신 게 틀림없어. 어떤 질책이나 호통도 달게 받겠다고 수생은 단단히 다짐을 했다.

"너도 많이 아팠겠구나."

전혀 예상도 못했던 말이 능창군의 부드러운 목소리를 타고 흘러나왔다. 수생은 고개를 들었다. 묶이고 긁힌 자국들로 울긋불긋해진 자신의 손목을 능창군이 내려다보고 있었다.

갑자기 눈물이 핑 돌았다.

그래, 이런 분이셨어. 처음 만났던 날도 직접 귀한 마음을 전하라며 내 손을 잡아 이끌어 주셨던 분이야. 이렇게 멋진 분이야. 내가 이렇게 멋진 분을 흠모하고 있는 거라고!

수생의 가슴은 순식간에 자신이 흠모하는 사내에 대한 자부심으로 부풀어 올랐다. 감격의 눈물이 수생의 눈가에 그렁그렁 맺혔다.

그런 수생을 바라보며 능창군이 미소를 지었다. 세상 어디에도 없을 것 같은 눈부신 미소였다. 게다가 그것은 다른 누구도 아닌 자신만을 향한 것이었다. 능창군의 미소가, 눈빛이 자신을 향하고 있었다. 달콤한 목소리가 오직 자신에게 말을 걸고 있었다.

조금 전까지 일어났던 모든 일들이 갑자기 전혀 달리 보이기 시작했다. 사정이 어찌 됐든 지금 이 순간만은 자신이 능창군을 독차지하고 있다는 사실을 문득 깨달았던 것이다.

어떻게 득수 일행이 자신들을 보지 못하고 지나쳤던 건지, 그 의문을 푸는 일은 수생의 뇌리에서 말끔히 사라져버렸다.

중요한 건 자신을 위해 능창군이 위험을 무릅썼다는 사실이었다. 그것만으로도 수생의 가슴은 벅차올라 터져버릴 것만 같았다. 황홀감에 부르르 몸이 떨려왔다.

이 이야기를 회합에서 들려준다면 모두들 어떤 표정을 지을까. 탄식과 부러움이 뒤섞인 소녀들의 신음소리가 수생의 귓가에 생생하게 들려오는 듯했다. 그 장면을 상상하자 수생의 입술이 저절로 씰룩거리며 어깨가 우쭐 올라갔다.

게다가 나리께서 나를 구해주기까지 하셨다는 걸 알면 모두들 까무러칠지도 몰라. 아니야, 나리께서 날 구해주신 건 비밀로 묻어버릴까. 능창군 나리와 나만의 비밀로 영원히 간직하는 게 나을까. 그래, 그 편이 훨씬 더 달콤할지도 몰라. 아아, 어쩜 좋아. 둘만의 비밀이라니.

"헌데…… 날 좀 부축해 일으켜줄 순 없겠느냐?"

황홀한 상상에 빠져 있던 수생을 깨운 것은 이번에도 능창군의 목소리였다. 튕겨 오르듯 몸을 일으킨 수생은 능창군을 부축하기 위해 다가갔다.

어깨 밑으로 조심스레 손을 밀어 넣자 능창군이 수생에게 몸을 기대왔다. 한순간 두 사람의 얼굴이 맞닿을 듯 가까워졌다. 능창군의 숨소리가 가까이에서 들려왔다. 숨을 내쉴 때마다 그 숨결이 뺨에 와 닿았다.

와 닿는 숨결은 뜻밖에도 꽤 차가웠다. 반대로 수생의 얼굴은 새빨갛게 달아올랐다. 이렇게 가까이 능창군의 체취를 느껴본 것은 처음이었다.

아니, 아니지. 조금 전 득수 패거리를 따돌릴 때는 훨씬 더 가까이 붙어 있었잖아?

수생은 당시의 느낌을 떠올려 보려 애를 썼다. 놀라고 겁이 나 있던 터라 세세한 기억이 떠오르지 않는 게 안타까워서 미칠 지경이었다. 하지만 밀착된 등을 통해 전해지던 단단한 가슴팍은 또렷이 기억이 났다. 자신의 허리를 끌어안고 있던 팔의 감촉도 생생했다.

수생의 얼굴에 퍼진 홍조가 순식간에 귀까지 번져 나갔다. 아아, 말도 안 돼. 내가 그렇게 능창군 나리와 꼭 붙어 있었다니. 어머낫! 그러고 보니 나리의 품안에 안겨 있었던 거나 마찬가지잖아! 심장이 쿵쾅쿵쾅 미친 듯이 뛰기 시작했다.

자신을 부축하다 말고 갑자기 얼굴이 새빨개진 수생을 능창군이 물끄러미 쳐다보았다. 입 꼬리 한쪽이 보일 듯 말 듯 슬그머니 올라갔다. 마치 수생의 머릿속에서 벌어지고 있는 일을 다 안다는 듯한 표정이었다.

빤히 쳐다보는 능창군의 시선에 수생은 다시 정신을 차렸다. 그런데 조금 전하고는 능창군의 눈빛이 왠지 달라보였다. 부드러운 빛을 띠던 갈색 눈이 꽤나 날카로운 빛을 뿜어내고 있었던 것이다.

하긴 생각해보면 그것이 당연한 일인지도 몰랐다. 능창군에게 자신은 기껏 구해줬더니 발길질이나 해대는 배은망덕하고 어리석은 계집으로 여겨질 것이 뻔했다.

순식간에 수생은 잔인한 현실로 돌아왔다. 방금 전까지 수생을 감쌌던 황홀감도 밀물처럼 저 멀리 밀려나버렸다.

수생은 능창군의 어깨를 받친 손에 힘을 주어 그를 일으켜 세웠다. 천천히 일어서던 능창군이 일순 휘청거렸다. 쓰러지려는 그의 몸을 수생이 급히 어깨와 등으로 받쳤다. 그 바람에 엉거주춤 능창군을 업은 모양새가 되고 말았다.

"나리! 왜 그러십니까? 어디가 불편하신 거예요?"

"안 되겠다, 도저히 몸을 일으킬 수가 없겠구나. 미안하지만 네가 날 부축해서 종루까지 가줄 수 있겠느냐?"

"조, 종루까지 말입니까?"

목구멍을 뚫고 힘겹게 대답이 빠져나왔다. 생각했던 것보다 등을 짓누르는 능창군의 무게가 어마어마했던 것이다.

좀 이상했다. 능창군은 훤칠한 키를 자랑했지만 그렇다고 우람한 몸집은 아니었다. 오히려 골격이 가는 편이라 우아하면서도 날렵한 느낌을 주는 체형이었다. 그런데도 등으로 떠받치고 있자니 마치 쇳덩이를 이고 있는 기분이었다.

"허면 종루까지 가는 길은 아십니까?"

수생은 모른다는 대답이 나오길 기대하며 물었다. 능창군을 업은 등이 점점 가라앉고 있었다.

"알다마다. 왜, 힘들겠느냐? 허면 어찌한다? 아무래도 네게 맞으면서 다리를 삐끗한 모양인데……."

능창군이 수생의 죄책감을 슬쩍 찔러왔다. 반사적으로 수생의 대답이 솟구쳐 올랐다.

"아아뇨, 힘들긴요. 당연히 제가 모셔다 드려야지요."

"그래, 그럼 부탁하마."

안심한 듯 능창군이 온몸의 무게를 수생의 등에 기대었다. 그 기세에 무릎이 저절로 꺾였다. 수생은 쓰러지지 않으려고 두 팔로 냉큼 바닥을 짚었다. 버티느라 두 팔과 다리가 부들거렸다.

"어서 가지 않고 무엇하느냐?"

능창군이 수생의 어깨 위로 두 팔을 두르며 넌지시 재촉을 해댔다.

"예, 나리. 이제 갑니다."

수생은 다리에 힘을 주고 억지로 몸을 일으켰다. 후들거리는 다리로 균형을 잡느라 온몸에서 진땀이 났다. 수생은 힘겹게 한 발을 뗐다. 그 순간 허리가 휘청거렸다.

넘어지지 않으려고 안간힘을 쓰며 수생은 두 팔을 버둥거렸다. 하지만 버티기엔 역부족이었다. 얼굴이 그대로 바닥을 향해 곤두박질쳤다.

"으아아악!"

다행히 얼굴이 바닥에 닿기 전에 손바닥이 먼저 땅을 짚었다. 거친 흙바닥에 밀린 손바닥에서 불이 나는 것만 같았다. 수생은 오른 손을 들어 손바닥을 살펴보았다. 피가 나고 있었다. 수생은 멍한 얼굴로 핏자국이 선명한 손바닥을 내려다보았다. 뭔가가 허전했다. 방금 전까지 이 손으로 무언가를 잡고 있었는데. 분명 이 손으로 누군가를 받치고 있었는데.

아차, 능창군 나리! 설마, 나리를 내동댕이쳐버린 건가?

수생의 얼굴에서 핏기가 싹 가셨다. 고개를 들어 정신없이 좌우를 살폈다. 능창군이 보이지 않았다. 사방이 고요한 가운데 들려오는 것은 사신의 가쁜 숨소리뿐이었다.

내동댕이쳐질 때 충격을 받아 정신을 잃으신 건가? 그처럼 고귀하신 분이 나 같은 못난 계집 때문에? 왈칵 눈물이 솟구쳐 올랐다. 하지만 울고 있을 때가 아니었다. 수생은 엉금엉금 기어 앞으로 나갔다.

"나리, 어디 계세요? 능창군 나리!"

간절하게 수생은 능창군을 불렀다. 그때였다. 누군가가 엎드린 자신의 허리 위에 사뿐히 올라앉는 게 느껴졌다.

서…… 설마?

수생은 천천히 고개를 돌렸다. 나무 그루터기에 걸터앉기라도 한 듯 편안하게 두 다리를 뻗은 자세로 능창군이 자신의 등 위에 올라타 있었다. 언제 꺼내 들었는지 손에는 부채까지 들고 있었다. 능창군은 한쪽 다리를 반대편으로 꼬아 올린 후 여유롭게 부채질을 하기 시작했다.

수생의 입에서 자신도 모르게 헛바람이 새어나왔다. 능창군이 무사한 건 분명 다행한 일이었다. 하지만 지금의 이 황당한 상황은 대체 뭐란 말이지?

"나…… 리, 지금 뭐하시는 겁니까?"

어안이 벙벙한 얼굴로 수생이 물었다.

"오는 게 있으면 가는 게 있어야 공평하지 않겠느냐?"

"예? 그게 무슨 말씀이신지……."

"날 넘어뜨렸으니 너도 응당 대가를 치러야 한단 말이지. 모름지기 세상사란 그런 것이 아니더냐."

유들유들한 능창군의 대답에 수생의 말문이 턱 막혔다.

"그러니까 지금…… 설마…… 복수를 하셨단 말입니까?"

뭘 그리 당연한 걸 묻느냐는 듯 능창군이 고개를 끄덕였다.

"그러니 애당초 감당 못할 일은 시작을 말아야 하는 것인데 어쩌다가…… 쯧쯧."

능창군은 이번엔 혀까지 차며 고개를 절레절레 흔들었다. 그리고는 불쌍하다는 듯 몸을 숙여 수생의 얼굴을 들여다보았다.

항의를 하고 싶어 수생의 입술이 달싹거렸다. 처음부터 종루까지 부축을 해 달라 부탁한 건 나리셨습니다! 그렇게 반박을 하고 싶었다.

하지만 불쑥 다가온 능창군의 얼굴에 항의의 말은 쏙 들어가 버리고 말았다. 그 아름다운 얼굴을 보고 있자니 머릿속이 하얘지며 모든 생각이 날아가 버리고 만 것이다. 도저히 거역할 수 없는 미모였다. 절로 한숨이 나오며 얼굴이 다시 발갛게 달아올랐다.

시시각각 달라지는 수생의 표정을 지켜보던 능창군이 재미있다는 듯 씩 웃었다. 그러더니 이내 인심 한 번 쓴다, 하는 얼굴이 되어서는 두 발로 땅을 한 번 구른 후 사뿐히 자리에서 일어섰다.

수생도 따라 일어나려는데 허리에서 욱신거리는 통증이 느껴졌다. 주먹으로 허리를 두드리며 수생은 간신히 몸을 일으켰다.

대체 왜 이리 무거우신 겁니까? 그렇게 원망을 담은 눈빛을 날리다 능창군과 눈이 딱 마주쳐버렸다. 수생의 얼굴이 다시 붉어졌다.

"너 말이다, 내가 그리 좋더냐?"

"예?"

뜻밖의 기습을 당한 수생의 입술이 절로 벌어졌다. 어떻게 능창군 나리께서 그걸 알고 계시는 거지? 그럼 역시 나를 기억하고 계셨던 걸까? 마음속에 감히 나리를 품었다는 걸 눈치 채신 걸까? 감당 못할 일은 시작도 말라던 조금 전의 말씀은 혹시 그런 마음에 대한 질책이었던 건가?

기억해주길, 알아주길 간절히 바랐으면서도 막상 능창군이 눈치 챘다고 생각하자 가슴이 덜컥 내려앉았다. 이런 식으로 고백을 하긴 싫었다. 이런 식으로 꼴사납게 마음을 들키고 싶지도 않았다.

"제가 나리를 좋아하다니, 그게 무슨 말씀이신지요?"

뜬금없는 소리라는 듯 두 눈을 동그랗게 뜬 채 수생이 되물었다.

능창군의 얼굴에 알 수 없는 미소가 떠올랐다. 그 미소를 그대로 귓가에 건 채 능창군은 수생에게로 한 걸음 다가왔다. 그리곤 수생의 귀에 대고 비단처럼 매끄러운 목소리로 속삭였다.

"사당에 들어가지 않았더냐?"

그 말에 수생의 어깨가 흠칫 떨렸다. 분명 아무에게도 말한 적이 없는 일이었다. 들키지 않게 꽁꽁 감춰둔 비밀이었다. 그런데 어떻게 그 얘기가 능창군 나리의 귀까지 들어가게 된 거지?

"사…… 사당이라니요?"

수생은 모르는 척 잡아뗐지만 능창군은 들은 체도 않고 하던 말을 이어나갔다.

"들어가서 무엇을 빌었는지 말해보아라. 귀신한테 말이다."

다 알고 있다는 표정이었다. 거짓말은 용납지 않는다는 눈빛이었다.

수생은 힘겹게 마른침을 삼켰다. 대답을 해야 했다. 그러나 쉽사리 말이 나오지 않았다.

긴장으로 눈도 깜빡이지 못한 채 수생은 능창군을 마주 보았다. 능창군은 언제까지라도 대답을 기다리겠다는 듯 느긋한 자세로 수생을 지켜보고 있었다.

"아닙니다, 그런 적 없습니다. 귀신이라니, 말만 들어도 소름이 돋는데 어찌 귀신을 찾아간단 말입니까? 그깟 귀신이 무엇이라고……."

수생의 말을 듣던 능창군의 눈썹이 불쾌하다는 듯 일순간 꿈틀댔다. 까닭 모를 불안감에 수생의 가슴이 두방망이질치기 시작했다. 아무래도 능창군의 심기를 건드린 것 같았다. 하지만 어떤 말에 기분이 상했는지는 도무지 알 길이 없었다.

"그리 잡아떼봤자 얼마 못 갈 거, 너도 알고 나도 알지 않느냐. 아니면 말 못할 무슨 사정이라도 있는 것이냐? 설마, 귀신을 찾아가 저주라도 한 것은 아니겠지?"

능창군의 말투는 여전히 온화했다. 하지만 그 말에 담긴 내용의 섬뜩함은 수생을 소스라치게 했다.

"저주라니요, 말도 안 됩니다!"

수생이 펄쩍 뛰며 부인을 하자 능창군도 좀 전까지의 느긋했던 태도를 벗어던졌다. 눈을 부릅뜨며 그는 수생을 위협하듯 다그치기 시작했다.

"원한 서린 귀매(鬼魅)를 이용해서 저주를 한다는 이야기를 들은 적은 있다만, 내가 그 대상이 될 줄은 몰랐구나. 말해보아라, 누가 시켜서 한 짓이냐?"

"아닙니다! 어찌 제가 나리께 해가 되는 짓을 한단 말입니까? 세상이 두 쪽이 나도 절대로 그럴 일은 없습니다."

수생은 항변했다. 능창군이 갑자기 돌변해 자신을 몰아붙이는 까닭을 도무지 알 수가 없었다. 누구에게 무슨 이야기를 들었는지 몰라도 무서운 오해를 하고 있는 것이 틀림없었다.

"그럼 왜 대답을 망설이는 것이지? 내가 아니라면 다른 사람을 저주했느냐? 나를 위해 다른 사람에게 저주의 주문이라도 걸었느냔 말이다."

상상도 해본 적 없는 무서운 말들이 계속해서 능창군의 입에서 튀어나왔다.

"아닙니다!"

"그 일로 내가 모함이라도 받길 원하느냐!"

숨 돌릴 틈도 주지 않고 수생을 몰아붙이는 능창군의 목소리가 쩌렁쩌렁하게 밤공기를 울렸다.

불현듯, 얼마 전 대비가 왕에게 저주를 걸었다는 이유로 후궁으로 강등된 후 유폐되었다는 이야기를 들은 기억이 났다. 왕이 저주를 혹신한다는 수군거림도 한성 거리에 퍼질 대로 퍼져 있었다.

혹시 그 때문인가. 왕실 종친인 능창군 나리께서 이처럼 눈에 핏발이 선 채 나를 위협하시는 이유가? 무시무시한 오해를 받게 되었다는 생각이 들자 오싹하며 두려움이 밀려들었다. 하지만 두려움보다 더 견딜 수 없는 것은 흠모하는 당사자에게 오해를 받고 있다는 사실이었다. 억울하고 서러워서 눈물이 핑 돌았다.

"믿어주세요. 저주 같은 것은 맹세코 입 밖으로 꺼낸 적도 없습니다. 생각도 해본 적 없습니다. 저는 단지……."

"계속 해보아라. 단지 무엇이냐?"

사납게 몰아붙이던 능창군의 기세가 조금 꺾였다. 바짝 들이댔던 얼굴을 거두고 능창군은 뒷짐을 진 채 반 발짝 뒤로 물러섰다. 하지만 여전히 시선은 수생에게서 떼지 않았다. 그 눈빛이 어서 대답을 하라고 수생을 재촉했다.

"단지 소원을 빌었을 뿐입니다. 정말입니다!"

수생은 억울한 마음을 듬뿍 담아 애원하는 눈길로 능창군을 바라보았다. 잠시 그 눈길을 받아주던 능창군이 눈썹을 위로 살짝 들어올렸다. 이내 그의 얼굴에 사라졌던 미소가 돌아왔다.

믿어주신 건가? 능창군의 미소를 보자 놀란 가슴이 조금은 진정

되는 것 같았다.

능창군은 다시 한 번 싱긋 웃더니 오른손에 들고 있던 부채를 보란 듯이 수생의 눈앞에 펼쳤다. 그리고는 수생을 바라보며 천천히 부채를 부치기 시작했다.

더운 땀과 식은땀이 뒤범벅된 수생의 이마에 바람이 와 닿았다. 수생의 잔머리가 떨리듯 나부꼈다. 땀이 식으며 몸에서 오한이 일었다. 능창군이 무슨 말이라도 해주기를 기다리며 수생은 부르르 떨려오는 어깨를 두 손으로 감싸 안았다.

마침내 느긋한 목소리로 능창군이 다시 입을 열었다.

"그것 봐라, 이렇게 실토할 걸 왜 그리 눈물을 뽑을 때까지 버텼느냐? 처음 물었을 때 순순히 대답했으면 서로 힘 뺄 일 없었을 텐데 말이다."

"예?"

생각지도 못했던 말이었다. 그렇다면 지금까지 일부러 몰아붙이신 거란 말인가? 내 입으로 모든 걸 실토하게 만드시려고? 수생은 어안이 벙벙해졌다. 자신이 알아왔고 들어왔던 능창군과는 너무나도 다른 모습에 그저 얼떨떨할 뿐이었다.

이런 수생의 마음을 아는지 모르는지 능창군은 다시 웃으며 얼굴을 들이밀었다.

"그리도 내가 좋더냐? 귀신까지 찾아가서 소원을 빌 만큼 말이다."

"그러니까…… 그러니까, 지금 일부러 절 다그치셨다는 말씀이시죠? 제가 저주 같은 걸 하지 않았다는 걸 아시면서요?"

혹시라도 자신이 잘못 생각한 것은 아닐까 싶어 수생은 확인하듯 물었다. 능창군의 얼굴이 대번에 굳었다.

"설마 지금 내 탓을 하는 것이냐? 탓을 하려거든 거짓을 말하고 시침을 뗀 네 탓을 해야지."

냉정하고 얄밉게 능창군이 대꾸를 해왔다. 수생은 어이가 없어서 입이 다물어지지 않을 지경이었다.

물론 따지고 보자면 그의 말이 틀린 것은 아니었다. 분명 사당에 들어가지 않았다고 한 잘못은 자신에게 있었다.

하지만 그리 사람을 무섭게 몰아붙여놓고 한다는 말이 모두 다 내 탓이라니. 오금을 저리게 해놓고 저리 태평한 얼굴이라니. 아무리 흠모해 마지않는 능창군이라 해도 이건 뭔가 억울했다.

수생의 이런 심정은 아랑곳없이 능창군은 계속 느긋하게 부채질을 해댔다. 그의 얼굴은 부채에 반쯤 가려져 있었다. 부채 위로 드러난 것은 빛나는 두 눈뿐이었다. 날이 저물었기 때문일까. 부드럽던 갈색 눈동자에 짙은 어둠이 내려 있었다.

"그런데 무슨 소원을 빌었지? 귀신에게 말이다."

다시 입을 연 능창군의 목소리는 평시처럼 온화한 목소리로 돌아가 있었다. 하지만 수생에게는 그 속에 또 무슨 함정이 숨어 있는 것처럼 느껴졌다.

어떻게 대답해야 좋을지 수생은 열심히 머리를 굴리기 시작했다. 순순히 대답을 하는 게 좋을까? 어차피 조금 전처럼 모든 걸 알고 물어 오시는 게 아닐까? 아니, 그런데 대체 어떻게 내가 귀신에게 갔던 걸 알고 계시는 거지? 누가 그런 것을 능창군 나리께 전한 걸까?

어쩌면 항아리 조각을 치운 사람일지도 모른다는 생각이 문득 수생의 뇌리를 스쳤다. 자신이 사당에 들어가서 주문을 외우고 소원을 적는 모든 과정을 몰래 지켜본 누군가가 있을지도 몰랐다. 그자가 자신이 깬 항아리 조각을 아무도 눈치 채지 못하게 숨겨버린 것은 아닐까. 그리고는 능창군 나리께 가서 이 모든 일을 일러바친 것이라면?

그렇게 생각하자 모든 일의 아귀가 조금씩 맞아떨어지는 것 같았다. 그렇다면 남은 궁금증은 단 하나. 대체 그자는 누구란 말이지?

"말씀드리기 전에 저도 하나만 여쭈어도 되겠습니까?"

수생이 능창군의 눈치를 살피며 조심스럽게 입을 열었다.

"말해보아라."

"나리께서는 제가 사당 귀신을 찾아간 걸 어찌 아신 겁니까? 누가 나리께 그런 일을 전해드린 것입니까?"

궁금증을 참을 수 없어 묻긴 했지만 막상 그렇게 묻고 나니 다시 간이 조마조마해졌다. 혹시 화를 내실까 봐, 뭐라고 또 트집이나 잡으실까 봐, 수생은 불안한 마음으로 능창군의 기색을 살폈다. 하지만 수생의 걱정과는 달리 능창군은 피식 웃음을 흘리곤 어깨를 한 번 으쓱해 보였다.

"별것 아닌 걸 어렵게도 물어보는구나."

능창군은 품안에 한 손을 넣더니 겹겹이 접힌 종이 한 장을 꺼냈다. 그리고 수생의 눈앞에서 그 종이를 천천히 펼치기 시작했다.

고개를 뺀 채 종이에 무엇이 적혀 있는지를 보고 있던 수생의 눈에 붉은 글씨가 언뜻 들어왔다. 갑자기 가슴이 뛰기 시작했다.

능창군은 펼친 종이를 수생의 눈앞에 내밀었다.

근연.

손가락을 깨물어 써내려갔던 글씨가 그 종이 위에 선명하게 새겨져 있었다.

믿을 수가 없었다. 어떻게 이 종이를 능창군 나리께서 갖고 계실 수 있단 말이지? 수생은 종이를 향해 떨리는 손을 뻗었다. 그러나 능창군은 수생의 손이 닿기 전에 잽싸게 종이를 다른 손으로 옮겨 쥐었다. 수생이 다시 손을 뻗자 이번에는 수생의 손이 닿지 않을 만큼 높이 종이를 들어올렸다.

"돌려주십시오, 제 겁니다."

수생은 까치발을 했다. 그래도 손이 닿지 않자 펄쩍펄쩍 제자리 뛰기를 해보기도 했다. 그러나 능창군은 수생에게 그 종이를 돌려줄 생각이 전혀 없어 보였다.

두 손으로 종이를 잡아 머리 위에서 쫙 펼친 다음 능창군은 고개를 젖힌 채 그 위에 적힌 두 글자를 또박또박 읽기 시작했다.

"근. 연. 가까운 인연이란 뜻이겠지? 척 보니 피로 쓴 듯한데, 이리 오싹한 취미가 있는 줄은 몰랐구나. 그래, 무슨 뜻으로 쓴 글자냐?"

"돌려주시면 말씀드리겠습니다. 주십시오!"

다시 한 번 제자리 뛰기를 하며 수생이 외쳤다.

"내 손에 들어왔으면 내 것이지, 이게 어찌 네 것이냐?"

능창군은 뒤를 돈 후 잽싸게 손에 든 종이를 접어 다시 품안에 넣었다. 그리고는 돌아서 빈 손바닥을 수생에게 내어 보였다. 대놓고 놀리고 있는 것이었다.

"전 그걸 나리께 드린 적이 없습니다!"

약이 바짝 오른 수생이 대들었다.

"분명 내게 주었다. 네 손으로 직접 말이다."

얼굴에 걸린 여유 있는 미소와는 달리 능창군의 눈빛이 순간 매섭게 번뜩였다.

잠시 수생의 말문이 막혔다. 직접 줬다고? 내가? 하지만 그건…….

수생은 침을 꼴깍 삼켰다. 입을 열자 꽉 막힌 목구멍 사이로 쥐어짜낸 듯한 목소리가 비틀거리며 빠져나왔다.

"허나 저는 그것을…… 분명……."

"사당에 있는 귀신한테 주었겠지, 물론?"

수생은 천천히 고개를 끄덕였다. 능창군이 다시 웃었다.

그 웃음을 보는 순간 온몸의 피가 싸늘하게 식는 것 같았다. 뒤통수에서부터 발끝까지 소름이 내달리며 입술이 덜덜 떨려왔다.

그 미소는 능창군의 것이 아니었다. 자신을 보는 눈빛도 낯선 자의 것이었다. 하지만 처음 보는 눈빛은 아니었다. 수생은 그 눈빛을 알고 있었다. 수진궁의 사당에서, 꿈속에서, 그리고 오늘 낮 제사 그릇 위에서 보았던 바로 그 눈빛이었다.

"악!"

날카로운 비명이 어두운 골목길을 가득 채웠다. 그 소리는 종루의 종소리만큼이나 요란스럽고 길게 퍼져나갔지만 비명을 듣고 달려오는 이는 아무도 없었다.

대신 수생의 비명소리가 신호가 된 듯 능창군의 얼굴이 빠르게 변해갔다. 순식간에 핏기가 사라진 수생보다도 더 창백한 낯빛, 날카로운 눈매 속에서 어둠처럼 빛나는 새카만 눈동자. 그 눈동자 위로 길게 뻗은 짙은 눈썹.

머리를 풀어헤치지도 않았고, 소복을 입지도 않았다. 입가에 철철 피를 흘리고 있지도 않았다. 단정한 선비 차림의 말끔한 사내였다.

그럼에도 이자는 귀신이 분명했다. 세상에서 가장 무섭다는 수진궁 귀신이었다.

귀신은 뒷짐을 진 채 제자리에 서서 가만히 수생을 노려보았다. 귀신의 눈에서는 당장이라도 사람을 얼려버릴 것 같은 냉기가 뿜어져 나왔다. 그 냉기에 얼어붙기라도 한 걸까. 수진궁에서 처음 마주쳤을 때처럼 수생은 손가락 하나 꼼짝하지 못한 채 그 자리에서 굳어버렸다.

어디선가 부엉이의 울음소리가 들려왔다. 근처 나뭇가지에서 나뭇잎들이 바스락거렸다. 고양이의 얼굴을 한 채 소리도 없이 날아다니는 음산한 밤새처럼, 보이지 않는 곳에 도사린 채 때를 기다리다 기습적으로 불어와 어둠을 흔드는 바람처럼, 어떤 위험이 숨어서 또 자신을 노리고 있을지 수생은 짐작조차 할 수 없었다. 끝을 알 수 없는 밤이라는 생각에 숨이 막혀왔다.

능창군의 얼굴 뒤에 저 귀신이 숨어 있었듯, 지금 자신을 노려보는 저 눈동자 뒤에는 또 무엇이 숨어 있는 것일까.

귀신이 수생을 향해 한 발짝 다가왔다. 반사적으로 움찔하며 수생의 어깨가 들썩였다. 귀신이 다가오자 마비에서 풀려난 사람처럼 수생의 발도 움직이기 시작했다.

"오, 오, 오, 오지 마!"

수생은 비틀거리며 뒷걸음질을 쳤다. 등을 돌리면 귀신이 뒤에서 덮쳐올 것만 같아 차마 뒤돌아 달아날 엄두가 나지 않았다.

수생의 말을 비웃기라도 하듯 귀신의 발걸음이 빨라졌다. 수생도 허겁지겁 뒷걸음질 치는 속도를 높였다. 금방이라도 귀신이 자신을 향해 덤벼들 것 같아 연신 어깨가 흠칫거렸다.

하지만 딱 거기까지였다. 귀신과의 거리는 멀어지지도, 가까워지지도 않았다. 왜 공격하지 않는 거지? 뭘 기다리는 걸까? 수생은 망나니의 칼날을 기다리는 죄수가 된 심정이었다. 이대로 가다가는 귀신에게 잡혀먹기 전에 심장이 떨어져서 죽을 것만 같았다.

갑자기 귀신이 걸음을 멈추었다. 그 바람에 수생도 덩달아 우뚝 멈춰 섰다. 먹이를 포획하기 직전의 야수처럼 귀신이 눈을 번뜩였다. 이제 날카롭게 발톱을 세운 채 자신을 향해 달려들 일만 남은 것 같았다.

아니나 다를까, 귀신이 쿵! 소리를 내며 오른발을 세게 굴렀다.

꺄아악.

더 이상 앞뒤 따질 경황이 없었다. 수생은 그대로 뒤를 돌아 뛰었다. 순간 시커먼 벽이 수생의 눈앞으로 돌진해왔다. 아니, 정확히 말하자면 벽으로 돌진하고 있는 것은 수생이었다. 엄청난 충격이 이마에 전해졌다. 깜깜한 어둠이 수생을 덮쳤다. 수생은 그대로 정신을 잃고 쓰러졌다.

얼굴을 쓸어내리는 물컹하고 차가운 감촉에 수생은 눈을 떴다. 하늘에는 잿빛 구름들 사이로 별이 드문드문 떠 있었고 주위는 어두운 적막 속에 잠겨 있었다.

기절했던 건가? 아니면 지금 꿈을 꾸고 있는 건가? 수생은 누운 채로 두 눈을 깜빡여보았다.

이마에 느껴지던 차가운 촉감이 별안간 사라졌다. 동시에 이마가 서서히 뜨끔거려오기 시작했다. 얼얼한 통증과 함께 조금 전에 일어났던 일들이 생생하게 되살아났다.

수생은 벌떡 몸을 일으켰다. 희미한 웃음소리가 뒤에서 들려왔다. 돌아보자, 등 뒤에 떡하니 버티고 선 귀신이 보였다. 수생은 최대한 귀신에게서 멀어지기 위해 앉은 자세 그대로 버둥대며 뒷걸음질을 쳤다.

곧 등이 딱딱한 벽에 부딪혀 튕겨 나왔다. 이제 더 이상 도망갈 곳은 없었다. 앞은 귀신이요, 뒤는 벽이었다. 수생은 벽에 딱 붙은 채로 달달 떨기 시작했다.

"저런! 이마가 제대로 부어올랐구나. 그러게 내가 멈췄을 때 너도 멈췄어야지. 혼자 달아나려고 하면 그리 화를 당하는 것이다. 명심해 두어라. 이제부터 너와 나는 공동 운명체가 될 터이니 말이다."

귀신의 말에 수생은 다시 기절할 뻔했다. 귀신과 공동 운명체라니! 두려움에 이가 딱딱 부딪혀왔다.

"그, 그, 그, 그게 무슨 말씀입니까……. 사, 산 자와 죽은 자가 하, 함께 하다니요. 세, 세, 세상의 이치에 어긋나는 일이 아, 아닙니까."

"그럼 죽은 귀신에게 산 사람의 소원을 비는 것은 대체 어떤 이치더냐? 또다시 내 탓을 할 생각일랑 마라. 네가 묶은 인연의 끈이다."

귀신은 수생에게로 천천히 다가왔다. 그리고는 도포 자락을 뒤로 휙 젖히더니 수생의 앞에 가부좌를 틀고 앉았다.

귀신의 얼굴이 금방이라도 닿을 만큼 가까이 왔다. 수생을 보는 귀신의 눈은 암흑에서 길어 올린 듯 어두운 광채를 번득이고 있었다. 보기만 해도 얼어붙을 것 같은 섬뜩한 눈빛이었다.

그런데 눈길을 돌릴 수가 없었다. 정말 저주라도 걸려버린 것 같았다. 지금 움직일 수 있는 건 제 의지와는 상관없이 딱딱 부딪히는 소리를 내고 있는 턱 관절밖에 없는 듯했다.

"자, 자, 잘못했습니다. 용서해주십시오."

"어허, 아까는 그리 패기가 넘치더니 이리 약한 모습을 보여서야 쓰겠나. 그깟 귀신 따위 뭐가 그리 대단하다고."

'그깟' 이라는 말을 할 때 귀신은 특별히 힘을 주어 한자 한자 발음을 했다. 하지만 수생은 귀신이 자신의 사소한 말실수를 맘에 담아두고 있었을 거라고는 꿈에도 생각지 못했다. 귀신을 패고 욕하고 묶었다는 그 엄청난 사실들을 떠올리는 것만으로도 숨이 멎을 것만 같았기 때문이다.

수생은 가쁜 숨을 몰아쉬며 다시 애원을 했다.

"아닙니다, 모두 다 제 잘못이니 제발 한 번만 용서해주십시오."

"무작정 잘못했다고 하면 넘어갈 줄 알았더냐? 무엇을 잘못했다는 것인지 네 입으로 말해보아라."

드디어 올 것이 왔다는 생각에 눈앞이 캄캄해졌다. 제 입으로 죄를 자복하게 하고 그 죄를 물어 자신에게 해코지를 하려는 것이 틀림없었다.

수생은 입을 꼭 다물고 고개를 저었다. 귀신이 두 눈을 부릅뜨고 수생을 노려봤다. 그 눈빛은 칠흑 같이 어두워 무슨 생각을 하는지 도저히 읽어낼 수가 없었다. 그 사실이 수생을 더욱 두려움에 떨게 했다.

그렇게 무서운 눈빛을 고스란히 받아내며 버티기란 더 이상 불가능했다. 수생은 떨리는 입술을 달싹였다.

"제가 정신이 나가 감히 귀신님을 몰라 뵙고…… 발길질을…… 손목도 묶고…… 게다가 분풀이까지……. 제가 정말 미쳤었나 봅니다."

"그것이 다냐?"

"사당에 들어간 것, 항아리를 깬 것도 모두 다 제 잘못입니다."

"그리고 또?"

"소원을 비는 일도 다시는 하지 않겠습니다."

수생은 귀신의 질문에 열심히 대답을 대령했다. 한 번 시작하자 언제 망설였냐는 듯 대답이 술술 잘도 나왔다.

"그럼 소원을 들어줄 필요도 없다, 그 말이겠지?"

잠깐, 소원이라고? 갑자기 정신이 번쩍 들었다. 수생의 목소리도 덩달아 커졌다.

"그, 그건 아닙니다!"

"아니라고?"

귀신이 어이없다는 듯 쏘아붙였다.

"함께 묶이긴 싫다면서 소원은 들어 달라? 그리 뻔뻔하고 이기적인 말이 어디 있단 말이냐!"

"허, 허나…… 수진궁 귀신이 아니십니까!"

대꾸를 하면서도 수생은 그런 자신이 믿기질 않았다. 내가 지금 무슨 짓을 하고 있는 거지? 미친 게 아니고서야. 죽고 싶어 환장한 것이 아닌 다음에야! 극도의 공포에 사로잡히면 미쳐버리는 자들이 있다더니 자신이 지금 딱 그 꼴이었다.

귀신은 입을 다문 채 수생을 빤히 쳐다봤다. 대답을 기다리는 수생의 속이 타들어갔다. 상대가 어떤 반응을 보일지 짐작도 되지 않았다. 버럭 화를 낼까. 비웃을까. 그도 아니면 당장이라도 혼을 가져가버리겠다며 위협을 할까.

이윽고 귀신이 입을 열었다. 생각보다 차분한 목소리였다.

"그래서 어쩌란 말이냐?"

"분명 수진궁 사당에 사는 귀신은 소원을 들어주는 능력이 있다 들었습니다. 그런데 어째서 아니 된다 하시는 겁니까?"

입을 다물어야 한다고 생각했다. 귀신에게 대들다니. 있을 수 없는 일이었다. 그런데도 마치 홀린 것처럼 제 멋대로 말이 튀어나왔다.

"내가 네 소원을 들어주면 너도 응당 대가를 치러야 하는데, 보아하니 별로 그럴 마음도, 능력도 있을 것 같지가 않아서 말이다."

"대, 대가라니요?"

"내가 네 소원을 들어주면 너도 내 소원을 들어줘야지. 그게 공평하지 않느냐?"

"소원을 들어주는 귀신은 제가 아니라 그쪽입니다."

귀신의 대답이 너무나도 황당해 저도 모르게 대답이 튀어나왔다.

귀신이 한쪽 입 꼬리를 위로 밀어 올렸다. 웃고 있는 게 아니었다. 올라간 입 꼬리는 기분이 상했다는 표현이었다. 그가 내뿜는 싸늘한 기운이 수생에게까지 훅 끼쳐 나왔다.

"점 한 번 보고 굿 한 판 벌이는 데도 복채를 내는데, 어째서 귀신만 공짜라고 생각하느냐? 어째서 네가 소원을 빌면 내가 무조건 그걸 들어줘야 하냔 말이다."

귀신이 길고 짙은 눈썹을 실룩이며 되물었다.

"귀신이 이익을 탐한다 함은 들어보지도 못했습니다."

다시 반사적으로 대답이 나왔다. 아아, 지금 말대꾸를 하고 있는 게 나일 리가 없어. 수생은 혀를 깨물고 싶은 심정이었다.

"그럼 한 맺힌 귀신이 원한을 갚는다는 이야기는 들어보았겠지?"

귀신의 날카로운 눈매가 한층 더 매서워졌다. 눈동자에서 위협적인 빛이 뿜어져 나왔다.

"서, 설마 저더러 사람을 죽이라는 겁니까?"

운명 공동체라는 게 이런 뜻이었나? 혼을 뺏어서 나를 조종이라도 하려는 건가? 그렇게 제 수족처럼 나를 부리려는 걸까?

"싫습니다, 못합니다! 절대로 다른 사람을 해할 순 없습니다!"

공포와 흥분으로 수생의 가슴이 들썩거렸다. 도망갈 구멍이라도 찾는 사람처럼 수생은 벽에 등이 아플 만큼 밀착시킨 채 손바닥으로 벽을 짚었다. 손가락 끝에 잔뜩 힘이 들어갔다. 아아, 이대로 벽을 쓰러뜨리고 도망갈 수 있다면 얼마나 좋을까.

"하하하하!"

귀신이 갑자기 웃음을 터뜨렸다. 그 소리는 공기를 타고 퍼져나가는 대신 습기를 머금은 안개처럼 음산하게 깔리며 수생을 에워쌌다.

"너 말이다, 네 능력을 너무 과대평가하고 있는 게 아니냐?"

"예?"

"그럴 깜냥은 되냔 말이다. 겁은 많지, 제대로 할 줄 아는 것은 없지. 그런 네게 사람을 죽이라 한들 그게 제대로 될 리가 없지 않느냐."

하아, 다행이다. 사람을 죽이라는 건 아니었어. 안도감이 들자 쿵쾅대던 심장소리가 점차 가라앉았다.

그러자 이번에는 묘한 반발심이 슬쩍 고개를 들었다. 내가 제대로 할 줄 아는 게 없다고?

"허면 왜 절 따라다니면서 괴롭히는 겁니까? 한을 풀어줄 사람이 필요하면 다른 이를 찾아보면 되지 않습니까?"

수생이 항의하자 귀신이 눈썹을 사납게 들어올렸다.

"곤히 잠들어 있는 나를 깨운 게 누구지?"

귀신이 반격을 가해오기 시작했다. 이런 전개를 예상한 것은 아니었던 터라, 수생은 당황하고 말았다.

"저, 접니다."

"다짜고짜 소원을 들어 달라 종이를 들이민 건 누구냐?"

"아마…… 저였을 겁니다."

수생의 목소리가 점점 기어들어갔다.

"그것도 모자라 내 항아리를 깨뜨려버린 건 또 누구지?"

"그건 정말로 고의가 아니었습니다……."

작아지는 목소리만큼이나 수생의 어깨도 쪼그라들었다.

"사정이 이런데 누가 누구를 탓하느냐? 괴롭히고 있는 것이 정작 누구냔 말이다."

수생은 뒤통수를 한 대 얻어맞은 느낌이었다. 귀신이 자신을 쫓아다닌다고만 생각했지 자신이 귀신을 괴롭히고 있다는 생각은 단 한 번도 해본 적이 없었던 것이다. 하지만 논리적으로 파고 들어오는 귀신의 말을 곰곰이 생각해보니 그 말이 맞는 것도 같았다. 갑자기 말문이 막혔다.

팔짱을 낀 채 수생을 보고 있던 귀신은 수생이 달싹달싹하던 입술을 결국 닫는 것을 보고 한쪽 입술 끝을 올려 웃었다. 이번에는 진짜 웃음이었다. 자신의 승리를 확인한 자의 만족스런 미소였다.

"이제 상황파악이 좀 되는가 보구나. 자, 알겠느냐? 네가 시작한 일이다. 그러니 끝도 네가 맺어야 온당한 일이지. 어서 선택하거라. 나와 협정을 맺고 운명 공동체가 될 것인지, 아니면 평생 따라다니며 괴롭힘을 당할 것인지."

"펴, 평생이라고요?"

더 이상 놀랄 일이 있을까 싶을 정도로 기가 막힌 일들이 벌어진 하루였다. 그런데 아직도 펄쩍 뛸 일이 남아 있었다니. 귀신의 입에서 떨어진 마지막 말은 이 지독한 하루의 화룡점정이었다. 수생은 자신이 수진궁에 들어가 벌인 일이 얼마나 엄청난 것이었는지를 지금 이 순간 뼈에 사무치도록 깨닫고 있었다.

"이건 선택의 문제가 아니지 않습니까? 거절하면 평생을 괴롭히겠다니, 이건 명백한 혀, 협박입니다."

"그럼 내 제안을 받아들이면 된다."

"아까는 제게 그럴 깜냥도 안 된다 하지 않으셨습니까? 생각해보십시오, 제게 바라시는 그런 복수 같은 게 제게 가당키나 한 일입니까. 저 같은 평범하고 미천한 계집이 어찌 그런 일을 이루어드릴 수가 있겠습니까."

"……원한을 갚을 일이 생기도록 처음부터 정해진 사람은 없다."

"허나……."

"뭘 망설이느냐? 협정을 맺으면 소원을 들어주겠다지 않느냐? 네가 그리도 연모하는 능창군과 가까이 연을 맺어주겠단 말이다."

협박이 안 통하겠다 싶었는지 이번에는 귀신이 당근을 내밀었다. 거절하기에는 너무나 달콤한 제안이었다. 애당초 자신이 이 모든 일을 벌인 이유는 단 하나. 능창군 나리 때문이 아니었던가.

그냥 눈 딱 감고 협정을 맺는다고 할까? 하지만 원한을 갚는 일이라니, 자신이 감당하기엔 너무 벅찬 일이었다. 그래도 평생을 귀신에게 괴롭힘을 당하는 것보다는 낫지 않을까? 하지만 그러다가 정말 위험해지면 그땐 어떡하지? 그렇게 되면 연은 고사하고 능창군 나리를 다시는 뵐 수 없을지도 몰라. 게다가 아버지는? 불쌍한 우리 아버지는 어쩌란 말이야.

수생의 마음은 귀신의 달콤한 제안과 자신이 감당해야 할 위험 사이에서 갈팡질팡 갈지자걸음을 해댔다.

가부좌를 틀고 앉아 그 모습을 지켜보던 귀신이 벌떡 몸을 일으켰다. 또 무슨 일인가 싶어 수생의 눈이 커졌다.

"이제 보니 그 소원이란 게 네겐 별것 아니었는가 보구나. 능창군을 연모한다더니, 그것도 고작 바람기 잔뜩 든 계집의 변덕일 뿐이었구나. 내 괜한 노력을 낭비했나 보다. 이제 안심해라. 제안은 무효다."

귀신은 단호하게 등을 돌렸다. 그리고 성큼성큼 수생에게서 멀어져 가기 시작했다.

제 발로 사라져준다니 안심이 되어야 마땅한 일이었다. 하지만 수생의 발은 저도 모르게 귀신을 따라갔다. 수생의 손도 자신의 의지와는 상관없이 귀신의 팔을 붙들었다.

귀신이 차가운 얼굴로 뒤를 돌아봤다. 그 기세에 눌려 수생은 급히 손을 놓았다. 대신 귀신의 앞으로 달려가 그를 가로막고 섰다.

"그 말씀 취소하십시오! 능창군 나리에 대한 제 마음을 조롱하신 것, 사과하시란 말입니다."

기대했던 것과 다른 말이었기 때문이었을까. 아니면 전혀 생각지도 못했던 반격이었기 때문일까. 귀신은 어이없다는 듯 헛웃음을 흘렸다.

"좋다, 그럼 내 하나만 물어보자. 넌 그 사내에 대해 뭘 알고 있느냐? 왕실의 일족이라는 것? 지체가 높다는 것? 그야 지나가는 삼척동자도 아는 것일 테고, 그 외에 네가 알고 있는 것은 무엇이지? 대체 어떤 점에 반하여 그를 좋아하는 것이냐? 그저 신분 높은 사내 눈에 들어 팔자 한번 펴보자, 그런 헛된 꿈을 꾸고 있는 것 아니냐?"

"아닙니다. 그쪽이야말로 저에 대해 뭘 안다고 그리 함부로 말씀하시는 겁니까?"

"아하, 아니라면 번지르르한 외모에 빠진 것일 테지. 그러고 보니 나와 그 사내를 구별조차 못하였지? 그저 계집들 후리는 그 얼굴에 혹해 헛물을 켜고 있는 게로구나."

귀신은 계속해서 수생을 도발했다. 발끈하는 마음을 억지로 눌러 앉히며 수생은 입술을 깨물었다. 물론 외모에 반한 것은 사실이었다. 하지만 단지 그것만은 아니었다.

"제 마음을 그리 멋대로 재단하지 마십시오."

"그 그럴듯한 얼굴 속에 들어 있는 게 무엇인지는 아느냐? 허긴,

한낱 껍데기에 혹한 주제에 그런 걸 어찌 알까. 속이 시커먼 인간인지, 계집들을 한낱 유희거리로 여기며 희롱하는 사내인지, 아무것도 모르면서……."

"능창군 나리는 그런 분이 아닙니다!"

귀신의 말을 용감하게 잘라먹은 걸로도 모자라 수생은 귀신을 째려보기까지 했다. 분한 마음에 숨이 거칠어졌고, 가슴 밑바닥에서부터 솟구친 열로 창백했던 얼굴이 순식간에 달구어졌다.

자신을 무시하고 조롱하는 것까지는 참을 수 있었다. 하지만 고귀하신 능창군 나리를 이런 식으로 폄훼하는 것은 그냥 넘길 수가 없었다.

"그럼 어떤 사람이더냐? 애당초 그 사내를 알고 있긴 한 것이냐? 그저 그렇게 생긴 사내라면 누구든 좋은 것은 아니고?"

"능창군 나리는 소중한 것이 어떤 건지 아시는 분입니다. 천한 신분 속에도 귀한 마음이 깃들 수 있다는 걸 알아주신 분입니다. 아무것도 아닌 절 도와주고 제게 손을 내밀어주신 분이란 말입니다."

"지체 높은 사내가 천한 계집에게 인심을 베푸니 어찌 감격하지 않을쏘냐! 이 말이로구나. 인기 관리를 하는 줄도 모르고. 쯧쯧, 그 사내가 네게만 그러겠느냐? 만나는 모든 이들에게 그리 마음을 뿌리며 희롱을 해대겠지."

귀신은 한심하다는 듯 고개를 절레절레 흔들더니 계속 말을 이어나갔다.

"아무래도 안 되겠다. 그 사내와 연을 맺는 것은 포기하는 게 낫겠다. 너도 조금 시간이 지나면 그깟 소원 아무것도 아니었다는 걸 알게 될 것이다. 게다가 넌 내 소원을 들어줄 마음도, 능력도 없지 않느냐. 자, 그 일은 깨끗이 없었던 것으로 하자꾸나."

귀신은 말을 마치더니 탁, 소리가 나도록 손가락을 튕겼다. 그러자 어둠 속에서 허여멀건 물체가 이쪽을 향해 갑자기 돌진해왔다.

수생은 헉, 하고 놀란 숨을 들이켰다. 귀신의 복수인가. 이렇게 죽는 건가. 피하려고 해도 다리가 떨어지질 않았다. 아니, 피할 생각을 할 정신도 없었다. 모든 사고가 정지된 것 같았다. 수생은 하얗게 질린 채 제자리에 못 박혀 자신에게 날아오는 물체를 속수무책으로 바라만 보고 있었다.

물체는 수생의 얼굴을 향해 정면으로 날아왔다. 비로소 수생은 그것이 자신의 항아리라는 것을 깨달았다. 조금 전 득수 일행에게서 도망치다가 어딘가에 두고 온 그 항아리였다.

항아리는 이미 수생의 코앞까지 와 있었다. 절체절명의 순간이 되자 거짓말처럼 수생의 다리가 움직이기 시작했다. 수생은 항아리를 피하기 위해 자신도 모르게 와락 귀신의 품으로 뛰어들었다. 싸늘하고 섬뜩한 체취에 수생은 자신이 귀신에게 안겨 있다는 사실을 깨달았다. 춘삼월 개구리처럼 수생은 다시 귀신의 품에서 튀어 올랐다.

그 순간 다시 외마디 비명소리가 수생의 입에서 터져 나왔다. 날아온 항아리가 수생의 눈앞에서 둥둥 떠다니고 있었던 것이다. 놀라는 수생과는 달리 귀신은 태연한 얼굴로 손을 뻗어 항아리를 잡았다. 그리고는 그 항아리를 다시 수생에게 내밀었다.

수생은 항아리를 받지 않으려고 두 손을 뒤로 감춘 채 뒷걸음을 쳤다. 수상하고 재수 없는 항아리였다. 오늘 일어난 모든 일이 저 항아리 때문인 것처럼 느껴졌다. 그렇다면 가까이 두어서는 안 될 물건이었다.

하지만 귀신의 손을 떠난 항아리는 수생이 뒷걸음질 치면 치는 대로, 옆으로 피하면 피하는 대로, 충실한 강아지처럼 수생을 졸졸 쫓아왔다. 저 귀신이 사라지면 이 항아리가 평생을 따라다니면서 괴롭힐 건가? 그렇게 생각하자 온몸에서 힘이 쭉 빠져 나갔다. 더 이상 도망갈 생각도 들지 않았다.

수생은 힘없이 손을 들어 항아리를 안았다. 그러자 항아리의 푸른 기운이 조금씩 더 짙어지더니 마침내 빛을 뿜어내기 시작했다.

무슨 영문인지 몰라 수생은 어리둥절했다. 귀신이라면 무슨 일인지 알지도 몰라. 수생은 재빨리 눈을 돌려 귀신을 찾았다.

귀신은 그리 멀지 않은 곳에 서 있었다. 항아리의 빛 때문일까. 귀신의 형체가 마치 투명한 그림자처럼 보였다. 그 그림자가 수생이 보는 앞에서 점점 희미해졌다. 그에 반비례해 수생이 안고 있는 항아리는 점점 더 밝은 빛을 냈다.

귀신이 항아리 속에 들어가고 있는 거야. 소원은 없었던 일로 하자며 이렇게 사라져버리려는 거라고.

그것을 깨닫자 정신이 퍼뜩 났다. 수생은 급히 다섯 손가락을 쫙 펴서 항아리 입구를 막았다.

"안 됩니다, 잠시 기다리세요. 아직 할 말이 남았단 말입니다!"

다급하게 외치는 수생의 목소리에 귀신의 형체가 다시 또렷해졌다.

"저, 정말로 제가 그쪽의 소원을 이뤄주면 제 소원도 들어주실 겁니까?"

"못한다 하지 않았느냐?"

"하겠습니다. 단, 제게도 조건이 있습니다."

"말해보아라."

"우선 그쪽의 능력을 증명해보이십시오."

"뭐라?"

귀신은 불쾌한 기색을 숨기지 않았다. 하지만 이왕지사 꺼낸 얘기, 이제와 무를 수는 없었다. 지지 않으려고 수생도 눈에 힘을 주었다.

"그쪽이 능창군 나리와 연을 맺어줄 능력이 있는지 알기 전까지는 저도 섣불리 소원을 들어드린다 약조할 수가 없지 않습니까. 오는 게 있어야 가는 게 있는 법이라면서요?"

팽팽하게 두 사람의 시선이 맞부딪쳤다. 눈 돌리지 마. 감아서도 안 돼. 끝까지 버텨야 해. 수생은 두려움을 참으려고 두 주먹을 꽉 움켜쥐었다. 식은땀으로 축축해진 손바닥을 손톱 끝이 아프도록 파고들었다.

뜻밖에도 먼저 시선을 거둔 것은 귀신 쪽이었다. 됐어, 내가 이긴 거야. 눈만 마주쳐도 혼을 뺏어간다는 저 무시무시한 수진궁 귀신한테 이긴 거라고! 그렇게 생각하자 자신감이 솟구쳐 올랐다.

"어떻게 증명해주면 되겠느냐?"

입술 끝을 살짝 일그러뜨리며 귀신이 물어왔다.

"나리가 혼례를 올리지 않게 해주십시오."

한층 당당해진 목소리로 수생이 답했다.

"그리하면 나와 협정을 맺겠단 말이지? 내 소원을 들어주겠다 그 말이지?"

수생은 고개를 끄덕였다.

"분명 약조하였다. 그 약조를 어기면 어찌 되는지는 잘 알고 있으렸다?"

"물론입니다."

이번에는 귀신이 고민에 빠진 듯했다. 비스듬히 실눈을 뜨고 수생을 바라보는가 싶더니 이내 자세를 바꿔 허공을 올려다보기도 했다. 무언가를 곰곰이 생각하는 눈치였다. 잠시 후 고민이 끝났다는 듯 귀신이 입을 열었다.

"좋다! 그럼 이 자리에서 바로 증명해주겠다."

오늘의 짧은 경험에 비추어보건대 이놈의 귀신이 이렇게 선뜻 무언가를 하러 나선다는 건 또 다른 꿍꿍이가 있다는 뜻이었다. 적어도 수생에게는 그렇게 느껴졌다.

귀신은 말을 마치기가 무섭게 그녀 앞에 가부좌를 틀고 앉았다. 이건 또 뭐지? 수생은 의심을 가득 담은 눈으로 귀신을 지켜보았다.

귀신은 두 눈을 지그시 감더니 입술을 움직여 무언가를 중얼대기 시작했다. 작게 웅얼대는 그 소리를 정확히 알아듣기는 힘들었다. 다만 모양새를 보아하니 주문을 외고 있는 것 같았다.

수생은 엉거주춤 벽에 붙어 섰다. 무슨 일이 벌어질지 모를 땐 그저 최대한 사건 현장에서 멀어지는 게 상책이었다. 수생은 슬금슬금 벽을 따라 게 다리 걸음으로 귀신에게서 멀어졌다.

오래지 않아 귀신이 눈을 번쩍 떴다.

"다 되었다."

짧고도 단호한 어조로 선언을 한 뒤 가뿐히 일어난 귀신은 도포에 묻은 흙을 털어내기 시작했다.

"벌써 말입니까?"

미심쩍은 목소리로 수생이 물었다.

"그게 뭐 그리 오래 걸릴 일이라고. 내일 날이 밝거든 네가 직접 확인해보아라. 새문리 신성군 집에 혼례는 없을 것이라는 사실을 말이다."

수생은 여전히 의심을 떨칠 수 없었다. 하지만 저리도 자신만만한 것을 보면 믿는 구석이 있는 건지도 몰랐다.

그렇다면 정말 능창군 나리가 혼례를 올리시지 않게 되는 걸까.

현실이 된다면 날아갈 듯이 기쁜 일이지만 그 이후에 자신한테 닥칠 일을 생각하면 다시 마음이 무거워졌다. 정말로 귀신의 주문이 효력을 발휘하길 바라는지, 실은 그 반대인지 수생도 자신의 마음을 알 수가 없었다.

6

수생은 밤이 깊도록 잠을 이루지 못했다. 머리끝까지 이불을 뒤집어쓰고 누웠지만 바람에 나뭇잎 흔들리는 소리만 나도 어깨가 절로 움찔거렸다. 문갑 위에 올려놓은 항아리에서 금방이라도 귀신이 튀어나올 것만 같아 도저히 잠을 이룰 수가 없었던 것이다.

입구를 꽁꽁 봉해버릴까, 아니면 땅 속에 파묻어버릴까. 수생은 집으로 항아리를 안고 돌아온 다음에도 한참을 고민했다. 그러나 역시 후환이 두려웠다. 약조를 어기면 각오하라던 귀신의 섬뜩한 위협이 자꾸만 머릿속을 맴돌았다.

흥복이 보면 안 될 것 같아 수생은 고심 끝에 항아리를 방 안으로 가지고 들어왔다. 그렇지만 귀신과 한 방에서 잠을 잘 만큼 간이 크지는 못했다.

결국 수생은 이부자리를 박차고 일어났다. 그리고는 방구석에 앉아 잔뜩 몸을 웅크린 채 경계심에 가득 찬 눈을 부릅떠 항아리를 노려봤다.

밤빛을 받은 달항아리는 밤새 방 안에 푸른 그림자를 드리웠다. 그 그림자를 받아 수생의 얼굴에도 서늘하고 푸른 그림자가 졌다. 그렇게 항아리와 함께 수생은 뜬 눈으로 밤을 지새웠다.

반면 백함은 오랜만에 깊은 잠에 빠져들었다. 생전에 누군가 귀신도 잠을 잔다는 이야기를 자신에게 들려주었다면 참으로 흰소리를 하는구나, 핀잔을 주었을 것이다. 그러나 육신이 죽은 후 영혼으로 눈을 뜬 다음부터 백함은 귀신도 잠이 필요하다는 사실을 알았다.

백함은 자신이 어떻게 죽었는지 기억하지 못했다. 그저 정신을 차려보니 이미 죽은 사람이었다. 육신을 잃은 혼이었다.

혼백이 된 그에게는 아무런 힘도, 능력도 남아 있질 않았다. 보이는 것도, 들리는 것도 없었다. 그를 둘러싼 세상은 끝없이 이어져 있는 안개에 불과했다. 그 희뿌옇고 축축한 공기는 빛과 소리를 집어삼킨 후 고독과 절망을 양분 삼아 점점 더 짙게 차올랐다.

가끔씩은 바람이 불어오기도 했다. 백함은 그 바람을 느낄 수가 있었다. 그에게 살아있는 건 촉감뿐이었다. 오로지 촉감으로만 살아있는 존재. 백함은 바람이 불어오면 바람이 되었고 바람이 멈추면 안개가 되었다. 시간도, 기억도 단절된 공간을 그렇게 철저히 혼자가 되어 정처 없이 헤매고 다녔다.

백함은 무언가가 나타나 이 안개를 뚫고 자신을 데려가기를 기다렸다. 죽은 이들의 혼이 저승으로 가기 위해 기다리는 시간을 자신도 견디고 있는 것이라 생각했다.

그러나 아무리 기다려도 그런 일은 일어나지 않았다. 대신 어느 날 항아리 안에서 잠을 깼다. 죽음만큼이나 갑작스럽게 일어난 일이었다.

어떻게 해서 자신이 항아리 속에 들어간 것인지는 백함도 알지 못했다. 하지만 그날부터 차츰 빛과 소리를 되찾았다. 백함의 세상을 덮었던 안개가 서서히 걷혀나가기 시작했다.

감각은 코에서부터 왔다. 어느날 문득 은은한 향기가 코끝에 와 닿았다. 그 향기가 무엇인지는 알 수 없었지만 순간 그리움이 물결치듯 밀려들었다.

백함은 그 잔향에 매달렸다. 향기가 남기고 간 그리움에 매달렸다. 그 속에 웅크리고 숨어 있는 기억을 찾기 위해 애를 태웠다.

차츰 빛과 소리도 돌아왔다. 자신에게 원기를 주는 것이 잠인지, 항아리인지는 정확히 알 수 없었다. 어쩌면 둘 다일지도 몰랐다. 어찌 됐든 백함은 항아리 속에서 잠을 잤고 매일 매일 조금씩 힘을 회복해갔다.

이윽고 흐릿한 형체들이 백함의 눈앞에서 움직이기 시작했다. 수런거리는 소리들도 희미하게 들려왔다. 향기는 더욱 짙어졌다. 백함은 그 향기에 끌려 항아리를 빠져나왔다.

노랗고 작은 꽃잎이 촘촘히 매달린 나무 밑에 한 여인이 서 있었다. 누구를 기다리는지 까치발을 들고 목을 연신 이리저리 빼며 여인은 나무 밑을 서성였다.

불어오는 바람에 여인의 치마폭이 흩날렸다. 연녹빛 나뭇잎도 사각거리는 소리를 냈다. 여인과 나무를 지나친 바람은 그리운 향기를 싣고 백함에게로 날아왔다.

매자나무의 향이었다. 영원히 잊을 수 없을 것이라 생각했던 향기. 언제나 그 나무 아래에서 자신을 기다리던 여인의 향내였다. 그녀에 대한 기억들이 순식간에 밀려들었다.

소아는 백함의 정혼자였다. 처음이자 마지막으로 수줍은 마음을 주고받았던 여인이었다. 아내가 될 것이라 믿었지만 끝내 잃어버리고 만, 사무치게 그리운 정인이었다.

그녀가 다소곳이 내어주던 찻잔 속의 매자향, 고운 손으로 책장을 넘길 때마다 풍겨오던 먹향, 가까이 다가올 때 살갗에서 묻어나던 복숭아꽃 향기들이 순식간에 되살아나 백함을 어지럽혔다.

처마 밑에서 함께 듣던 빗소리와 새소리, 나란히 걷노라면 두 사람의 머리 위를 반짝이며 뛰어다니던 햇빛, 스치는 손끝에서 느껴지던 환희와 설렘까지, 잊고 있던 감각들이 아우성을 치며 깨어났다.

소아에 대한 기억이 생생해질수록, 잊었던 꿈들이 되살아날수록 백함의 가슴은 아려왔다. 아파할 심장이 없는 데도 마음이 찢어질 것 같았다. 흘릴 눈물이 없는 데도 울음이 새어 나왔다.

백함은 목이 터져라 소아의 이름을 불렀다. 그러나 소아는 그의 목소리를 듣지 못했다. 보이지 않는 장막이 가로막고 있어 소아의 곁으로 갈 수도 없었다. 백함은 소아와 자신 사이에 버티고 있는 투명한 막에 부딪히고 또 부딪혔다. 있지도 않은 손톱으로 절망이라는 이름의 장막을 긁어댔다.

그러다가 깨달았다. 지금 보고 있는 소아는 진짜가 아니었다. 백함 자신의 기억 속에 남아 있는 예전 소아의 모습이었다. 진짜 소아는 백함의 혼에게 다가온 매자향, 항아리 주위를 떠도는 그 잔향임에 분명했다.

소아는 어딘가 자신과 가까이 있었다. 그 사실만으로도 백함은 항아리 속에서의 나날을 얼마든지 견뎌낼 수 있을 것 같았다. 그는 될 수 있는 한 항아리 속에 머물렀다. 감각이 돌아오고 기억이 돌아오듯 항아리 속에 머물면 또 다른 능력이 생길지도 모른다는 기대 때문이었다. 그렇게 된다면 언젠가는 소아가 자신의 목소리를 듣고 모습을 볼 날이 올지도 몰랐다.

하지만 그런 바람이 헛된 소망일 뿐이라는 사실을 백함은 얼마 지나지 않아 알게 되었다. 항아리의 입구가 갑자기 봉인되어버린 것이었다.

그날도 백함은 짙은 매자향을 맡았다. 소아가 곁에 온 것이리라. 백함은 조금이라도 그 향기를 가까이 느끼고 싶어 항아리를 빠져나오려 했다.

그런데 입구를 빠져나오기 직전 백함은 부딪히듯 튕겨져 나와 항아리 바닥으로 굴러 떨어졌다. 보이지 않는 무엇인가가 입구를 가로막고 있었다.

백함은 다시 일어나 입구를 향했다. 그러나 결과는 마찬가지였다. 수십, 수백 번을 나가떨어진 후에야 백함은 자신이 영원히 항아리를 빠져나가지 못할 것임을 알았다. 영원한 어둠 속에 갇혀버린 것이었다.

항아리 속엔 여전히 매자향이 돌았다. 그 향기는 자신을 영원히 가두어버린 이가 소아라는 사실을 알려주는 증표였다. 자신의 그리움이 철저하게 배신당했다는 표식이었다.

얼마나 그 안에 갇혀 있었는지는 몰랐다. 일 년? 십 년? 아니면 억겁? 하지만 이제 백함에겐 세상의 시간 따위는 아무 상관도 없었다. 그의 시간은 어디로도 흐르지 않고 항아리 속에 계속 고여만 갔다.

백함은 수천, 수만 번 생전의 일을 곱씹어보았다. 하지만 머릿속에 떠오르는 기억은 단편적인 것들뿐이었다. 항아리 입구가 닫히면서 서서히 되살아나던 기억들도 함께 봉인되고 말았다. 다만 자신이 누군가에 의해 갑작스런 죽음을 맞이했다는 것만은 똑똑히 기억이 났다.

인적 없는 산길의 적막함. 메마른 낙엽의 향기. 그리고 바람을 가르며 날아오던 죽음의 소리……. 이번에도 기억은 감각처럼 백함에게 달라붙었다.

왜 자신이 다른 이의 손에 의해 죽어야 했을까. 무슨 잘못을 저질렀기에 가족에게 인사 한마디 못한 채 세상을 등져야 했을까. 아들이 싸늘한 주검으로 돌아왔을 때 부모님께서는 그 슬픔을 어찌 감당하셨을까.

잠이 들면 누군가의 울음소리가 그의 꿈을 채웠다. 뺨 위로 떨어지던 뜨거운 눈물이 누구의 것인지 백함은 알고 싶었다. 그럴 때마다 그는 다짐하고 또 다짐을 했다. 이곳을 빠져나가면 반드시 알아내고 말리라. 누가 이런 일을 벌였는지 알아내 똑같이 갚아주리라.

그런 다짐으로 백함은 끝도 없는 고독과 절망을 견뎌냈다. 좁은 항아리는 그리움 대신 외로움과 독기로 채워지기 시작했다. 안개 속을 떠돌 땐 바람이 되었듯 항아리 속에 갇힌 백함은 어둠이 되었다.

그의 혼을 잠식한 어둠은 서서히 칠흑 같은 두 개의 빛으로 변해갔다. 그 빛이 백함의 눈동자가 되어 번득이기 시작할 무렵, 우연처럼, 기적처럼 항아리 문이 열렸다.

다시 세상으로 나온 백함은 자신이 이전과는 비교도 할 수 없을 정도의 힘과 명성을 가지고 있다는 사실을 알게 됐다.

일단 사람들이 벌벌 떠는 무시무시한 귀신이 되어 있었다. 뿐만 아니었다. 시각과 청각은 훨씬 더 또렷해졌으며 열 걸음 걸어갈 곳을 단숨에 날아갈 수도 있었다. 변신을 할 수 있는 능력도 생겼고 마음만 먹으면 인간의 몇 배나 되는 힘도 쓸 수 있었다.

그런데 문제가 딱 하나 있었다. 항아리에서 풀려났는 데도 불구하고 원하는 곳으로 마음대로 이동할 수가 없었던 것이다.

처음엔 그것이 무엇 때문인지 몰랐다. 그저 항아리가 있던 곳이 수진궁이었기에 수진궁 근처를 맴도는 것인 줄로만 알았다.

그러나 얼마 안 가 백함은 자신을 붙들어 매고 있는 것이 장소가 아니라는 것을 알게 됐다. 자신을 가두었던 항아리를 깨트린 자, 소원이랍시고 당치도 않은 글자가 적힌 종이를 들이밀던 당돌한 계집이 자신을 옭아매고 있는 장본인이었다.

백함은 수생이 가는 곳이면 어디든 갈 수 있었다. 반면 수생이 가지 않는 곳으로는 아무리 애를 써도 갈 수가 없었다. 그 결과 본의 아니게 수생을 졸졸 쫓아다니는 신세가 되고 말았다.

사정이 이렇다 보니 귀신으로 갖게 된 능력도 실상은 무용지물에 가까웠다. 먼 곳까지 빨리 닿을 능력이 있다 한들, 수생이 움직이지 않는 한 목줄에 묶인 강아지 신세와 다를 바가 없었다. 엄청난 힘을 쓸 수 있다 한들, 그 힘이 닿는 대상도 수생뿐이었다. 다른 물건이나 사람에 대해서는 인간이 쓰는 힘의 반의반도 사용하지 못했다.

변신을 하는 것도 마찬가지였다. 육신이 없는 귀신이었던 까닭에 마음속에 떠오른 심상만으로도 백함은 자신의 모습을 바꿀 수가 있었다. 하지만 그 모습을 볼 수 있는 건 이 세상에 단 한 사람, 수생뿐이었다.

결국 새롭게 얻은 능력으로 할 수 있는 일이라곤 고작 저 수생이란 계집을 놀래는 일 정도밖엔 없었던 것이다.

그것만으로도 억울한데, 자신을 대하는 수생의 태도마저 박정하기가 이루 말할 수가 없었다. 걸핏하면 무능한 귀신이라 욕하며 무시하질 않나, 누가 위협을 한 것도 아닌데 혼자 놀라서 질색을 하며 도망가질 않나. 그럴 때마다 정작 도망가고 싶은 사람이 누군데, 싶어 백함의 속은 부글부글 끓었다.

어떻게 하면 자신도 모르게 연결된 이 끈을 끊을 수 있을 것인가. 고민에 휩싸인 채 하루하루가 지나갔다.

그러는 사이 백함은 여러 가지 새로운 사실들을 알게 됐다. 그 중에서 가장 중요한 것은 항아리에서 나온 이후로 다시 조금씩 원기가 빠져나가고 있다는 사실이었다.

백함은 깨진 항아리 대신 다른 항아리들 속에 들어가 보려 했지만, 어떤 항아리도 그의 혼을 받아들이려 하지 않았다.

결국 백함은 깨진 항아리 조각들을 모아 자신의 품에 지니고 다녔다. 그러자 원기가 빠져나가는 속도가 조금은 무뎌졌다. 그러나 이것은 어디까지나 임시방편일 뿐이었다.

아무것도 보지도 듣지도 못하는 상태로 다시 안개 속을 헤매지 않으려면 새로운 항아리를 서둘러 찾아야만 했다.

그러던 참에 오늘 수생이 시전에서 항아리를 발견해낸 것이다. 수진궁 항아리와 쏙 빼 듯 닮은 항아리. 형태만 닮은 것이 아니었다. 어떤 저항도 없이 백함은 그 항아리 속으로 들어갈 수 있었다. 게다가 항아리는 마치 주인을 만난 것처럼 그의 의지대로 움직이기까지 했다.

백함은 쾌재를 불렀다. 수생이라는 이 계집, 두고 보면 꽤 쓸모 있는 인간일 수도 있겠는걸.

아닌 게 아니라 그동안 지켜본 바에 의하면 수생에게는 꽤나 흥미로운 구석이 많았다. 겁은 많은 주제에 원하는 것 앞에서는 용감했다. 하찮은 일이라도 일단 책임이 주어지면 끝까지 물고 늘어졌다. 사람을 쉽게 믿고 쉽게 휘둘리는 게 단점이었지만 상황에 따라서는 그것도 장점이 될 수 있을 듯했다.

이 인간을 이용해보면 어떨까? 백함은 곰곰이 생각을 해보았다. 항아리에 갇혀 있을 때 다짐했던 계획을 실행에 옮기려면 어차피 인간의 도움이 필요했다. 수생이라면 나쁘지 않은 선택이 될 수 있을 것 같았다. 게다가 지금으로선 선택의 여지도 없지 않은가.

백함은 수생을 자신의 계획에 이용해보기로 했다. 그런 결심이 섰기에 수생을 위험에서 구해줄 생각이 들었던 것이다.

자, 이제 도움을 받았으니 도움을 달라 하자. 내 소원을 들어주면 나도 소원을 들어주겠다 제안해보자. 저 인간이라면 차마 거절하지 못할 것이다.

백함의 계산은 틀리지 않았다. 수생은 백함이 넌지시 던진 미끼를 덥석 물었다. 이제 가뿐히 낚아 올리는 일만이 남아 있었다. 내일은 꽤 흥미로운 하루가 될 것 같다는 예감이 들었다.

수상한 계약

7

다음날 흥복이 수진궁으로 출근하는 모습을 본 후 수생도 서둘러 나설 준비를 했다. 방문을 닫기 전 수생은 문갑 위에 놓인 항아리를 다시 한 번 돌아보았다.

혼례식이 취소되지 않았다면 귀신, 넌 내 손에 죽었어.

수생은 항아리를 향해 허공에서 주먹을 한 번 휘둘렀다. 마치 수생의 속엣 말을 듣기라도 한 듯 항아리가 좌우로 덜컹거렸다. 깜짝 놀란 수생은 얼른 등 뒤로 방문을 닫았다.

밖으로 나오니 공기 속에서 묘한 긴장감이 느껴졌다. 거리 전체가 그늘에 몸을 숨긴 채 무언가가 시작되기를 초조하게 기다리고 있는 듯했다.

봄부터 시작해 비 한 방울 오지 않은 것이 벌써 몇 달째였다. 이

번 달 들어서는 며칠 간격으로 비의 기운이 올 듯 말 듯 물러나길 반복하며 비를 기다리는 사람들의 애를 태우고 있었다.

오늘 다시 몰려든 비의 기운은 이전보다 훨씬 더 강렬했다. 바짝 말라붙었던 흙이며 나무며 바위가 습하고 어두운 그늘 속에 끈적하게 몸을 담갔다. 수생의 드러난 목덜미며 손등에도 습기가 달라붙었다. 마치 미끈거리는 피부가 한 겹 덧씌워진 느낌이었다.

길옆으로는 바짝 여윈 개천이 빨리 비를 내려 달라며 골골대는 소리로 아우성을 쳐댔다. 어서 비가 내렸으면 좋겠다고 수생은 생각했다. 그래야 거추장스러운 이 습기를, 기다림에서 나오는 이 초조함을 떨쳐낼 수 있을 것 같았다.

그런 마음과는 다르게 새문리로 향하는 발은 점점 더 무겁게 땅에 끌렸다. 집을 나설 때의 호기롭던 마음은 어디로 사라졌는지 지금이라면 비를 핑계 삼아 집으로 도망쳐갈 수도 있을 것 같은 기분이었다.

수생은 마음을 다잡았다. 분명 사람을 해치는 일은 아니라고 했다. 그러니 불쌍한 귀신의 소원 한 번 들어주는 게 뭐 그리 대수라고. 게다가 능창군 나리를 얻기 위한 일이잖아?

수생은 자신의 말에 설득이라도 된 듯 고개를 끄덕이며 두 주먹을 힘껏 쥐어보았다.

하지만 다음 순간 곧바로 손에서 힘이 빠져나갔다. 아무리 생각해도 말이 안 되는 일이었다. 대체 얼마나 대단한 능력을 가졌기에 눈 한 번 감고 주문 한 번 중얼거린 것으로 간단히 능창군의 혼례식을 취소시킬 수가 있단 말인가.

게다가 그렇게 엄청난 힘을 가진 귀신이라면 자신의 힘으로 직접 복수를 하면 되지 않는가. 아무 힘도 없는 자신한테 대신 원한을 갚아 달라며 눈을 부릅뜰 시간에 주문 한 번 외우면 끝나는 일 아니겠는가.

아무래도 속은 것 같았다. 애당초 확인할 필요도 없을 만큼 얼토당토않은 일이었다. 그러니 이제라도 발길을 돌리는 게 낫지 않을까?

그래, 그게 좋겠다. 절대 겁이 나서 이러는 건 아냐.

그렇게 되뇌어보았지만 발길은 쉽게 돌아서질 않았다. 만일 정말로 혼례가 취소된 것이라면, 그런데도 귀신의 제안이 무서워서 능창군의 곁으로 갈 수 있는 기회를 영영 놓치고 만다면, 두고두고 오늘의 일을 후회할 것만 같았다.

수생이 새문리에 도착했을 때는 하늘이 더 무겁게 내려앉아 있었다. 바람이 불어오자 비를 갈구하는 나뭇잎들이 몸을 떨며 비릿한 향내를 뿜어냈다. 곧이어 작은 꽃잎 하나가 수생의 발 앞에 소리 없이 떨어져 내렸다.

수생은 고개를 들었다. 키 큰 금등화 넝쿨이 담벼락 너머로 얼굴을 내민 채 수생을 굽어보고 있었다. 양반집 담장 안에만 들이도록 허락된 금등화는 가까이 맡으면 짙은 향기에 홀리고 오래 쳐다보면 꽃가루에 눈이 먼다는 도도한 꽃이었다.

자신에게는 허락되지 않는 금기의 꽃.

주홍빛 꽃잎을 활짝 벌린 채 자신을 내려다보는 금등화가 마치 능창군인 듯 느껴진 것은 수생이 지금 그의 집 앞에 서 있기 때문일지도 몰랐다.

문득 능창군을 처음 만났던 날이 떠올랐다. 그날은 저 금등화 대신 능창군이 담을 넘어와 자신을 굽어보았다. 눈을 멀게 한 미소. 마음을 홀린 향기. 하지만 결코 손에 닿지 않을 사람이라는 걸 알고 있었다. 능창군이 왕실의 친족이라는 사실을 문득문득 깨달을 때만큼 자신의 미천한 신분이 야속하게 느껴진 적은 없었다.

능창군은 고개를 숙여 세상을 굽어보지만 자신이 고개를 숙여 볼 수 있는 것은 흙바닥에 달라붙은 채 이리 채이고 저리 짓밟히는 잡초들뿐이었다. 가끔씩 바람이 발밑에 황홀한 꽃잎 한 장 떨어뜨려주길 기대하는 것이 자신이 꿀 수 있는 최고의 꿈이었다.

그렇기에 소원을 들어준다는 귀신을 찾아가면서도 실은 그 소원이 이뤄질 거라고는 믿지 않았다. 오히려 능창군과의 연을 꿈꾸는 것이 귀신에게나 빌어야 할 만큼 허황된 일이라는 사실을 다시 한 번 뼈저리게 느꼈을 뿐이었다. 그날 수생은 그저 바람에게 비는 것처럼 귀신에게 빌었다. 제 발밑에 꽃 잎 한 장 떨어뜨려줄 바람이 조금 더 자주 불어와 주기를.

그런데 귀신이 정말로 소원을 들어준단다. 자신의 원을 풀어주면 능창군과 진짜 연을 맺게 해주겠단다. 고개 숙여 떨어지는 꽃잎을 기다리는 대신 고개를 들어 그 꽃을 만지게 해준단다. 어떻게 그 제안을 뿌리칠 수 있을까. 설령 귀신의 못된 장난질로 판명이 날지라도 어찌 속아볼 마음이 들지 않을 수 있을까.

수생은 꽃을 향해 손을 뻗었다. 금기를 깬다는 묘한 설렘과 흥분으로 손끝이 살짝 떨렸다. 꽃잎을 코끝에 갖다 대자 어지러울 만큼 짙은 향기가 안으로 들어왔다. 홀린 것일까. 그렇다면 끝까지 홀려보고 싶었다. 순식간에 망설임이 사라졌다. 능창군의 혼례 소식을 어서 확인해야겠다는 생각에 수생의 마음이 급해졌다.

굳게 닫힌 대문 앞을 서성대고 있자니 머지않아 날랜 발자국 소리가 다가왔다. 이윽고 대문이 끼익 열렸다. 뭔가 급한 일이 있기라도 한 듯 재빠른 동작으로 대문을 열던 문지기가 수생을 발견하고 동작을 멈췄다.

"뭐냐? 아침 댓바람부터 재수 없게."

삐쭉하니 뜬 눈으로 수생을 아래위로 훑으며 문지기는 반갑지 않은 심사를 드러냈다. 처음 심부름을 왔을 때 돌아가라는 말을 듣지 않았다는 이유로 수생은 문지기에게 미운털이 단단히 박혔다.

문지기는 수생을 볼 때마다 눈살을 찌푸리며 야박하게 굴었다. 오늘도 허리에 두 손을 올린 채 버티고 선 모양새를 보아하니 쉽사리 들여보내주지 않을 작정 같았다.

수생은 그런 기색을 모르는 척 허리를 숙여 넙죽 인사를 했다.

"윤상궁 마마님을 뵈러 왔습니다. 안에 계시죠?"

"무슨 일로?"

"개인적으로 긴히 말씀 여쭐 일이 있어서요."

"안 된다, 여기가 어중이떠중이들 맘 내킬 때마다 드나들 수 있는 그런 곳인 줄 아냐?"

예상대로 문지기는 빡빡하게 나왔다. 어떻게 하지? 수생이 난감해하고 있는데 여종 하나가 행랑마당 쪽에서 쪼르르 달려오더니 문지기의 귓가에 대고 작은 소리로 무언가를 속삭였다.

"아니, 못 봤다. 지금 막 문을 여는 참이니 그새 들어오셨을 리도 없고 말이다."

목소리를 낮춘 문지기의 대답에 수생의 귀가 쫑긋 섰다. 두 사람은 심각한 얼굴로 몇 마디를 더 속닥거렸다. 정확히는 알 수 없었지만 무슨 일이 일어난 것이 분명했다.

누구 얘기지? 능창군 나리? 밤새 안 들어오셨다는 말인가?

갑자기 온몸의 감각이 곤두섰다. 빠른 속도로 심장을 향해 피가 몰려들었다. 곧이어 쿵쿵 심장 뛰는 소리가 머릿속에서 울리기 시작했다. 정말로 귀신의 주문이 효력을 발휘한 것일까. 혼례가 취소되기라도 한 걸까. 그런데 밤새 안 들어오셨다니, 혹여 능창군 나리께 무슨 일이 생긴 건 아니겠지? 귀신의 주문이 잘못되어 나리께 해가 된 것은 아니겠지?

불안과 호기심이 뒤섞인 수생의 눈동자가 번쩍번쩍 빛을 내기 시작했다. 심상치 않은 기운을 느꼈는지 문지기와 얘기를 주고받던 여종이 수생을 향해 고개를 돌렸다. 윤상궁 처소에 있던 각심이였다.

"어머, 이른 아침부터 웬일이십니까?"

각심이가 수생을 알아보고는 호들갑을 떨며 아는 체를 해왔다.

"윤상궁 마마님을 뵈러 왔어요. 그런데 무슨 일이 있으신 거예요?"

수생의 다급한 질문에 각심이가 입을 열려는 순간, 문지기가 대답을 가로챘다.

"이 댁에 무슨 일이 일어나건 그게 너랑 무슨 상관이란 말이냐? 계속 서성대면 염탐꾼이라 여길 테니 의심받고 싶지 않으면 썩 꺼져라!"

문지기는 수생을 쫓아내기라도 하려는 듯 두 손을 앞뒤로 휘휘 저었다.

"누가 이 댁을 염탐이라도 한단 말입니까?"

놀란 얼굴로 물어오는 수생의 질문에 문지기는 아차 싶었는지 급히 입을 다물었다. 그리고는 이내 짜증스러운 얼굴이 되어 퉁명스럽게 대답을 뱉어냈다.

"아, 글쎄 몰라도 되는 일이라지 않느냐! 요새 군부인 마님이 여러모로 신경 쓰실 일이 많으니 괜히 보태지 말고 곱게 물러가라. 매질 당하고 싶어 환장한 게 아니라면 말이다."

"그 신경 쓰시는 일이란 게……."

수생이 끈질기게 물어오자 문지기는 인상을 확 구겼다. 그래도 굴하지 않고 수생은 꿋꿋이 말을 이었다.

"혹시 혼례입니까?"

풋, 하며 각심이의 코끝에 웃음이 걸렸다. 문지기와 수생의 시선이 동시에 각심이에게로 쏠렸다. 민망했는지 한 손으로 입술을 꾹

누른 다음 각심이가 입을 뗐다. 하지만 문지기가 버럭 대며 다시 그 말을 가로막았다.

"네깟 게 상관할 일이 아니라니까!"

"준비에 차질이라도 생겼는지요? 혹여 혼례가 취소되기라도 한 건……."

"아닙니다. 잘 되어가고 있답니다. 그런데……."

각심이가 수생의 말을 냉큼 끊으며 들어왔다. 그러자 이번에는 문지기의 화살이 각심이를 향해 날아갔다.

"넌 냉큼 들어가 마님께 고하지 않고 뭐하고 선 게냐?"

문지기의 채근에 자신이 여기 온 이유가 퍼뜩 생각난 모양이었다. 수생에게 황급히 눈인사를 하고 각심이는 잰 걸음으로 안채를 향해 뛰어갔다.

그 모습을 잠깐 일별하고 다시 수생에게로 고개를 돌리던 문지기는 하마터면 비명을 내지를 뻔했다. 바짝 다가와 있던 수생의 얼굴과 자칫하면 부딪힐 뻔했던 것이다. 부아가 치민 문지기는 소싸움에 나선 황소처럼 수생의 이마에 자신의 이마를 들이밀고는 소리쳤다.

"낼름 꺼지라니까!"

웬만하면 호통 치는 기세에 놀라 물러설 만도 했지만 수생은 두 발이 땅에 달라붙기라도 한 듯 꼼짝도 하지 않았다.

"그러니까 정말로 아무 일도 없었단 말입니까? 정말로요?"

물러서기는커녕 문지기의 이마에 찰떡같이 제 이마를 붙여오며 수생이 물었다.

"무슨 일이라도 일어나길 바랐단 말이냐? 엉? 내가 그리 군부인 마님께 고하길 원하느냐?"

"간밤에 아무 일도 일어나지 않았다는 말, 책임지실 수 있습니까? 거짓이 아니라 맹세하실 수 있냐고요. 명명백백한 진실이라고 확언하실 수 있냔 말입니다."

마치 아무 일도 일어나지 않은 것이 문지기의 잘못이라도 되는 양 수생이 따져 물었다. 그 모습에 문지기는 기가 막혔다. 윤상궁을 믿고 이리 까부는 것인가 싶어 은근 부아가 치밀기도 했다. 이 기회에 이 구역의 진짜 실세가 누군지를 확실히 알려줘야겠다는 생각이 들었다.

"흥, 네가 뭘 믿고 이리 건방지게 구는진 모르겠지만 이건 알아둬야 할 게다. 내가 이 집 대문을 지키는 한 너는 내 허락을 받아야만 여길 지나갈 수 있다는 사실 말이다! 그리고 맹세하건대, 넌 절대로 쉽게 이 집에 발을 들이지 못할 게다. 왜냐! 내가 허락을 안 할 거니까. 이게 네가 알아야 될 진실이란 거다. 이제 됐냐? 됐냐고!"

문지기는 말을 마치기가 무섭게 수생의 눈앞에서 대문을 걸어 잠그려 했다. 하지만 수생이 좀 더 빨랐다. 수생은 문이 닫히기 직전 손을 뻗어 한쪽 문을 부여잡고 그 틈새로 얼굴을 들이밀었다.

"부탁입니다, 어르신. 하나만 대답해주십시오. 그럼 곱게 물러가겠습니다!"

"손 치워라, 다쳐도 책임 못 진다!"

문지기는 수생의 애원을 들은 척도 하지 않고 그대로 문을 잡은 손에 힘을 주어 밀었다. 다치기 싫으면 어련히 알아서 손을 빼낼까 싶었던 것이다. 하지만 수생의 손은 끝까지 문을 놓지 않았다. 이대로 가면 부어오를 정도로 아프게 손을 찧고 말 게 뻔했다.

결국 마지막 순간 마음이 약해진 쪽은 문지기였다. 문을 밀던 손을 멈추고 문지기는 수생을 흘겨보았다. 수생은 오만상을 찌푸린 채 두 눈을 질끈 감고 있었다. 그 표정이 얼마나 우스꽝스러웠던지 자신도 모르게 피식 웃음이 새어나오고 말았다. 그 웃음소리를 감추려 문지기는 헛기침을 했다. 그 소리에 수생이 슬며시 눈을 떴다.

"대체 뭘 알고 싶어서 이리 끈질기게 달라붙는 게냐?"

문지기의 목소리는 좀 전보다 한층 누그러져 있었다.

"능창군 나리께 별일은 없으신 건지, 혼례식은 예정대로 거행이 되는 것인지……."

"능창군 나리께선 별일 없으시고 혼례식은 예정대로 거행된다. 이제 됐냐?"

수생의 질문을 뚝 자르며 문지기가 대답했다. 그리고는 수생이 입을 열어 다시 질문 공세를 퍼붓기 전에 잽싸게 문을 닫아버렸다. 그 바람에 문지기는 급격하게 어두워지는 수생의 표정을 알아채지 못했다.

멍하니 서 있던 수생이 천천히 주저앉았다. 분명 예상했던 일이었다. 의심했던 대로였다. 그 얍삽한 귀신한테 그런 능력이 있을 리 없었다.

다만 수생이 예상치 못했던 것은 자신이 안게 될 실망감의 크기였다. 일이 이렇게 되고 나니 이제야 자신이 얼마나 귀신의 약속을 믿고 싶어 했는지를 깨달을 수 있었던 것이다.

그러자 자신을 놀린 귀신한테 화가 나기 시작했다. 귀신을 향한 온갖 험한 말들이 수생의 머릿속을 윙윙거렸다.

이 무능한 귀신! 사기꾼! 허풍쟁이! 협잡꾼!

눈앞에 있다면 이 모든 말들을 당장이라도 퍼붓고 싶은 기분이었다.

수생은 다리에 힘을 주어 몸을 일으켰다. 이런 기분이라면 집까지 한 걸음에 달려갈 수 있을 것 같았다. 기다려라, 귀신아. 내가 가서 그놈의 항아리를 땅 밑에 포옥 파묻어줄 테니. 다시는 사람들한테 장난칠 마음이 들지 않도록 혼쭐을 내줄 테다!

집으로 돌아가기 위해 발걸음을 옮기며 수생은 귀신과 주고받았던 말들을 떠올려보았다. 생각하면 할수록 약이 올랐고 분한 호흡이 차올랐다. 그렇게 자신만의 생각에 빠져 있느라 수생은 멀리서 사내 하나가 이쪽을 향해 걸어오는 것을 보지 못했다.

수생이 사내를 발견했을 때는 이미 서로의 거리가 꽤나 가까워진 다음이었다. 수생의 눈에 먼저 들어온 것은 어둑한 하늘과 대비되어 한층 도드라져 보이는 사내의 흰 도포자락이었다. 희고 길쭉한 그림자 같은 모습으로 사내는 느릿하게 수생을 향해 다가왔다.

조금 더 가깝게 다가왔을 때 수생은 사내의 손이 꽤나 부산하게 움직이고 있음을 알았다. 폭풍우가 다가오기 전에 둥지로 돌아가려 애쓰는 흰 새의 날갯짓처럼 사내의 모습에는 뭔지 모를 다급함이 깃들어 있었다.

사내와의 거리가 점점 좁혀졌다. 한순간 수생이 멈칫하며 걸음을 멈추었다. 자신을 향해 느릿한 발걸음을 옮기고 있는 사람이 누구인지를 그 순간 알아본 것이다.

능창군이었다. 아니, 귀신인지도 몰랐다. 어쨌든 능창군의 얼굴을 한 사내가 수생의 눈앞에 있었다.

그토록 연모한다던 능창군을 구별도 못하냐며 자신을 힐난하던 귀신의 목소리가 불현듯 떠올랐다. 수생은 재빨리 담장 모퉁이 뒤로 몸을 숨겼다. 몰래 지켜보며 사내의 정체를 알아낼 생각이었다. 어쨌든 두 번 속을 수는 없는 일이었다.

사내는 꽤 부산하게 움직이고 있었다. 두 손으로 얼굴을 이리저리 쓰다듬더니 갓을 고쳐 쓰고 도포자락을 연신 손으로 쓸어내리기도 했다. 언제나 경쾌한 발걸음과 우아한 자태를 자랑하는 능창군을 생각하면 꽤나 낯선 모습이었다.

가까이 다가올수록 사내의 행동들이 더 자세히 보였다. 사내는 좌우를 슬쩍 둘러본 후 사람이 없다는 걸 확인하고는 손가락에 재빨리 침을 묻혀 왼쪽 뺨을 긁듯이 서너 번 문질렀다. 손가락을 떼니 뺨 위에 난 희미한 상처 자국이 보였다.

이번에는 걸음을 멈추더니 갓끈을 풀었다. 갓은 누가 깔고 앉기라도 한 듯 균형을 잃은 채 한쪽으로 쓰러져 있었다. 사내는 갓의 모양을 다시 세우기 위해 잠시 끙끙댔다.

그러는 동안 수생의 눈길은 먼지 묻고 구겨진 도포자락에 가 닿았다. 쭈글쭈글 주름이 진 도포자락이 바람에 나부꼈다.

비라도 내리면 저 노골적인 주름들은 어찌 가릴 수 있지 않을까. 수생이 그렇게 생각하는 순간 능창군이 눈을 살짝 찌푸린 채 하늘을 향해 고개를 들었다. 잿빛 하늘 때문인지 관옥 같은 얼굴에도 살짝 그늘이 져 있었다. 평소에 보았던 능창군의 분위기와는 사뭇 달랐다.

사내는 다시 갓을 머리 위에 올리고는 갓끈을 매기 시작했다. 소맷자락이 팔꿈치까지 흘러내리면서 우아한 손목이 드러났다. 백옥처럼 하얀 피부 위에 붉은 자국이 손목을 따라 나 있었다.

그것을 본 순간 수생은 사내가 누구인지 똑똑히 알 수 있었다. 그 붉은 자국은 바로 어제 저녁 시전 골목에서 자신의 손으로 직접 만든 것이었다. 그렇다면 저자는 틀림없는 귀신이었다.

흥, 무슨 수작을 부리려고 저런 모습으로 나타난 것인지는 몰라도 절대 두 번 속아주지는 않을 테다! 수생은 단단히 결심을 한 다음 담장 뒤에서 튀어나갔다.

갑작스런 수생의 등장에 능창군이 흠칫 손을 멈췄다. 수생은 망설이지 않고 귀신에게로 다가갔다.

“밤에만 쌩쌩한 줄 알았더니, 아침에도 멀쩡히 돌아다니나 봅니다?”

팔짱을 낀 채 앞길을 딱 막고 버텨선 수생을 쳐다보며 능창군이 고개를 갸웃했다.

"너는……."

짧게 두 글자를 내뱉은 후 그는 다시 한 번 고개를 갸우뚱 옆으로 기울였다. 수생이 누구인지 기억을 해내려고 짐짓 애쓰는 표정이었다.

어제 시전에서와 똑같은 수작을 부리고 있는 귀신의 모습을 보자니 가소롭기가 짝이 없었다. 귀신이란 존재가 이렇게 얄팍하고 유치했다니. 저런 귀신의 제안과 협박에 밤새 고민했던 자신이 한심하게 느껴지기까지 했다.

"어디 한 번 계속 해보십시오."

수생은 귀신을 향해 손바닥을 펼쳐 내밀며 계속 하라는 시늉을 했다.

"내 너를 분명히 어디서 본 듯은 한데……. 우리가 어디서 만났더냐? 정확히 기억이 나질 않아서 말이다."

삐딱하게 자신을 쳐다보는 수생을 향해 능창군이 곤란한 표정을 지으며 물어왔다.

"나 참, 어젯밤 멀쩡한 사람 거짓 희롱해낸 걸 벌써 잊었단 말입니까?"

"어젯밤?"

귀신의 얼굴에 당황한 빛이 떠올랐다. 어찌나 실감이 나는지 모르는 사람이라면 깜빡 속고도 남을 만한 연기였다.

"그렇다면 혹시 간밤에 우리가 함께 있었단 말이더냐?"

"얄팍하기만 한 줄 알았더니 기억력도 형편없나 봅니다?"

"아니, 잠시만……. 뭔가 오해가 있는 것 같구나."

자신을 다그치는 수생을 향해 능창군이 손사래를 쳤다. 얼굴에는 아직도 당혹한 기색이 가시지 않은 채였다.

"요즘은 작정하고 속이는 걸 오해라고 합니까? 그쪽 세계에선 그리 말하나 보지요?"

"너를 속였다고?"

"속이다마다요. 아니라고 말할 생각이라면 접어두십시오. 양심이 있다면 아니라고 말해선 아니 되는 것입니다!"

수생의 기세가 누그러들지 않자 능창군이 포기한 듯 긴 한숨을 내쉬었다.

"좋다, 모두 사실대로 말하마. 실은…… 간밤의 일이 조금도 기억이 나질 않는구나."

"하!"

귀신의 말이 끝나기가 무섭게 수생에게서 콧방귀가 뿜어져 나왔다.

"이렇게 넘어 가시겠다? 그러니까 저랑 맺은 약조도 기억이 나질 않는다?"

"약조? 내 너와 약조까지 맺어단 말이냐?"

능창군이 놀랐다는 듯 눈을 동그랗게 떴다. 그 모습에 수생은 기가 막혔다. 거짓말을 들키자 발뺌하는 얍삽함도 어이없었지만 그보다 더 열 받는 것은 정말로 아무것도 모르겠다는 표정을 짓고 있는 저 순진무구한 얼굴이었다.

"그래도 전 그쪽을 믿었습니다! 어제 그리 저를 희롱하고, 밤새 잠도 못 들게 괴롭혀놓고는 이제 와서 이리 발뺌을 하리라곤 꿈에도 몰랐단 말입니다. 명성이 부끄럽지도 않습니까?"

목청을 높여 비난하는 수생의 말에 귀신의 얼굴이 점점 굳어갔다. 그와 함께 낯빛도 점점 창백한 잿빛으로 변해갔다. 금방이라도 능창군의 얼굴을 벗어던지고 본연의 모습으로 돌아갈 기세였다.

그래, 이쯤이면 본색을 드러낼 때도 됐지. 수생은 방심하지 않으려고 마음을 다잡았다. 어찌됐든 무슨 일을 벌일지 알 수 없는 귀신이니까.

하지만 수생의 예상과는 달리 귀신은 순순히 수생의 비난을 받아들였다.

"뭐라 나를 힐난해도 할 말이 없구나. 네 말대로 내가 널 희롱했다면 내 행동에 책임을 질 것이다. 절대로 발뺌 따위 할 일은 없을 것이다. 다만 이것만은 믿어다오. 간밤의 일이 기억나지 않는다는 것은 진심이다."

이건 또 무슨 작전일까. 수생은 세상에서 가장 진실한 사내인 양 굴고 있는 귀신을 빤히 쳐다보았다. 그의 말을 믿어주지 않으면 자신이 나쁜 사람이 될 것 같은 기분까지 들게 만드는 얼굴이었다.

고단수야. 자칫하다가는 또 얼간이처럼 당할지도 몰라. 좋아, 까짓 거 기억이 안 난다면 나게 해주는 수밖에.

"좋습니다. 기억이 하나도 나지 않으신다니 어쩌겠습니까? 알려드려야지요."

수생은 귀신에게로 한 걸음 더 다가섰다. 다음말을 기다리며 귀신은 짐짓 긴장한 표정을 지었다. 수생은 어제 귀신이 그랬던 것처럼 자신의 얼굴을 귀신의 코앞에 바짝 갖다 댔다.

"혼례."

또박또박 두 글자를 발음했다. 이래도 기억이 안 난다 발뺌을 할 셈입니까? 수생은 눈으로 그렇게 귀신에게 물었다.

"혼…… 례?"

되묻는 귀신의 얼굴은 뒤통수라도 한 대 얻어맞은 듯한 표정이었다.

"네, 혼례를 가지고 거짓 약조를 한 것도 모자라, 못 믿겠다는 제게 오늘 아침 직접 확인해보라는 말까지 하지 않았습니까? 공동 운명체니, 인연의 끈이니 그런 소리를 해가면서 말입니다! 이래도 기억이 안 난다 발뺌할 작정입니까?"

바짝 들이댄 수생의 얼굴에서 시선을 떼지 않은 채 귀신은 수생의 비난을 받아냈다. 그리고는 잠시 고민하는 척하더니 다시 한 번 한숨을 내쉬었다.

"그랬구나. 그렇다면 모두 다 내 잘못이다. 내 모든 것을 책임질 터이니 말해보거라. 내가 어찌 해주면 좋겠느냐?"

"그쪽이 무능하다는 걸 인정하십시오."

"그것이 무슨 소리냐? 무능…… 하다고 인정을 하라니?"

귀신도 수생이 이렇게 반응하리라곤 예상을 못한 것 같았다. 허긴, 그렇게 잘난 척을 해댔으니 제 무능을 인정하는 게 창피할 만도 하겠지. 그러니 더욱 제 입으로 말하게 해줄 테다! 수생은 계속 귀신을 몰아붙였다.

"무능하고말고요. 저잣거리에 떠도는 소문은 이제 보니 과장이요, 허황된 풍이었을 뿐이지 않습니까. 아, 물론 그런 말을 믿은 제 어리석음도 인정하겠습니다. 그러니 그쪽도 인정하십시오. 그쪽이 아무 능력도 없는 주제에 허풍만 떠는……."

"잠시만!"

그때까지 다소곳이 듣고 있던 귀신이 더 이상은 참을 수 없다는 듯 수생의 말을 가로막았다.

"뭡니까?"

기세를 빼앗기면 안 된다 싶어 수생은 귀신을 향해 눈을 치켜떴다.

"저잣거리에 소문이 났다 했지? 어찌 나 있더냐?"

"호랑이보다 세답니다. 말이 됩니까, 그게?"

수생은 대답을 하며 기가 막힌다는 듯 웃었다. 하지만 더 어이없는 건 귀신이 곧 호탕한 웃음으로 자신의 비웃음에 응수했다는 사실이었다. 오늘 아침 만난 이후 처음으로 귀신의 얼굴이 활짝 펴졌다.

"좋아할 것 없습니다. 사실이 아니니."

그 웃음이 얄미워 수생이 얼른 말을 이었다.

"사실이다."

수생의 말이 끝나기가 무섭게 귀신이 받아쳤다.

"증명을 못하지 않았습니까? 아니, 증명은 이미 하셨지요. 아닌 걸로. 쯧쯧, 그러니 감당 못할 일은 시작을 말아야 한다질 않습니까."

수생은 귀신이 어제 자신을 깔보며 했던 말을 고스란히 돌려주었다. 이제야 분풀이를 한 것 같아 속이 조금 후련해졌다.

그때 문득 서늘한 바람 한 줄기가 불어왔다. 거의 동시에 콧등에 한 방울 비 꽃이 떨어졌다. 드디어 비가 내리는 걸까. 비와 함께 간밤부터 이어진 긴장과 초조, 기다림도 씻겨나가는 기분이 들었다.

수생은 풀이 죽어있는 귀신을 쳐다보았다. 고소하다는 생각 한편에 측은지심이 빗방울만큼 가늘게 솟아올랐다. 한 번 더 기회를 줘? 수생은 잠시 고민에 빠졌다. 어찌 되든 자신한테 손해는 아니라는 결론이 내렸다.

"정녕 무능하지 않음을 증명하고 싶다면 지금이라도 혼례를 올리지 않게 해주시든가요. 안 그러면 정말 소문을 내고 다닐 겁니다. 인왕산 호랑이는 개뿔, 쥐꼬리에 난 털만큼도 안 되더라, 그리 말입니다."

자신의 배려가 귀신한테 한껏 느껴지도록 수생은 말투에 공을 들였다. 그 의도가 제대로 전해진 걸까, 귀신은 믿기지 않는다는 얼굴로 입술을 달싹였다.

뭐 이 정도를 가지고. 수생은 어깨를 으쓱하고는 귀신의 대답을 기다렸다.

"그러니까 네 말은…… 나와 혼례를 올리는 않는 것이 소원이라는 말이더냐?"

"물론입니다, 그러니까 혼례…… 예? 지금 뭐라 하셨습니까?"

수생은 순간 귀신이 엉뚱한 소리를 하고 있다고 생각했다. 아니면 자신이 잘못 들은 것이 틀림없었다. 귀신과 혼례라니. 약조는 그런 것이 아니지 않았는가.

그런데 수생의 반문에 상대도 수생만큼이나 당황스러운 표정을 지었다. 그리고는 급히 손을 내저으며 자신이 내뱉은 말을 수습하려 했다.

"아니, 행여 오해는 말거라. 절대 혼례의 약조를 모른 척하며 발뺌하겠다는 뜻은 아니다. 내가 잘못 이해했다면 다시 나를 이해시켜다오. 아무래도 지금의 상황이 조금은 당황스러워서 말이다."

"소원은 연을 맺는 것이고, 약조는 혼례를 취소시켜 준다는 것 아니었습니까!"

"허면 나와 연은 맺되 나와의 혼례는 원하지 않는다는 말이더냐? 아니면 네게 다른 이와의 혼인이 약속되어 있다는 말이냐? 혹 내가 그 혼약을 깨어준다 하더냐?"

깨어준다 한 건 능창군 나리의 혼례란 말입니다! 수생은 당장이라도 그렇게 외치고 싶었다. 그렇게 해서 얄미운 저 귀신의 능청을 그만두게 만들고 싶었다. 하지만 수생의 마음 저 밑바닥에서는 또 다른 목소리가 스멀스멀 피어오르기 시작했다. 그 목소리를 듣기가 두려워 수생은 다시 목청을 높였다.

"정말 끝까지 시치미를 떼실 겁니까? 이 손목에 난 흔적, 이게 바로 어젯밤의 증거가 아닙니까?"

수생은 귀신에게 다가가 다짜고짜 그의 손목을 잡아 올렸다. 그리고 그 손목을 따라 나 있는 붉고 가는 흔적을 귀신의 눈앞에 들이밀었다. 이래도 기억이 나지 않는다 할 것이냐고, 그리 물을 심산이었다.

하지만 다음 순간 수생은 소스라치듯 놀라 귀신의 손을 놓았다. 수생의 손바닥에는 상대의 손목에서 전해진 따뜻한 온기가 남아 있었다. 이번에는 재빨리 귀신의 얼굴 가까이 제 얼굴을 갖다 댔다. 따스한 숨결이 뺨에 느껴졌다.

수생은 시선을 들어 귀신의 눈동자를 쳐다보았다. 무슨 생각을 하는지 도저히 알 수 없는 어둠 같은 눈동자 대신 깊고 맑은 눈이 여전히 당혹의 빛을 띤 채 수생을 내려다보고 있었다.

수생은 벼락을 맞은 것처럼 그 자리에 우뚝 섰다. 돌처럼 딱딱하게 굳어버린 수생의 표정을 귀신이, 아니 능창군이 걱정스러운 눈으로 쳐다보았다.

"능…… 창군 나리?"

제발 아니라고 대답해주길 바라며 수생은 물었다. 다시 놀림을 받아도 좋았다. 두 번이나 알아보지 못했다고 힐난을 당해도 좋았다. 눈앞에 있는 사람이 귀신으로 돌변해 잔인한 비웃음을 흘린 데도 얼마든지 감당할 수 있었다. 그러니 제발…….

"그래, 어서 말해보거라."

수생의 바람과는 동떨어진 대답이 능창군의 입에서 흘러나왔다.

그래도 수생은 눈앞의 사내가 귀신일지도 모른다는 희망을 버리지 않았다. 또 능청을 떨고 있는지도 모를 일이잖은가.

하지만 다른 방향에서 들려온 웃음소리는 그런 수생의 기대를 산산조각 내버렸다.

어느새 익숙해진 목소리. 지금 이 순간 수생이 간절히 기다리고 있던 목소리. 수생은 뒤를 돌아보았다. 귀신이 담장 위 금등화 속에 앉아 입 꼬리를 말아 올린 채 수생을 바라보고 있었다.

그 순간 세상이 캄캄해지면서 우르릉 천둥치는 소리가 몰려왔다. 순식간에 굵어진 빗방울이 수생의 이마며 어깨를 세게 내리쳤다.

망부석처럼 넋을 잃은 채 서 있는 수생을 능창군이 다급하게 끌어당겼다.

“안 되겠다, 일단 비를 피해야겠으니 함께 집으로 들어가자꾸나.”

능창군은 수생의 손목을 잡은 채 대문 밑으로 수생을 이끌려 했다. 비에 젖은 능창군에게서 짙은 체취가 풍겨져 나왔다. 다른 때였다면 얼마나 황홀했을 것인가. 그러나 지금 수생에게는 능창군의 향기에 취할 여유가 없었다. 어떻게 자신의 행동을 납득시켜 드려야 할까. 어찌 이 상황을 모면할 수 있을까. 수생의 머릿속은 그런 생각으로 온통 가득했다.

"아니, 아닙니다, 나리. 저는 괜찮습니다!"

수생은 끌려가지 않으려고 버둥거렸다. 그러자 능창군은 수생의 손목을 잡은 손에 더욱 힘을 주었다. 도망쳐야 될 땐 땅에 잘도 붙어 있던 발이 이럴 땐 왜 이렇게 쉽게 움직이는지 모를 일이었다.

울상이 된 채 능창군에게 질질 끌려가는 수생의 등 뒤에서 귀신의 얄미운 웃음소리가 들려왔다.

능창군이 온 것을 어찌 알았는지 대문이 스르르 열렸다. 문을 여는 문지기 뒤에 군부인 신씨가 서 있었다. 신씨에게 우산을 받쳐주고 있는 이는 윤상궁이었다. 수생은 깜짝 놀라 능창군의 뒤로 몸을 숨겼다.

"이게 어찌 된 일이냐?"

신씨는 능창군을 보고 놀란 얼굴로 다가왔다. 능창군이 공손하게 머리를 숙였다.

"어머니, 날씨가 궂은데 어찌 나와 계십니까?"

"간밤에 네가 안 들어왔다는 얘기를 듣고 나니 걱정이 되어서 견딜 수가 있어야지. 헌데 그 아이는 누구더냐?"

신씨는 능창군의 뒤에 서 있는 수생을 눈으로 가리키며 물었다. 신씨의 말에 윤상궁도 호기심 어린 시선을 능창군의 어깨 뒤로 던졌다. 그곳에서 수생을 발견한 윤상궁의 얼굴에 놀란 빛이 떠올랐다. 그 눈빛에 이내 엄한 기운이 깃들었다.

자신을 쏘아보는 윤상궁의 눈빛에 수생의 어깨가 더욱 움츠러들었다.

"간밤에 사고가 좀 있었습니다. 들어가서 말씀 올리겠습니다."

"사고라니? 그러고 보니 네 얼굴이……."

뺨에 난 상처를 발견한 신씨의 얼굴이 순식간에 근심으로 뒤덮였다.

"말에서 떨어지며 살짝 긁혔을 뿐이옵니다. 별것 아니니 마음 놓으십시오."

신씨를 안심시키기 위해 능창군은 애써 가볍게 웃었다. 하지만 그다지 효과가 있는 것 같지는 않았다. 능창군을 바라보는 신씨의 얼굴이 한층 더 어두워졌던 것이다.

그의 등을 바라보고 있던 수생도 입술을 깨물었다. 침을 묻혀 뺨을 닦아내던 능창군의 조금 전 모습이 떠올랐다. 식솔들이 보면 놀랄까 봐 상처에 난 핏자국을 지우려고 하셨던 거야. 그 깊은 속도 모른 채 그저 귀신의 못된 수작질이라 여겼다니. 사고를 당해 초췌해진 모습도 알아 뵙지 못하고 의심만 해댔다니.

귀신의 비웃음이 당장이라도 귓가에 들려올 것만 같았다.

"낙상했던 것이냐? 그래서 어젯밤에 돌아오지 못한 게야?"

"소자의 부주의로 어머니께 심려를 끼쳐 드렸습니다. 송구합니다."

신씨의 눈이 능창군의 찌그러진 갓과 구겨진 도포에 가 닿았다. 그 시선이 다시 능창군의 얼굴로 옮겨갔다. 부주의로 떨어진 것이라고? 내가 네 솜씨를 모르더냐? 그 눈은 그렇게 묻고 있는 것 같았다. 하지만 신씨는 그 마음을 입 밖으로 내지 않았다.

"그래, 많이 다치지 않았으면 되었다. 자세한 사연은 들어가서 듣자꾸나. 그 아이 이야기도 함께 말이다."

신씨는 말하며 수생을 향해 흘낏 시선을 던졌다.

"예, 어머니."

능창군은 수생을 돌아보았다.

"들어가자. 내, 어머니께 자초지종을 모두 말씀드릴 터이니."

그 말에 수생은 놀라 소스라쳤다.

"예? 자초지종이라니요, 나리?"

모든 상황을 알게 된 지금 돌이켜보니, 자신이 능창군에게 내뱉었던 말들은 엄청난 오해를 불러일으키고도 남을 말들이었다. 능창군이 그 말을 어떤 식으로 오해하고 있을지 상상만으로도 수생은 오싹해졌다.

"좀 전에 내 너에게 약조하지 않았더냐. 너와의 일에 대해 모든 책임을 질 것이라고."

"책임 질 일이 있었던 게야?"

두 사람의 말을 조용히 듣고 있던 신씨가 조금 전보다 한층 심각해진 표정으로 물어왔다.

아아, 안 돼. 무슨 일이 있어도 자신이 능창군에게 했던 말들을 신씨가 듣게 해선 안 됐다. 아니, 신씨가 아닌 누구라도 들어서는 안 되는 말이었다.

마음 같아서는 지금 당장이라도 능창군의 오해를 풀어주고 싶었지만 다른 이들의 눈과 귀가 있는 이 자리에선 도저히 불가능할 것 같았다. 그렇다면 일단은 이 상황을 벗어나는 게 급선무였다.

"예, 어머니. 실은……."

"실은 나리께서 소녀가 윤상궁 마마님을 뵙고 돌아갈 수 있도록 도와주셨습니다. 이 미천한 객을 이리 이른 시각에 집 안에 들여주시는 걸로도 모자라 그 책임까지 져주겠다고 하시니 소녀 그저 감읍할 따름입니다."

"윤상궁?"

의아한 눈으로 신씨가 윤상궁을 돌아보았다. 그 동안에도 능창군의 시선은 수생에게 머물러 있었다. 가시방석을 끌어안고 있다 해도 이 시선보다 가슴을 뜨끔거리게 하진 않을 것 같았다.

"소인의 당조카이옵니다, 군부인 마님."

윤상궁의 대답이 신씨의 궁금증을 풀어주었다. 그 말을 듣고 있던 능창군이 아, 하며 소리없는 탄식을 내뱉었다. 이제야 윤상궁에게 전할 서찰을 갖고 왔던 수생이 기억났던 것이다.

"그랬느냐? 수진궁에서 심부름을 오는 아이 중에 윤상궁의 조카가 있다더니 그게 바로 너였던 게로구나."

신씨는 부드러운 미소를 지으며 수생을 보았다.

"헌데 간밤의 사고와는 무슨 관계가 있는 것이더냐?"

능창군은 대답 대신 다시 수생을 보았다. 울상이 된 얼굴로 능창군을 쳐다보며 수생이 보일 듯 말 듯 고개를 흔들었다. 잠시 망설이는 기색을 보이던 능창군이 이윽고 입을 열었다.

"실은 간밤에 말에서 떨어져 잠시 정신을 잃은 사이 이 아이가 소자를 돌보아준 모양입니다. 아무래도 그 답례를 해야 할 것 같기에 함께 왔사옵니다."

"그러하더냐? 이리 고마울 데가 있나. 내 마땅히 사례를 해야 할 것이나 오늘은 급히 다녀올 데가 있으니 다음에 기회를 만들도록 하자꾸나."

"아닙니다, 사례라뇨! 소녀는 그저 나리께서 무사히 돌아오셨으니 그걸로 되었습니다."

수생은 다급히 대답했다. 거짓말을 하고 있는 자신의 모습이 무안하고 참담했다.

지금 이 자리에는 수생의 뻔한 거짓말을 알고 있는 사람이 둘이나 됐다. 자신을 위해 그럴듯한 변명을 만들어준 능창군 그리고 어느새 대문 옆 벽에 비스듬히 기댄 채 비웃음을 흘리고 있는 귀신.

수생은 고개를 숙인 상태에서도 도끼눈을 떠 귀신을 흘겨보았다. 흥, 그쪽도 그리 비웃고 있을 때가 아닐 텐데? 어쨌든 능력을 증명해내지 못한 사실은 변함이 없으니.

"옷이 젖습니다, 군부인 마님. 어서 안으로 들어가시지요. 능창군 나리께서도 의복을 갈아입으셔야 정안군 마마를 뵈러 가시지 않겠습니까."

이 상황을 마무리하러 나선 건 윤상궁이었다. 걱정을 담은 윤상궁의 재촉에 신씨가 아들을 보며 미소를 지었다.

"허긴 이 차림을 보신다면 정안군 부인께서 나를 얼마나 원망하시겠느냐. 귀한 아들을 데려다 이리 각설이처럼 험한 꼴을 만들었다고 말이다."

"그럴 리가 있사옵니까."

웃으며 대답하는 능창군의 팔을 신씨가 다정하게 붙잡고 걸음을 옮기기 시작했다. 윤상궁도 우산을 받쳐 들고 신씨를 따랐다.

능창군은 수생을 잠시 돌아보았다. 무언가 할 말이 남은 것 같은 표정이었다. 그러나 신씨의 발걸음을 늦출 수가 없었는지 이내 말없이 대문 안으로 사라졌다.

수생은 안도의 한숨을 내쉬었다. 그때 담장 안에서 능창군의 목소리가 또렷이 들려왔다.

"그나저나 형님 혼례준비는 잘 되어가고 있습니까?"

"여부가 있겠느냐. 그것 때문에 오늘 정안군을 뵈러 가는 것이 아니냐. 가면 능원군을 만날 터이니 오랜만에 형제의 회포를 나누어 보려무나."

"예, 어머니."

멀어져가는 능창군의 발소리만큼이나 수생의 정신도 아득해져갔다.

형님의 혼례라니? 그게 무슨 소리지?

수생은 대문을 닫으려는 문지기를 급히 가로막았다.

"들으셨습니까? 능창군 나리께서 방금 하신 말씀 말입니다."

"누굴 귀머거리로 아는 게냐? 예, 어머니. 그러시지 않았냐."

퉁명스러운 대답이었지만 아까처럼 역정을 내며 수생을 쫓아 보낼 기색은 아니었다. 노심초사 신씨의 애를 끓게 했던 능창군이 무사히 돌아와 마음이 놓인 이유도 있었지만, 능창군의 말을 그대로 믿자면 수생은 밤새 그를 돌보아준 사람이기도 했다. 볼품없는 문지기에 불과한 자신을 언제나 웃는 얼굴로 대해주는 능창군을 그는 진심으로 좋아하고 있었다. 이 집안 모든 사람들이 그렇듯이.

"아니, 그 전에 말입니다."

"그 전에 뭐? 능원군 나리 혼례 준비에 대해 말씀하신 것 말이냐?"

"능원군 나리라 함은……."

"능창군 나리의 친형님 아니시냐. 곧 혼례를 올리시는. 아니, 근데 이년이 왜 이리 남의 집안 혼사에 관심이 많어? 시집 못 가 억울한 처녀 귀신이라도 달라붙었냐?"

"그럼 능창군 나리는요? 나리의 혼례식은 어찌 된 겁니까?"

"이게 웬 자다가 봉창 두드리는 소리냐. 능창군 나리께서 뭔 혼례식을 올리신단 말이냐? 그리고 나리가 설혹 혼례를 올리신다 한들, 그게 너하고 대체 무슨 상관이냐?"

"하지만 분명히 그리 들었단 말입니다."

끈질기게 물고 늘어지는 수생을 향해 문지기가 험하게 눈썹을 들어올렸다. 문지기 생활 삼 년 동안 능창군에게 홀딱 빠져 넋 나간 짓을 하는 계집들을 한둘 본 것이 아니었다. 그 같은 경험으로 미루어봤을 때 지금이라도 분수를 깨닫고 정신을 차리게 해주는 게 이 찰떡같은 계집을 위한 길이었다.

"정신 차려, 이년아. 그리 혼을 빼놓고 다니니 헛것이 보이고 헛소리가 들리는 게야!"

야멸치게 쏘아붙이고 난 후 문지기는 요란한 소리를 내며 문을 닫아걸었다.

굳건하게 닫힌 문 앞에 선 채 수생은 미동도 하지 않았다. 열어주길 기다리는 것이 아니었다. 능창군의 혼례에 대해 들었던 말들을 곰곰이 떠올려보고 있었던 것이다.

처음 그 말을 들은 것은 각심이를 통해서였다. 그 다음엔 능창군과 군부인이 하는 대화를 엿들었다. 하지만 누구의 입에서도 능창군이 혼례를 올린다는 말은 나오지 않았다. 그 사실을 수생은 이제야 비로소 깨달았다. 능창군에 대한 생각으로 머릿속이 꽉 차 있던 자신이 혼자 만들어낸 착각이었다.

그러니 누구를 원망할 수도 없었다. 물론, 귀신을 제외하고는 말이다. 그 뻔뻔한 귀신이야말로 모든 것을 알면서도 자신을 갖고 논 장본인이었다. 아니, 갖고 놀았다는 표현으로는 부족했다. 그것은 말 그대로 사기였다. 하필이면 그 많고 많다는 귀신 중에 재수 없게도 사기꾼 귀신한테 걸리고 만 것이다.

"그러니 처음부터 제대로 잘 알아봤어야지 이게 무슨 꼴이냐, 쯧쯧."

제 흉을 보는지는 어찌 알았는지 백함이 뻔뻔하게 말을 걸어왔다. 수생은 획 고개를 돌렸다. 백함은 득의양양한 표정으로 수생의 시선을 받았다.

"자, 이제 네가 약조를 지킬 차례다."

"무슨 소립니까? 혼례는 처음부터 있지도 않았습니다."

"그게 내 잘못이더냐? 게다가 네가 언제 혼례를 취소시켜 달랬더냐? 넌 분명 능창군이 혼례를 치르지 않게 해 달라 했다."

예상은 했지만 생각보다 더 뻔뻔한 귀신이었다. 수생은 모든 걸다 알고 있으면서 시침을 뚝 뗀 체 자신을 희롱한 귀신이 얄미워서 죽을 지경이었다.

"그야 능창군 나리께서 혼례를 치르시는 줄 알았으니까요!"

"그거야 네 사정이고, 나는 분명 약조를 지켰다. 이제 와서 딴 소리를 하는 건, 나 못 믿을 계집이요, 하고 떠벌리는 짓일 뿐이다."

"비겁합니다!"

"너야말로 어리석구나. 그리 나와의 약조를 지키기가 싫었다면 모른 척 내버려 두었어야지. 능창군과 하룻밤을 보내고 앞날에 대한 약조까지 받았다고 시침을 뗐어야지. 그랬다면 혹시 아느냐? 소실 자리라도 꿰차고 앉았을지. 물론 나 같은 귀신의 손 따위 빌리지 않았어도 되었을 테고 말이다."

"그건 나리를 속이는 일이잖습니까. 제가 원하는 건 그런 게 아니란 말입니다."

"그럼 무엇이냐, 네가 원하는 건? 설마 정말 이 나라 왕가의 후손이랑 혼례라도 올릴 수 있다고 믿는 건 아니겠지?"

만일 그렇다면 정말 감당할 수 없는 계집이라고 백함은 생각했다. 왕족과 천민의 혼인이라니. 그건 귀신과 인간이 협정을 맺는 것보다 더 황당하고 불가능한 일이었다. 그걸 모를 정도로 어리석은 인간이라면 이 인간을 이용하겠다는 자신의 계획도 다시 생각해봐야 할 것이다.

"제가 원하는 건…… 나리의…… 진실한 마음이란 말입니다."

수생은 머뭇거리며 대답했다. 확신이 없어서가 아니라 수줍기 때문에 나오는 머뭇거림이었다. 그것을 깨닫는 순간 백함의 마음이 까닭 없이 뒤틀렸다.

진실? 그런 것이 세상에 있기나 하던가? 변하지 않는 마음 따위가 인간 따위에게 가당키나 하냔 말이다. 그런 걸 믿는 자는 신분을 뛰어넘을 수 있다고 믿는 자보다 더 어리석은 인간일 뿐이었다. 아마도 과거의 자신처럼.

그렇다면 깨닫게 해주어야지. 진실한 마음 같은 건 없다는 걸 알게 해주어야지. 그래서 그 입으로 그런 소원 따위 필요 없다 말하게 해주어야지.

그렇게 생각하자 수생의 소원이 비로소 백함의 흥미를 끌기 시작했다. 철없는 어린 계집의 얼토당토않은 소원 같은 것, 애당초 백함에겐 관심 밖의 일이었다. 그저 수생을 이용해 자신의 원한을 풀면 그만이라 생각했다. 그런데 이젠 복수에 곁들여 또 다른 흥밋거리가 생긴 것이다. 좋다, 연을 맺게 해주마. 하지만 그 끝에서 무엇을 발견하게 되는지는 네 몫이다.

백함의 속엣말을 듣기라도 한 듯 머리 위에서 하늘이 낮게 으르렁댔다. 하지만 하늘의 이치에도 땅의 이치에도 속하지 않은 백함은 아무것도 무섭지 않았다. 그에게 두려운 것은 자신의 목적을 이루지 못한 채 사라지는 일뿐이었다.

연이은 천둥소리에 이어 벼락이 내리쳤다. 백함의 차가운 미소가 어둠 속에서 번쩍거렸다. 지금 이 순간만큼 자신이 귀신이라는 사실을 절감한 적은 없는 것 같았다.

잠시 요란한 소리가 세상을 뒤흔들더니 언제 그랬냐는 듯 다시 고요한 빛줄기가 세상을 감쌌다. 그 고요와 어울리는 목소리로 백함이 조용히 입을 열었다.

"알겠다. 네가 내게 준 종이, 그 안에 적혀 있던 소원은 내가 반드시 들어줄 것이다. 그러니 이제 너도 결정을 내려라. 너에게 주는 마지막 기회다."

수생은 어둠처럼 새카만 귀신의 눈을 마주보았다. 여전히 무슨 생각을 하는지 알 수 없는 눈이었다. 하지만 지금 이 귀신을 놓치면 후회하게 될 거라는 사실은 알 수 있었다.

"이번엔 정말이죠? 능창군 나리 댁 가까이 초가집 하나 지어주고, 자, 됐다, 가까이 연을 맺었다, 하며 손 터시는 건 아니겠지요? 그리 못 믿을 귀신은 아니겠지요?"

수생은 긴장된 마음을 들키기 싫어 일부러 농담처럼 물었다.

백함이 고개를 끄덕였다.

"그러면 마지막으로 하나만 더 묻겠습니다. 원한을 푼다 함은 목숨을 걸어야 할지도 모르는 일입니다. 제가 그리한다면, 그쪽은 제 소원을 위해 무엇을 거시겠습니까?"

백함은 맞부딪쳐오는 수생의 눈을 들여다보았다. 덜덜 떨며 도망이나 다닐 때는 보지 못했던 꽤 단호한 빛이 그 안에 있었다. 백함은 천천히 입을 열었다.

"나는 내 존재를 걸겠다."

"무슨…… 뜻입니까?"

"천상으로도 연옥으로도 가지 못하고, 환생의 기회도 갖지 못한 채 그대로 소멸해버린다는 뜻이다. 네가 목숨을 건다니 나도 그에 상응하는 걸 걸어야 하지 않겠느냐?"

백함의 말은 적어도 거짓은 아니었다. 어차피 영혼의 몸으로 이승의 세계를 돌아다닌다는 건 제 존재를 걸 만큼 위험한 일이었던 것이다.

수생은 백함의 말을 천천히 곱씹어보았다. 이 정도면 공정한 거래 같다는 생각이 들었다.

"좋습니다. 그러면 협정을 맺겠습니다."

수생의 말이 떨어지기가 무섭게 비가 그쳤다.

하늘을 올려다본 수생의 얼굴에 놀란 빛이 떠올랐다. 비는 여전히 주룩주룩 내리고 있었다. 보이지 않는 장막을 친 듯 백함과 자신이 서 있는 곳에만 비가 내리지 않을 뿐이었다.

수생이 벌어진 입을 다물지 못하고 있는 동안 백함이 품안에서 종이를 꺼냈다. 수생의 소원이 적힌 바로 그 종이였다.

무얼 하려는 거지? 수생이 호기심 반 두려움 반으로 바라보는 가운데 백함이 종이를 펼쳤다. 이윽고 손가락을 움직여 수생이 피로 새겨 넣은 글자 옆에 글씨를 써내려가기 시작했다.

해원(解怨).

그것을 보는 순간 수생의 어깨가 가볍게 떨렸다. 원한을 풀어주는 것. 자신이 이뤄주어야 할 귀신의 소원이었다.

백함이 써 내려간 선명한 푸른 글자가 수생이 적은 붉은 글자와 뒤섞이기 시작했다. 그러다가 번쩍하는 빛과 함께 글자들이 사라졌다. 종이 위엔 이제 어떤 글자도 보이지 않았다.

백함은 언제 가져왔는지 항아리를 꺼내 들더니 그 속에 종이를 집어넣었다. 그 다음 손가락으로 항아리를 톡, 톡, 톡, 세 번 두드렸다. 수생이 사당에 들어갔을 때 했던 의식과 똑같은 것이었다.

항아리 안에서 푸른 불꽃이 일어나 순식간에 종이를 집어삼켰다. 오래지 않아 불꽃은 종이와 함께 흔적도 없이 사라져버렸다.

백함이 수생을 향해 돌아섰다.

"이로써 협정이 성립되었다. 서로의 소원을 이루어줌으로써 협정이 끝날 때까지, 너와 나는 서로에게서 서로를 풀어낼 수 없다."

엄숙한 목소리로 백함이 협정을 알리는 동안 수생은 얼굴에 미소를 걸어보려 애를 썼다. 하지만 입가가 딱딱하게 굳어서 마음먹은 대로 입술이 움직여주질 않았다.

이럴 때 특효약은 따로 있었다. 수생은 눈을 감고 능창군의 화사한 얼굴을 떠올려보려 했다.

그러나 어둠 속에서 피어오른 것은 능창군의 얼굴이 아니었다. 뜨겁게 타오르는 눈과 창백한 피부를 가진 약관의 사내. 간밤에 이르러서야 비로소 마주하게 된 귀신, 백함의 얼굴이었다.

8

정원군의 집이 손님을 맞기 위해 대문을 연 것은 실로 오랜만의 일이었다.

선왕이 서거하고 지금의 왕이 즉위를 하면서 궁을 나온 지 어언 칠 년. 정원군은 있는 듯 없는 듯 새문리 집에 칩거해 살아왔다.

그동안 왕의 자리를 노렸다는 죄명을 달아 일 년에 한 번 꼴로 대규모 옥사가 일어났고, 왕의 동복형부터 이복동생까지 옥사에 연루되어 죽음을 맞이했다.

이런 살얼음판 같은 상황 속에서 그가 목숨을 부지할 수 있는 방법은 그저 바깥 세상에 등을 돌린 채 숨죽여 사는 길 뿐이었다.

정원군이 세상을 두려워하는 만큼 세상도 정원군을 멀리 했다. 행여나 정원군 그의 집을 드나들다 공연한 일에 연루될까 두려워 가까이 지내던 벗들마저 발길을 끊은 지가 오래였다.

그랬기에 오늘 정원군의 방에 손님이 들었다는 이야기는 뜻밖이었다. 본가에 들렀으니 먼저 친부에게 문안인사를 드리는 것이 도리였지만 괜히 방해가 될까 싶어 능창군은 조용히 사랑방 앞을 물러나왔다.

작은 사랑방에서는 형님들이 그를 기다리고 있었다. 능창군이 안으로 들어가자 상석에 앉아 있던 능양군 이종이 고개를 살짝 끄덕이며 아우를 맞았다. 우측 옆으로는 능원군 이보가 다과상을 앞에 둔 채 앉아 있었다. 능창군을 보자 그는 오른손을 번쩍 들어 반가움을 표시했다.

세 형제가 이렇게 한곳에 모인 것도 꽤나 오랜만이었다. 막내인 능창군 전이 아홉 살 때 신성군의 양자로 입적되고 일 년 후 다시 차남인 보가 의안군의 아들로 입양되었다.

그래도 그때까지는 한 집에 살 때와 마찬가지로 형제 간의 왕래가 잦았다. 신성군의 집은 걸어서 왕래할 정도로 지척에 있었기에 능창군은 자주 본가를 찾아 문안인사를 드렸다. 보는 의안군의 계자로 입적된 후에도 정원군의 집에 머물렀다. 의안군이 일가를 이루기 전 세상을 떠난 터라 본가를 떠날 필요가 없었던 것이다.

그러나 오 년 전 큰 아들인 능양군 종이 식솔들과 함께 경행방(지금의 낙원동) 사저로 분가한 이후로는 세 형제가 한 지붕 아래 모이기가 쉽지 않았다. 가족끼리의 회합도 의심의 눈초리를 받을 수 있다며 종이 본가 나들이를 극히 꺼려왔기 때문이었다.

반가움 때문인지 혹은 허혼서가 들어오는 날이라 알게 모르게 들뜬 때문인지 몰라도 보의 목소리는 평소보다 훨씬 흥분돼 있었다.

"마침 잘 왔다. 안 그래도 네 이야기를 하고 싶어 입이 근질거리던 참이 아니냐."

아우에 대해 떠도는 갖가지 소문들을 주워와 늘어놓는 것은 보의 취미 중 하나였다. 한 살 터울인 보와 전은 사이좋은 동기간이었다. 안하무인에 경박하다는 세간의 평가를 듣고 있는 보였지만, 어렸을 때부터 아우에게만은 한없는 애정을 보여온 형이기도 했다. 전이 신성군의 계자로 입적돼 집을 떠났을 때 식음을 전폐하고 며칠을 끙끙 앓아누웠을 정도로 아우에 대한 보의 애정은 깊었다.

그렇다고는 해도 늘상 아우와 비교되는 자신의 처지가 마냥 유쾌할 수만은 없었다. 정원군의 세 형제 중 최고라며 세상이 전을 칭송하는 소리를 들을 때마다 마음 밑바닥에 어찌할 수 없는 질투심이 똬리를 틀었다 사라지곤 했다. 아우에 대한 소문을 농담처럼 떠벌리며 희롱하는 것은 그런 마음의 그림자를 털어내는 제 나름의 방법이기도 했다.

"자고로 흉은 없을 때 봐야 맛이라던데, 제가 너무 눈치 없이 일찍 왔나 봅니다."

전은 다가가 앉으며 맞은편에 앉은 종에게 가벼운 목례를 했다. 겉으로 표정을 잘 드러내지 않는 종도 오늘은 편안한 웃음을 띤 채 막내아우를 맞았다.

"글쎄, 그게 흉일지 아닐지 아직 판단이 서지 않아서 말이다. 흉이라 판단이 되면 그때 다시 쫓아 보내주마."

보가 코를 찡긋거리며 전의 말을 받았다.

"무슨 이야기길래 이리 겁을 주십니까?"

보는 대답 대신 아우의 말간 얼굴을 살폈다. 그리고는 전의 얼굴 위에서 무언가를 찾기라도 하듯 열심히 눈을 굴려댔다. 그 사이 종이 차분한 목소리로 입을 열었다.

"기방엘 다녀왔더냐?"

"갑자기 그게 무슨 말씀이신지요?"

"시침 뗄 것 없다. 내 어제 매향각에 들르지 않았겠느냐. 새벽에 나오는데 누가 내게 일러주더구나. 능창군 나리께서, 세상에, 춘화년 방에서 주무시고 계시답니다, 이리 호들갑을 떨며 말이다."

자신이 들은 이야기가 마치 세상에서 가장 재미난 일이라도 된다는 듯 보가 키득거렸다.

전은 참으로 신기한 일이라 생각했다. 기억나지 않는 어젯밤의 행보에 대해 벌써 두 번째 전해 듣고 있었으니 말이다.

그가 기억하는 간밤의 일이라면 매향각에서 나와 집으로 돌아오던 중 말에서 떨어져 정신을 잃었다는 것뿐이었다.

오랫동안 길들인 말이 그렇게 거칠게 자신을 떨쳐낸 이유를 전은 알 수 없었다. 좀더 정확히 말하자면 그때 사납게 흔들리던 것이 말이었는지 아니면 자신의 몸이었는지도 분간하기가 힘들었다. 그저 갑작스럽게 몸이 요동치는가 싶더니 순식간에 허공으로 떨어져 내렸다는 것을 기억할 뿐이었다. 그렇게 정신을 잃었다 도랑가 수

풀 옆에서 눈을 떴을 때는 이미 아침이었다.

술이 과했던 것일까. 하지만 돌이켜봐도 술 몇 잔을 주고받은 것이 전부였다. 그 정도로 정신을 잃었을 리 없었다.

그렇다고 어찌 된 영문인지 아예 짐작이 가지 않는 건 아니었다.

어제 함께 술자리를 했던 이들은 새문리 근처에 있는 인왕산 활터에서 함께 수련을 하는 이들이었다. 그들은 한성 최고의 궁마술을 자랑하는 능창군을 며칠 후 있을 편사(便射: 활쏘기)대회에 끌어들이고 싶어 했다.

그러나 능창군은 그럴 마음이 별로 없었다. 말로는 한성을 대표하는 활터들이 서로의 실력을 겨루는 기회라 했지만, 실제로는 활쏘기를 가장한 붕당 세력들의 힘겨루기 장이 될 것임을 잘 알고 있는 까닭이었다.

어쩌면 그렇게 거절을 놓은 것이 그들의 심기를 거슬렀을 수도 있다고 능창군은 생각했다.

물론 다른 짐작도 가능했다. 이번 편사대회에 참여할 또 다른 활터 쪽 사람들도 어젯밤 매향각에서 회합을 갖고 있었던 것이다. 활솜씨로든, 권력 다툼으로든 인왕산 활터의 가장 강력한 적수가 될 북촌 활터 사람들이었다.

두 편 중 어느 쪽이 자신이 다치기를 더 바랐을까. 자신이 편사대회에 참석하지 못했을 때 더 이득을 볼 사람들은 누구일까.

그리 생각하면 답은 의외로 쉬울지도 몰랐다.

하지만, 기방에서 잠을 잤다니, 그건 대체 무슨 소리인지. 게다가 윤상궁의 조카라는 아이는 자신과 함께 밤을 보냈다는 믿을 수 없는 소리를 하지 않았던가. 정신을 잃은 사이 자신에게 무슨 해괴한 일이 벌어진 것인지 전은 도무지 감을 잡을 수가 없었다. 그 때문에 마음이 조금 답답해졌다.

그래도 간밤에 일어난 일로 작금의 분위기를 심각하게 만들고 싶진 않았다. 그래서 전은 가벼운 농담으로 보의 말에 응수했다.

"제가 잠자는 모습이 그리도 신기한 구경거리인 줄은 몰랐습니다."

"능창군은 기방에는 들러도 절대 기생들과 함께 밤을 보내지는 않는다, 그런 소문이 자자한 것을 몰랐단 말이더냐?"

"그랬습니까?"

전이 눈을 크게 뜨며 능청을 떨었다.

"네 품에 안기고 싶어 안달 난 기생들의 한숨 소리가 한성 골목마다 가득한데 그마저도 모른 체할 셈이야?"

"지천에 이리 꽃들이 가득한데 한 꽃잎에 파묻혀버리면 채 맡지 못한 향이 너무 아깝지 않겠습니까."

"어떤 향도 맡으려 하지 않는 것은 아니고?"

가만히 두 아우의 대화를 듣고 있던 종이 찻잔을 들어 올리며 낮은 목소리로 물었다. 그리고는 지그시 눈을 감고 코앞에 다가온 차향을 음미했다. 딱히 대답을 원하고 던진 질문은 아니라는 뜻이었다. 달리 보자면 이미 전의 속내를 짐작하고 있다는 의미이기도 했다.

아버지 정원군과 마찬가지로 종도 자신의 존재가 잊혀지길 바라는 사람처럼 집 안에서 두문불출하며 살고 있었다.

선왕의 첫 손자였기에 종은 비록 서손이라고는 하나 특별한 총애를 받으며 왕궁에서 자랐다. 말이 없고 자신을 드러내길 좋아하지 않는 그의 성격을 선왕은 진중함이라 말하며 귀이 여겼다.

하지만 종이 그렇게 자신을 꽁꽁 싸매며 산 이유는 따로 있었다. 어린 시절 선왕이 종의 얼굴을 일러 한고조(漢高祖)의 상(像)이라 말한 적이 있었다. 어린 종은 그 말이 얼마나 무서운 의미를 담고 있는지 알지 못했다. 하지만 암암리에 퍼져 나간 그 말을 들었을 때 하얗게 질려가던 아비 정원군의 표정만은 똑똑히 기억했다.

세자가 아닌 왕족이 왕의 상을 가졌다는 말이 무슨 뜻인지 아느냐. 그건 곧 죽음을 의미하는 것이다.

떨리는 손을 자신의 어깨에 갖다 대며 정원군이 나지막하게 일러주던 말을 종은 지금까지 잊지 못했다. 세상이 그에게 그 말을 잊지 못하게 했다.

이미 왕의 친형이 죽었고, 이복동생이 죽었다. 그 칼끝이 다음에는 어디로 향할 것인가. 답은 너무나도 분명했다. 또 다른 이복동생인 부친과 그 아들인 자신들 형제의 목이었다.

이런 상황에서 자신이 할 수 있는 일은 그 칼이 칼집으로 무사히 들어가길 숨죽여 기다리는 것뿐이라고 종은 생각했다.

둘째 보는 종과는 전혀 달랐다. 호불호가 분명하고 성질도 급했다. 어차피 벼슬에도 나가지 못할 팔자, 책은 읽어서 무엇하냐는 핑

계로 그는 여색과 놀이에 빠져 살았다.

그런 그에게선 왕의 정적으로 찍혀 목숨이 달아날까 노심초사하는 기색이라곤 찾아보기 힘들었다. 혼례를 올리고 나면 철이 좀 들지 않겠느냐. 어머니 구씨는 혼례 준비를 시작할 때 그리 말하며 웃었다.

능창군 전은 왕의 세력들이 정원군의 일족 중에서 가장 눈여겨보고 있는 인물이었다. 출중한 용모를 타고 난 탓에 따르는 여인들이 끊이질 않았고 학식이며 무예가 뛰어난 그를 은밀히 추종하는 자들도 많았다.

전은 그런 이들을 굳이 피하지 않았다. 세상이 두려워 스스로를 감추지도 않았다. 언뜻 볼 때는 보와 크게 다르지 않은 행보처럼 보이기도 했다.

그러나 조금 더 자세히 들여다보면 전혀 다른 모습이 보였다. 전은 세상이 두렵다고 숨지도 않았지만 세상에 자신의 진짜 모습을 보여주지도 않았다. 격의 없이 모두를 대했지만 누구도 제 울타리 안으로 들여주지 않았다. 사내든 여인이든 예외는 없었다. 어쩌면 그렇기 때문에 그를 따르는 무리들은 더욱 더 그를 얻고 싶어 애를 태우는지도 몰랐다.

그런 의미에서 보면 결국 세상과 진심으로 교류하지 못하는 것은 자신이나 전이나 크게 다를 바가 없지 않은가. 그렇게 생각하며 종은 입안에 머금은 차를 천천히 목으로 넘겼다.

전은 그 모습을 물끄러미 바라보았다. 대답을 원하는 질문이 아님을 알았기에 입을 닫고 미소로 그 말을 넘기려 했다. 어쨌거나 오늘은 자신이 아닌 작은형님이 화제의 중심에 있어야 하는 날이었다.

"그러게나 말입니다. 오죽하면 세간에서 능창군에게 제안대군의 혼이 든 것 아니냐는 말까지 수군대겠습니까."

그런 전의 마음을 미처 읽지 못했는지 보가 다시 신이 나서 말을 이었다. 이번에는 정말로 처음 들어보는 이야기였다.

"그것은 또 무슨 말씀입니까. 어찌 제 이야기를 저보다 형님께서 더 많이 알고 계신 것 같습니다."

"문객들이 비록 우리 집안에 발길을 끊었다지만 그들이 옮기는 소문이야 어디로 가겠느냐. 어제 매향각에 모인 자들이 다들 너에 대해 그리 말하더구나. 따르는 여인들도 많고 혼기도 꽉 찼는데 딱히 여색에 관심이 없는 걸 보니 혹시 제안대군처럼 기색증이 아니냐고. 그런 소문이 파다하다고 말이다."

"기색증이라면, 제가 여인들을 무서워한다는 말입니까?"

"숙부 댁에 수진궁에서 인편이 자주 드나든다지? 수진궁이 바로 제안대군께서 생전에 기거하시던 사저가 아니냐. 그러니 수진궁에 머물던 제안대군의 혼이 네게로 옮겨왔다는 이야기들을 갖다 붙이는 게지. 이대로 좀더 가다가는 남색을 밝힌다는 소문도 곧 떠돌게 될 게야, 하하하."

보가 재미있다는 얼굴로 껄껄 웃어젖혔다. 반대로 옆에서 듣고 있던 능양군 종의 얼굴은 조금 굳어졌다. 위험한 농담을 하며 껄껄

대고 있는 아우의 철없음에 눈살이 찌푸려졌던 것이다.

제안대군에게서 수진궁을 물려받은 후계가 누구였던가. 바로 지난 해 목숨을 잃은 영창대군이 아니던가. 수진궁 주인의 혼백이 옮겨왔다는 농담이 얼마나 무서운 의미로 받아들여질 수 있는지를 모른단 말인가.

종은 찻잔을 드는 척하며 막내아우의 반응을 살폈다. 전 역시도 골똘히 생각에 잠긴 표정이었다. 그러나 종과 같은 이유는 아니었다. 형님의 입에서 나온 수진궁이라는 말에 다시 한 번 아침나절의 일을 떠올리고 있는 중이었다.

윤상궁의 조카라는 그 아이. 정말로 간밤에 그 아이와 무슨 일이 있었던 것인가. 자신이 기억하는 대로 말에서 떨어져 정신을 잃었다가 오늘 아침 깨어난 것이라면 그 아이의 말은 거짓일 가능성이 컸다.

하지만 오늘 아침에 보았던 그 아이는 그럴 사람 같아 보이지는 않았다. 처음엔 당황해서 몰라봤지만 전은 윤상궁에게 서찰에 담긴 마음을 전해주어야 한다며 눈을 빛내던 당돌한 계집을 기억하고 있었다.

그런 이가 얄팍한 속임수로 타인의 마음을 갖고 놀지는 않을 것이라 전은 생각했다. 그렇다고 그 아이의 말을 곧이곧대로 믿고 싶은 것도 아니었다. 그것이 사실이라면 자신이 아침나절 약조한 대로 간밤의 일에 대한 책임을 져야 할 것이 아니던가.

전이 수생의 생각에 골몰하고 있는 동안 보는 그의 표정을 유심히 살폈다. 자신이 전해준 소문이 동생에게 일으킨 효과를 알아보려 함이었다. 그때 동생의 뺨에 난 작은 상처 자국이 그의 눈에 들어왔다.

"엇, 형님! 여기 이 상처 좀 보십시오. 분명 여인네의 손톱자국 아닙니까?"

보는 손가락으로 상처를 가리키며 호들갑을 떨었다. 종은 그저 조용히 웃을 뿐이었다. 대신 이번에는 전이 맞장구를 쳐주었다.

"무얼 그리 놀라십니까. 매향각에서 밤을 보낸 증표로 붉은 매화가 한 잎 뺨에 내려앉았을 뿐인 것을요. 어떻습니까, 이 홍매화 하나면 기색증이니 남색이니 하는 이야기들이 쏙 들어가겠습니까?"

"그리하면 이번엔 네 품에 안기지 못해 안달 난 기생들이 곡을 하느라 온 한성이 시끄럽겠구나. 아니지, 너와 밤을 보낸 계집의 얼굴에 홍매화가 잔뜩 필지도 모를 일이지, 하하하. 그나저나 누구더냐? 그 운 좋은 계집 말이다."

보의 목소리가 자꾸만 커지는 것이 종은 마음에 걸렸다. 멀지 않은 사랑방에 손님들이 와 있다는 사실에 못내 신경이 쓰였다.

정원군을 찾은 손님 중 한 명은 평릉군 신경희였다. 그는 형제들의 친모인 구씨의 외사촌 오라비이자 능창군의 양모 신씨의 사촌 오라비이기도 했다. 종은 그가 언제든 자신들의 편이 되어줄 사람이라 믿고 있었다.

그가 경계하고 있는 사람은 평릉군과 함께 온 소진사라는 자였다. 그로서는 처음 보는 낯선 손님이었다. 더욱이 평릉군의 말에 따르면 그자는 보의 사돈이 될 유씨 가문의 인척이라지 않던가.

행여라도 그가 지금 자신들의 이야기를 듣는다면 혼서를 받는 날 다른 계집을 두고 실없는 농이나 하는 사내라며 동생을 마뜩잖게 볼 수도 있는 일이었다.

"이제 그 정도 하는 게 좋겠다. 농담도 담을 넘으면 어찌 바뀔지 모르는 세상 아니더냐."

종은 말을 마치고는 사랑방이 위치한 쪽으로 넌지시 시선을 던졌다. 동생이 그 시선을 눈치 채고 제 뜻을 알아주기를 바랐던 것이다. 헌데 뜻밖에도 반기를 들고 나선 것은 전이었다.

"왜 농이라 생각하십니까. 정말로 제가 첩을 들이면 어찌하시려고요."

생각지도 못했던 전의 말에 두 형제는 놀란 얼굴로 서로를 마주 보았다.

자신이 뱉은 말에 놀라기는 전도 마찬가지였다. 수생의 일이 고민되는 것은 사실이었지만 그것을 입 밖에 낼 마음은 조금도 없었던 것이다.

하지만 막상 말로 뱉고 나니 조금 전의 고민이 보다 구체화된 모습으로 다가오기 시작했다. 같이 밤을 보냈다면 그 일을 책임질 방법은 그 아이를 첩으로 들이는 것뿐이었다. 어차피 양반가의 규수가 아니니 혼인을 할 수는 없는 노릇이었다. 게다가 자신의 기억이 맞는다면 분명 그 아이도 연은 맺되 혼례는 원하지 않는다 부르짖고 있었다.

사실 전이 누군가를 첩으로 들인다 해도 그리 문제될 것은 없었다. 배필을 맞기도 전에 천첩을 들이는 것이 좋은 모양새는 아니었으나 그렇다고 크게 흉이 될 일도 아닌 까닭이었다.

진짜 문제는 그가 누구도 자신의 사람으로 들일 마음이 없다는 데 있었다.

종이 정확히 파악했듯, 능창군 전은 친부와도, 형제들과도 달랐다. 친부와 큰형은 자신들을 위협하는 세상에서 몸을 숨겼고 작은 형은 그런 세상 따위 없다는 듯 행동했다. 반면 전은 그런 세상을 받아들였다. 단, 누구도 쉽사리 믿지 않고 누구도 가까이 들이지 않는 자신만의 방식으로.

종이 미처 알지 못했던 것은 동생이 그런 방식을 택한 이유였다.

결코 배신당하는 것이 두려워서는 아니었다. 언젠가 자신을 향해 날아올 칼끝이라면 어떤 짓을 해도 그것을 피할 수 없으리란 것을 전은 이미 느끼고 있었다.

때문에 그가 바라는 것은 오직 하나였다. 그 칼이 제 목을 베러 올 때 곁의 사람들이 함께 다치지 않기를. 자신의 곁에 있었다는 이유만으로 다른 누군가가 피를 흘리지 않기를.

그렇게 일찌감치 닫아 걸어버린 마음을 전은 해사한 미소로 감추었다. 그리고 그 미소를 누구에게나 공평하게 흩뿌렸다. 능창군 자신은 미처 깨닫지 못하고 있었지만, 그것은 어쩌면 뛰기도 전에 꽁꽁 싸매버린 심장을 안고 살아야 하는 열일곱 청춘의 조그마한 자기 위로였는지도 몰랐다.

전의 그런 결심에 윤상궁의 조카도 예외일 수는 없었다. 그 아이를 어떻게 할 것인지 결정하려면 우선 간밤에 일어난 일을 정확히 파악할 필요가 있었다. 그러려면 그 아이를 다시 만나야 했다.

전은 아직도 놀란 얼굴로 자신을 쳐다보고 있는 형님들을 향해 반달처럼 웃었다.

"이제 흉인지 아닌지 판단이 되셨습니까, 형님? 아무래도 제가 자리를 비워드려야겠지요?"

분명 농담처럼 들리지는 않았다. 하지만 저리 해사한 미소를 보고 있으니 그만 동생의 능청에 속아주고 싶은 기분이 들었다. 그래서 보는 다시 큰 소리로 웃었다.

"하하, 그래야 할 성싶구나."

"그럼 저는 잠시 집안 식솔들에게 이 홍매화를 자랑하고 오겠습니다."

말을 마친 능창군이 사뿐히 몸을 일으켰다. 그리고 예의 산뜻한 걸음걸이로 작은 사랑방을 물러나왔다.

무거운 마음을 가벼운 몸놀림으로 감추듯 제 삶에 벌어지는 모든 일들도 가볍게 지나칠 수 있으면 좋겠다고 그는 생각했다. 그렇게 바람처럼 스치듯 살지 않으면 의도치 않게 짊어지고 태어난 이 삶의 무게에 질식해버리고 말 것 같았다.

"제 조카아이라면, 신경 쓰지 않으셔도 됩니다. 추후 다시는 이런 일이 없도록 단단히 주의 시킬 것이니 이번 한 번만 너그러이 넘어가 주시길 간청드립니다."

윤상궁을 발견한 것은 행랑채 앞에서였다. 능창군이 수생에 대해 물어올 것을 짐작이라도 한 듯 윤상궁은 준비된 대답을 내어놓았다. 말을 하는 그녀의 목소리에는 일종의 단호함마저 깃들어 있었다.

"주의시킬 일이 무엇이 있겠는가. 잘못을 한 게 아니라 내게 도움을 준 것인데."

"그 답례에 대해서는 군부인 마님께서 제게 따로 이르실 것입니다. 그러니 나리께서는 염려치 않으셔도 되옵니다."

정중하고 간곡한 말투와는 달리 더 이상 물어오지 말라고 단단히 벽을 치고 있는 것이 느껴졌다. 오랫동안 궁인으로 살아오며 절제와 법도를 몸에 익힌 윤상궁다운 태도라고 능창군은 생각했다. 이렇듯 언제나 넘치지도 모자라지도 않는 엄격함으로 윤상궁은 오랫동안 자신들의 곁을 지켜오고 있었다.

그러니 다른 때 같았으면 윤상궁이 적절히 친 그 벽 앞에서 조용히 돌아섰을 것이다. 하지만 이번에는 사정이 달랐다. 그래서 능창군은 그 벽을 두드려보기로 했다.

"왜 그 말이 내게는 그 아이를 찾지 말라는 뜻으로 들리는 것인지 모르겠네."

"찾으실 이유가 있으십니까?"

"찾으면 안 될 이유라도 있는가?"

"잘못된 것을 바로 잡으려 함입니다. 애당초 새문리를 드나들어서는 안 되는 아이였습니다."

"허나 수진궁에서 심부름을 오던 아이가 아닌가?"

"그렇습니다. 하오나 수진궁에 속하지 않은 아이입니다. 제 딴에는 궁가에서 일하는 아비를 돕겠다고 이런 저런 잡일을 거들고 있는 것이온데 그 마음 기특하다 여겨 내버려 두었더니 그 미천한 아이가 제 분수를 잊고 감히 나리께 누를 끼치게 되었습니다. 모든 것이 미리 단속을 시키지 않은 소인의 불찰입니다."

"신분이 낮은 이라 해서 도움을 준 것이 누를 끼친 것으로 둔갑하진 않네."

"나리께서 상대하실 아이가 아니라는 말씀을 드리는 것입니다. 그 아이와 관련된 일은 제가 알아서 할 터이니 부디 마음 쓰지 마십시오."

윤상궁은 말을 마치고 입을 꾹 다물었다. 자신의 입에서 결코 능창군이 원하는 대답이 나오지 않을 거라는 사실을 그녀는 다부지게 다문 입술을 통해 알렸다.

그녀가 이렇게 나오면 별 도리가 없다는 것을 능창군은 그간의 경험을 통해 잘 알고 있었다. 할 수 없지. 다른 방법을 찾는 수밖에.

"알겠네. 자네가 그리한다면 내 그 말을 따르겠네."

수긍의 뜻으로 고개를 끄덕이자 윤상궁이 얼른 허리를 숙여 인사를 하고는 행랑채 안쪽으로 사라졌다.

능창군은 작은 사랑방으로 돌아가기 위해 몸을 돌렸다. 그때 뒤에서 낯선 목소리가 들려왔다.

"혹시 능창군 나리 되십니까?"

목소리가 나는 곳을 향해 능창군이 시선을 옮겼다. 처음 보는 키 작은 사내가 그를 향해 성큼성큼 다가왔다. 평릉군과 함께 아버지의 방에 들었다는 손님이리라. 능창군은 손님을 향해 공손하게 고개를 숙였다.

"예, 그러합니다."

"소생은 익산에서 올라온 진사 소명국이라 합니다. 평릉군 나리와 함께 정원군 마마를 찾아뵙고 돌아가는 길이지요."

매의 부리 모양을 한 커다란 코가 얇은 입술과 묘한 조화를 이루는 얼굴이었다. 길고 가느다란 두 눈은 정면을 응시하고 있는데도 마치 곁눈질을 하는 듯한 느낌을 주었다.

"그러십니까. 허면 평안히 살펴 가십시오."

"어떤 분이길래 그리 소문이 자자한가 했는데 이리 뵈오니 제가 들은 소문들이 조금도 헛됨이 아님을 알겠습니다."

빨리 자리를 뜨고 싶은 능창군과는 달리 소진사는 그와 더 말을 섞고 싶은 눈치였다.

능창군은 그 소문이 어떤 것이냐 묻는 대신 입가에 미소를 띠웠다. 평릉군이 데려온 손님이라고는 하나 처음 보는 사내였다. 이럴 때는 상대의 의도를 정확히 파악하기 전까지 섣불리 대답을 내놓지 않는 것이 현명한 대응 방법이었다.

"실은 그 소문 때문에 정원군 마마께 쫓겨나오는 길입니다. 소생은 그저 들은 대로 이야기를 올렸을 뿐인데 당장 나가라 역정을 내시지 않겠습니까."

소진사가 다시 느리게 말을 이었다. 이래도 어떤 소문인지 묻지 않을 심산이냐, 그렇게 능창군에게 물어오고 있는 것이었다.

어떤 이들에게 소문은 그저 듣고 흘리는 잠깐의 흥밋거리였다. 또 어떤 이들에게는 씹고 맛볼 가벼운 안주거리 같은 것이기도 했다.

그러나 정원군 일가에게 소문이란 비수를 품고 있는 충복과도 같았다. 충실하게 섬기며 따라다니다가 어느 순간 돌변해 등을 찔러오는 존재. 그래서 정원군은 더욱 더 세상으로부터 몸을 숨겨 소문에서 멀어지려 하는지도 몰랐다.

하지만 소문은 끈덕지게 그들을 따라 다녔다. 능창군의 여성편력에 대한 수군거림이나 기색증 같은 이야기는 웃으며 넘길 수 있는 것들이었다. 그런데 가끔씩은 펄쩍 뛸 만한 괴이한 소문들이 들려오기도 했다. 대부분은 출처도 알 수 없고 근거도 없는 소문들이었다. 그러나 소문을 믿는 사람들에게 그리고 그 소문을 이용하려는 자들에게 그런 것은 문제가 되지 않았다. 그런 소문이 존재한다는 사실. 중요한 것은 오직 그것뿐이었다.

이 소진사라는 자가 들었다는 소문은 어떤 것일까. 도대체 어떤 소문을 아버님께 전했기에 그리 역정을 내셨다는 걸까. 호기심이 일었지만 그렇다고 그의 의도에 맞춰줄 수는 없었다.

"나쁜 뜻이 있어 그러신 것은 아닐 터이니 심려치 마셨으면 합니다. 혹여 오해가 있었을지도 모르니 차후에 다시 한 번 자리를 마련하시지요."

능창군이 다시 대답을 비껴가자 소진사가 입가에 슬쩍 웃음을 흘렸다.

"정원군 마마께도 한낱 시골 서생의 말에 너무 괘념치 마시라 말씀 올려주십시오."

"그리하겠습니다."

능창군이 다시 가볍게 목례를 했다. 그렇게 낯선 손님과의 대면을 마감할 생각이었다. 하지만 소진사는 그리 쉽게 그를 놔주지 않았다.

"그나저나 소문이라는 것은 참으로 대단치 않습니까. 이곳 한성에서 그리 먼 시골구석까지 이런 저런 이야기들이 들려오는 것을 보면 말입니다. 발 없는 말이라니, 참으로 적절한 비유라 생각지 않으십니까?"

이번엔 반드시 대답을 들어야겠다는 얼굴로 소진사가 능창군을 쳐다보았다. 껄끄럽다는 생각이 들었지만 그래도 집을 찾아온 손님이었다. 무례를 범할 수는 없었기에 능창군은 가볍게 그의 질문을 받았다.

"소문에 과연 발이 없겠습니까."

"재미있는 말씀을 하십니다. 말 타기를 즐겨 하신다 들었는데 아끼시는 말에 소문을 비유하는 것이 마음에 들지 않으시나 봅니다."

"그럴 리가 있겠습니까. 다만 말은 충실히 사람을 태워 원하는 목적지에 데려가지만 소문은 태운 사람을 위태롭게 만들기도 하고 원하지 않는 목적지에 데려가기도 하지요."

"허나 때로는 말도 제 주인을 내팽개쳐 목숨을 위험하게 만들기도 할 터인데요. 아니 그렇습니까?"

소진사는 그리 말하며 의미심장한 미소를 지었다. 안 그래도 작은 눈이 더욱 가늘어져 눈동자가 잘 보이지 않았다. 하지만 겉눈질을 닮은 눈빛이 그 안에서 번뜩이고 있음을 능창군은 느낄 수 있었다.

눈앞에 서 있는 이 남루한 차림의 서생이 자신에 대해 생각보다 훨씬 더 많은 것을 알고 있을지도 모른다는 생각이 문득 그의 뇌리를 스쳐 지나갔다.

9

수진궁에서 느지막이 돌아온 홍복은 수생의 방 앞을 지나다 걸음을 멈추었다. 작은 흐느낌 비슷한 소리가 들린 것 같았다. 홍복은 숨을 죽인 채 수생의 방문 앞으로 다가가 귀를 갖다 댔다. 불분명한 수생의 목소리가 끊어졌다 이어지기를 반복하고 있었다.

홍복은 수생에게 들리지 않도록 나지막이 한숨을 내쉬었다. 벌써 며칠째 수생이 소리죽여 흐느끼는 소리를 듣는 그의 마음은 무거웠다. 수진궁에 출입을 금한 것이 여식에게 그리도 상처가 될 것이라고는 생각지 못했기에 이런 상황이 당황스럽기도 했다.

그렇다고 해서 결심을 바꿀 생각은 추호도 없었다. 며칠 지나면 괜찮아지겠지. 그리 스스로를 달래며 홍복은 다시 걸음을 옮겼다.

방 안의 수생은 이불을 머리끝까지 뒤집어 쓴 채 엎드려 있었다.

하지만 홍복의 짐작과는 달리 울고 있는 것은 아니었다. 눈앞에 놓아둔 항아리를 향해 애원인지 협박인지 모를 말들을 속삭이고 있는 중이었다.

"정말 안 나올 겁니까? 분명 오늘까지 시한을 드린다고 했는데 제 말을 무시하겠다는 겁니까?"

협정을 맺은 지 며칠이 지나도록 귀신은 수생의 앞에 코빼기도 보이지 않고 있었다. 방 안에 놓인 항아리를 두드려도 보고 쓰다듬어도 봤지만 귀신에게선 어떤 반응도 없었다. 귀신을 불러낸다는 휘파람 소리를 흉내 내보기도 했지만 좀처럼 나타날 줄을 몰랐다.

모습을 감춰버린 귀신 때문에 수생은 속이 타들어갈 지경이었다. 협정을 맺음으로써 능창군과 가까워지기는커녕 먼발치에서 얼굴을 볼 기회조차 사라지게 생겼기 때문이다.

그런데 이 사태를 야기한 장본인이라 해도 과언이 아닌 귀신이란 놈은 그날로 사라져서 나타나지도 않다니. 이것이야말로 직무유기요, 협정위반이라 하지 않을 수가 없었다.

"지난번에 그쪽한테 한 번 당했다고 저를 우습게 보시나 본데, 지금 실수하고 계신 겁니다. 저도 그리 만만한 상대가 아니란 말입니다. 그러니 곱게 얘기할 때 모습을 드러내시죠?"

수생은 조금의 반응이라도 나오길 기대하며 항아리를 뚫어져라 쳐다보았다. 그러나 항아리는 수생의 사정 따위 알 바 아니라는 듯 조용히 푸른 기운을 뿜어낼 뿐이었다.

이불 밑에 엎드린 수생의 등이 눈에 띄게 부풀어 오르는가 싶더니 이내 한숨 소리와 함께 밑으로 푹 꺼져 들어갔다. 하아, 답답한 마음에 고개를 떨구다 방바닥에 이마가 부딪혔다. 아야, 하는 짧은 신음소리가 튀어나왔다. 부딪힌 이마를 잽싸게 손으로 문지르면서 수생은 항아리를 노려봤다.

귀신과 맺은 협정에 커다란 함정이 있었다는 것을 수생은 이제야 뼈저리게 깨닫고 있는 참이었다.

귀신은 수생이 어디에 있는지, 무엇을 하는지 훤히 꿰뚫고 있는 듯했다. 마음 내킬 때 제 멋대로 나타났다 다시 말도 없이 사라지며 한껏 제멋대로 굴고 있는 게 그 증표였다. 하지만 수생은 귀신을 어떤 식으로 불러내야 하는지 그 방법도 제대로 모르고 있었다. 그 결과 이렇게 두 손을 놓은 채 귀신을 기다리며 한숨만 쉬는 처지가 되어버린 것이다.

간단히 말해 귀신과의 협정은 일방적으로 불리하고 지나치게 불공정한 거래였던 셈이다.

게다가 능력을 증명하는 일에서조차 그리 사기를 쳐댔는데 앞으로도 그러지 않을 거라는 보장은 또 어디 있겠는가. 그런 일을 방지하기 위해서라도 조목조목 따져 제대로 된 협정의 세부 조건을 만들어야겠다고 수생은 단단히 결심했다.

문제는 이놈의 귀신을 도무지 만날 수가 없다는 데 있었다. 안 되겠다. 시끄러워서라도 튀어나오게 만들어줄 테다. 수생은 항아리 입구에 얼굴을 바짝 들이댄 채 어디서 주워들은 노래를 가사만 살짝 바꾸어 부르기 시작했다.

"귀신아, 귀신아. 머리를 내어라. 내놓지 않으면 구워서 먹으리라! 귀신아, 귀신아……."

항아리 속은 수생이 뿜어내는 소리와 입김으로 가득 찼다. 아마도 그 안에 들어앉아 있다면 더 이상 버티고 있기 힘들 만큼 덥고 축축하고 시끄러울 것이다. 이 끈끈한 삼복더위에 벌써 반식경이 넘도록 이불을 뒤집어쓴 채 이마에 땀을 뚝뚝 흘리고 있는 수생 자신처럼 말이었다.

그러니까 어서 나오라고! 수생은 애원하듯 중얼거렸다. 하지만 귀신은 여전히 묵묵부답이었다.

결국 먼저 지쳐버린 것은 수생 쪽이었다. 더 이상 참을 수 없어진 수생이 벌떡 몸을 일으켰다. 그 기세에 뒤집어쓰고 있던 이불이 등 뒤로 흘러 내렸다. 더위 때문인지 열을 받은 탓인지 얼굴은 벌겋게 상기되어 있었다.

수생은 두 손을 뻗어 항아리를 덥석 들어올렸다. 그리고는 등 뒤로 떨어진 이불더미 속에 그 얄미운 항아리를 파묻어버렸다.

협정 같은 건 사실 핑계였을 뿐 귀신의 진짜 목적은 자신을 골탕 먹이는 게 아니었을까. 진지하게 그런 의심이 들기 시작했다. 그렇지 않다면 이렇게 사람을 애태울 리가 없었다.

수생은 귀신과 협정을 맺었던 바로 그날 저녁, 윤상궁이 집으로 찾아왔던 일을 떠올렸다. 싸리문을 열고 들어오는 윤상궁의 얼굴을 본 순간 수생은 가슴이 철렁 내려앉았다. 당고모가 집을 찾아오는 것은 좀처럼 없는 일이었다. 바꾸어 말하자면 이렇게 찾아왔을 때는 꽤나 중요한 용건이 있다는 뜻이기도 했다.

그 용건이 아침에 있었던 소동과 관련되어 있음은 너무나도 분명해 보였다. 윤상궁은 군부인이 주신 것이라며 보자기로 싼 작은 상자를 손에 들고 왔다. 하지만 수생은 윤상궁이 집을 찾아온 이유가 비단 그것뿐만은 아닐 것임을 직감했다.

갑작스런 방문에 의아해 하면서도 홍복은 반갑게 사촌누이를 맞아들였다. 수생은 윤상궁과 홍복이 마주앉은 방문 앞에서 안절부절 못한 채 불안에 떨었다. 아침나절에 보았던 윤상궁의 엄한 눈초리가 자꾸만 떠올랐다.

아니나 다를까 윤상궁이 떠나자마자 홍복이 수생을 방 안으로 불렀다. 홍복의 앞에 앉은 수생은 마른 침을 삼키며 아비의 말을 기다렸다.

"다시는 새문리로 발길을 하지 말거라. 더불어 수진궁에도 더 이상 드나들어서는 안 된다."

홍복의 입에서 나온 말은 수생에게는 청천벽력과도 같은 것이었다. 잔뜩 울상이 되어 수생은 아비를 쳐다보았다.

아침의 일로 인해 윤상궁에게 한소리 들을 것이란 건 이미 각오를 하고 있었다. 분수도 모르고 나댄다고 혼쭐이 난다 해도 할 말이 없다는 걸 잘 알고 있었다. 하지만 생각보다 벌은 훨씬 더 가혹했다. 새문리와 수진궁에 출입을 하지 말라는 건 능창군의 근처에 얼씬도 하지 말라는 경고였다.

이 경고가 누구의 뜻일까. 그 말을 홍복에게 전한 윤상궁일 수도 있었다. 혹은 신성군 부인이 윤상궁에게 그리 전하라 명을 내렸을 수도 있었다.

아니면…… 갑자기 수생의 머릿속이 하얗게 비워졌다. 설마, 능창군 나리께서?

그날 아침 능창군에게 저질렀던 무례한 언동을 수생은 다시 곱씹어보았다. 자신이 능창군이었다고 해도 그런 상황이었다면 어이가 없고 화가 났으리라. 다시는 꼴도 보기 싫은 마음이 드는 것도 당연했다.

하지만 상황을 이해하는 것과 그것을 받아들이는 것은 별개의 문제였다. 화가 난 얼굴로 자신을 외면하는 능창군의 모습을 상상하는 것만으로도 수생은 눈물이 날 것 같았다. 오해를 풀고 용서를 구하려면 무슨 일이 있어도 다시 능창군을 만나야 했다.

"어, 어째서요? 잘못한 일이 있으면 꾸짖어주세요. 고칠게요. 앞으로는 절대로 아버지께 염려를 끼치는 일 없도록 하겠습니다."

"네 잘못이 아니다. 모두 나의 잘못이다. 이 아비를 위해 온갖 허드렛일을 해가며 고생하는 걸 모른 척했기 때문에 일이 이 지경까지 이른 것이다."

홍복은 스스로를 자책하듯 낮게 한숨을 쉬었다. 혼을 내고 나무라야 할 일인데 어째서 이런 반응을 보이시는 걸까. 수생은 그런 아비가 의아했다.

"이 지경이라니요? 당고모님께 무슨 말씀을 들으신 거예요, 아버지?"

흥복은 잠시 망설이듯 입을 달싹거렸다. 어떤 식으로 대답을 해야 하는지 입안에서 말을 고르고 있는 것처럼 보이기도 했다. 그 모습을 바라보는 것만으로도 수생은 애간장이 탔다.

"여식을 이용해 팔자 한 번 펴보려는 비열한 아비로 여겨지지 않게 해다오."

흥복의 입에서 나온 말이 무슨 뜻인지 처음엔 언뜻 이해가 되지 않았다. 하지만 자신을 물끄러미 바라보는 흥복의 눈을 보고 있자니 서서히 상황이 파악되기 시작했다.

자신이 수진궁에서 일을 거들며 능창군의 집을 드나드는 모습이 남들의 눈에는 신분 높은 사내를 만나 팔자 한 번 고쳐보겠다는 비천한 계집의 몸부림으로 보일 수도 있다는 것을 수생은 그 순간 처음으로 깨달았다. 그날 아침 자신의 행동이 그런 오해를 불러일으켰음에 틀림없었다.

윤상궁은 그 사실을 흥복에게 그리고 수생에게 일러주러 온 것이었다. 그것은 또한 간접적인 경고이기도 했다. 네가 그리 경거망동하면 네 아비까지 함께 손가락질을 당할 것이다. 그렇게 윤상궁은 수생을 꾸짖고 있었던 것이다.

"설마 오늘 아침 일 때문이라면 정말 오해예요, 아버지. 당고모님께서 생각하시는 그런 거, 절대로 아닙니다."

자신의 결백함을 증명해야겠다는 생각에 수생의 목소리가 높아졌다. 그런 여식을 향해 흥복이 가볍게 고개를 내저었다.

"내가 너를 오해할 거라 생각하느냐? 나는 네가 어떤 아이인지 잘 안다. 하지만 다른 이들이 똑같이 너를 그리 봐주길 기대할 수는 없지 않느냐. 괜한 구설수에 오르는 일은 처음부터 만들지 않는 것이 낫다. 그렇지 않으면 우리 부녀 모두 상처를 입게 될 게야."

차라리 혼이 났다면 항변을 했을 것이다. 수진궁에 계속 드나들게 해달라고 설득하고 매달렸을 것이다. 그러나 홍복은 아비를 위해 그리 해달라고 했다. 그러지 않으면 그가 상처를 입게 될 것이라고도 했다.

그 말에 수생은 말문이 막혀버리고 말았다. 애당초 홍복을 위해 시작한 일이었다. 아비에게 덧씌워질 오해나 질시를 덜어내는 데 조금이라도 도움이 될까 하여 생각해낸 일이었다. 그렇기 때문에 자신의 욕심을 위해 계속 수진궁에 출입하겠다며 고집을 피울 수가 없었다.

수생은 결국 제대로 된 해명도 하지 못한 채 홍복의 방문을 돌아 나왔다. 사실 윤상궁이 홍복에게 전하고 간 진짜 이야기는 따로 있었지만 수생으로선 그 사실을 알 도리가 없었다. 따라서 홍복의 속마음도 헤아리지 못했다. 수생이 알 수 있었던 것은 이 상황을 해결하기 위해서는 귀신의 도움이 절실히 필요하다는 사실뿐이었다.

수생은 자신의 애원을 무시한 채 감감무소식이 된 귀신을 불러내기 위해 고민을 거듭했다. 협정을 맺을 때처럼 항아리를 세 번 두드려 보기도 했고 항아리를 깨버리겠다고 위협을 해보기도 했다. 달빛을 받으면 귀신의 음기가 성한다는 소문을 기억해내곤 항아리를 달빛이 잘 드는 창문가에 놓아두기도 했다.

그래도 귀신이 모습을 보이지 않자 다음에는 좀더 공격적인 방법을 취해보았다. 항아리를 바닥에 던지는 시늉도 해보았고 땅을 파고 그 안에 묻는 척도 해보았다. 냄새를 못 견디면 나오지 않을까 싶어 뒷간에 항아리를 두려다가 홍복에게 항아리의 정체를 추궁당하기도 했다.

얼마 전까지 그토록 무서워했던 귀신이라는 존재를 이렇게 제 손으로 불러내려고 안달하게 될 줄 누가 상상이나 했을까. 수생은 나타나지 않는 귀신을 생각하며 한숨을 포옥 내쉬었다.

그때 방 한구석에 놓아둔 비단 천 한 단이 수생의 눈에 띄었다. 며칠 전 윤상궁이 군부인의 답례라며 가져온 것이었다.

갑자기 수생의 눈동자에 생기가 돌기 시작했다. 좋은 생각이 떠올랐던 것이다. 비단을 돌려준다는 핑계로 새문리에 들르자!

어차피 내가 받을 답례가 아니었잖아. 그럼, 그럼. 당연히 돌려드려야지. 내일 아침 아버지가 출근하시면 바로 새문리로 달려가는 거야. 머릿속으로 이런 저런 계획을 떠올리며 수생은 보자기를 가져와 비단 천을 싸기 시작했다.

수생이 세운 계획의 중심에는 물론 능창군이 있었다. 운이 좋으면 그를 만날 수 있을지도 몰랐다. 그리 되면 적어도 오해만은 풀 수 있을 것이다. 어찌 됐든 귀신이 나타날 때까지 손 놓고 기다리느니 뭐라도 해보는 게 낫겠지. 그렇게 생각하자 수생의 마음이 조금은 가벼워졌다.

내일은 꼭 능창군을 만날 수 있길 빌면서 수생은 잠자리에 들었다. 하지만 잠이 들기 전 수생이 마지막으로 떠올린 사람은 능창군이 아니라 귀신이었다. 귀신아, 그래도 내일은 나타나라, 안 그러면 정말로 잡아먹어 버릴 테니까. 품에 안은 항아리를 쓰다듬으며 수생은 잠이 잔뜩 묻은 목소리로 그렇게 웅얼거렸다.

항아리를 처음 방에 들여놓은 날 이후로 항아리와 수생의 거리는 조금씩 가까워지고 있었다. 귀신을 불러내려고 난리를 치다가 항아리를 머리맡에 놔두고 잠이 들었던 날, 귀신의 발밑에서 잠을 잤다는 생각 때문에 소스라쳤던 것도 잠시, 수생은 이제 아무렇지도 않게 항아리를 안고 잠을 잤다. 알을 품은 어미닭처럼 항아리를 품고 수생은 그렇게 귀신이 나타나길 기다리고 있었다.

수생이 잠에 막 빠져든 순간 항아리가 빛을 받은 것처럼 번쩍거렸다. 모로 누워 잠이 든 수생의 등 뒤에 이윽고 투명한 그림자가 생겨나기 시작했다.

희미했던 그림자의 윤곽은 조금씩 또렷해지며 형체를 드러냈다. 그것은 몸을 잔뜩 웅크린 채 잠들어 있는 백함의 모습이었다.

수생과 협정을 맺은 후 곧바로 항아리로 돌아온 백함은 그날부터 지금까지 단 한 번도 깨지 않고 쭉 잠에 빠져 있었다.

그가 그리 서둘러 항아리로 돌아온 것은 갑작스러운 어지럼증 때문이었다. 아마도 인간이었다면 실신을 했을 것이다. 하지만 백함은 귀신이었다. 귀신이 기절한다는 것은 어떤 의미일까. 그는 자신이 죽은 직후 막 귀신으로 눈을 떴던 때를 상기해보았다. 들리지도 보이지도 않는 상태로 안개 속을 떠돌던 자신을 떠올리자 지금의 기절할 것 같은 느낌이 당시의 무기력과는 다른 성질의 감각이라는 것을 확실히 깨달을 수 있었다.

그가 느낀 것은 일종의 위협감이었다. 이대로 있다가는 자신의 존재가 저 떨어지는 빗방울처럼 알알이 흩어져 사라져버릴 것 같은 불안감이었다.

깊은 잠이 자신에게 원기를 되찾아줄 것이라 기대하며 백함은 항아리 안에서 눈을 감았다. 그런데 원기가 회복되는 시간은 백함이 생각했던 것보다 훨씬 더 길었다. 이유는 알 수 없었지만 수생이 시전에서 사온 항아리의 효력은 수진궁 항아리에 미치지 못하는 것 같았다.

그보다 더 기이한 일은 백함이 자신도 모르는 사이에 종종 항아리 속을 빠져 나와 수생의 곁으로 오곤 했다는 것이다.

하지만 수생도, 백함도 그 사실을 알지 못했다. 백함은 그저 원기가 회복되길 기다리며 잠에 빠져 있었을 뿐이고, 수생은 그저 소원을 들어줄 귀신을 기다리며 꿈을 꾸고 있을 뿐이었다.

온몸을 돌돌 만 채 잠들어 있는 백함의 모습은 흡사 달팽이를 닮아 있었다. 이윽고 백함의 오른손이 더듬이처럼 원기를 찾아 꼼지락거리기 시작했다. 그 손이 수생의 긴 머리카락 끝에 닿았다. 그러자 마치 소중한 것이라도 되는 양 백함의 손이 그것을 꼬옥 움켜쥐었다.

그렇게 잠이 든 백함의 모습이 탯줄을 움켜쥔 태아처럼 절박해 보였다는 것을 아는 이는, 방 안으로 들어와 조용히 두 사람을 비추고 있는 달빛뿐이었다.

10

비단을 돌려준다는 핑계로 새문리에 들르려던 수생의 계획은 시도도 해보기 전에 수포로 돌아가고 말았다. 수진궁으로 출근하기 위해 집을 나섰던 흥복이 깜빡 잊은 게 있다며 돌아와 수생이 보자기에 싸둔 비단 천을 들고 가버린 것이다.

자신이 돌려주겠다는 수생의 말에 흥복은 고개를 굳게 가로저었다. 수진궁이건 새문리건 얼씬거릴 빌미도 주지 않겠다는 의도를 흥복은 그렇게 여식에게 전했다.

수생은 낙심했다. 하지만 절망할 필요는 없었다. 능창군을 직접 볼 순 없어도 이야기를 전해들을 방법은 아직 남아 있었다.

흥복이 답례로 받은 비단 천을 돌려주려 한다면 필시 윤상궁에게 그것을 전하러 가는 심부름꾼이 있을 것이다. 보통 그런 심부름은 글월 비자인 자영이 담당했다. 그 말인즉슨, 오늘 저녁에 능창군을 흠모하는 비자들과 각심이들의 회합이 열릴 것이라는 뜻이었다.

수생은 그 회합을 주도한 장본인이었다. 그러나 지금은 회합에 끼일 수 없는 처지가 되어버리고 말았다. 수진궁 담장이라도 넘지 않는 한 수생이 그 자리에 참석할 수 있는 길은 이제 없었다.

사실 담장을 넘을까 잠시 고민을 해보지 않은 것은 아니었다. 하지만 이내 고개를 좌우로 흔들었다. 일단은 연화가 그 자리를 지킬지도 모른다는 생각이 들었다. 비록 수생을 아낀다고는 해도 홍복의 명을 어기고 수진궁 안에 몰래 들어가는 것까지 모른 척 넘어가 줄 연화는 아니었다.

또 다른 이유는 바로 홍복이었다. 아무리 능창군 때문에 애가 닳았다지만 그런 식으로 홍복을 속이기는 싫었다. 여식인 자신조차 홍복의 명을 무시한다면 다른 이들에게 아비가 어떤 식으로 비춰지겠는가. 돕지는 못할망정 자신이 나서서 아비의 권위를 깎아내릴 수는 없었다.

결국 수생에게 남은 선택지는 수진궁 담장 밑에서 소녀들의 이야기를 엿듣는 방법뿐이었다.

회합은 보통 뒤뜰에 있는 정자에서 열렸다. 담장에서 정자 사이의 거리는 그리 멀지 않았다. 그 때문에 소녀들은 회합 때마다 연모의 정으로 한껏 달아올라 재잘재잘 능창군의 이야기를 떠들어 대다가도 그 소리가 담장을 넘을까 싶어 곧잘 목소리를 낮추곤 했다.

소녀들 중에서도 목소리가 크기로는 자영이 으뜸이었다. 그러니 오늘밤 능창군에 대한 이야기도 자영의 목소리에 실려 쉽게 답장을 넘어올 것이다. 수생은 그런 기대로 수진궁 담벼락 밑에 쪼그리고 앉았다.

자영의 목소리는 수생이 예상했던 것보다 훨씬 더 크고 들떠 있었다. 목소리만 들어도 자영이 얼마나 흥분한 상태인지를 짐작할 수 있을 정도였다.

"얘들아, 나 좀 만져봐 봐. 나 지금 살아 있는 거 맞니? 혼절해서 꿈을 꾸고 있거나 죽어서 처녀귀신이라도 된 건 아니지?"

"또 무슨 일인데 이렇게 호들갑이니? 빨리 말해봐라. 안 그러면 답답해서 내가 돌아가시겠다."

조바심을 치며 재촉하는 목소리는 물이의 것이 분명했다.

"그게 말이야, 잘 들어봐 봐, 있잖아, 그게 글쎄……."

말끝을 길게 빼며 자영은 뜸을 들였다. 대답을 기다리는 소녀들이 침을 꼴딱꼴딱 삼키는 소리가 수생에게까지 들려오는 듯했다. 그런 반응을 보면서 자영은 어깨를 으쓱거리며 미소를 흩뿌리고 있으리라. 그 앞으로 바싹 다가앉은 물이는 두 손을 앞으로 모아 깍지를 낀 채 자영의 말을 노심초사 기다리고 있겠지.

서로의 어깨에 손을 올리거나 팔짱을 끼거나 혹은 손을 마주 잡은 채 이 가슴 설레는 긴장을 즐기고 있을 동무들의 모습을 수생은 눈앞에 그려보았다.

불과 며칠 전까지 자신도 그들 속에 섞여 웃고 조잘대고 한숨짓곤 했다는 사실을 떠올리자 수생은 지금의 이 상황이 갑자기 낯설게 느껴지기 시작했다. 다시는 저들의 일원이 될 수 없을지도 모른다고 생각하니 가슴 한구석이 아릿해오기도 했다.

귀신과 협정을 맺던 순간부터, 아니, 어쩌면 귀신을 찾아 사당으로 들어갔던 그날부터 자신은 이미 다른 세상으로 들어와 버린 게 아닐까. 이제 다시는 예전에 속해 있던 세상으로 돌아갈 수 없는 것이 아닐까. 그렇게 생각하자 새삼스러운 두려움이 밀려들었다.

수생의 가슴 밑바닥에서 후회 비슷한 감정이 막 피어오르려는 찰나, 자영이 다시 말을 이었다.

"능창군 나리께서 나한테 말을 걸어주셨지 뭐니? 그것도 일부러 대문을 나서는 나를 따라 나오셔서 말야."

자영의 말이 끝나기가 무섭게 담장 안에서 작은 비명들이 터져 나왔다. 언뜻 들으면 경악에 가까운 외침 같았지만 수생은 그것이 소녀들이 내지르는 환호성이라는 것을 알 수 있었다.

수생의 다리에도 불끈 힘이 들어갔다. 벌떡 일어선 수생은 담장 앞에서 목을 길게 뺀 채 폴짝폴짝 토끼뜀을 시작했다. 담장 너머 자영의 얼굴을 본다고 해서 더 많은 이야기를 들을 수 있는 것도 아닌데, 흥분한 다리가 절로 움직이며 호들갑을 떨어댔다.

"그래서? 그래서 어떻게 됐는데?"

"어서 말해봐라, 빨리. 나 지금 숨이 멎을 거 같단 말이다."

여기저기서 재촉해대는 소리에 자영이 헛기침을 했다. 갑자기 불길한 기분이 수생을 엄습했다. 이 헛기침 소리는 자영 특유의 뜸들이기가 시작된다는 징조였다.

안 돼. 제발 그러지 말아! 수생은 담장 기와 밑에 딱 달라붙어 애원하는 심정으로 자영의 다음 말을 기다렸다.

"헌데 너희한테 내가 들은 이야기를 다 말해줘야 할지 어쩔지……. 생각해봐라, 능창군 나리께서 나한테만 전하신 그 비밀스러운 이야기를 내가 다 까발려버리면 나리의 체면이 뭐가 되겠니."

역시 수생의 짐작대로였다. 이제 자영의 입에서 모두가 기다리던 대답을 들으려면 반 식경은 족히 어르고 달래며 진을 빼야 할지도 몰랐다. 맥이 풀린 수생은 다시 담장 밑에 쪼그리고 앉았다.

담장 안쪽이 잠시 술렁거리는가 싶더니 곧이어 물이의 쨍쨍한 목소리가 터져 나왔다.

"너…… 혹시 거짓말 하는 거 아니니? 아무 말도 못 듣고 왔기 때문에 그런 거 아니냐고."

"뭐라고?"

목소리만 들어도 자영의 눈 꼬리가 홱 치켜 올라가는 모습이 수생의 눈앞에 그려졌다.

"그렇잖아. 그동안 능창군 나리께서 너한테 먼저 다가와 말을 걸어주신 적이 있었든? 아니, 단 한 번도 없었어. 그런데 그러던 나리께서 갑자기 너한테 비밀스러운 이야기를 전하셨다니, 어째 좀 믿기가 힘든 얘기 같단 말야."

"지금 날 의심한다는 거야?"

"아니면 아니라고 어디 한 번 증명을 해봐라. 능창군 나리께서 너한테 무슨 말씀을 하셨다는 건지 말이다."

"무슨 심부름을 온 것이냐, 물으셨다!"

자영은 의외로 물이의 도발에 쉽게 넘어갔다. 잘한다, 물이! 수생은 두 주먹을 불끈 쥐었다.

"그래? 그래서 뭐라고 답해 드렸는데?"

시큰둥한 척해대는 물이의 목소리에 수생의 입에서 쿡 하고 웃음이 터져 나왔다. 황급히 손을 들어 입을 가리며 수생은 다시 담장 안에서 들리는 소리에 귀를 기울였다.

"소임 영감의 심부름으로 윤상궁 마마께 들렀다 가는 길이라고 말씀드렸다. 그랬더니 수진궁에서 글월 심부름을 오는 사람이 몇 명이나 되는지, 보통 며칠에 한 번 정도 오는지를 되물으셨단 말이다."

자영에게서 나온 대답은 의외였다. 글월 심부름 오는 사람에 대해서 물으셨다니. 혹시 나 때문에?

수생은 튀어 오르듯 자리에서 일어났다. 그리고는 담장 위에 두 손을 올린 채 다음 이어질 말을 숨죽여 기다렸다. 발뒤꿈치를 최대한 들어 올려 까치발을 한 채 종종대는 모습이 수생의 초조한 심정을 그대로 나타내주고 있었다.

"거참, 참을성 하고는. 좀 진득하게 기다릴 줄도 알아야지."

등 뒤에서 갑작스레 들려온 목소리에 수생은 하마터면 주저앉을 뻔했다. 비명을 지르지 않은 것이 기적이라고 느껴질 정도였다.

목소리의 주인공을 향해 수생의 고개가 무서운 기세로 돌아갔다. 하지만 눈이 목소리의 주인공을 찾아내기도 전에 머리는 이미 답을 알고 있었다. 이렇게 얄미운 빈정거림을 날릴 만한 인물이 그놈의 귀신 말고 달리 누가 있단 말인가.

창백한 낯빛에 인정머리 없는 눈빛. 사라지기 전의 모습 그대로 귀신이 수생의 눈앞에 서 있었다.

반가운 것인지, 화가 나는 것인지, 안도한 것인지, 그도 아니면 그저 놀랐을 뿐인 것인지. 자신의 감정을 수생도 종잡을 수가 없었다. 어쩌면 그 모든 감정들이 한꺼번에 밀려온 것일지도 몰랐다. 울컥, 하며 저도 모르게 입에서 고함이 터져 나왔다.

"야, 이 나쁜 놈아!"

소리를 지르는 순간 수생도 아차, 싶었다. 그러나 이미 엎질러진 물었다. 사방이 쥐죽은 듯 고요해졌다. 담장 안에서 들리던 목소리들도 수런거림을 멈추었다. 수생은 천천히 고개를 들어 담장 위를 올려다보았다. 낯익은 얼굴들이 담장 위에 다닥다닥 붙어서 빠끔히 자신을 내려다보고 있었다.

난감한 얼굴로 수생은 다시 고개를 돌려 귀신을 바라보았다. 자신이 알 바 아니라는 얼굴로 백함이 어깨를 으쓱했다.

"수생아, 너 거기서 뭐하는 거니?"

먼저 침묵을 깬 사람은 물이였다.

"나쁜 놈이라니, 혹시 나한테 한 말이야?"

물이의 말이 끝나기가 무섭게 자영이 샐쭉해진 얼굴로 따지듯 물어왔다.

"그, 그럴 리가! 저기…… 그래, 느, 능창군 나리 얘기였어."

눈물을 머금고 수생은 능창군을 팔았다. 귀신에게 한 말이었다고 대답해봤자 씨알도 안 먹힐 게 뻔했다. 오히려 놀리고 있다고 오해를 받기 딱 좋은 대답이 아니던가. 하지만 지금의 대답도 뜬금없이 들리기는 매한가지인 듯했다. 모두들 부연 설명이 필요하다는 얼굴로 수생을 빤히 쳐다보고 있었다.

"그러니까, 지난 가을 이후로 나한테는 단 한 번도 먼저 말을 걸어주신 적이 없었으니까……. 그래서 억울한 마음에 그만…… 나도 모르게……."

갑작스레 지어낸 말이었지만 그렇다고 영 틀린 말도 아니었다. 그래, 맞아. 며칠 전 능창군 나리를 뵀을 때도 먼저 말을 건 사람은 나였잖아. 그렇게 자기변명을 하다 백함과 눈이 딱 마주쳤다. 왠지 가슴 한구석이 뜨끔거렸다.

그러다 며칠 전 능창군 집 앞에서도 비슷한 경험을 했던 것이 퍼뜩 떠올랐다. 그때도 귀신의 농간에 휘둘려서 실수를 저질렀고 그 실수를 수습하느라 다시 되도 않는 변명들을 늘어놓아야 했다. 제 거짓말에 얼굴이 달아오르던 기억도 아직 생생했다.

하여튼 저 귀신만 만나면 일이 꼬인다니까. 애타게 귀신을 기다렸던 지난 며칠이 수생은 갑자기 미치도록 후회스러워지기 시작했다.

수생을 이 난처한 상황에서 꺼내준 것은 뜻밖에도 연화였다.

"여기서 무엇들 하는 게냐?"

카랑카랑한 연화의 목소리가 날카롭게 저녁 공기를 울렸다. 담장에 붙어 있던 얼굴들이 후다닥 흩어져 사라졌다.

"왜 모두 담장에 붙어들 서 있지? 거기 누가 있는 게야?"

연화의 날랜 발자국 소리가 담장 가까이 다가왔다. 수생은 황급히 담장 벽에 붙어 몸을 웅크렸다.

"저기 나무 상자 좀 갖고 와보거라."

연화의 명령에 누군가 잽싸게 뛰어가는 소리가 들려왔다. 이제 곧 나무상자를 딛고 연화의 얼굴이 담장 위로 솟아오를 것이다.

들키면 아버지 귀에 오늘 이야기가 들어갈 텐데, 이 일을 어쩌지? 도움을 구하는 눈길로 수생은 귀신을 쳐다보았다. 안절부절 못하고 있는 수생과는 달리 백함은 방관자요, 구경꾼의 자세를 견지한 채 태평스런 얼굴을 하고 있었다.

"그렇게 보고만 있을 겁니까? 이럴 때 도와줘야 되는 거 아닙니까?"

최대한 목소리를 낮춰 귀신을 채근했지만 귀신은 들은 체 만 체였다. 다급한 마음에 수생은 백함을 향해 손을 뻗어 그를 끌어 당겼다.

"뭐하는 짓이냐!"

예상치 못했던 행동에 놀랐는지 백함의 얼굴에 살짝 당황의 빛이 떠올랐다. 귀신을 만난 이래로 수생이 목격한 가장 인간적인 표정이었다. 하지만 지금 수생은 백함의 표정 변화 같은 것에 신경 쓸 겨를이 없었다. 연화에게 들키지 않도록 몸을 숨기는 것이 급선무였다.

"저 좀 숨겨주십시오! 운종가에서처럼 말입니다."

백함의 팔을 잡은 채 수생은 그에게로 몸을 숙였다.

"이번에 도와주면 요 며칠간의 일들은 곱게 눈감아주겠습니다."

수생은 다시 한 번 속닥거리며 귀신을 보았다. 무슨 엉뚱한 소리냐는 듯 백함이 새까만 눈썹을 꿈틀거렸다. 그와 함께 수생의 마음속에서도 불안이 꿈틀거리기 시작했다. 단 한 번도 자신의 바람대로 움직여준 적이 없는 귀신이었던 것이다. 그 사실을 깨닫는 순간, 머리 위에서 연화의 목소리가 벼락처럼 울렸다.

"거기 숨어 있는 것이 누구냐!"

연화의 말이 떨어짐과 동시에 백함의 팔을 잡고 있던 수생의 손 위로 백함의 손이 올라왔다. 순간 수생은 그가 자신을 도와주려 한다고 생각했다. 하지만 착각이었다. 백함은 수생의 손을 잡아떼며 매정하게 몸을 일으켰다.

"내가 언제 도와준다고 했더냐?"

백함은 자신을 바라보는 수생의 시선도 매정하게 내쳤다. 원망을 섞은 채 귀신을 따라가던 수생의 눈이 연화의 딱딱하게 굳은 얼굴과 마주쳤다.

담장 밑에 숨어 있던 것이 수생임을 알아차리자 연화의 표정이 누그러졌다. 수진궁에 들려던 도둑이거나 궁을 도망쳐 나가려던 노비라고 짐작했던 참이라 안도하는 마음도 그만큼 컸다.

게다가 어떻게든 들키지 않겠다는 일념으로 담장에 바짝 붙어 몸을 반쯤 비튼 채 엎드려 있던 수생의 모습은 우스꽝스러운 만큼 귀엽기도 했다. 웃음이 나오려는 것을 애써 참으며 연화가 다시 입을 열었다.

"거기, 수생이 아니냐."

수생은 쭈뼛쭈뼛 몸을 일으켰다. 연화와 시선이 마주치자 수생이 꾸벅 허리를 숙였다.

"안녕하셨어요, 항아님? 별일 없으시지요?"

"이 시간에 여긴 어쩐 일이지? 이제 수진궁은 더 이상 네가 올 곳이 아닐 터인데."

사실 수진궁 담장 근처를 얼씬거리는 수생의 속내를 연화도 짐작 못하는 바는 아니었다. 어린 것들이 철없는 회합을 종종 벌여왔다는 사실도, 수생이 그 회합을 주동한 아이라는 것도 모르지 않았다. 수생의 입장에선 당연히 오늘의 회합이 궁금했을 터였다.

그렇지만 연화는 수생을 보거든 따끔히 꾸짖어 쫓아내 달라던 홍복의 부탁을 무시할 수 없었다.

"그냥…… 지나가는 길이었습니다. 하루 종일 집 안에 있자니 여간 좀이 쑤시는 게 아니라서요. 안 그래도 이제 막 돌아가려던 참이었습니다!"

달리 대꾸할 말이 없어 수생은 연화도 믿지 않을 빤한 거짓말을 둘러댔다.

"그런데 왜 그리 담장 밑에 엎드려 있었느냐?"

"아, 그건…… 발을 헛디뎌서 잠시 삐끗했던 겁니다. 이젠 괜찮습니다!"

"그랬더냐? 괜찮다니 안심이 되는구나."

"예, 그러니 걱정 마시고 들어가세요, 항아님."

수생의 씩씩한 대답에 연화가 다행이라는 듯 입가에 미소를 띠었다. 하지만 연화의 입에서 나온 대답은 수생의 기대를 저버리는 것이었다.

"돌아가는 모습을 봐야 걱정을 놓을 수 있을 것 같구나. 그러니 먼저 가거라."

당황하는 수생을 향해 연화는 고개를 한 번 더 끄덕거렸다. 제 말대로 따르라는 뜻을 전할 때 연화가 곧잘 하는 행동이었다.

수생은 잠시 망설였다. 이대로 돌아가면 자영이 가져온 능창군의 소식을 더 이상 듣지 못하게 된다. 글월 심부름을 오는 이들에 대해 물어보셨다고 했지? 그 다음엔 무슨 이야기를 하셨을까? 왠지 더 중요한 이야기가 남아 있을 것 같아 수생은 차마 발걸음이 떨어지질 않았다.

하지만 그대로 버티고 서 있기엔 연화의 눈초리가 너무 따가웠다. 수생이 돌아갈 때까지 연화는 언제까지라도 그 자리를 지키고 있을 태세였다.

"……그리하면 가보겠습니다. 평안하십시오, 항아님."

마지못해 인사를 하고 수생은 터덜터덜 발걸음을 옮겼다. 힘이 쭉 빠져 동글게 말린 등 뒤로 연화의 시선이 와 닿는 게 느껴졌다.

모퉁이를 돌아 드디어 연화의 시선에서 자유로워지자 수생은 걸음을 멈췄다. 어느새 귀신이 옆에 와 서 있었다.

수생은 천천히 고개를 들어 백함을 마주 보았다.

"그동안 어디 갔다 오신 겁니까?"

수생의 목소리는 차분했다. 열 받은 얼굴로 씩씩거리며 달려들 것이라 생각했던 백함으로선 이런 수생의 반응이 의외였다. 하지만 자세히 들어보면 수생의 차분한 목소리 밑에 무언가가 깔린 채 부글거리고 있다는 것을 느낄 수 있었다. 그것이 언제 끓어오를지 지켜보는 것도 꽤 재미있겠다는 생각이 들었다.

백함에게서 아무런 대답이 없자 수생이 다시 입을 열었다.

"좋습니다, 뭐, 온다 간다 말도 없이 사라진 것은 그렇다고 칩시다. 허나, 다시 나타났다면 최소한의 도리, 최소한의 상도덕쯤은 지켜야 하는 것 아닙니까?"

"무슨 도리를 말하는 게냐? 설마 네가 저지른 어설픈 실수들을 내가 따라다니며 뒤치다꺼리 해주길 바라는 것은 아니겠지? 착각하지 말아라. 우리가 맺은 협정은 단 하나였다. 나는 네 소원을 들어주고 너는 내 원한을 갚아준다. 그 외의 것에 대해서는 내게 어떤 도움도 기대하지 말거라."

"거참 말 한 번 잘하셨습니다. 협정! 바로 그 협정이 문제라는 것 아닙니까. 신의도 모르고, 인정머리도 없는 댁 같은 귀신하고 그런 협정을 맺느라 결국 전 수진궁에서도 쫓겨났습니다. 그 바람에 이젠 능창군 나리의 얼굴도 못 뵙게 생겼단 말입니다. 아직 그날의 오해도 못 풀어드렸는데 이제 어찌합니까? 상황이 이런데 도움을 줄 생각이 없다면 그거야말로 협정위반이지요."

그때까지 잘 억누르고 있던 수생의 목소리가 조금씩 높아졌다. 조금만 더 건드리면 확 끓어오르며 터져 나올 태세였다. 그 모습을 상상하자 백함의 한쪽 입 꼬리가 슬쩍 올라갔다.

"들어보니 아주 틀린 말은 아니구나. 애당초 네가 나를 찾아 사당에 들어오지 않았더라면 너는 여전히 궁의 허드렛일에 치이면서 능창군에 대해 헛된 망상이나 품고 있었을 테니. 뭐 가끔씩 운이 좋으면 그 사내의 얼굴을 먼발치에서 보기도 하면서 말이다. 물론 그 사내는 너라는 존재가 있다는 사실도 모르고 살았을 테지만."

백함은 잠시 말을 끊고 수생의 반응을 살폈다. 반박하고는 싶지만 그럴 건수를 찾지 못해 고민하는 표정이 수생의 얼굴에 그대로 드러났다.

"헌데 나를 만나고는 어찌 되었지? 수진궁에서는 쫓겨났지만 그 사내와 말을 섞지 않았더냐? 그리도 흠모하던 얼굴을 가까이에서 실컷 보고 손목도 잡혀보지 않았더냐? 이제 그 사내는 윤상궁의 조카인 너라는 아이가 있다는 사실을 알았다. 알았다 뿐이냐? 네게 신경을 쓰기 시작했지. 내가 아니었다면 이 모든 일들이 가당키나 했을까. 자, 가슴에 손을 얹고 잘 생각해보아라."

얄밉긴 해도 틀린 말은 아니었다. 수진궁에 들어갔던 날 이후로 알게 모르게 많은 일들이 변했다. 꿈쩍도 않던 수레바퀴가 조금씩 굴러가기 시작했다는 것을 수생 자신도 느끼고 있었다.

그럼에도 불구하고 귀신의 말에 쉽게 수긍하기가 싫었다. 일단 그 수레를 제대로 된 방향으로 몰고 가고 있는지 판단이 서지 않았다. 게다가 이렇게 간단히 풀어버리기엔 지난 며칠 동안 귀신에게

쌓인 불만이 꽤나 크기도 했다.

수생은 고개를 숙인 채 땅에 굴러다니던 작은 돌멩이를 발로 툭툭 찼다.

"허나 결국 일이 이렇게 되지 않았습니까. 게다가 능창군 나리께서 자영이한테 하셨다는 말씀도 결국 그쪽 때문에 끝까지 못 듣게 되었단 말입니다."

"걱정 말아라. 무슨 말이었는지는 내가 알고 있으니."

백함의 말이 떨어지기가 무섭게 수생이 고개를 들었다. 잔뜩 부어 있던 볼이 순식간에 꺼졌다. 그와 동시에 입에서 나오던 볼멘소리도 쏙 들어가 버리고 말았다.

"예에? 그게 정말입니까? 어떻게 말입니까?"

"저들끼리 수군대는 소리를 들었다."

수생이 연화에게 인사를 한 후 수진궁 담장을 따라 내려올 때, 백함은 수생을 따라 담장 위를 걷고 있었다. 담장 안쪽에서는 연화의 눈치를 살피며 삼삼오오 모여 있던 비자들이 다시 슬금슬금 자영의 주위로 몰려들어 능창군의 이야기를 묻고 있었다. 자영이 속삭이듯 들려주는 말들이 속속 백함의 귀에 들려온 것은 지난 며칠 동안 그의 기력이 꽤 회복됐다는 증거였다.

"뭐라고 하셨답니까? 혹 제 얘기도 나왔답니까?"

백함은 말없이 고개를 저었다. 수생의 얼굴에 대번 실망의 빛이 떠올랐다.

"그럼 뭐라 하셨는데요?"

"어렵사리 캐낸 기밀을 그리 쉽게 말해줄 수야 있나."

백함은 뜸을 들이며 일부러 수생의 애를 태웠다. 이번에야말로 약이 잔뜩 오른 얼굴을 할 것이라던 그의 예상이 맞아떨어졌다. 수생은 아랫입술로 입김을 한 번 뿜어낸 후 귀신을 향해 곧장 다가왔다.

"이렇게 나오시면 저도 똑같이 할 겁니다. 그때 돼서 후회하면 늦습니다. 그러니 어서 털어놓으시지요?"

"곧 그 사내와 만날 기회가 생길 것이다. 때가 되면 알려줄 테니 만나면 무슨 변명을 늘어놓을지나 잘 생각해놓아라."

백함은 말을 마치자마자 등을 돌려 빠른 걸음으로 걷기 시작했다. 마음만 먹으면 얼마든지 더 빠르게 달아날 수 있었지만 수생이 헉헉거리며 따라오게 하려면 이 정도 속도가 딱 적당했다.

"어딜 가십니까? 아직 할 말이 남았단 말입니다!"

수생은 빠른 속도로 멀어져가는 귀신을 쫓아 뛰기 시작했다. 이대로 놓치고 나면 또 며칠을 혼자 전전긍긍해야 할지도 몰랐다. 사라지기 전에 어떻게 해서든 귀신 불러내는 방법을 알아내야 한다는 생각에 수생의 마음이 급해졌다.

간절한 부름에 응답한 것일까. 백함이 갑자기 걸음을 멈추었다. 길 가운데 우뚝 선 백함을 보자 수생은 반갑다기보다는 웬일인가 싶어 의아한 마음이 들었다. 하지만 귀신을 따라잡을 좋은 기회를 놓칠 순 없었다. 수생은 발걸음 속도를 높여 귀신을 향해 뛰어갔다.

그때 옆 골목에서 말 한 마리가 튀어 나왔다. 앞만 보고 뛰어가던 수생은 하마터면 말과 충돌할 뻔했다.

"히익!"

반사적으로 숨을 들이키며 수생은 뒤로 물러났다. 말은 그대로 수생의 코앞을 아슬아슬하게 지나쳐 갔다. 놀란 가슴을 쓸어내리며 수생은 말 위에 탄 사람에게 시선을 던졌다.

뜻밖에도 말을 몰고 있는 사람은 여인이었다. 차림새를 보아하니 양반집 부인임에 틀림없었다. 가마를 타는 대신 말을 모는 여인을 보는 것이 그리 흔한 일은 아니었기에 수생의 시선은 자신도 모르게 한동안 말 위의 여인을 좇았다.

여인은 모자에서 내려온 천으로 얼굴 전부를 가리고 있었다. 그 때문에 수생을 보지 못한 것인지도 몰랐다. 아니면 보고도 아랑곳않은 것일 수도 있었다. 이유야 어찌 됐든 여인은 말고삐를 조금도 늦추지 않은 채 수생이 서 있는 옆을 돌아 등 뒤로 멀어져갔다. 말을 탄 여인이 지나간 자리에는 은은한 복숭아꽃 향이 남았다.

또각또각 말발굽 멀어지는 소리를 듣고 있던 수생은 한순간 퍼뜩 정신이 들었다.

아차, 귀신!

황급히 귀신을 향해 고개를 돌렸다. 이미 사라져버렸을 거라 생각했던 귀신은 조금 전 그 자리에 그대로 서 있었다. 다행스러운 일이었지만 뜻밖의 일이기도 했다.

저 매정한 귀신이 나를 기다려주다니, 무슨 꿍꿍이인 거지? 수생은 고개를 갸웃거리며 잠시 귀신의 동태를 살폈다.

백함은 미동도 하지 않은 채 수생을 뚫어져라 쳐다보고 있었다. 어스름 저녁 빛 속에서도 그의 두 눈동자가 심상치 않게 빛나고 있음을 알 수 있었다.

백함을 향해 두어 발자국 다가가던 수생은 귀신의 눈이 보고 있는 게 자신이 아니라는 것을 깨달았다. 그의 시선은 수생의 어깨를 넘어 등 뒤를 향하고 있었다. 그 시선을 따라 수생도 슬쩍 뒤를 돌아보았다. 말을 탄 여인이 사라진 길 위에 옅은 흙먼지가 날리고 있었다.

그 순간, 수생은 귀신을 멈춰 세운 것이 그 여인이었다는 것을 직감했다. 복숭아꽃 향기를 남기고 쏜살같이 사라진 여인. 수생은 백함에게로 다시 시선을 돌렸다. 제자리에 못 박힌 듯 서 있는 귀신의 모습은 수생의 직감이 맞았음을 알려주고 있었다.

수생은 속으로 쾌재를 불렀다. 귀신이 여색도 밝힙니까? 그리 놀려줄 생각을 하니 발이 저절로 장단에 맞춰 들썩거리는 것 같았다.

그러나 수생은 몇 걸음 가지 않아 엉거주춤 걸음을 멈추고 말았다. 귀신이 앞으로 한 발을 내딛는가 싶더니 수생을 향해 빠른 속도로 다가왔던 것이다.

걷는다기보다는 난다는 표현이 적합할 만큼 맹렬한 속도로 백함은 수생을 향해 돌진해왔다. 안 그래도 창백했던 백함의 얼굴은 하얗다 못해 파랗게 질려 있었다. 어둠보다 검은 두 눈이 그 위에서 무섭게 타올랐다.

백함의 기세에 놀란 수생이 한 걸음 뒤로 주춤거리며 물러섰다. 그런 수생의 팔을 백함이 그대로 낚아챘다.

"왜 이럽니까? 어딜 가는 겁니까?"

놀라서 팔을 빼내려는 수생을 백함이 무서운 기세로 잡아끌었다. 이대로 뼈가 으스러지는 게 아닐까 싶을 정도로 붙잡힌 팔꿈치가 아파왔다.

뛰고 있는지 날고 있는지 구분이 안 될 만큼 엄청난 속도로 백함은 앞을 향해 내달렸다. 팔을 잡힌 채 끌려가던 수생은 넘어지지 않으려고 안간힘을 써야 했다. 그러나 애초에 귀신의 어마어마한 속도를 따라가기란 불가능했다. 결국 속도를 버티지 못한 채 수생은 땅바닥에 끌리듯 엎어지고 말았다.

백함이 얼른 손을 뻗어 넘어진 수생을 일으켜 세웠다. 그 얼굴 위에는 수생에 대한 걱정 같은 것은 조금도 보이지 않았다. 오직 목표를 좇는 집요함만이 어두운 눈동자 위에서 번쩍였다.

일어난 수생이 몸을 온전히 가누기도 전에 백함이 다시 그녀를 이끌었다. 몇 걸음 가지 못하고 수생의 몸이 다시 비틀거렸다. 급하게 발을 내딛다 발목을 그만 삐끗하고 말았던 것이다.

날카로운 통증이 순식간에 발목을 덮쳤다. 사정을 모르는 백함은 수생을 더 세게 잡아끌었다. 그 바람에 수생의 몸이 앞으로 고꾸라졌다. 그 상태로 몇 발자국을 더 끌려가느라 무릎이 땅에 질질 끌렸다.

"아픕니다! 이것 좀 놓으십시오!"

수생이 고함을 지르자 백함이 비로소 걸음을 멈추고 뒤를 돌아보았다. 한 손은 백함에게 잡힌 채 다른 한 손으로 땅을 짚은 수생이 가쁜 호흡을 내쉬고 있었다. 엎드린 수생의 등이 위아래로 크게 들썩거렸다.

"어서 일어나라."

모든 감정이 거세된 말투로 백함이 다시 명령했다. 그 말에 수생이 고개를 휙 들었다. 네 사정 따위는 알지도 못할 뿐더러, 알 생각도 없다. 수생을 내려다보고 있는 백함의 얼굴이 그리 말하는 듯했다.

접질린 부위가 시큰거리며 부어올랐다. 수생은 삔 발목을 한 손으로 부여잡았다. 통증 때문인지 야속함 때문인지 눈물이 핑 돌았다. 아무리 인정사정없는 귀신이라 해도 이건 너무 심하다는 생각이 들었다.

"너무합니다! 설명도 없이 이렇게 무작정 사람을 끌고 가는 법이 어디 있단 말입……."

그러나 수생의 항의는 귀신이 막무가내로 어깨를 붙잡아 일으켜 세우는 바람에 미처 끝을 맺지도 못했다.

"저 말을 쫓아야 한다!"

가까이 다가온 백함의 눈은 이글이글 타오를 것만 같았다. 다급함과 초조함 그리고 자신의 걸음을 따라오지 못하는 수생에 대한 일종의 분노가 그 안에서 함께 끓어오르고 있었다.

하지만 수생은 귀신이 아니었다. 귀신만큼 날듯이 달릴 수 있을 리가 없었다. 그런데 말을 쫓아가라니. 게다가 이렇게 절뚝이는데?

불가능한 일을 해내라고 자신을 다그치는 귀신이 수생은 너무나 어이가 없었다.

"그리 급하면 혼자 가면 될 것 아닙니까? 평소엔 혼자 잘만 사라지더니 왜 지금은 꼭 같이 가야 한단 말입니까? 예?"

따지고 드는 수생에게 백함도 똑같이 외치고 싶었다. 나도 할 수만 있다면 그리하고 싶다고. 네게서 벗어날 수만 있다면 나 혼자 저 향기를 따라갈 것이라고. 그러나 목구멍까지 차오른 말을 백함은 끝내 삼켜버렸다. 수생에게 그 사실을 알리고 싶지가 않았다. 자신이 그런 식으로 수생에게 얽매여 있다는 사실을 알리는 것은, 약점 하나를 들켜버리는 것과 마찬가지였다.

백함은 여인이 사라진 방향을 향해 시선을 던졌다. 지금 이렇게 수생과 실랑이를 벌이는 순간에도 그녀가 남긴 복숭아꽃 향기는 조금씩 희미해지고 있었다.

어찌해야 할지 백함은 잠시 망설였다. 다그친다고 해서 수생을 말처럼 빠르게 뛰도록 만들 수는 없는 일이었다. 억지로 끌고 간다고 해도 몇 걸음 가지 않아 다시 넘어지고 말 것이 분명했다. 그렇다고 가만히 앉아 저 향기가 사라지게 놔두긴 싫었다. 이대로 여인을 놓쳐버릴 순 없었다.

백함은 수생의 어깨를 쥐고 있던 손을 놓았다. 그리고는 그녀를 뒤에 남겨둔 채 복숭아꽃 잔향을 따라 달리기 시작했다.

멀리 가지 못할 것이라는 건 이미 알고 있었다. 말이 어디로 갔는지 그 방향만이라도 찾을 수 있다면 그것으로 족했다. 하지만 예상보다도 빨리 백함의 걸음이 멈춰졌다. 투명한 벽에 부딪치기라도 한 것처럼 백함은 뒤로 멀찌감치 튕겨져 나오고 말았다.

벌떡 일어난 백함은 다시 앞을 향해 돌진했다. 벽이 있다면 뚫고 지나갈 기세로 어깨를 들이밀었다. 한 번, 두 번, 세 번. 안 될 것을 알면서도 백함은 앞으로 나가려고, 복숭아꽃의 향기를 잡으려고 안간힘을 썼다. 그러는 동안 희미하게 남아 있던 잔향이 사라져갔다. 결국 놓쳐버리고 만 것이었다. 그 여인…… 소아의 향기를.

물론 그것이 수생의 탓은 아니었다. 인간의 발걸음으로 달리는 말을 따라잡기란 애당초 불가능하다는 것을 백함이라고 몰랐을 리 없었다.

게다가 말을 탄 여인을 소아라 생각한 것은 순전히 백함 자신의 착각일 수도 있었다. 어쩌면 그저 향기가 닮았다는 이유로 엉뚱한 여인을 쫓고 있었을지도 몰랐다. 양반가의 부녀자들에게서 흔히 맡을 법한 그런 꽃향기에 혹해 바보 같은 짓을 했는지도 몰랐다.

더욱이 자신은 여인의 얼굴 끝자락조차 보지 못한 터였다. 그 여인을 소아라고 여길 만한 근거는 사실상 아무것도 없는 셈이었다.

그러니 수생을 향해 화를 내야 할 이유는 없었다. 원망을 해야 할 대상이 있다면 그것은 오히려 자기 자신이었다. 백함은 영문도 모른 채 죽어서 혼으로 떠돌고 있는 자신의 무기력함이 원망스러웠다. 자신을 항아리에 가둔 여인을 순간적으로 그리워했던 나약한 마음에 화가 났다.

그럼에도 불구하고, 아니, 그렇기 때문에 더욱 스스로에 대한 원망과 자조를 돌릴 곳이 필요했다. 그 원망의 화살을 겨눌 대상이 멀리에서 모습을 드러냈다.

한 쪽 발을 질질 끌며 걸어오는 수생을 보자 백함은 눈썹을 찌푸린 채 고개를 돌렸다. 부당하고 옹졸한 감정이라는 것을 스스로도 알고 있었지만 아직은 쉽게 마음을 풀고 싶지 않았다. 백함은 수생이 보지 못하도록 자신의 모습을 감추어버렸다.

절뚝이며 다가온 수생은 백함을 보지 못한 채 그가 서 있는 옆을 천천히 지나갔다. 곁에서 보니 수생은 이를 악물고 있었다. 이마에는 식은땀이 송골송골 맺혀 있었다. 절뚝거리는 발걸음이 위태로운 것을 보면 생각보다 훨씬 더 많이 다친 것일지도 몰랐다.

내 알 바 아니지. 그렇게 매정하게 외면했지만 머지않아 백함은 수생을 뒤따라 걷기 시작했다.

걱정이 되어서는 아니다. 어차피 저 아이의 행동반경에서 벗어나지 못하는 처지. 제자리에 버티고 앉아 있을 수도, 다른 곳으로 가버릴 수도 없는 일 아니던가.

그렇게 생각하면서 백함은 천천히 걸음을 옮겼다. 그러면서도 절뚝거리는 수생의 뒷모습을 향해 문득 문득 시선이 가는 것만은 어쩔 수가 없었다.

수생과 백합

11

"거 좀 조용히 할 수 없느냐!"

도저히 참을 수가 없어진 백함이 벌떡 몸을 일으켰다. 지난 며칠, 항아리 안에서 원기를 회복하는 동안 백함은 단 한 번도 외부의 소리를 들은 기억이 없었다. 그런데 오늘은 수생이 내뱉는 신음소리가 윙윙대며 귓가를 울려 도무지 휴식을 취할 수가 없었다.

항아리에서 나온 백함의 눈에 수생이 보였다. 방 한구석에 누운 수생은 끙끙 앓고 있었다. 진땀을 흘리는 와중에도 입술을 꼭 깨문 모습을 보니 흥복이 들을까 봐 소리를 죽여 신음을 참고 있는 게 분명했다.

이불 밖으로 내어놓은 수생의 발목은 복숭아 뼈에서부터 발등 왼쪽 언저리까지 퉁퉁 부어올라 있었다. 저 정도면 통증이 상당할 것이다. 불이 난 것처럼 발등 안쪽이 뜨겁게 달아올라 있을 게 뻔했다. 아무래도 꽤 심하게 발목을 접질린 모양이었다.

이 정도로 고통스러우면 도움을 요청할 만도 한데, 어찌 이리도 미련한 것인지.

백함은 마음에 안 든다는 표정으로 수생을 내려다보았다. 열이 나는지 수생의 얼굴이 벌겋게 달아올라 있었다.

수생은 반쯤은 잠에 취하고 반쯤은 아픔에 취해 있는 듯했다. 간헐적으로 끙끙 앓는 소리를 내며 몸을 뒤척였다. 그러다가 부어오른 발등이 이불에 스쳤는지 신음소리가 잠시 커졌다.

그 모습을 보고 있으려니 불현듯 기억의 조각 하나가 어둠 속에서 떠올랐다. 붓기 가라앉히는 데는 차가운 것이 최고지라.

누군가가 그렇게 말하며 자신의 부어오른 발목 위에 냉찜질을 해주고 있었다. 그 목소리가 누구의 것인지 백함은 알지 못했다. 그러나 아픈 자신의 곁을 누군가 그렇게 다정하게 지켜주고 있었다는 건, 따뜻한 기억임에 틀림없었다.

백함은 길게 한숨을 내쉬었다. 왜 하필 지금 이 시점에 그런 기억이 떠오른 건지. 그 기억만 아니었어도 귀를 막고 다시 항아리 속으로 들어갈 텐데. 아니지, 지금이라도 그냥 모른 척하고 돌아서 버릴까?

다시 한 번 그의 시선이 수생의 부어오른 발목에 가 닿았다.

어찌됐든 자신 때문에 다친 발목이었다. 저녁나절에는 제 옹졸한 감정에 취해 수생에게로 화살을 돌렸다. 하지만 감정의 소용돌이가 가라앉고 나자 절뚝거리던 수생의 뒷모습이 그의 마음속에 침

전물처럼 내려앉았다. 수생의 신음소리가 유난히 그의 잠을 괴롭혔던 것도 실은 그런 마음 때문이었는지도 몰랐다.

할 수 없지, 내 탓이니. 다시 한 번 짧은 한숨을 내쉰 뒤 백함은 수생을 향해 손을 뻗었다.

수생은 발등에 차가운 감촉을 느꼈다. 별안간 찾아온 냉기가 점점 퍼져나가더니 부어오른 발등 전체를 부드럽게 감쌌다. 그러자 발목 깊숙이 타들어가던 통증이 조금씩 가라앉기 시작했다.

잠에 취한 눈을 수생은 힘겹게 들어올렸다. 발치에 사람의 그림자 비슷한 것이 어른거렸다. 누구지? 수생은 두 눈을 깜빡거렸다. 그 눈이 이윽고 백함을 알아보았다. 귀신이 두 손으로 자신의 발목을 감싸고 있었다. 아니, 가만 보니 차가운 천으로 발목을 결박하고 있는 것 같기도 했다.

결박? 설마, 해코지를 하려는 건가?

순간 정신이 번쩍 들었다. 놀란 심장이 벌렁벌렁 뛰기 시작했다. 귀신과 관련한 온갖 괴담들이 수생의 머릿속을 휘젓기 시작했다. 발목을 묶어서 어딜 데려가려는 거지? 보쌈이라도 해서 어디 산 속에다 갖다 버리려는 건 아니겠지? 설마 아까 일의 분풀이를 이런 식으로 하려는 건가?

다음 순간, 자신의 발목을 쥔 귀신의 손아귀에 힘이 들어가는 게 느껴졌다. 더 이상 기다릴 수가 없었다. 그랬다간 돌이킬 수 없는 위험에 빠질지도 몰랐다.

귀신을 향해 수생은 다치지 않은 멀쩡한 발을 번개처럼 날렸다.

"으악!"

난데없는 일격을 받은 귀신의 얼굴이 옆으로 돌아갔다. 불행히도 반대쪽이 아니라 수생을 향해서였다.

눈이 정면으로 마주쳤다. 수생은 너무 놀라서 눈을 깜빡이는 것도, 숨을 쉬는 것도 잊었다. 백함도 움직이지 않았다. 하지만 놀라서는 아니었다. 도와주려다 난데없는 봉변을 당한 이 상황이 너무나 어이없고 기가 막혀서였다.

먼저 움직인 것은 수생 쪽이었다. 수생은 허겁지겁 앉은 채로 뒷걸음질을 쳤다. 그러나 엉덩이를 한 번 뒤로 빼기도 전에, 입에서 비명이 터져 나왔다. 방바닥에 발꿈치가 닿는 순간, 접질린 발목이 시큰거리며 통증이 밀려들었던 것이다.

"거 봐라, 자업자득이란 게 그런 것이다."

수생한테 맞은 턱에 손바닥을 갖다 대며 백함이 빈정거렸다. 발목을 감싸 쥐며 수생도 즉각 대꾸를 했다.

"누가 할 말인데 선수를!"

울컥하는 마음에 목소리가 자신도 모르게 커졌다. 수생은 흥복이 들을까 싶어 얼른 목소리를 낮췄다.

"……치십니까?"

"허면 이 맥락 없는 발길질이 내 업이란 뜻이냐?"

"그럼 아닙니까? 아무리 저녁나절의 일에 마음이 상했다 해도, 자고 있는 사람한테 해코지를 하는 건 아니지요! 그리 복수를 하고 싶었다면 깨어 있을 때, 정정당당히 하셨어야 마땅하단 말입니다!"

"무방비 상태로 있는 상대에게 발길질을 한 사람치곤, 참으로 당당하구나!"

그렇게 말하며 백함이 다시 기습적으로 손을 뻗었다. 귀신의 차가운 손이 발목을 움켜쥐었다. 깜짝 놀라 수생은 다시 발을 버둥거렸다.

"진짜로 묶어서 갖다 버리기 전에 가만있는 게 좋을 게다."

백함이 위협적으로 눈을 번뜩였다. 발목을 쥔 그의 손아귀에 힘이 들어갔다. 겁이 덜컥 나서 수생은 순간적으로 발버둥을 멈췄다.

"그래, 진작 이리 나왔어야지."

귀신은 그리 말하며 손바닥을 펴서 수생의 발 위에 갖다 댔다. 복숭아 뼈에서 발등까지 퉁퉁 부어오른 부위를 차가운 그의 손이 감싸왔다.

"이리 차갑게 해야 부기도, 통증도 빨리 가라앉는 법이다."

"……예? 허면, 저를 도와주고 계셨단 말입니까?"

어찌나 어안이 벙벙했던지 수생의 목소리에는 얼이 다 빠져 있었다.

"누가 널 도와준다는 게냐? 도움 같은 건 기대치도 말라던 말, 벌써 잊은 것이냐? 착각 말거라. 난 단지 빚을 지는 것이 싫을 뿐이다. 어찌 되었든 나 때문에 다친 것이니 모른 척하는 것은 선비의 도리가 아니기도 하고 말이다."

선비? 귀신의 입에서 나온 그 말이 수생에게는 매우 낯설게 들렸다. 물론 귀신의 겉모습이나 말투로 미루어보자면 생전의 그가 양반이었으리라는 것쯤은 쉽게 짐작이 갔다.

그러나 수생에게 그는 그저 수진궁 사당에 살던 귀신일 뿐이었다. 어떤 사람이었으며 어떤 삶을 살았는지, 그런 것은 궁금해 할 생각조차 해본 적이 없었다.

생전에도 이런 모습이었을까? 처음으로 수생은 귀신의 내력에 궁금증이 일었다.

이렇게 도도하고 빈정거리기 좋아하는 데다 사기꾼 기질까지 농후한…… 선비?

생각할수록 뭔가 묘하게 어울리지 않았다. 수생이 생각하는 선비란 사랑방에 앉아 고고한 모습으로 종일 서책을 읽는 사람들이었던 것이다.

수생은 선비였던 귀신의 모습을 잠시 상상해보았다. 서책 속에서 맘에 안 드는 구절을 발견할 때마다 한쪽 입술을 밀어 올리며 음산하게 비웃음을 날릴 그를 상상하니, 피식피식 웃음이 나왔다.

그것이 심기를 건드렸는지, 백함의 한쪽 눈썹이 기분 나쁜 듯 꿈틀거렸다. 잠시 느슨하게 풀려 있던 수생의 마음이 긴장으로 바짝 조여들었다.

비웃는다고 생각했나? 이번에야말로 기분 나쁘다고 복수를 하는 건 아니겠지?

겁이 난 수생은 슬그머니 귀신의 손에서 발목을 빼내려 했다. 하지만 불행히도 그 바람에 진짜 복수를 당하고 말았다. 백함은 달아나려는 수생의 발목을 더 세게 움켜잡았다.

“아아아, 아픕니다!”

"빨리 나아야 다시 나한테 발길질을 날려도 날리지 않겠느냐? 허니, 얌전히 누워 내 말을 듣는 게 좋을 것이다."

그렇게 말하며 귀신은 다시 수생의 발목에 시선을 고정시켰다. 말본새가 험한 것치고는 꽤나 진지한 표정이었다.

더 이상의 반항 같은 것은 소용이 없을 듯했다. 게다가 자신에게 해코지를 하려는 게 아니라면 굳이 반항을 해야 할 필요도 없었다. 수생은 제 부어오른 발등을 모르는 척 귀신에게 맡기기로 했다.

수생이 입을 다물자 다시 방 안이 고요해졌다. 스며 들어온 달빛이 그의 몸에 반사되며 신비스러운 푸른빛을 사방으로 튕겨냈다. 그 빛이 신기해서 수생은 귀신을 계속 바라보고 있었다. 귀신이 한 순간 몸을 비트는가 싶더니 저쪽으로 살짝 돌아앉았다.

왜 그러지? 무심코 귀신을 쳐다보던 수생의 눈에 그 순간, 이상한 것이 보였다. 냉담한 표정 밑에 겸연쩍은 마음을 숨긴 채 시치미를 뚝 뗀 사내가 달빛 속에 앉아 있었던 것이다.

도와주고 있으면서도 그 마음을 들키기 싫은, 쓸데없이 자존심만 강한 한 사내가.

고즈넉한 달빛 속에는 사람의 속내를 끌어내는 마술 같은 힘이 있다는 것을 수생은 알고 있었다. 하지만 사람의 속내를 읽어내는 힘까지 주는 줄은 미처 몰랐다.

인간이 아닌 귀신이라고만 생각했는데, 그래, 인간이 저 귀신의 안에 살아있었구나. 아직 죽지 않은 사람의 마음이 그 속에 있었구나.

어쩌다 귀신이 되신 겁니까. 불쑥 그런 궁금증이 수생의 안에서 솟아올랐다. 하지만 어쩐지 그 말을 입 밖에 꺼내면 안 될 것 같아 수생은 입을 다물었다. 원한을 갚아달라고 협정까지 맺었으면서도 자신이 어떻게 죽었는지에 대해서는 일언반구도 하지 않는 것을 보면, 그 기억을 떠올리는 게 그에게 상처일 수도 있겠단 생각이 들었다.

잠깐만! 지금 내가 누굴 걱정하는 거야? 잠시 숨겨달라는 사소한 부탁도 매몰차게 거절해버렸던 이 매정한 귀신을? 다짜고짜 사람을 끌고 가다가 이리 다치게 만든 장본인을? 겨우 이 정도에 감격해서 이 심통 사나운 귀신을 내가 걱정하고 있다고?

수생은 눈을 꼭 감은 채 고개를 저었다. 아무래도 달빛이 사람의 마음을 이상하게 만드는 게 틀림없었다. 수생은 그대로 눈을 감은 채 잠든 척하기로 했다.

그렇게 한참을 누워 있자니 귀신이 뿜어내는 냉기에 발등의 통증이 서서히 가라앉는 게 느껴졌다.

아니, 그래도…… 역시, 고맙다는 말 정도는 해야 되지 않을까?

수생은 다시 한쪽 눈을 슬그머니 떴다. 골똘히 생각에 잠긴 얼굴로 백함은 여전히 달빛 속에 앉아 있었다.

"그래도 뭐, 고마워하는 거 정도는…… 제 맘입니다……."

일부러 잠에 취한 목소리를 흉내 낸 뒤, 수생은 얼른 다시 눈을 감았다. 잠꼬대처럼 들렸겠지? 이번에는 자신도 귀신을 속이는 데 성공한 것 같아 수생은 괜히 뿌듯해졌다. 그 뿌듯함이 그대로 드러난 얼굴을 백함이 빤히 보고 있는 줄도 모르고, 수생은 잠에 빠져들었다. 조금 전보다 한층 평안해진 잠이 수생을 찾아왔다.

12

흥복의 방으로 들어가려던 수생은 하마터면 놀라서 들고 있던 조반상을 떨어뜨릴 뻔했다. 백함이 흥복의 옆에 버젓이 가부좌를 틀고 앉아 수생을 빤히 쳐다보고 있었던 것이다.

수생이 방문 앞에서 꼼짝도 않고 서 있자 흥복이 일어나 다가왔다.

"괜찮은 게냐? 이리 다오. 내가 들고 들어가마."

"아녜요, 아버지. 괜찮습니다. 제가 들고 들어갈게요."

"이리 달래도 그러는구나. 수진궁에 출입하지 말랬다고 애비 밥상까지 엎으면 쓰겠느냐?"

흥복은 언제나처럼 정색을 한 채 농을 던지더니 수생에게서 뺏듯이 조반상을 받아들었다. 흥복이 방 안으로 향하는 동안에도 백함은 조금 전의 자세 그대로 미동도 없이 앉아 있었다.

수생은 홍복이 등을 돌린 틈을 타 잽싸게 백함에게 나가라는 손짓을 했다. 그러나 백함은 수생의 그런 경고를 가뿐하게 무시했다.

"말도 없이 사라졌다고 도의를 저버렸다느니 어쩌니 타박을 해댈 땐 언제고, 이제 와서 나가라는 게냐. 소원대로 이제부턴 옆에 딱 붙어 있어 주마. 네 말대로 나는 소원을 이뤄주는 귀신이니 말이다. 뭐하고 있느냐, 안 들어오고?"

제 집 안방에 앉아 있기라도 하듯 백함은 당당하게 굴었다. 팔짱을 낀 그는 이내 홍복이 내려놓은 조반상 위를 검사라도 하듯 눈으로 훑기 시작했다. 밥과 무국, 숭채와 장 한 종지가 놓인 간소한 밥상이었다.

"왜 안 들어오고 서 있는 게냐? 발이 많이 불편한 게야?"

이번에는 홍복이 재촉을 했다. 걱정이 잔뜩 묻은 홍복의 목소리에 수생은 할 수 없이 조반상 앞으로 다가갔다. 절뚝거리면서 다가온 수생이 자리에 앉을 때까지 홍복은 여식의 얼굴에서 눈을 떼지 않았다.

"밤새 한잠도 못 잔 것 아니냐? 눈이 퉁퉁 부어 있구나. 그리 다쳤으면 진작 말을 했어야지 왜 혼자서 끙끙 앓은 게야?"

입을 열어 대답을 하려는데 백함이 수생의 대답을 가로챘다.

"아닙니다, 찔려서 그런 것입니다. 가지 말라는 곳에 또 몰래 갔으니 말이지요."

수생을 대신해 홍복에게 대답을 하고 있다고 믿을 정도로 백함의 태도와 말투는 점잖았다.

설마, 귀신 목소리가 아버지한테도 들리는 건가? 깜짝 놀란 수생은 조마조마한 심정으로 흥복의 기색을 살폈다.

다행히도 아비의 얼굴에선 별다른 표정의 변화가 보이지 않았다. 그렇다면 결국 이놈의 귀신이 아침 댓바람부터 조반상 앞에 떡하니 버티고 앉은 이유는 자신한테 시비를 걸기 위함이렸다!

잠 좀 설치게 했다고 또 심통을 부리는 겁니까?

백함에게 그리 한마디를 쏘아붙이려다가 수생은 황급히 입을 다물었다. 흥복이 앞에 앉아 있다는 것을 잊을 뻔했던 것이다. 자신이 귀신을 불러냈고 그런 귀신과 모종의 협정까지 맺었다는 걸 안다면 아버지는 틀림없이 까무러치시고 말리라.

수상한 기색을 들킬까 싶어 수생은 얼른 귀신을 째려보던 눈을 거두었다. 그러자 잽싸게 백함이 다시 공격을 해왔다.

"생각해보면 참 희한한 일이 아니냐. 수진궁에서 만난 궁녀한테 발을 삐끗했다고 둘러댄 지 얼마 되지도 않아 딱 그 꼴이 되어버렸으니 말이다. 이러니 사람이 진실하지 못하면 화를 당하는 법이라고 하는 게지."

"누구 때문에 이리 다쳤……."

귀신의 도발에 넘어가지 않겠다고 다짐한 것도 잊은 채 수생의 입에서 반사적으로 대답이 튀어나왔다. 급히 말을 집어삼켰지만 이미 때는 늦었다. 흥복이 숟가락 뜨던 손을 멈추고 수생을 의아한 눈으로 바라보았다. 수생은 다급히 자신이 뱉은 말을 무마하러 나섰다.

"……던 게 아니라 순전히 제 실수로 그리 된 것이라 아프다 말씀드리는 것도 송구해서요. 게다가 정말 별것 아닙니다. 겉으로 볼 때 좀 부어올라서 그렇지 하나도 안 아파요. 간밤에도 단 한 번을 안 깨고 푹 잤는걸요. 너무 자서 눈이 부었나 봐요."

아무렇지도 않다는 듯 배시시 웃는 수생을 보며 홍복은 간밤에 들려오던 희미한 신음소리를 떠올렸다. 그 소리를 홍복은 요 며칠 계속되어 온 여식의 철없는 흐느낌으로만 여겼다. 아픔을 참느라 끙끙대고 있는 것이라고는 생각지도 못했다.

어린 나이에 어미를 잃고 씩씩한 척이 몸에 밴 아이였다. 자신 앞에선 아프다는 말도, 힘들다는 말도 여간해선 하지 않았다. 그런 수생의 겉모습을 너무 믿고 있었던 게 아닌가, 하는 자책이 들었다.

홍복의 눈에서 걱정의 빛을 읽은 수생의 가슴은 말할 수 없이 뜨끔거렸다. 귀신의 말을 인정하고 싶지는 않았지만 따지고 보면 이 모든 게 수진궁에 가지 말라 금한 홍복의 말을 어기고 몰래 근처를 기웃거리다가 생긴 일이었다. 능창군에게 다가가려 할수록 홍복을 속이는 일이 늘어만 가는 것 같아서 수생도 마음이 편치만은 않았다.

"그렇다면 다행이로구나. 게다가 생각해보니 다행인 점이 또 하나 있긴 한 듯싶다."

"다행이라니, 어떤 점을 말씀하시는 거예요, 아버지?"

"이리 다리를 다쳤으니 한동안은 수진궁 근처에 얼씬도 않을 것 아니냐."

예상치 못했던 홍복의 대답에 수생의 입술이 저도 모르게 벌어졌다.

수진궁에 간 걸 알고 계셨다니!

어쩌다 다친 것인지 물어보지 않는 흥복의 태도에 수생은 그저 안심만 했었다. 이미 연화에게서 자신을 보았단 말을 전해 들었으리라고는 상상도 하지 못했던 일이다.

그럼에도 불구하고 야단을 맞지 않았으니 그의 말대로 다행인가. 게다가 덤으로 아비를 속이는 일도 하나 줄어들지 않았는가.

"죄송해요, 아버지. 이제 진짜 허락 없이는 안 가겠습니다."

그리 말하며 수생은 슬쩍 흥복의 눈치를 보았다. 대답 대신 흥복은 앞에 놓인 숭채 접시를 말없이 수생 쪽으로 밀었다. 그리고는 다시 숟가락을 든 손을 움직여 조반을 들기 시작했다.

용서를 받았다는 생각에 절로 안도의 숨이 새어나왔다. 한층 가벼워진 마음으로 수생은 크게 밥 한 숟가락을 펐다. 자신을 빤히 보고 있는 귀신의 시선을 느꼈지만 모른 척하고 입 한 가득 넣은 밥을 오물오물 씹기 시작했다.

밥그릇 반을 비워갈 때까지 귀신은 아무런 말이 없었다. 처음엔 그 침묵이 반가웠지만 시간이 지나면서 수생은 점점 마음이 불편해졌다. 비록 귀신이라고는 해도 밥상머리에 앉은 누군가가 혼자만 배를 곪고 있다는 사실에 마음이 쓰였다.

"그런데 아버지……."

"무어냐, 말해보아라."

"귀신들은 음식을 어떻게 먹는지 혹시 아세요?"

웬 엉뚱한 질문인가 싶었지만 홍복은 타박을 하는 대신 차분하게 자신이 들은 바를 알려주었다. 이렇게 종종 뜬금없는 질문을 하는 것은 수생의 특기였고 그 질문에 답하는 것은 홍복의 취미였다.

오히려 수생의 질문에 놀란 것은 홍복의 옆에 앉아 있던 백함이었다. 꽁꽁 숨겨도 모자랄 판에 난데없이 먼저 귀신 얘기를 꺼내다니. 그 속내가 궁금해 백함은 이어지는 말에 귀를 기울였다.

"글쎄다, 귀신이 되어보지 않았는데 어찌 그것을 알겠느냐. 다만 귀신들은 냄새로 음식을 먹는다고 하더구나."

"그럼 귀신들이 특별히 싫어하는 음식도 있습니까?"

"붉은 기가 도는 음식들을 싫어한다지 않더냐. 대추나 복숭아 같은 것들 말이다."

아, 대추……. 온몸을 대추로 무장한 채 사당에 들어갔던 일이 떠올랐다.

그런데 그때의 일을 기억한 것은 수생만이 아닌 듯했다. 백함이 의미심장한 표정을 지으며 수생에게 빈정거렸다.

"고작 그런 걸로 날 이 밥상머리에서 쫓아낼 수 있을 것 같더냐?"

수생이 홍복에게 그런 질문을 한 것은 백함을 쫓아내기 위함이 아니었다. 오히려 그 반대였다. 하지만 저 인정머리 없는 귀신이 그런 마음을 헤아릴 리 없었다.

"아하, 그러고 보니 그리 우스꽝스러운 몰골로 사당에 들어왔던 이유가 다 있었던 게로구나. 대추를 주렁주렁 걸고 말이다. 이거 대실망인걸. 조선 최고의 명성을 지닌 나 같은 귀신을 찾아오면서 준비한 게 겨우 대추 몇 알이라니."

아무리 열을 받아도 대꾸를 할 수 없는 처지를 이용해, 백함은 마음껏 수생을 놀려먹었다.

"그런 준비성으로 대체 무얼 할 수 있을지, 하아, 벌써부터 내 정말 걱정이 앞서는구나. 아무래도 협정을 맺을 상대를 잘못 골랐지 싶다."

혀를 끌끌 차며 고개를 설레설레 젓는 귀신을 보고 있자니, 수생은 슬슬 부아가 치밀기 시작했다. 배를 곪는다고 걱정을 했던 것이 후회막급이었다. 흥복만 아니라면 이대로 귀신의 눈앞에서 밥상을 확 치워버리고 싶었다. 밥을 굶든, 속이 쓰리든, 내가 알 게 뭐람!

"그 얘기를 처음 들었을 때 이 애비가 무슨 생각을 했는지 아느냐? 네 어미도 복숭아를 참 좋아했는데, 이젠 그리 좋아하던 복숭아도 먹지 못하겠구나……."

수생이 백함 때문에 잠시 부글부글 끓고 있는 사이, 흥복은 죽은 아내를 생각한 듯했다. 그의 얼굴에 그늘이 져 있었다.

그러고 보니 며칠 후면 또 어머니의 기일이었다. 해마다 기일이 가까워오면 흥복이 먼저 떠난 아내 생각으로 잠을 설친다는 걸 수생은 알고 있었다.

괜한 이야기를 꺼내 아침부터 아버지 마음을 무겁게 해드렸구나. 그런 자책감에 수생은 입술을 깨물었다.

"어찌 그런 게 사실이겠어요, 아버지. 귀신들도 다 입맛이 있고 취향이 있을 텐데 말예요. 어머니도 좋아하시는 복숭아, 실컷 드시고 계실 거예요."

흥복의 기운을 북돋우려고 수생이 밝게 웃었다. 흥복도 화답하듯 고개를 끄덕였다. 그리고는 손을 뻗어 수생의 조그마한 손을 말없이 쥐었다.

우리 둘이 지금껏 그래도 잘 버티며 살아왔구나. 네 어미도 이리 잘 커준 널 보면 기뻐할 게야. 흥복의 손에서 그런 마음이 전해지는 것 같았다. 수생은 아비를 보며 다시 한 번 미소를 지었다.

"자, 어여 먹자꾸나."

흥복이 다시 밥을 뜨기 위해 숟가락을 들었을 때, 수생은 옆자리의 귀신이 사라진 것을 퍼뜩 깨달았다. 어디 간 거지? 수생은 얼른 고개를 돌려 방 안을 한 바퀴 둘러보았다. 어디에도 귀신의 모습은 없었다. 밥상을 확 치워버릴까 생각했던 게 얼마나 지났다고, 사라진 백함의 빈자리가 마음에 걸렸다.

백함은 항아리 안으로 돌아와 있었다. 몸을 동그랗게 웅크린 채 그 안에서 잠을 청해보려 했다. 그러나 잠은 쉽사리 오지 않았다. 조금 전 보았던 수생과 흥복의 모습이 떠올랐다.

담담한 척했지만 작은 눈빛 하나까지 여식에 대한 걱정을 담고 있던 흥복. 그의 얼굴을 떠올리자 가슴 한구석에 둔탁한 통증이 일었다. 제 부모가 생각난 탓이었다.

살아는 계시는지, 어디에 계신지, 생사조차 알 수 없는 부모님을 생각하자 가슴에 사무치게 그리움이 일었다.

봉인되었던 그의 기억들은, 항아리에서 풀려난 순간부터 조금씩 되살아나고 있었다. 덕분에 백함은 자신의 죽음으로부터 벌써 칠 년이라는 시간이 흘렀다는 사실을 알게 되었다.

그 시간 동안 세상은 많이 변해 있었다. 정권을 잡은 실세가 바뀌었고, 새로운 왕은 끊임없이 자신의 정적이 될 인물들을 제거해나가고 있었다. 그 때문에 바짝 엎드린 채 죽은 듯 살고 있는 왕족들도 있었다. 수생이 안달하고 있는 능창군이라는 자도 그런 사람들 중의 하나였다.

능창군에 대한 소문은 워낙 자자해서 따로 정보를 수집하려 애를 쓸 필요도 없었다. 출중한 재능을 지녀 왕의 신경을 곤두서게 만든 왕족, 꽃 같은 미소로 한성 여인들을 홀린 남자, 그리하여 다른 사내들로부터 질시와 부러움을 한 몸에 받고 있는 인물.

이처럼 일거수일투족이 모두의 관심사가 되는 사내에 대해 알아내는 것만큼 쉬운 일은 없었다. 수생의 근처로만 한정된 자신의 좁은 행동반경에도 불구하고 손쉽게 능창군에 대해 파악할 수 있었던 것도 그 덕분이었다.

반대로 백함이 아무리 애를 써도 얻어낼 수 없는 정보, 알아낼 수 없는 사실들이 있었다. 바로 자신의 가족에 대한 것이었다.

연락조차 할 수 없는 가족에 대한 그리움. 백함은 그동안 그런 자신의 감정을 꾹꾹 눌러놓고 있었다. 가족을 찾으러 갈 힘을 얻을 때까지 애써 그리움을 외면하려 했다. 그런데 홍복과 수생의 모습이 더 이상 그것을 외면할 수 없게 했다. 만일 부모님이 살아계신다면 죽은 아들을 생각할 때마다 얼마나 아파하실 것인가. 그렇게 생각하니 견딜 수가 없었다. 그래서 그 자리를 빠져나온 것이었다.

백함은 강해지고 싶었다. 가능하다면 이 세상에 존재하는 모든 원기를 빨아들여 힘을 키우고 싶었다. 언제까지나 지금처럼 나약한 혼백으로 남아 있을 수는 없었다.

그러기 위해서는 그 계집, 수생의 힘이 필요했다.

어젯밤 수생의 발등에 손을 올리고 있는 동안 백함은 자신의 원기가 빠른 속도로 회복되고 있음을 느꼈다. 항아리 속에서 잠을 자는 것보다 훨씬 빠르게 기운이 되살아났던 것이다.

그 원인에 대해 백함은 곰곰이 생각을 해보았다. 어째서 자신이 그런 보잘것없는 계집애한테서 영향을 받고 있는 것인지. 그러나 고민을 해봐도 해답을 찾을 순 없었다. 협정을 맺을 때 서로의 무언가가 연결된 것이 아닐까, 그런 어렴풋한 짐작을 할 뿐이었다. 자신이 수생의 행동반경을 벗어나지 못하는 이유도 아마 비슷하리라.

이렇게 생각하니, 목줄 매인 강아지 같다 생각했던 자신의 처지가 다르게 보이기 시작했다. 자신이 수생에게 일방적으로 얽매여 있는 것이 아니었다. 서로가 서로에게 얽혀 있었던 것이다. 게다가 수생은 자신에게 가장 필요한 힘, 바로 원기를 줄 수 있는 상대였다.

어쩔 수 없이 떠밀리듯 협정을 맺은 상대, 수생이 비로소 자신을 도와줄 꽤나 제대로 된 짝패로 느껴지기 시작했다.

13

첫 햇빛이 내리기도 전에 비가 먼저 땅을 적셨다. 부슬부슬 내리기 시작한 비는 날이 밝을 무렵에는 굵은 빗줄기로 바뀌었다.

수생은 처마 밑에 앉아 동그랗게 무릎을 모은 채 떨어지는 빗줄기를 바라보았다. 평소 같으면 대청마루에 벌러덩 누워 팔베개를 한 귀신에게 몇 번이나 핀잔을 주고도 남았을 텐데, 오늘따라 수생은 말이 없었다. 그저 안타까운 눈길로 두꺼운 잿빛 하늘을 쳐다볼 뿐이었다.

하아.

수생의 입에서 또다시 긴 한숨이 흘러 나왔다. 반 식경 사이에 벌써 세 번이나 내뱉는 한숨이었다.

"이 정도 빗줄기로는 땅이 꺼지지 않을 것 같아 힘이라도 보태려는 거냐?"

백함의 도발에 수생이 뒤를 돌아보았다. 평소와는 달리 시들시들 윤기 없는 모습이, 딱 비에 젖은 가랑잎 같았다. 축 처진 수생을 보는 게 영 재미가 없어서 백함은 다른 미끼를 던졌다.

"그 사내가 보고 싶어 어지간히도 애가 타는 모양이로구나. 허나 그리 속 태울 필요는 없다. 내 조만간 너를 그 사내 앞에 데려다줄 것이니."

그 사내란 물론 능창군을 뜻하는 것이었다. 즉각적인 반응이 올 것이라 기대하며 백함은 수생을 보았다. 그런데 오늘 수생은 정말이지 이상했다. 발끈은커녕 그런 도발엔 대꾸해줄 마음조차 없어 보였다.

"다른 곳에 좀 데려다주시면 아니 됩니까?"

다시 고개를 돌려 하늘을 보며 수생이 물었다. 공기만큼이나 착 가라앉은 목소리였다.

그 사내를 생각하고 있는 게 아니었나? 백함은 누워 있던 몸을 반쯤 일으켰다. 그러자 수생의 표정이 조금 더 선명하게 그의 눈에 들어왔다. 수생의 눈동자에는 잿빛 구름이 담겨 흘러가고 있었다.

"지금 말이냐?"

하늘을 한 번 쳐다본 백함이 미간을 찌푸리며 물었다.

사실 비 같은 건 귀신인 그에게는 아무런 방해도 되지 않았다. 비에 젖을 일도 없었고, 빗줄기 때문에 눈앞이 가릴 일도 없었다. 하지만 인간이었을 때의 경험 때문일까. 빗속을 돌아다니는 것은 귀신이 된 지금도 여전히 마뜩찮은 일이었다.

"역시 안 되겠지요?"

"어딜 그리 가고 싶어서 어미 잃은 강아지 마냥 구는 건지, 한번 들어는 봐주마."

백함의 말에 수생이 살짝 미소를 지었다. 그 입술 끝에서 씁쓸함이 묻어났다.

"돌아가신 어머니 기일입니다. 어머니 묻히신 곳에 들러 잠시 인사라도 드리고 싶었는데, 이리 비가 옵니다."

게다가 발목을 삐어서 잘 걷지도 못하고?

수생이 뒷말을 삼켰다는 것을 백함은 바로 눈치 챘다. 그동안 지켜봐 온 수생이라면 저런 빗줄기 정도에 쉽사리 주저앉지는 않을 테니까.

발 때문에 가지 못한다 하면 내 마음이 불편해질까 봐 배려라도 해준다는 것인가?

그럴 거면 처음부터 티를 내지 말든가. 백함은 미안해지려는 마음을 일부러 저 멀리 밀어버렸다.

"무덤을 찾아뵙진 못해도 제사는 모실 것이 아니냐. 네 어머니 혼백은 그리로 오실 것이니 걱정 말아라."

"저희 같은 천것들은 제사도 올리지 못하는걸요."

수생은 다시 한 번 가벼운 한숨을 내뿜으며 동그란 무릎 위에 턱을 힘없이 올려놓았다.

"네 애비가 수진궁의 제향업무를 맡고 있는데, 정작 제 가족의 제사는 올릴 수가 없단 말이냐? 그런 부당한 법이 어디 있느냐?"
"편을 들어주시는 겁니까?"
수생이 다시 한 번 백함을 돌아보며 미소를 지었다.
"허면 언젠가 천한 신분으로 살다 온 혼백을 만나시거든 구박 말고 잘 대해주기나 하십시오."
그 말을 끝으로 수생은 자리에서 일어났다. 더 이상 어미의 무덤 찾아가는 데 미련을 갖지 않겠다는 결심이 선 모양이었다. 다시 도움을 청해오면 어쩌나, 망설이고 있던 백함으로선 이리 쉽게 포기하는 수생의 모습이 조금 놀랍기도 했다.
사소한 일에는 끈질기기가 쇠심줄 같더니 이번엔 왜 이리 포기가 빠른 것이지? 그건 즉, 나에게선 아무것도 기대할 수 없다는 뜻이던가?
어떤 도움도 기대치 말라 선을 그은 건 분명 백함 자신이었다. 하지만 제대로 부탁도 해보지 않고 저리 쉽게 돌아서는 뒷모습을 보자니, 그건 그것대로 또 마음에 들지 않았다. 돌아서는 수생의 축 처진 어깨를 보자 정체를 알 수 없는 이상한 오기가 솟아났다.
"그곳이 멀더냐? 네 어미가 묻혀 있다는 곳 말이다."
수생은 멈칫하더니 백함을 향해 돌아섰다. 그 얼굴에 의구심과 기대가 동시에 담겨 있었다. 왜 물어보는 거지? 설마…….
"내가 거기까지 널 데려다줬으면 하는 게냐?"
"하지만…… 그런 건 기대도 말라 하지 않았습니까?"
"언제부터 그리 누울 자리를 보고 다리를 뻗었다고. 능창군 그 사내의 옆자리에 감히 다리를 뻗을 생각을 하고 있는 주제에 말이다."

"허면 데려다주실 겁니까, 나리?"

백함의 빈정거림은 수생의 귀에 닿지도 않는 듯했다. 대신 빈정거림 안에 담긴 속뜻만 찰떡같이 알아듣는 재주가 생긴 모양이었다. 수생의 얼굴이 환하게 밝아왔다.

"이럴 땐 나리란 말이 잘도 나오는구나."

"정말 고맙습니다, 나리!"

수생은 금방이라도 저 빗속으로 뛰쳐나갈 태세였다. 언제 우울한 빛을 띠었냐는 듯 수생의 눈이 반짝반짝 빛났다. 수생이 내뿜는 생기가 곁에 선 백함에게도 전해지는 것 같았다.

인간만이 가질 수 있는 생생한 기운. 그것을 느끼자 백함의 가슴 깊은 곳에서 묘한 질투심이 일었다. 마음이 비틀린 딱 그만큼 삐딱한 대답이 그의 입에서 튀어나왔다.

"그리 좋아하지 마라. 내 도움이 쌓일수록 네가 갚아야 할 빚도 늘어난다는 뜻이니!"

비 내리는 운종가의 풍경은 평소와는 사뭇 달랐다. 온통 진흙탕으로 변한 길바닥을 사람들은 목혜를 신은 채 건너다녔다. 그들이 머리 위에 덮어쓰고 있는 갈모와 조롱이 덕분에, 멀리서 보면 커다랗고 시커먼 종이배들이 길 위에 동동 떠다니고 있는 듯했다.

하지만 백함의 등에 업힌 수생에게는 그 모두가 남의 일 같았다. 협정을 맺을 때도 그랬듯, 이번에도 귀신의 주위로는 비가 내리지 않았다.

"됐습니다! 편평한 길은 이제 문제없이 걸을 수 있는걸요. 산길 올라갈 때만 조금 도와주시면 됩니다."

백함이 등에 업히라 했을 때 수생은 펄쩍 뛰며 마다했다. 하지만 백함은 굳이 업히라며 고집을 부렸다. 그 편이 절뚝이는 수생을 데리고 걷는 것보다 훨씬 편하고 힘이 덜 드는 길이라 했다.

귀신의 말은 맞았다. 그의 등에 업혀 있으니 비를 맞을 필요도 없었고, 발이 아플 염려도 없었다. 거리에 늘어선 점포나 옆을 지나는 사람들이 평소보다 몇 배나 빨리 뒤로 멀어져갔다. 귓가에선 휙휙, 바람 소리가 날 것 같았다. 넋이 나간 듯, 수생은 제 주위에서 펼쳐지는 그런 풍경들을 바라보았다.

"우와, 나리. 정말 신기합니다. 이리 빨리 가실 수 있으면서 지난번엔 대체 왜 그러셨던 겁니까?"

수생이 말하는 건 물론 말을 탄 여인을 쫓던 밤의 이야기였다. 아직까지 백함은 수생에게 그 사연을 얘기해줄 마음이 없었다. 그래서 가장 쉽게 화제를 돌릴 수 있는 방법을 찾았다.

"네가 지금 날 또 타박하는 것이더냐? 네 발목을 다치게 했다고? 허면 이건 어떠냐?"

백함은 말이 끝나기가 무섭게 수생을 받치고 있던 손을 놓았다. 순간, 수생의 몸이 아래로 들썩, 했다. 작은 비명이 수생의 입에서 터져 나왔다. 떨어지는 줄 알고 수생은 허겁지겁 백함의 목에 팔을 둘렀다. 아주 천천히, 그리고 느긋하게 백함의 팔이 수생의 무릎 뒤로 돌아왔다.

"또 한 번 성가시게 하면 그땐 진짜 진흙탕 속에 던져버리고 갈 테니 그리 알아라."

"그러기만 해보십시오! 매일같이 성가시게 만들어드릴 겁니다! 진짭니다!"

발끈한 수생의 대꾸에 백함은 입술 끝을 씩 말아 올리며 웃었다. 그 미소를 수생이 보았더라면 그의 다음 행동을 예측했을지도 몰랐다. 그랬더라면 용감하게 그의 목을 둘렀던 팔을 풀지 않았을지도 몰랐다. 그러나 불행히도 백함은 얼굴이 뒤에 달린 귀신은 아니었다. 다시 한 번 그가 기습적으로 두 팔을 뺐다.

"으악!"

이번에는 정말로 떨어지는 줄 알았다. 아까보다 조금 더 큰 비명이 빗줄기 사이로 퍼져나갔다.

하지만 수생보다 더 놀란 사람들은 따로 있었다. 수생의 곁을 지나가던 자들이었다. 안 그래도 음산한 날씨에 어깨가 움츠러드는데, 정체 모를 비명소리가 귓가에서 들려오다니! 사람들은 잔뜩 겁을 먹은 채 주변을 두리번거렸다. 개중 몇몇이 번개처럼 나타났다 사라진 웬 계집의 모습을 본 것 같다며 수군댔다.

처녀귀신 아냐? 누군가 용감하게 내뱉는 순간, 진흙이 요란스레 철퍼덕거리기 시작했다. 줄행랑치는 사람들을 보며 백함이 코웃음을 쳤다.

"어떠냐, 졸지에 귀신이 된 기분이?"

딱히 수생의 대답을 원하는 건 아니었다. 또다시 귀신 취급 받기 싫으면 자신한테 시비를 걸지 말란 뜻으로 던진 말이었다.

하지만 수생에게는 그 질문이 조금은 다른 의미로 다가왔다. 문득 이승을 떠도는 혼백의 심정이 궁금해졌던 것이다. 아무도 자신을 알아보지 못한다면 쓸쓸하지 않을까. 누구와도 얘기할 수 없다면 괴롭지 않을까.

"좀 이상합니다……. 제가 귀신이라면 외롭다 느낄 것 같습니다. 아니 그렇습니까, 나리는?"

외롭다고?

항아리 속에서의 칠 년을 백함은 수생에게 말한 적이 없었다. 그 속에서 혼자 견뎌야 했던 시간에 대해서도 말하지 않았다. 그 시간들이 자신 속에 어떤 어둠을 만들어놓았는지에 대해서도. 그 깊고 어두운 우물을 이 아이가 들여다본 건가?

순간적으로 그런 생각이 백함을 스쳤다.

이번에야말로 수생을 업고 있는 손을 빼고 싶은 충동이 일었다. 이대로 이 계집을 떼놓고 어디론가 가버리고 싶었다. 들여다보라고 허락해준 적이 없는데, 무슨 권리로 남의 마음을 기웃댄단 말인가! 누구 마음대로 그것을 외로움이라 말하는 건가! 어째서 그런 말로 자신을 약해지게 하려는 것이지?

백함은 입을 꾹 다문 채 걸음을 옮겼다. 스쳐 지나가는 풍경의 속도가 빨라졌다. 그의 등이 뿜어내는 짙은 냉기를 느꼈던 걸까. 수생도 조용히 입을 다물었다. 대신 그의 목을 감아오는 수생의 팔에 힘이 들어갔다.

역시, 찰떡같이 알아듣는군.

알 수 없는 분노로 뭉쳐가던 백함의 마음이 조금쯤 느슨해졌다.

"그때도 아버지 등에 이렇게 업혀 왔습니다. 어머니를 묻으러 올 때요."

수생이 다시 입을 연 것은 산길에 들어섰을 때였다. 어느새 비는 그쳐 있었다. 대신 온갖 나무 냄새가 물기를 머금은 채 공기 속에서 요동을 쳐댔다.

"너무 오래전 일이라 얼마나 울었는지는 잘 기억이 안 납니다. 어머니가 돌아가셨다는 말을 듣고 눈물이 나긴 했는데, 그게 얼마나 슬픈 일인지도 잘 몰랐던 것 같습니다. 그냥 아버지 등이 엄청 흔들리는구나, 내내 그 생각만 들었습니다."

그때 홍복이 어린아이처럼 엉엉 울고 있었다는 걸 수생은 기억했다. 자신을 업고 가던 아비의 차가운 등도 기억이 났다. 슬픔으로 가득찬 등이 그렇게 차가울 수 있다는 걸 수생은 그때 깨달았다.

백함이 수생을 업고 있던 손을 놓았다. 이번엔 진짜였다.

"아야!"

젖은 풀잎 위로 수생이 넘어지듯 굴렀다. 진흙탕에 내팽개쳐지지 않은 것만도 다행인 줄 알아라. 수생을 내려다보는 백함의 차가운 눈동자가 그렇게 얘기하고 있었다.

"너도 다른 사람을 업고 산에 한번 올라보아라. 안 흔들리고 배길 줄 아느냐? 그것도 가볍기를 하나, 조용히 엎혀오길 하나. 쌀가마니를 지고 가는 게 낫겠다 싶을 게다."

백함은 아파 죽겠다는 듯 어깨며 목을 과장되게 털어댔다. 수생은 어이가 없었다. 애당초 걸어가겠다는 자신을 업고 가겠다며 고집을 부렸던 게 누군데?

"그쪽은 말입니다, 외로워서 삐뚤어진 게 틀림없습니다!"

치마를 털고 일어나며 수생이 냉큼 쏘아붙였다. 쌩하니 뒤돌아서 산길을 올라가는 수생을 백함은 물끄러미 바라보았다.

조금 절뚝거리긴 했지만 수생은 옆에 선 나뭇가지들을 붙잡으며 걸음을 옮겼다. 하지만 쌕쌕거리는 등으로 미루어보았을 때 수생이 버팀목 삼고 있는 건 저 미끄러운 나뭇가지들이 아니라 열 받은 심장이 분명했다.

뭘 바라고 내게 그런 말을 하느냐? 연민? 다른 이에 대해 그런 걸 품을 겨를이 내게 있을 것 같으냐? 아니면, 내가 죽었으니 내 가족들도 그리 슬퍼했으리라, 그런 말을 하고 싶은 게냐? 누군가가 그리 나를 위해 울어주었을 것이라고?

까닭 없는 울분이 백함의 속에서 다시 치솟았다. 죽기 직전, 자신의 뺨에 닿던 뜨거운 눈물 한 방울이 떠올랐다. 그 눈물을 양분삼아 분노가 순식간에 슬픔으로 변해갔다.

서서히 감정의 소용돌이가 일었다. 그 소용돌이가 주변의 공기를 흔들어놓은 것일까. 여름 나무들 사이로 안개가 밀려들기 시작했다. 그와 함께 주변을 채우고 있던 나무 냄새가 사라져갔다. 씩씩거리며 산길을 올라가는 수생의 뒷모습도 더 이상은 보이지 않았다.

그의 눈에 보이는 것은, 안개. 오직 안개뿐이었다.

강렬한 기시감에 백함은 숨이 막혔다. 그는 이 안개를 잘 알고 있었다. 이 축축하고 희뿌연 공기를 알고 있었다. 이 안개로부터 시작된 끝도 없는 시간들. 그를 관통해갔던 절망이 되살아났다. 어느새 좁은 항아리 속에 갇힌 듯, 주변이 온통 흙빛으로 변했다. 눈앞이 빙글빙글 도는 것 같았다. 가슴이 조일 듯 아파왔다.

백함은 가슴을 움켜쥐며 무릎을 꿇었다. 그대로 정신을 잃고 쓰러질 것 같았다. 바로 그 순간, 누군가가 그의 손을 잡았다. 따뜻한 온기가 손바닥으로 전해졌다.

사라졌던 세상이 서서히 돌아오기 시작했다. 안개가 걷히자, 수생의 걱정스러운 눈동자가 그의 눈앞에 나타났다.

백함은 자신의 손을 내려다보았다. 그 시선을 따라가던 수생이 깜짝 놀란 듯 백함의 손을 놓았다.

"그, 그리 노려보지 마십시오. 저는 그냥…… 쓰러지시는 줄 알고 걱정이 되었던 것뿐이란 말입니다."

민망한 듯 수생이 벌떡 일어섰다. 구겨지고 젖은 치마엔 흙과 풀떼기들이 잔뜩 묻어 있었다. 업혀 있다가 떨어질 때 묻었다고 하기엔 앞무릎 쪽이 유난히 흙투성이였다. 수생은 손바닥을 재빨리 툭툭 털었다. 축축하게 젖은 풀잎들이 밑으로 떨어져 내렸다. 보아하니, 백함이 쓰러지는 줄 알고 급히 돌아오다가 나자빠진 것이 틀림 없었다.

참 이상한 재주를 가진 아이였다. 별 볼 일 없는 계집인 줄만 알았는데, 필요할 때면 어김없이 나타나 그에게 손을 내밀었다. 어둠 속에 갇힌 그를 세상으로 나오게 한 것도 모자라, 어둠 속으로 다시 떨어지려 할 때마다 손을 뻗어 그를 건져주었다.

하지만 백함은 그것이 자신에게 도움이 되는 재주인지 의심스러웠다.

그가 필요로 하는 것은 수생이 전해주는 원기였다. 그것은 그에게 도움이 되는 것이었다. 그를 강하게 해주는 것이었다.

반면 온기는 원하지 않았다. 자신을 죽인 사람을 찾아 원한을 갚으려는 귀신한테 애초에 그런 것이 도움이 될 리 없었다. 쓸데없이 귀신을 약하게만 할 뿐이었다.

온기 같은 건 인간에게나 나눠주라지. 그리 죽고 못 살겠다는 능창군 같은 사내한테나.

백함은 앉은 채로 오른팔을 크게 휘둘렀다. 마치 수생에게서 전해 받은 온기를 쫓아내듯이. 눈부시게 하얀 도포자락이 수생의 코끝을 스치며 지나갔다.

"저리 좀 가서 털어라. 계집애가 칠칠치 못하게 뭘 그리 온몸에 묻히고 다니는 게냐. 그래서야 아무리 내가 능력 출중한 귀신이라 해도 능창군의 마음을 네게로 돌릴 수가 있겠느냐."

백함은 제자리에 앉아 눈을 위로 치켜뜬 채 수생을 쳐다보았다.

고마워하는 기색이란 조금도 없는 표정이었다.

"그게 걱정돼서 달려온 사람한테 할 말입니까, 지금?"

"아, 걱정이 돼서 달려왔던 게냐? 난 또 잠깐 안 보는 사이, 어디 풀밭에 가서 구르기라도 한 줄 알았지. 그러고 보니 툭하면 넘어지고 자빠지는 것도 특기인 모양이로구나."

백함이 오른쪽 눈썹을 씰룩거렸다. 그 표정이 너무 얄미웠다. 수생의 얼굴에서 저절로 굿김이 뿜어져 나왔다.

"설령 나리가 제 소원을 이뤄줄 능력이 안 된다 해도, 너무 걱정 마십시오. 나리의 소원은 무슨 일이 있어도 제가 꼭 이뤄드릴 테니까요. 누구 때문에 이리 비뚤어진 귀신이 됐는지, 꼭 알아내야겠으니 말입니다!"

14

얼마 후부터 수생과 백함 사이에는 작은 변화가 일어났다. 그들 사이의 거리가 급격하게 줄어들었던 것이다. 마음의 거리가 아니었다. 잠을 잘 때의 물리적인 거리 말이었다.

시작은 며칠 전 밤이었다. 그날 밤, 수생은 한밤중에 잠을 깼다. 무언가가 목덜미 밑으로 스물스물 기어들어오는 느낌이 났던 것이다.

그 정체를 알아내는 데는 그다지 오랜 시간이 걸리지 않았다. 목덜미를 간질이던 그것은 백함의 팔이었다.

수생은 졸린 눈을 비비며 도대체 왜 귀신의 팔이, 아니, 귀신이 여기에 와 있는지를 고민해보았다. 마치 팔베개를 해주는 다정한 서방이라도 된 듯, 백함은 평안한 얼굴로 수생의 옆에서 잠이 들어 있었다.

베개로 얼굴을 한 대 맞고서야 백함은 겨우 눈을 떴다.

"여기서 뭐하시는 겁니까? 왜 그쪽이 제 옆에서 잠을 자고 있냔 말입니다."

"새삼스레 웬 호들갑이냐. 이리 잠든 지가 얼마나 오래되었는데."

백함은 별것 아니라는 듯 돌아누우려 했다. 그 등을 수생이 다시 돌려세웠다.

"거짓말 마십시오, 제가 무슨 바보 천치인 줄 아십니까?"

절대로 믿을 수 없다는 얼굴로 수생이 백함을 째려봤다.

사실, 수생의 항의는 반은 맞고 반은 틀리는 것이었다. 잠을 자다 눈을 떴을 때, 수생의 머리카락 끝을 붙잡은 채 동그랗게 몸을 말고 있는 자신을 발견하는 것은 백함에겐 이제 특별한 일이 아니었다.

하지만 오늘처럼 수생의 곁에 가까이 다가온 적은 그가 알기론 없었다. 세상의 모든 원기를 빨아들여서라도 강해지고 싶다던 자신의 욕심이 만들어낸 일일까. 흥복과 수생의 모습을 보면서, 가족에게 돌아가고 싶다는 마음이 더 커진 탓일까.

이유야 어쨌든 강해질 수 있다면 그로서는 수생의 곁에서 잠들길 마다할 이유가 없었다.

"남정네가 이리 곁에 와 있는데, 그것도 몰랐다구요?"

도끼눈이 된 채 수생은 항의를 계속했다.

"남정네? 아하, 네 눈엔 내가 사내로 보이는 모양이로구나."

그놈의 빈정거림은 잠도 없는 모양이었다. 이젠 익숙해졌을 법도 하건만, 오늘도 어김없이 수생의 얼굴이 벌겋게 달아올랐다.

"그, 그…… 그럼 어쩝니까! 귀신이라도 겉모습은 그리 보이는 걸요."

"그래서, 두근댔더냐? 사내가 곁에 와 있으니 긴장이 되더냔 말이다."

"제가 무슨 천하의 바람둥이라도 되는 줄 아십니까?"

능창군을 향한 제 마음이 단호하다는 것을 보여주기 위해 수생은 두 주먹을 불끈 쥐어 보였다.

"허면 무슨 문제더냐? 가슴이 뛰지도 않고, 긴장이 되지도 않는다면 말이다."

"그, 그렇지만, 혹여 아버지가 보시기라도 하면 어쩝니까?"

수생의 말이 떨어지기가 무섭게 백함의 눈썹이 삐쭉 올라갔다. 아차, 귀신이었지. 내뱉은 말을 주워 담을 수도 없어 수생은 애꿎은 입술을 깨물었다.

"또 안 되는 이유를 말해보아라."

"그리해야 되는 이유나 말해보십시오. 제가 굳이 그쪽과 이리 찰싹 달라붙어 잠을 설쳐야 할 이유가 어디 있단 말입니까?"

"벌써 잊었느냐? 내 도움을 받으면 네가 갚아야 할 빚도 늘어난다 했던 것 말이다. 내가 너를 도왔으니 너도 나를 도와야지. 네 그 발목이 이리 빨리 가라앉은 게 누구 덕인지 설마 모른다 하진 않겠지?"

언제는 도와주는 게 아니라더니. 수생은 속으로 투덜거려봤지만, 그의 말을 부정할 순 없었다. 빨리 나아야 능창군을 만나러 갈 것이 아니냐. 그리 말하며 백함은 몇 번이나 수생의 부어오른 발등을 위해 차가운 손을 빌려주었던 것이다.

"이리하는 게 그쪽을 돕는 거란 말입니까? 어째서요?"

"네가 깬 내 항아리 말이다, 아무래도 그 항아리의 효력이 네게로 옮아간 모양이다. 네 옆에서 잠이 들면 원기가 회복되는 것을 보니."

백함은 수생에게 처음으로 자신의 사정을 털어놓았다. 수생의 도움을 얻으려면 이번엔 이 방법밖엔 없다는 판단이 들어서였다. 하지만 그렇다고 곱게 털어놓긴 싫었다. 부탁 같은 것도 하고 싶지 않았다. 그래서 자신의 항아리를 깨뜨린 건 다름 아닌 수생이었다는 사실을 굳이 상기시켜주는 중이었다. 그래야 거절을 하기도 더 힘들어질 것이 아닌가.

그의 의도대로 수생은 마음이 뜨끔했다. 이번에도 그의 말이 옳았다. 자신이 그날 덤벙대지만 않았더라면 수진궁 항아리를 그리 깨버리는 일도 없었을 것이다. 그랬다면 귀신이 이렇게 얼토당토않은 이야기를 당연하다는 듯 꺼내는 일도 없었을 텐데.

가만! 내 옆에 있으면 원기가 회복된다니……. 그건 반대로 말하자면, 귀신한테 내가 원기를 빼앗긴다는 소리잖아!

귀신에게 혼을 빨렸다는 사람들의 이야기를 수생은 들어본 적이 있었다. 아니, 멀리 갈 것도 없이 애당초 수진궁 귀신이 유명한 것도 그런 이유 때문이었다. 눈을 마주치는 순간 혼을 빼앗겨버린다는 그 오싹한 괴담을 벌써 잊었단 말인가.

갑자기 서늘한 오한이 목덜미를 타고 올라왔다. 뒷머리가 쭈뼛곤두섰다. 수생은 침을 한 번 꼴깍 삼킨 후 백함을 쳐다보았다.

"도, 돕긴 할 것입니다. 아니, 꼭 도와드리겠습니다. 허나……."

"허나 무엇이냐?"

"그래도 제가 사…… 사, 살아있는 것이 나리께 더 도움이 되지 않겠습니까?"

"내가 네 원기를 빼앗아갈까 봐 무섭다, 그 말이더냐? 그래서 네 소원을 들어줄 수 있는 유일한 존재인 나를 외면하겠다? 그 말은, 능창군 그자와의 연을 이루는 데도 내 도움 없이 충분하다는 말이렸다? 좋다, 곧 그자를 만날 날이 다가오는데 뭐, 어쩌겠느냐. 너 좋을 대로 하거라."

백함은 더 이상 미련 같은 건 없다는 듯 몸을 일으켰다. 항아리로 돌아가는 척 몸을 틀었을 때 수생의 손이 그의 팔을 덥석 잡았다. 백함은 못 이기는 척 수생이 하는 대로 내버려두었다. 두 눈을 질끈 감고 수생은 귀신의 팔을 베개 삼아 누웠다.

그날 밤 백함은 슬픈 꿈을 꾸었다. 그리운 목소리들이 수런수런 들려왔다.

'붓기 가라앉히는 데는 차가운 것이 최고지라.'

누군가가 자신을 업어 달래며 그리 속삭였다. 또 다른 여인의 목소리도 들려왔다.

'그래도 장하구나. 그래, 친우가 위험에 빠진 걸 알고도 구하려 하지 않으면 그것이 어찌 사내라 할 수 있겠느냐.'

눈앞을 막고 있는 안개만 걷히면 당장이라도 그들의 모습을 볼 수 있을 것 같건만, 안개는 도무지 사라질 줄을 몰랐다. 백함은 막막한 안개 속을 정처 없이 헤맸다. 그때 손끝에 누군가의 온기가

와 닿았다. 백함은 그것이 자신을 대신해 울어주는 누군가의 눈물이라는 것을 알았다. 팔베개를 해주고 있던 백함의 손끝으로 수생의 눈물이 뚝 떨어졌다.

다음 날 아침 눈을 떴을 때, 수생은 자신의 눈이 조금 부어 있다는 것을 알았다. 뭔가 슬픈 꿈을 꾸고 난 기분이었다.

이게 귀신의 팔을 베고 잔 후유증인가?

수생은 이미 사라진 귀신을 대신해 귀신 항아리를 한 번 째려봐주었다.

그런데 수생의 진짜 후유증은 그 다음부터였다. 아침부터 잠이 들 때까지, 심지어는 잠이 들어서도 백함의 얼굴을 마주대하다 보니 생긴 심각한 후유증이었다.

능창군에게 홀딱 반한 이후로, 수생의 일과는 그의 얼굴을 떠올리는 것으로 시작됐다. 매일 아침, 잠에서 깨면 수생은 그의 꽃 같은 얼굴과 바람 같은 미소를 떠올렸다. 오늘은 그 눈부신 모습을 멀리서라도 뵐 수 있지 않을까. 그런 기대를 품는 것만으로도 하루를 살아갈 힘이 났다.

그랬는데.

쓸데없이 귀신에게 기를 빼앗긴 탓인지, 언제부터인가 능창군의 얼굴이 희미해지기 시작했다. 대신 잠을 깨면 가장 먼저 생각나는 것은 백함의 얼굴이었다.

눈을 떴을 때 귀신의 얼굴이 코앞에 있을까, 뒤돌아 있을까. 지금 머리 밑에서 느껴지는 건 귀신의 팔일까, 아니면 그놈의 귀신이 장난친다고 갖다놓은 젖은 행주일까. 그런 생각들이 능창군의 얼굴 대신 떠올랐던 것이다.

아무래도 안 되겠어. 이대로 가다간 능창군 나리 얼굴을 까먹을지도 몰라.

수생은 고민 끝에 하나의 해결책을 생각해냈다. 지금 붓과 종이를 꺼내든 채 백함의 앞에 앉아 있는 건 그 해결책을 실행에 옮기기 위해서였다. 능창군의 얼굴을 보고 싶어서, 그의 얼굴을 기억하고 싶어서.

"나더러 지금 그 사내의 얼굴로 변신을 하란 말이냐?"

어림도 없는 소리라는 듯 백함이 팔짱을 꼈다.

"처음 만났을 때도 능창군 나리 얼굴로 나타나 저한테 사기를 치지 않으셨습니까? 설마, 지금 와서 못한다고 발뺌하시는 건 아니죠?"

서당개가 풍월을 읊을 만큼 시간이 지난 건 아니었지만, 수생은 어느덧 백함의 풍월을 제법 그럴듯하게 흉내 내고 있었다.

"좋다. 그게 뭐 그리 어려운 일이라고. 헌데 그림은 그릴 줄 아느냐? 내가 아무리 그 사내의 얼굴로 변해봤자 네가 제대로 그려내지 못하면 말짱 헛짓일 터인데."

"허면 마음에 담아두면 됩니다. 제 걱정일랑 붙들어 매시고 그쪽은 그쪽 할 일이나 잘 해주시면 됩니다."

얄밉게 말하며 수생이 붓을 들었다. 벼루에 담긴 먹에 붓을 적신 다음 고개를 들었을 때, 수생의 눈앞에는 어느새 능창군이 앉아 있었다. 오직 깊고 어두운 눈동자만이, 눈앞의 사내가 변신한 귀신이라는 사실을 잊지 않게 해주었다.

"하아……."

수생의 입에서 한숨이 흘러나왔다.

"웬 한숨이냐? 원하는 대로 해주었는데 감격은 못할망정."

"그간 이 모습을 뵐 수 없었다는 게 너무 안타깝고 억울해서 그럽니다. 얼마나 보고 싶었는지 아십니까, 능창군 나리. 하아……."

수생은 다시 한 번 한숨을 내쉬었다. 그러는 와중에도 능창군의 얼굴에서 시선을 떼지 않았다. 너무 감동적이리 눈물이 날 것 같은 그 미모를 최대한 오래도록 바라보고 싶었다.

그런데 수생의 눈에 눈물이 막 맺히려는 찰나, 능창군의 모습이 홀연히 사라져버렸다. 대신 백함이 명백한 비웃음을 만면에 띤 채 수생의 앞에 돌아와 앉았다.

나오려던 눈물이 쏙 들어갔다.

"벌써 나타나시면 어찌합니까? 아직 그림은 시작도 하지 않았는데요!"

안타까운 마음에 수생의 목소리가 높아졌다.

"그러니 누가 그리 넋 놓고 바라보라더냐? 네가 아직 귀신이 되어보지 않아서 잘 모르는 모양인데, 다른 이의 모습으로 오랜 시간을 있는다는 게 그리 쉬운 일이 아니다."

"허나 운종가에서는 이보다 훨씬 더 오랫동안 능창군 나리 흉내를 내지 않았습니까? 똑똑히 기억한단 말입니다."

"그건 그리 똑똑히 기억하면서, 능창군 그 사내의 얼굴은 왜 똑똑히 기억을 못 하느냐?"

백함이 다시 빈정거렸다.

그게 다 누구 때문인데…….

하지만 수생은 귀신 때문에 능창군의 얼굴이 희미해졌다고는 도저히 말할 수가 없었다. 아니, 말하고 싶지 않았다. 그런 말을 했다가는 또 어떤 놀림을 받게 될지 상상만으로도 머리가 지끈거렸던 것이다.

"능창군 나리를 뵌 지가 너무 오래돼서 그런 것 아닙니까. 이게 다 그쪽 탓입니다."

"남 탓은 참으로 잘도 하는구나."

"그건 그쪽 취미 아닙니까."

"그래? 허면 오랜만에 취미 생활 좀 해보자."

뭔가 재밌는 이야기를 해주겠다는 얼굴로 백함이 바짝 다가와 앉았다. 저리 삐딱하게 웃는 얼굴을 보는 것만큼 수생을 불안하게 만드는 일은 없었다.

또 무슨 말을 늘어놓아 내 속을 뒤집어 놓으려는 걸까?

"내가 본래의 모습으로 돌아오는 건 내 탓이 아니다. 순전히 네 탓이지. 일체유심조라는 말도 못 들어봤느냐?"

"일체유심조…… 라구요?"

"그래, 모든 것은 오직 마음이 만든다, 그런 뜻이니라. 네 마음이 나를 능창군이라 믿으면 내가 그자로 보일 것인데, 네 마음이 믿질 않으니 그리 보이지 않는단 뜻이지."

"궤변도 적당히 하십시오. 그럼 운종가에서의 일은 어찌 설명하시겠습니까?"

기가 막혀 코웃음을 치며 수생이 따져 물었다.

"그땐 네가 나를 능창군이라 철석같이 믿었으니 그런 게 아니냐. 그자가 아니라는 의심이 들자마자 내 얼굴이 보이지 않더냐?"

백함은 잘 생각해보라는 눈빛을 수생에게 던졌다.

정말 그랬나?

수생은 잠시 그날의 일을 되새김질해보았다. 그러고 보니 귀신의 말이 맞는 것도 같았다. 그의 눈을 본 순간, 능창군이 아니라는 의심이 들었고, 그러자 순식간에 능창군의 모습이 사라졌다.

"그렇긴…… 했지만."

순진하게 자신의 덫에 말려든 수생을 보고 백함이 소리 없이 웃었다.

"것 보아라. 그때도 그자를 보고 싶어 하던 네 염원이 내 얼굴을 그리 보이게 만들었던 것이다."

귀신의 세계를 알 도리가 없는 수생으로선, 그의 말의 진위 여부를 따질 능력이 없었다. 따라서 백함의 말을 믿느냐, 안 믿느냐는 전적으로 선택의 문제였다.

그동안의 경험상, 귀신이 이렇게 살짝 신난 듯 보일 때는 그의 말을 의심해보아야 했다. 허나 그렇다고 마냥 못 믿을 귀신인가 하면 그렇지도 않았다. 조금의 속임수 밑에 진실이 깔려 있을 때도 많았던 것이다.

결국 수생은 반신반의의 눈빛을 그에게 던졌다.

"그게…… 정말입니까?"

"정말이고말고. 콩깍지가 씌었다는 말도 못 들어봤느냐?"

"그게 이것과 무슨 상관입니까?"

또다시 궤변을 늘어놓으려는 걸 감지한 수생이 백함의 말을 단호히 잘랐다.

"왜 상관이 없느냐? 콩깍지가 씌면 콩깍지가 보이는 것이고, 능창군이 씌면 능창군이 보이는 것이거늘. 자, 괜한 고민 말고 어서 눈이나 감아보거라."

"눈은 또 왜 감으라 하십니까?"

"눈을 감고 그 사내를 생각해보란 말이다. 그것도 아주 간절하게. 그런 다음 다시 눈을 떠보아라. 그러면 내가 그 사내로 보일 터이니."

백함은 그리 말하며 다시 팔짱을 꼈다. 자신이 시키는 대로 하기 전까지는 절대로 능창군으로 변신해주지 않겠다는 뜻이었다.

이번에는 수생의 가슴 밑바닥에서부터 저절로 한숨이 끓어올랐다. 휴우! 그래, 어차피 맨날 속는 거 한 번 더 속아준다고 큰일 나는 것도 아니지.

수생은 순순히 눈을 감았다. 그리고 능창군의 얼굴을 떠올려보았다. 그의 얼굴이 또다시 귀신의 얼굴로 변해가려는 걸 수생은 안간힘을 쓰며 막았다. 그랬더니 어느 순간 능창군의 얼굴이 또렷해지기 시작했다.

다행이다. 이젠 됐을까? 귀신이 능창군 나리로 변해 있을까?

수생은 천천히 눈을 떴다. 기대했던 대로 능창군의 황홀한 얼굴이 눈앞에 보였다. 거의 반사적으로 수생의 얼굴이 달아올랐다. 발그레하게 살구 빛으로 변한 뺨에 수줍게 미소가 번졌다.

수생은 얼른 붓을 들었다. 흰 종이 위에 능창군의 얼굴이 조금씩 그려지기 시작했다. 그간 수진궁 회합 때 동무들하고 그림 연습을 한 게 얼마나 다행인지 몰랐다. 수생은 꽤 매끈하게 능창군의 얼굴선을 그려나갔다.

이 정도 그림이면 귀신도 마구 타박하진 않겠지?

만족한 얼굴로 수생이 고개를 들었다. 눈앞엔 어느새 다시 백함이 돌아와 있었다.

"이번엔 또 왜입니까? 능창군 나리 생각만 열심히 했는걸요. 맹세코 그쪽 생각은 하지도 않았습니다!"

"이놈의 귀신이 내 그림을 보면 또 뭐라고 할까, 그런 생각, 정말 안 했더란 말이냐?"

마치 머릿속에 들어와 보기라도 한 듯 백함이 수생의 생각을 정확히 읽어냈다.

"그, 그걸…… 어찌 아셨습니까?"

네 생각이 빤히 표정에 드러난다는 건 너 빼고 이 세상 모든 사람들이 다 알 것이다. 그렇게 대답을 하려다가 백함은 순간 마음을 바꿨다. 그런 재미난 구경거리를 사라지게 만들 순 없었다.

"수진궁 귀신의 명성이 괜히 얻어진 줄 알았더냐? 허니 나를 의심하면서 궁시렁대는 건 이제 그만두고 넌 어서 네 일에나 집중하거라."

그리 말하며 백함은 수생을 향해 손을 뻗었다. 그의 차가운 손가락이 눈두덩에 닿았다. 수생은 그 손가락이 움직이는 대로 다시 눈을 감았다.

이번에는 능창군의 얼굴을 떠올리는 데 조금 더 오랜 시간이 걸렸다. 방금 보았던 백함의 잔상이 감은 눈 밑으로 떠다니면서 능창군이 나타나는 걸 방해했기 때문이었다.

그런 사정을 알 길 없는 백함은, 눈앞의 수생이 영 마음에 들지 않았다.

능창군을 간절히 떠올리고 있는 그 모습에 심술이 났다. 내가 아닌 다른 사내로 변신해 달라고?

그건 결국 내가 사라져주길 바란다는 뜻이더냐? 그렇게 생각하니 가슴이 조금 쓰라린 것도 같았다.

그렇기에 능창군의 모습으로 수생의 앞에 있어 주고 싶지가 않았다. 계속 본래의 모습으로 돌아오며 수생을 골탕 먹이고 있는 것도 그래서였다.

백함이 능창군으로 변신해 있는 시간은 점점 짧아졌다. 그에 비례해 수생이 능창군의 얼굴을 떠올리기까지의 시간은 점점 길어졌다.

그래도 그림은 조금씩 완성되어 갔다. 이제 마지막 남은 부분, 능창군의 눈동자만 그려 넣으면 끝이었다.

그런데 그것이 가장 큰 난관이었다. 눈앞의 얼굴은 분명 능창군이었지만, 눈동자는 그의 것이 아니었다. 아니, 다정한 갈색 눈동자는 능창군의 것이었다. 그 밑에서 어른거리는 눈빛이 문제였다.

수생은 작은 한숨을 내쉬었다.

"알고 계셨습니까? 능창군 나리로 변했을 때도 나리 눈빛은 그대로 남아 있다는 것을요."

수생은 그리 말하며 붓을 들었다.

백함은 몰랐던 사실이었다. 눈빛이 남아 있다니. 이 아이가 내 눈빛을 알아본단 말인가. 능창군의 얼굴 뒤로 철저히 숨어 있을 때도?

"허니 이번엔 능창군 나리의 모습이 되어주실 필요 없습니다. 어차피 제 마음에 남은 그분의 눈빛을 그릴 거니까요."

수생은 종이 위에 거의 엎드리다시피 해서 그의 눈동자를 그리기 시작했다. 심각한 얼굴로 미간을 찌푸린 채 팔에 잔뜩 힘을 주고 있는 모습을 보니, 수생이 그 그림에 얼마나 정성을 들이고 있는지를 알 것 같았다.

수생이 그리고 있는 그림속의 사내. 그의 눈빛은 어떤 것일까. 비로소 백함은 수생이 완성해가고 있는 그림에 관심이 생겼다. 완성된 사내의 얼굴을 보고 싶다는 마음이 들기 시작했다.

수생의 관자놀이를 지나 땀방울이 또르르 흘러내렸다. 종이 위로 떨어지면 그림이 번지게 될 터인데. 문득 그런 생각이 백함을 스쳤다. 땀을 닦아주어야겠다는 생각에 백함은 자신도 모르게 손을 뻗었다.

수생도 땀을 닦기 위해 고개를 들었다. 그 순간, 자신에게 손을 내밀던 백함과 눈이 딱 마주쳤다. 나쁜 짓을 하려다 걸린 아이처럼 백함이 얼른 손을 거두어들였다.

"뭐 하시려던 겁니까?"

수생이 눈을 가늘게 찌푸렸다. 의심에 가득 찬 눈빛이 백함을 향했다.

"……뭐하긴, 땀을 닦아주려던 것뿐이다."

"나리가 제 땀을 닦아주려 하셨다고요? 누가 그런 말을 믿을 것 같습니까?"

수생은 다시 한 번 눈을 흘기며 손등으로 이마를 슥 훔쳤다.

"콩으로 메주를 쑨대도 믿지 않겠다? 그럼 이건 어떠냐. 내일 내가 능창군에게 널 데려가주려 한다는 것 말이다."

"그게 정말입니까?"

깜짝 놀라 수생은 들고 있던 붓을 놓칠 뻔했다. 그 바람에 먹물 몇 방울이 붓 끝에서 튕겨져 나와 종이 위로 투둑, 떨어졌다.

"왜, 이번에도 믿고 싶지 않더냐?"

"어째서 진작 말씀해주시지 않았습니까? 그랬다면 제가 나리를 이리 성가시게 할 일도 없었지 않습니까."

"그자를 만나면 어찌할 것이냐?"

수생이 묻는 말에 대답하는 대신 백함이 갑자기 엉뚱한 걸 물어왔다.

"예? 어찌하다니요?"

"그자에게 할 말이 있을 터이지?"

"그야 물론입니다. 지난 번 만나뵀을 때 그리 큰 실수를 저질렀으니 이번엔 꼭 용서를 구하고 나리의 오해도 풀어드려야지 않겠습니까?"

"어찌 오해를 풀 것이냐? 그자 앞에 나서면 제대로 쳐다보지도 못하고 벌벌 떨 게 뻔한 주제에. 요즘 밤마다 그자를 만나면 무슨 얘기를 해야 할까, 변명을 지어내고 있지? 하지만 막상 그자를 보면 또 넋이 나가버릴 텐데, 그런 변명이 다 무슨 소용이 있겠느냐. 준비했던 말들이 생각이나 나겠느냐?"

"실은 안 그래도 그게 고민입니다. 어찌 나리는 그리 제 마음을 귀신같이 알아차리십니까?"

수생은 얼떨결에 그리 말해놓고 깜짝 놀라 입을 다물었다. 귀신같이…… 라니. 이런 실수를 벌써 몇 번이나 하는 거야, 이 바보.

백함은 눈을 살짝 찌푸렸을 뿐 기분 나쁜 내색을 하지는 않았다. 그것만으로도 놀라웠는데, 한 술 더 떠서 이번엔 수생을 걱정해주기까지 했다.

"허나 너무 염려할 것은 없다. 내가 널 도와줄 터이니. 그자의 얼굴을 보고도 떨지 않을 수 있도록 말이다."

"정말이요? 어찌 말입니까?"

"이제부터 나를 똑바로 쳐다보거라."

백함은 그렇게 말하며 수생의 앞으로 바짝 다가앉았다. 코끝이 닿을 만큼 가까운 거리였다. 사람이든 귀신이든 이렇게 누군가와 가까이 얼굴을 맞대본 적은 없었다. 당황해서 수생은 자신도 모르게 살짝 시선을 피했다.

"왜 눈을 피하느냐? 아직 능창군으로 변하지도 않았는데 말이다. 나한테도 이러면 그자의 얼굴은 어찌 보려고?"

그 말이 맞았다. 수생은 다시 그를 마주보았다. 그새 능창군으로 변한 얼굴이 수생을 지그시 내려다보고 있었다.

순간 수생은 숨이 멎는 줄 알았다. 가짜라는 것은 알고 있지만, 어떻게 이 황홀한 모습에 숨이 막히지 않겠는가. 심장이 뛰지 않을 수 있단 말인가.

능창군의 섬세하고 우아한 얼굴을 수생은 하나하나 훑어 나갔다. 이 기회에 얼른 기억해 둬야지. 오늘 밤엔 꼭 이 얼굴을 기억하면서 잠이 들 테야.

수생의 눈이 마지막으로 능창군의 눈에 가 닿았다. 그의 눈빛과 마주하는 순간, 거짓말처럼 백함의 얼굴이 돌아왔다.

"두 눈을 부릅뜨고 나를 보란 말이다. 그리 눈을 깜빡이면 잡생각이 끼어들어 능창군의 모습이 사라져버린다고 몇 번을 말해야 하느냐! 자, 다시 해보자."

백함의 말에 따라 수생은 다시 연습을 시작했다. 그가 시키는 대로 두 눈을 부릅떴다. 최대한 오래 눈을 감지 않으려고 주먹까지 불끈 쥐었다. 안간힘을 쓰느라 수생의 두 주먹이 부들부들 떨렸다.

그 모습이 너무 웃겨서 백함은 참았던 웃음을 터뜨리고 말았다. 그 웃음과 함께 능창군의 얼굴이 다시 사라졌다.

"하하하하."

뭐가 그렇게 재미있는지 백함은 뒤로 반쯤 쓰러진 채 배꼽을 잡았다.

또 당했다. 일부러 날 놀리는 거야.

수생은 웃어젖히는 백함을 보며 그 사실을 깨달았다. 그런데도 이상하게 부아가 치밀진 않았다. 아니, 정확히 말하자면 화를 내기 전에 놀라버렸다는 표현이 맞을 것이다.

백함이 저렇게 웃을 수 있는 사람이라는 것을 수생은 처음 알았다. 빈정거리는 삐딱한 미소가 전부일 거라 생각했기에, 그의 웃음은 신기하기까지 했다.

저 어두운 우물 같은 눈에서도 빛이 반짝일 수 있구나. 그것이 신기해서 수생은 웃고 있는 그를 바라보았다.

백함이 서서히 웃음을 그쳤다. 수생에게서 아무런 반응도 없는 것이 이상했다. 백힘은 다시 똑바로 징좌를 하고 앉았다. 눈앞의 수생이 뚫어져라 자신을 쳐다보고 있었다.

화가 많이 났나?

백함은 고개를 살짝 옆으로 기울이며 수생의 안색을 살폈다. 궁금함에 씰룩거리던 그의 눈썹이 위로 치켜 올라갔다. 백함의 까만 눈동자가 동그랗게 드러났다.

수생은 귀신의 눈을 말없이 들여다보았다. 이렇게 가까운 거리에서 보는 그의 눈동자는 조금 달라 보였다. 늘 어둠처럼 까맣다고만 생각했었는데 지금 보니 그 어둠에도 미묘한 농도차가 존재했다.

흰 자위와 눈동자의 경계선 위에는 알아챌 수 없을 만큼의 푸른빛이 희미하게 어른거렸다. 눈동자의 중심부에는 이 세상에 존재할 것 같지 않은 어둠이 뭉쳐 있었다. 계속 바라보고 있자면 끝없이 심연으로 상대방을 끌고 들어갈 것 같은 깊은 우물 같은 어둠이었다.

얼마나 깊을까. 저 어둠 속엔 뭐가 있을까. 그게 궁금했던 걸까. 수생은 왠지 그의 눈동자에서 시선을 뗄 수가 없었다.

얼마나 쳐다보고 있었던 걸까. 귀신이 후, 하며 수생의 눈에 바람을 불었다. 깜짝 놀란 수생의 속눈썹이 파르르 떨렸다. 그 바람에 수생은 퍼뜩 정신을 차리고 어두운 우물을 빠져 나왔다.

자칫하면 끌려들어갈 뻔 했어. 저 차가운 우물 속에 빠져서 다시는 헤어 나오지 못할 뻔했어…….

"두 눈을 부릅뜨는 것은 좋은데, 상대는 좀 살펴가면서 하거라. 능창군을 그리 보라 했지, 나를 그리 보라 했느냐?"

자신이 시킨 대로 눈을 부릅뜨는 연습을 하는 거라 결론을 내린 백함이, 수생에게 핀잔을 주었다.

이번에는 귀신같이 알아채지 못한 백함의 무신경함이 참으로 다행이었다. 그의 눈동자에 홀렸다는 걸 안다면 무슨 타박이 날아들지 모를 일이었으니.

하지만 다시 그의 눈을 들여 볼 마음은 들지 않았다. 무언가 위험 신호가 느껴졌다.

어쩌면…… 능창군 나리의 얼굴이 희미해지는 건, 눈을 감으면 이 귀신의 얼굴이 떠오르는 건, 저 어둡고 강력한 어둠의 힘일지도 몰라. 다시 저 우물에 가까이 가면 안 돼. 능창군 나리의 꿈을 꾸려면 여기서 일어나야 해.

수생은 제 마음의 소리를 따라 벌떡 일어났다. 아무 말도 없이 방문을 열고 나가는 수생의 뒷모습에 의아한 백함의 눈길이 잠시 머물렀다.

수생은 평소보다 일찍 잠자리에 들었다. 하지만 좀처럼 잠이 오질 않았다. 내일이면 능창군을 볼 생각에 설레어서일까. 아무리 애를 써도 마음이 차분해지질 않았다.

심호흡을 한 후 수생은 다시 잠을 청했다. 눈을 감자 능창군의 얼굴이 떠올랐다. 하지만 그 얼굴은 얼마 버티지 못한 채 또다시 귀신의 얼굴로 변해버렸다.

수생은 다시 눈을 떴다. 등 뒤에서 귀신의 규칙적인 숨소리가 들려왔다. 그 평온한 소리를 듣고 있자니 괜시리 억울한 심정이 되었다.

아무리 생각해도 이건 이놈의 팔베개를 한 뒤부터 벌어지는 일이야. 이 모든 일의 원흉은 바로 저 귀신이라고. 그런데 혼자만 저리 태평하게 잠을 자다니. 이건 뭔가 공평치 못해.

수생은 몸을 반 바퀴 돌려 백함을 향해 돌아누웠다. 마지막으로 능창군의 얼굴을 보고 자야겠다는 결심이 섰던 것이다. 그러려면 잠이 든 그를 깨워야 했다.

백함은 눈을 감은 채 얼굴을 찡그리고 있었다. 태평스러운 숨소리와는 달리 어쩌면 나쁜 꿈을 꾸고 있는지도 몰랐다.

잔뜩 찌푸린 그 이마를 보고 있자니, 수생의 손이 근질거렸다. 수생은 검지를 들어 백함의 미간 위를 살짝 눌렀다. 곧 찌푸린 얼굴이 펴지는가 싶더니 그가 눈을 떴다.

수생의 얼굴이 가까이 있는데도 백함은 그다지 놀란 기색을 보이지 않았다. 그저 눈만 몇 번 깜빡 거릴 뿐이었다.

"아무래도 안 되겠습니다. 한 번 더 해주십시오. 낮에 했던 그거 말입니다."

잠에서 덜 깬 얼굴로 백함이 눈을 찌푸렸다.

"아침이면 능창군을 만날 수 있다 하지 않았느냐."

"능창군 나리의 꿈을 꾸고 싶습니다. 아침에 일어나면 능창군 나리의 얼굴을 떠올리고 싶단 말입니다. 그런데 자꾸 나리 얼굴이 보입니다. 요 며칠 동안 계속 그랬단 말입니다."

결국 수생은 제 고민을 털어놓고 말았다. 이렇게 하지 않으면 귀신이 도저히 자신의 부탁을 들어줄 것 같지 않아서였다.

백함은 감으려던 눈을 다시 치켜떴다. 무슨 말을 듣고 있는 것인지 이해가 잘 가지 않았다. 내 얼굴을 떠올린다고? 네가, 나를?

"곰곰이 생각을 해봤는데, 아무래도 잠들기 전에 본 얼굴이 나리 얼굴이라 그런 것 같습니다. 그러니 딱 한 번만 더 능창군 나리의 모습이 되어주십시오. 오늘은 꼭 그분의 얼굴을 떠올리며 자야겠단 말입니다."

"……낮에 그려둔 그림을 보면 될 것이 아니냐."

백함의 목소리는 낮게 가라앉아 있었다. 독설을 내뿜을 땐 잘 몰랐는데, 이렇게 고요한 어둠 속에서 들어보니 그 목소리는 꽤나 따뜻한 울림을 갖고 있었다.

"그건…… 아까 나리가 놀라게 하는 바람에 마지막에 망쳐버렸잖습니까."

그리 둘러댔지만, 실은 수생도 조금 전에 그 그림을 다시 집어들었더랬다. 백함의 말처럼 능창군의 얼굴을 떠올리기 위해서였다.

그런데 그 그림의 주인공은 도저히 능창군이라고 할 수가 없었다. 분명 능창군으로 변한 귀신을 보고 그렸건만, 아무리 보아도 능창군이 아닌 귀신의 얼굴을 닮아 있었던 것이다.

"그리 소원이라면 어디 한 번 해보아라."

목소리만 들으면 꽤나 다정한 말을 해주고 있다고 착각했을지 모른다. 하지만 실상은 귀찮아서 들어주는 부탁일 게 뻔했다. 퉁명스러운 말투가 그것을 증명해주고 있었다.

그래도 들어준다는 게 어디야? 그리 생각하며 수생은 얼른 눈을 감았다.

잠시 후 눈을 떠보니, 백함의 얼굴은 그대로였다.

아차, 눈을 감고 능창군 나리를 떠올리랬지?

수생은 다시 눈을 감았다. 하지만 보이는 것은, 아직 남아 있는 백함의 잔상이었다.

그 잔상이 사라질 때까지 수생은 가만히 눈을 감고 기다렸다. 여름 벌레들이 창 밖에서 울어대는 소리가 들렸다. 그 소리에 묻혀서인지 백함의 숨소리는 들려오지 않았다.

귀찮게 구는 자신을 피해 혹, 항아리 안으로 들어가버린 건가?

문득 그런 생각이 들어 수생은 다시 눈을 떴다. 하지만 아니었다. 백함은 여전히 칠흑 같은 눈동자로 수생을 보고 있었다.

다시 그 눈을 바라보지 않으려 했는데, 다시는 그 어둠의 깊은 우물을 들여다보지 않으려 했는데, 무엇에 홀렸는지 수생의 눈이 그 눈동자를 마주 보았다.

무슨 생각을 하시는 겁니까. 왜 능창군 나리로 변해주시지 않는 겁니까.

그리 물어야 했지만, 왠지 입이 떨어지지 않았다.

여름 벌레의 울음소리를 뚫고 어디선가 이상한 소리가 들려왔다. 쿵. 쿵. 제 안의 어딘가에서 들려오는 소리 같았다.

일체유심조.

모든 것은 오직 마음이 만든다더니, 그 말이 맞는가 보다. 능창군 나리를 보고 싶다고 생각했더니 심장이 뛰네. 마음속에 계시는 나리를 향해서, 이렇게 말이야.

새벽에 눈을 떠보니 백함의 모습은 이미 사라지고 없었다.

항아리 속으로 들어갔나? 수생은 항아리가 어디 있나 찾기 위해 고개를 돌렸다. 그 순간 뒷골이 당기는 느낌이 났다. 마치 누군가 등 뒤에 몰래 숨어서 머리를 잡아당기고 있는 것처럼.

오늘은 젖은 걸레 대신, 머리 갖고 장난질인가?

수생은 등 뒤에 귀신이 있을 거라 생각하고 고개를 휙 돌렸다. 그러나 보이는 것은 귀신이 아니었다. 상상도 못했던 광경이 눈앞에 펼쳐져 있었다. 자신의 머리카락이 가닥가닥 나뉘어져 책상이며 장롱 다리에 묶여 있었던 것이다.

"좋은 말로 할 때, 이거 빨리 푸십시오."

이를 꽉 깨문 듯한 수생의 목소리는 부글부글 끓기 직전이었다.

"이거 큰일 났구나. 오늘이 능창군을 만나러 가는 날이 아니더냐? 헌데 그리 묶여 있어서 어찌하느냐. 서둘러 길을 떠나지 않으면 그 사내를 못 만날지도 모르는데."

짐작대로 백함의 목소리가 가까운 곳에서 들려왔다. 보나마나 어디 벽에 삐딱하게 기대서 팔짱을 끼고 있을 테지.

"장난치지 마시고 어서 풀어주십시오!"

수생이 다시 외쳤다.

그런데 대답은 난데없이 바깥에서 들려왔다.

"무슨 일이 있느냐?"

걱정 가득한 홍복의 목소리였다. 곧이어 다가오는 그의 발소리가 들렸다.

으아, 어떡한담? 아버지가 이 꼴을 보시면 안 되는데!

수생은 얼른 바닥에 엎드렸다. 그런다고 자신의 모습이 숨겨질 리도 없는데. 그 사실을 깨달은 순간, 수생은 재빨리 앞으로 기었다. 책상다리에 돌돌 말린 머리카락을 풀어내려는 것이었다. 하지만 무릎으로 채 한걸음을 내딛기도 전에 문이 벌컥 열렸다. 그 사이로 흥복의 얼굴이 나타났다.

수생이 화들짝 놀라 그 자리에 엎어졌다면, 흥복은 뒤로 나자빠져 기절할 뻔했다. 바닥에 대자로 엎드린 수생의 긴 머리카락이 여덟 가닥으로 나뉜 채 거대한 문어발처럼 방 안에 퍼져 있었던 것이다.

"너…… 너, 왜 이러는 게냐. 이게 대체 무슨……."

흥복은 제대로 말을 잇지도 못했다.

"벼, 별것 아니에요, 아버지. 머리카락이 자꾸 엉키길래 이렇게 펼쳐놓고 한 번 빗어보려고……. 허니 어서 돌아가 계셔요. 곧 진짓상 올리겠습니다."

"정말로…… 괜찮은 게냐?"

미심쩍다는 얼굴로 흥복이 다시 물었다.

"그럼요, 아버지. 동무들한테 들은 비법이라 한 번 실험해보는 겁니다."

수생은 만면에 웃음을 담아 아비를 쳐다보았다. 흥복은 잠시 머뭇머뭇하다가 마지못해 문을 닫았다. 계속 이리 지키고 서 있는 것도 서로에게 민망한 일이겠다 싶었던 것이다.

"계속 그러고 있을 테냐, 아니면 얌전히 내 말을 들을 테냐?"

흥복의 발소리가 멀어지고 나자 이번엔 백함의 목소리가 들려왔다. 소리가 나는 쪽으로 수생은 고개를 돌렸다. 어느새 그가 수생의 옆에 와서 앉아 있었다.

"또 뭘 가지고 이러시는 겁니까? 어제 일 때문이라면, 좋습니다, 제가 잘못했습니다. 다시는 그러지 않겠습니다. 허니 이것 좀 풀어주십시오. 능창군 나리를 만나 뵈러 가야 한단 말입니다."

"누가 뭐라더냐. 그자를 만나러 가야 해서 이러는 것이다."

백함은 그리 말하며 수생의 옆에 바지저고리 하나를 툭 던졌다. 남의 집 헛간에서 훔쳐오기라도 한 듯 허름한 바지저고리였다.

"이게 뭡니까?"

"네가 오늘 입을 옷이다."

"예? 싫습니다! 어째서 능창군 나리를 만나러 가는 데 남장을 해야 한단 말입니까? 전 저 옷을 입고 갈 겁니다."

수생은 어젯밤 머리맡에 꺼내놓았던 붉은 치마와 노란색 저고리를 가리켰다. 불만으로 수생의 볼이 잔뜩 부어올라 있었다.

"허면 계속 그리 묶여 있던가."

백함은 눈썹 하나 까딱하지 않았다.

잠시 팽팽한 기 싸움이 벌어졌다. 하지만 언제 수생이 귀신과 싸워 이겨본 적이 있던가. 게다가 이 싸움은 처음부터 공정하지 않았고, 따라서 승산이 없는 싸움이었다.

수생은 결국 백기를 들고 말았다.

"이, 입을 겁니다. 입겠습니다."

진작 그럴 것이지 왜 괜히 힘을 빼느냐. 그런 표정으로 수생을 흘깃 본 후, 백함은 재빠른 손놀림으로 수생의 머리카락을 풀기 시작했다.

잠시 후, 머리를 땋은 수생이 돌아와 앉았다. 백함은 수생의 코앞에 다시 바지저고리를 내밀었다. 그것을 받아드는 대신 수생은 방바닥에 고이 개어놓은 치마저고리에 미련 섞인 시선을 던졌다.

"조금이라도 곱게 차려입고 가면 그자가 행여나 널 봐줄까 싶겠지? 꿈 깨라. 손만 뻗으면 한성의 온갖 미색들을 가까이 할 수 있는 사내인데, 다홍 치마저고리가 아니라 연지 곤지를 찍고 간들 눈썹이나 까딱할까."

"연을 맺어준다는 사람이 할 말은 아닌 듯싶습니다!"

빈정거리는 귀신이 얄미워서 수생이 쏘아붙였다. 역시, 어제 일은 착각이었다. 심장이 뛰다니. 어이가 없어서 펄쩍 뛸 지경인데.

"너는 그저 내가 시키는 대로 따르면 된다."

"저는 그쪽의 종이 아닙니다. 시키면 시키는 대로 해야 하는 그런 사람이 아니란 말입니다. 말이 나왔으니 드리는 말씀입니다만, 우린 서로 협정을 맺었으니 엄밀히 말하자면 동등한 입장 아닙니까. 그런데 왜 그쪽은 제게 하대를 하고 저는 존대를 해야 하는지도 잘 모르겠습니다. 솔직히 살아있을 때나 양반이지 죽어서도 신분을 따지는 건 말이 안 되지 않습니까? 그럼 저는 죽어서도 천것이라고요? 그건 너무 억울하지 않습니까."

"사당에 날 찾아왔을 땐 귀신님, 왕자님, 마마, 나으리, 온갖 존칭을 다 갖다 붙이더니, 이제 와 존대하는 게 억울하시다?"

"그, 그때야…… 무서워서 그런 것이지 그쪽이 저보다 신분이 높아 그런 것은 아닙니다. 헌데 가끔 보면 그쪽은 저를 하인 대하듯 하신단 말입니다!"

"귀신 따위가 양반 행세를 하는 게 가소롭다, 그 말인 게로구나."

백함은 씁쓸하게 웃었다. 그의 말에 자조가 섞여 있다는 것을 느꼈는지 수생은 잠시 당황한 표정이 되었다. 그 모습에 백함이 다시 미간을 찌푸렸다.

찔러놓고는 상대가 아파한다고 저리 움찔하는 모습이라니.

수생의 여물지 못한 마음이, 감정을 숨기지 못하는 순진한 눈동자가 백함은 갑자기 짜증스러워지기 시작했다.

애당초 수생의 소원을 도와주기로 한 것은 자신의 목적을 이루기 위함이었지만, 그 소원이 흥미를 끈 것은 다른 이유에서였다. 진실한 마음이란 건 존재하지 않는다는 걸 알려주겠다는 비틀린 심사에서 시작된 흥미였던 것이다.

오늘 능창군을 만날 수 있도록 돕는 것도, 결국은 마음이라는 간교한 요물 앞에 수생을 던져놓는 일이 될 것이었다. 그 요물에게 물리고 할퀴고 찢길 일이 산더미처럼 기다리고 있을 터인데, 그런 여물지 못한 마음으로 넌 그걸 견뎌낼 수 있겠느냐.

그럴 때마다 그 상처를 오롯이 드러내 나의 마음을 불편하게 만들 것이냐.

이런 생각을 하고 있는 자신에게 백함은 다시 짜증이 났다. 저 계집애가 마음을 찢길까 봐 신경이 쓰인다고? 그래서 그곳에 데려가는 게 이리 마뜩치 않은 것이라고? 괜한 심술이 나서 머리카락을 묶어놓을 만큼? 아니면 이 심술에는 다른 이유가 숨어 있는 것인가.

복잡해지려는 제 마음이 백함은 싫었다. 쓸데없이 말랑말랑해지는 자신이 맘에 들지 않았다. 내 얼굴이 자꾸 보인다니. 그런 말로 자신을 흔들려 하는 수생에게 심사가 뒤틀렸다. 그의 말투가 더 냉랭해졌다.

"그렇다면 네 마음대로 해보아라."

백함은 들고 있던 바지저고리를 방바닥에 툭, 던졌다. 그리고는 용건이 끝났다는 듯 몸을 일으켰다.

수생은 가슴이 덜컥 내려앉았다. 마음대로 해보라는 말은, 명령도 않는 대신 도와주지도 않겠다는 뜻이었다.

그러면 안 되는데. 귀신의 도움이 없으면 능창군 나리를 만나러 갈 수가 없는데…….

"누, 누가 마음대로 하겠답니까!"

다급하게 외치는 소리에 백함이 뒤돌아서던 걸음을 멈췄다. 고개를 돌려보니 수생이 자신이 던져놓은 옷으로 슬그머니 손을 뻗고 있었다.

"하라는 대로 하겠습니다. 허나 왜 그래야 하는지, 그 이유 정도는 설명해주실 수 있지 않습니까?"

집어든 바지저고리를 품에 안은 채 수생이 백함을 올려다보았다. 꽤나 애처로운 표정을 지으려고 노력하고 있는 듯했다.

허긴, 이제 제대로 설명해줄 때가 되긴 했지.

백함은 능창군 그자가 글월 비자에게 했다는 이야기를 다시 떠올려보았다. 모월 모일에는 편사대회에 참가하러 근처 활터에 갈 예정이라 집 안이 텅 빌 것이다. 그러니 심부름을 와도 그날은 피해야 헛걸음을 면할 수 있을 것이니라. 능창군은 분명 그리 일렀다고 했다.

그자가 굳이 그런 말을 건넨 이유를 그리고 그 말을 건네고자 한 진짜 상대가 누구인지를 백함은 쉽게 짐작할 수 있었다. 그것은 편사대회가 열리는 날 활터에 나오라는 전갈이었다. 그리고 그 전갈은 너무나 명백하게도 수생을 향하고 있었다. 하지만 백함은 구태여 그런 사실까지 시시콜콜 알려줄 마음은 없었다.

"그 사내가 오늘 인왕산 아래 있는 활터에 나올 예정이다. 그곳에서 열리는 편사대회에 참석하게 될 게야."

백함은 건조한 목소리로 간소하게 내용을 전달했다.

바지저고리가 수생의 품안에서 떨어져 내렸다. 그와 동시에 수생의 아래턱도 밑으로 툭, 떨어졌다.

"편사라면…… 능창군 나리께서 활을 쏘러 가신단 말입니까? 설마, 제 눈으로 직접 그 모습을 뵐 수 있게 되는 거예요?"

조금 전까지 풀 죽었던 모습은 어디로 사라졌는지, 수생의 눈동자가 번쩍번쩍 빛나기 시작했다. 수생은 두 손을 꼭 그러모은 채 말을 타는 능창군의 모습을 상상하기 시작했다.

능창군의 뛰어난 활쏘기 실력에 대해서는 수생도 익히 들어 알고 있었다. 군자가 반드시 익혀야 할 여섯 덕목으로 일컬어지는 서(書:

글씨), 악(樂: 예악), 어(御: 말타기), 사(射: 활쏘기), 주(酒: 술), 수(數: 수학) 중에서 어느 것 하나 남보다 뛰어나지 않은 것이 없다는 능창군이었다. 그 중에서도 사례(謝禮)는 으뜸이라 칭송되곤 했다. 특히나 말을 탄 채 활을 쏘는 궁마술은 따를 자가 없다고 모두가 입을 모았다.

그러나 수생이 아는 이들 중에서 그 모습을 실제로 본 사람은 극히 드물었다. 호들갑을 떨며 전하는 목격담들도 알고 보면 오며가며 주워들은 이야기들을 옮기는 데 불과했다.

그런데 이제 자신의 눈으로 직접 능창군의 활 쏘는 모습을 지켜볼 수 있다니.

생각만으로도 가슴이 콩닥거리고 입이 헤벌쭉 벌어졌다.

"그자가 활 쏘는 모습을 구경하는 것이 네 목적이더냐?"

날카로운 목소리가 수생의 꿈결 같은 상상 속을 삐죽 뚫고 들어왔다. 수생의 눈동자가 현실로 돌아왔다. 백함이 못마땅한 눈으로 자신을 노려보고 있었다.

"그간 능창군을 만나길 노심초사 기다려온 이유가 고작 그런 것이냔 말이다."

귀신이 다시 다그치듯 물었다.

"누가 그렇답니까. 전 그저 능창군 나리께서 활을 당기시는 그 황홀한 자태를 두 눈으로 직접 뵈올 수 있다고 생각하니 기뻤을 뿐입니다. 그쪽이야말로 왜 역정을 내십니까?"

"내게 합당한 이유와 설명을 달라 하지 않았더냐. 그러니 정신

차리고 들으란 말이다. 제 할 일이 무엇인지도 모른 채 넋이나 빼고 앉아 있는 인간 따위, 딱 질색이니까."

무엇 때문에 심통이 났는지는 몰라도 막무가내로 자신을 몰아붙이는 귀신 때문에 수생도 슬슬 열이 오르기 시작했다.

"저도 그쪽 같은 매정한 귀신은 질색입니다. 누군가를 마음에 품어본 적 없으시지요? 연모해본 적도 없으시지요? 그러니 제 마음을 아실 게 뭡니까!"

홧김에 수생은 백함의 말을 맞받아쳤다. 귀신의 표정이 눈에 띄게 굳어지는가 싶더니 안 그래도 냉정한 얼굴이 순식간에 얼어붙었다. 얼음으로 뒤덮인 귀신의 얼굴은 조금만 건드려도 빠지직 균열이 일어날 것 같아 겁이 날 정도였다.

"그런 하찮은 마음 따위를 알아야 할 이유가 무엇이지?"

반문하는 백함의 목소리도 꽁꽁 얼어붙어 있었다. 높낮이조차 느껴지지 않는 목소리였지만 수생은 그가 화를 내고 있다는 것을 알 수 있었다.

건드리지 말아야 할 무엇을 건드린 것이 틀림없었다. 허나, 무엇을?

문득 얼마 전 귀신이 절박하게 쫓으려 했던 여인이 떠올랐다. 생전에 알던 여인일까. 어쩌면 연모했던 사람일까? 백함에게선 그 어떤 설명도 들을 수 없었지만 왠지 그럴지도 모른다는 생각이 들었다.

말실수를 했다는 생각에 수생은 후회가 됐다. 동시에 오기도 솟았다. 아무것도 알려주지 않는데 어떻게 그 마음을 헤아릴 수 있단 말야? 게다가 마음 내키는 대로 온갖 험한 말들을 잔뜩 쏟아내고 있는 게 누군데!

따지고 보면 그게 말실수보다 더 나쁜 것이었다. 의도적으로 상대의 마음을 도발하는 것이니까. 그렇다면 정작 화를 내야 할 사람은 귀신이 아니라 수생 자신인지도 몰랐다.

"연정을 하찮다 여기는 분한테 연을 맺는 일을 부탁했으니, 이것 참 송구해서 어쩝니까? 허나 너무 억울해 마십시오. 저도 그쪽의 소원을 들어주는 일이 그리 기꺼운 것은 아니니 말입니다."

수생은 귀신에게서 배운 빈정거림을 그대로 흉내 냈다. 한쪽 눈썹을 들어 올린 채 무심한 듯 냉소적인 표정으로 말하는 것도 잊지 않았다.

제법 그럴듯하게 해냈다고 생각했지만 효과는 그다지 극적이지 못했다. 아무것도 눈치 채지 못했다는 얼굴로 귀신은 건조하게 수생의 말을 받았다.

"허니 서로에게 달갑지 않은 일, 하루 빨리 털어내는 것이 서로를 위해 좋을 것이다. 나는 그리 애쓰고 있는 중이다. 오늘의 일도 그 일환임은 물론이고. 네 호들갑에 역정이 나는 이유가 이제 설명이 됐느냐?"

귀신과의 말다툼은 늘 이런 식이었다. 티격태격 하다 보면 수생은 어느새 귀신이 원하는 곳에 가 있는 자신을 발견하곤 했다. 이번에도 예외 없는 결론에 이르렀다는 것을 느끼자 수생의 어깨에서 힘이 빠졌다. 어차피 이렇게 된 것, 오늘은 더 이상 귀신을 건드리지 않는 게 상책이었다.

"예, 됐으니, 이제 남장을 해야 되는 이유나 설명해주십시오."

수생은 시들시들한 목소리로 대꾸하며 다시 바지저고리를 품에 안았다.

"오해를 풀려면 그자를 직접 만나야 할 터인데, 구경꾼 무리 속에 있어 본다 한들 말 한마디 섞기 힘들다. 또한 편사대회에서 응사(應射: 활을 쏘는 것)하는 한량들에게 가까이 갈 수 있는 여인들은 사대에 서서 소리를 하는 기녀들뿐이다. 허면 소리도, 춤도 할 줄 모르는 네가 기녀로 분할 수 있겠느냐? 하다못해 기녀들만큼의 맵시와 미색이라도 갖추었느냐? 그것도 아니니, 결국 네가 계집인 한은 그자에게 가까이 갈 방법이란 없다. 때문에 그자와 대면하려면 다른 방법을 찾아야 하는 것이다."

빈정거리지도, 힐난하지도 않는 지극히 평범한 말투로 백함은 말을 이어갔다.

수생은 고개를 숙인 채 그의 말을 듣고 있었다. 냉기조차 담지 않았음에도 평소보다 훨씬 더 차갑게 들리는 목소리였다.

"사내 행세를 하면 나리를 만나 뵐 방법이 생깁니까?"

"활터에 나가면 사원(射員)들을 돕는 한량이나 동자들이 있게 마련이다. 허니 사정에 나가 네가 할 수 있는 일들을 찾아봐야지."

"도와주시는 거지요?"

수생은 슬쩍 백함의 눈치를 살폈다. 백함이 천천히 고개를 끄덕였다.

"활터에서 그 사내와의 만남이 성사되고 나면, 그 다음은 네가 날 위해 뛸 차례이니 마음의 준비나 단단히 해두거라."

"그 여인…… 말을 타고 지나갔던 그 여인하고도 관련이 있는 겁니까, 나리의 원한을 푸는 일 말입니다."

먼저 말해줄 때까지 기다려 보려고도 했지만, 수생은 역시 그의 이야기가 궁금했다. 할 얘기가 다 끝났다는 듯 되돌아서던 백함의 등이 멈췄다. 그 차가운 등에 부딪힌 질문은 짤막하지만 단호한 답변으로 되돌아왔다.

"알 것 없다."

"그럼 제가 알아야 할 건 뭡니까? 설마 아무것도 알려주지 않은 채 원한을 풀어달라는 말씀은 아니겠지요?"

그대로 보내도 됐는데 자꾸만 쓸데없는 말이 입안에서 튀어나왔다.

가만히 등을 돌린 채 서 있던 백함이 천천히 돌아섰다.

"네가 알아야 할 것? 그리 궁금하다면, 좋다, 말해주마."

백함은 짧게 한숨을 쉰 다음 다시 말을 이었다.

"내 마지막 기억은 칠 년 전에 멈춰 있다."

"칠년이라면……. 그럼 그때가?"

백함이 드디어 자신의 죽음에 대해 입을 열었다. 괜스레 긴장이 된 수생은 다음 말을 기다리며 마른 침을 삼켰다.

그런데 이어지는 그의 말은 꽤나 생뚱맞은 것이었다.

"죽음을 맞았을 때 내 나이가 적어도 열두 살은 넘지 않았겠느냐?"

"예?"

문맥을 놓친 수생으로선 반문밖에 할 수 있는 것이 없었다.

"적어도 너보다는 먼저 태어났을 것이란 말이다."

"예?"

어리둥절한 수생의 얼굴을 보고 백함은 답답하다는 듯 한숨을 내쉬었다. 그리고는 선심 쓴다는 얼굴로 설명을 시작했다.

"내가 더 이상 양반이 아닌 귀신이어도, 너와 내가 협정으로 맺어진 사이라 해도, 나는 너를 하대하고 너는 나를 존대해야 하는 이유. 이제 알겠느냐?"

말이 끝나기가 무섭게 번쩍, 하며 작은 섬광이 일었다. 동시에 항아리가 푸른빛을 발했다. 이제는 익숙해진 이 광경은 귀신이 항아리로 돌아갔음을 의미했다.

백함이 그렇게 사라지고 난 뒤 수생은 다시 한 번 그가 했던 말들을 되짚어보았다. 그제야 비로소 그가 하려던 이야기가 이해됐다.

그러니까 결국 내 말에 꽁해 있었다는 거잖아. 그러면서도 기어이 존대는 받아야겠다 이거지?

조금 전까지 백함이 서 있던 자리를 흘겨보며 수생은 코웃음을 날렸다. 그러면서도 마음 한 구석에선 안도감이 느껴졌다. 얄밉고 매몰찬 평상시의 모습으로 되돌아온 귀신이 어쩐지 반갑기도 했다.

게다가 그 와중에도 한 가지 정보는 알려주고 가지 않았던가. 무슨 사연인지는 알 수 없으나 칠 년 전에 억울한 죽음을 맞은 사내.

수생은 처음으로 귀신의 진짜 모습에 한 발짝 다가간 느낌이 들었다.

항아리의 주인

사람이 산을 이루고 사람으로 바다를 만든다는 말을 들어보긴 했지만 그 말이 뜻하는 바를 이렇게 실감하기는 처음이었다. 산길은 바위산을 오르는 사람들의 행렬로 가득 차 있었다. 그들의 행렬은 마치 역류하는 골짜기의 물줄기처럼 인왕산 기슭을 졸졸졸 거슬러 올라갔다.

그 무리에 끼어 산길을 오르고 있는 수생은 백함이 요구한 대로 허름한 바지저고리 차림이었다. 한 갈래로 땋은 머리는 반으로 접어 올려 그 위에 머리끈을 질끈 묶었다. 소매 사이로 언뜻언뜻 보이는 얇은 손목과 짧은 바짓단 아래로 드러난 가는 발목을 제외하면 제법 사내아이의 모습처럼 보였다.

너무 힘껏 맨 탓인지, 아니면 머리끈 밑에 베인 땀 때문인지, 수생은 연신 얼굴을 찡그리면서 머리띠 위를 손으로 벅벅 긁어댔다.

다른 쪽 손으로는 항아리를 단단히 껴안고 있었다. 항아리의 목에는 끈이 칭칭 둘려져 있었고 그 끈의 끝은 다시 수생의 허리끈에 얌전히 매여 있었다.

아침에 그렇게 항아리로 돌아간 후, 귀신은 다시 모습을 보이지 않았다.

도와준다고, 아니, 협정을 이행하겠다고 약조해놓고 모른 척하겠다는 겁니까? 흥, 제가 그리하시도록 내버려둘 것 같습니까?

수생은 항아리를 덥석 집어 들고 집을 나섰다. 처음엔 사라진 귀신이 얄미워서 허리띠에 대롱대롱 매고 걸을 생각이었다. 하지만 그러다 보니 무게 때문에 자꾸만 바지춤이 내려갔다. 결국 수생은 귀한 보물이라도 되는 양 항아리를 품에 안고 걸을 수밖에 없었다.

인파에 떠밀리다시피 산길을 올라오자, 드디어 널찍한 공터가 펼쳐졌다. 편사대회가 열릴 활터였다. 곧 이곳에 능창군이 모습을 드러낼 것이라 생각하니 수생의 가슴은 벌써부터 두근거리기 시작했다.

하늘은 화창했지만 바람이 꽤나 많은 날씨였다. 바람이 한 번 불어올 때마다 하늘의 구름이 기기묘묘한 돌바위와 나무 위를 지나며 변화무쌍한 그림자를 만들어냈다. 활터 주변에 널린 바위 위에는 벌써 사람들이 삼삼오오 무리를 지어 앉아 있었다.

활터는 크게 두 공간으로 나뉘었다. 공터에서 바라보면 조금 더 올라간 산자락 위에 작은 정자가 우뚝 솟아 있었다. 편사에 참가하는 사원들이 대기하며 휴식을 취하기도 하는 이 정자는 활터의 가장 중심 장소였다. 때문에 활터와 그 활터에서 궁술을 연마하는 한량들을 사람들은 사정(射亭)이라는 말로 통칭해 부르곤 했다.

정자 조금 아래로는 나무로 만든 난간이 길게 일렬로 늘어서 있었다. 사원들이 활시위를 당길 장소, 곧 사대(射臺)였다.

난간에는 두 보(步) 간격으로 일정하게 끈이 매어져 있었다. 황색, 백색, 청색으로 된 각각의 끈은 오늘 대회에 참가하는 세 편을 의미했다.

사대 밑으로 이어진 경사로의 돌바위 틈으로는 늦여름 나무들이 듬성듬성 솟아 있었다. 그 경사로가 끝나는 지점에 좁고 낮은 골짜기가 자리했다. 자연적으로 생겨난 이 골짜기를 중심으로 정자와 사대가 있는 활터의 중심부와 과녁이 자리한 공터가 나뉘어졌다.

활터에 올라온 구경꾼들은 골짜기 안으로 들어가 자리를 잡았다. 사대에서 쏜 화살은 이 골짜기를 지나 과녁을 향해 날아가게 되어 있었다. 그런 만큼 활쏘기를 구경하기에 이보다 좋은 장소는 없었다. 사람이 점점 늘어남에 따라 골짜기 사이로 불쑥불쑥 솟아난 구경꾼들의 새카만 머리가 이리저리 물결을 쳐댔다.

나무로 만든 네모난 과녁은 사대에서부터 백이십 보 떨어진 지점에 위치했다. 길이 열네 자, 넓이 열 자 크기로 된 세 개의 과녁은 각각 다섯 보의 거리를 두고 세워져 있었다.

각각의 과녁 앞에는 동그란 웅덩이 같은 구멍이 파여 있었다.

뭘 하는 곳이지?

호기심이 인 수생은 웅덩이 가까이 다가가 고개를 쭉 내밀었다. 안에 뭐가 있나 살펴보았지만 그냥 흙바닥일 뿐이었다. 과녁에 맞고 떨어지는 화살을 모아놓으려고 파놓은 구멍인가?

과녁 바로 밑에 위치해 있는 것을 보면 그럴싸한 추측 같기도 했다.

고개를 갸웃거리며 웅덩이 근처를 서성이는 수생을 보고 키 작은 사내 하나가 다가왔다.

"고전(告傳)이쇼?"

툭 던진 사내의 질문에 수생이 눈을 동그랗게 떴다. 고전이라니, 그게 뭐지?

"고전…… 이요?"

계집임을 들키지 않으려고 수생은 목소리를 낮게 깔았다. 혹시 사내들이라면 누구나 아는 말일까? 고전이 무엇인지 모른다고 하면 계집으로 의심 받게 되는 걸까? 그리 생각하자 심장이 벌렁대기 시작했다.

"화살이 적중했는지 여부를 고하는 사람 말요."

"아, 그것 말이오? 하하하."

사내는 과장된 웃음을 짓는 수생을 의심스러운 눈초리로 훑어봤다. 상황을 모면하기 위해 수생은 얼른 화제를 다른 곳으로 돌렸다.

"헌데 나리는 뭐하시는 분입니까?"

"됐고, 구경 왔거든 저쪽으로나 가보쇼. 예서 얼쩡대면 준비하는데 방해만 되니!"

사내는 과녁 뒤로 사라지더니 잠시 후 커다란 천 몇 장을 손에 들고 다시 나타났다. 제일 왼쪽에 선 과녁으로 다가간 사내가 천을 하나 펼쳤다. 천의 중앙에는 사슴과 돼지 그림이 그려져 있었다. 사내는 그 천을 과녁의 중심에 붙이기 시작했다.

사내가 두 번째 과녁에 천을 붙이고 돌아서려 할 때 바위산을 넘어 강하게 바람이 불어왔다. 돌풍 같은 바람에 과녁 앞에 놓아둔 천들이 날아갔다. 갑작스런 상황에 놀라 사내가 손을 뻗었지만 천은 이미 허공으로 날아간 후였다.

맞바람을 피하기 위해 잠시 등을 돌렸던 수생은 어어어, 하며 높아지는 사내의 목소리에 고개를 돌렸다. 하얀 것이 너풀거리며 눈앞으로 날아들더니 그대로 수생의 얼굴을 덮쳤다. 바람은 여전히 세차게 불어오고 있었다. 덕분에 수생의 얼굴에 걸린 천들은 장애물을 벗어나려고 발버둥을 쳐댔다.

버둥거리기는 수생도 마찬가지였다. 얼굴을 덮은 천을 걷어내려고 수생은 두 팔을 허우적거렸다. 그 바람에 손에서 떨어진 항아리가 바지춤에 매달려 대롱거리고 있었지만 너풀거리는 천 자락과 씨름하느라 수생은 미처 그 사실을 깨닫지 못했다.

얼굴에서 겨우 천을 떼어냈을 때 사내가 달려왔다.

"하이고, 다행이다. 그거 날아갔으면 죽은 목숨 될 뻔했네. 젊은 총각, 좀 아까 타박해서 미안했소."

사내는 능청스런 웃음을 날리며 수생에게 손을 내밀었다. 잘 됐다, 이 기회에 활쏘기에 대해 이것저것 물어볼 수 있겠는걸! 수생도 활짝 웃으며 손에 든 천을 내밀었다.

그 순간, 허리춤이 왠지 허전하게 느껴졌다. 고개를 숙인 수생은 깜짝 놀랐다. 바지허리를 묶은 끈이 항아리의 무게를 견디지 못해 풀려나가고 있었던 것이다.

헉, 항아리가! 안 돼!

미처 딴 생각을 할 겨를도 없이 수생은 손을 뻗어 항아리 끈을 잡았다. 나머지 한 손으로는 흘러내리려는 바지춤을 급히 부여잡았다. 그 사이, 허리끈은 나울나울 땅에 떨어져 내리고 있었다.

천을 돌려주려다 말고 갑자기 딴 짓을 하는 수생에게 사내가 역정을 냈다. 그의 천이 아직 수생의 손바닥 안에 있었던 것이다.

"왜 이러쇼? 어서 내놓으쇼. 사원들이 도착하기 전에 과녁에 사포(射布: 과녁 중앙에 붙이는 천) 설치를 끝내야 한단 말요!"

사내가 힘을 주어 천을 휙 잡아당겼다. 손바닥에서 천이 스윽 빠져 나갔다. 난처한 얼굴로 엉거주춤 서 있는 수생을 못마땅한 눈으로 훑어본 다음 사내는 천을 들고 과녁을 향해 가버렸다.

수생은 재빨리 주위를 둘러보았다. 허리춤에서 풀려나간 끈이 수생의 짚신 신은 발 옆에 떨어져 있었다. 바람에 끈이 들썩거렸다. 조금이라도 지체하면 끈은 이대로 날아가 버릴 것 같았다.

수생은 허리끈을 향해 재빨리 발을 뻗었다. 그 순간 원망스럽게도 바람이 다시 불어왔다.

급히 허리끈을 밟아보려 했지만 이미 늦은 후였다. 끈은 바람에 실려 과녁 뒤편으로 휘익 날아가 버리고 말았다.

아아악, 안 돼!

날아가는 허리끈을 쫓아 뛰려다가 수생은 멈칫했다. 이 꼴로 돌아다닐 생각을 하다니, 미치지 않고서야!

그때 과녁 앞에 움푹 파인 웅덩이가 수생의 눈에 들어왔다. 수생은 그 안으로 허겁지겁 뛰어들었다. 웅덩이 안에 자리를 잡고 앉자 입에서 긴 한숨이 흘러나왔다.

이제 어찌해야 할지, 수생은 난감하기 그지없었다. 까딱 잘못하다가는 이 웅덩이 속에 쪼그리고 앉아 하루해를 다 보낼 판이었다. 그리 되면 무슨 수로 능창군 나리를 만나 뵐 수 있으랴.

하아, 이게 무슨 꼴이람? 쓸데없이 항아리는 가져와가지고.

수생은 항아리 끈을 움켜쥐고 있는 자신의 손을 내려다보았다. 천천히 손을 들어 올리자 항아리가 끈에 딸려 수생의 눈높이까지 올라왔다.

"지금 시점에 도와달라고 해봤자 콧방귀도 안 뀌겠지요?"

수생은 가만히 눈앞의 항아리를 지켜보았다. 역시나 대답 같은 건 없었다.

"예, 예. 마음 내킬 때만 나타나는 귀한 몸이니 어련하시려구요. 압니다, 다 제 잘못입니다. 왜 하필이면 이놈의 끈에 항아리를 매달고 와서……."

가만, 끈이라고? 수생은 내리려던 손을 급히 다시 들어올렸다. 항아리의 목을 한 바퀴 두른 끈이 수생의 손끝에 매달려 있었다.

바보같이, 내가 왜 이 생각을 못했지?

수생은 급히 끈을 풀기 시작했다. 매듭이 단단하게 묶여 있어 잠시 씨름을 벌여야 했지만 이내 항아리의 목에서 스르르 끈이 풀려

나왔다.

수생은 서둘러 끈을 바지허리에 대고 한 바퀴 둘렀다. 그 끝을 단단히 매듭짓고 나자 그제야 겨우 한시름 놓였다.

옆에 내려놓은 항아리를 수생은 손끝으로 가볍게 톡톡, 쳤다. 한 건 했다, 항아리야. 귀신보다 네가 낫다.

수생은 만면에 미소를 띤 채 항아리에서 고개를 들었다. 그 순간, 수생의 입에서 숨죽인 비명이 터져 나왔다. 바짝 얼굴을 들이대고 있던 백함과 하마터면 정면으로 박치기를 할 뻔 했던 것이다.

"으악!"

"매번 볼 때마다 매번 놀라는 것도 쉽지 않은 재주겠구나."

이번에도 빈정거림으로 첫 말문을 여는 귀신이었다.

"매번 나올 때마다 매번 놀라게 하는 것은 그럼 뭐, 취미십니까?"

"지지 않으려고 꼬박꼬박 대드는 것은 천성이더냐?"

"꼬박꼬박 대들 만한 말만 하는 것은 노력의 결과시랍니까?"

한마디도 지지 않으려고 수생은 눈에 불을 켰다. 다시 반박을 하려던 백함이 무슨 생각에선지 갑자기 입을 다물었다.

이런 말다툼이나 하고 있자고 여길 온 것이 아니다. 이래놓고 누가 누구더러 목적을 잊고 호들갑이나 떤다고 역정을 낸단 말인가.

"헌데 왜 불쑥 나타나신 겁니까? 아침부터 사라져선 코빼기도 보이지 않으시더니."

백함은 대답 대신 턱으로 수생의 뒤편을 가리켰다. 급히 고개를 돌린 수생이 웅덩이 밖으로 얼굴을 쏙 내밀었다.

커다란 깃발을 휘날리며 일단의 사내들이 공터로 들어오고 있었다. 어깨 허리춤에는 활통을 매고 손에는 활을 든 모습을 보아하니 오늘 편사대회에 참여하는 사원들이 틀림없었다. 깃발은 사원들이 속한 사정을 상징하는 듯했다.

수생의 눈이 번쩍 뜨였다. 저 안에 능창군 나리가 계실 거야!

눈에 불을 켠 채 수생은 사원들의 무리 속에서 능창군의 모습을 찾기 시작했다.

첫 번째 깃발을 앞세운 무리들이 지나갔다. 곧이어 두 번째 사정이 그 뒤를 따랐다. 하지만 능창군의 모습은 보이지가 않았다. 설마 참석하시지 않은 건 아니겠지? 수생의 마음이 점점 초조해졌다.

마지막 깃발이 활터로 들어왔다. 우두머리로 보이는 초로의 선비가 깃발을 든 사내 뒤에 서 있었고 그 뒤를 비슷한 연배로 보이는 건장한 사내가 뒤따랐다.

나리는? 능창군 나리는 어디 계시지?

수생의 초조한 시선이 재빨리 다음 사람으로 넘어갔다.

그곳에 능창군이 있었다. 다른 사원들처럼 머리에는 자신이 속한 사정을 의미하는 청색 두건을 두른 채 능창군은 앞서 가는 사내의 뒤로 두어 발짝쯤 간격을 둔 채 걷고 있었다.

어깨를 단정하게 편 채 발걸음을 옮기고 있는 능창군의 우아한 자태는 수많은 사원들 사이에서도 단연 눈에 띄었다. 정강이 부분을 감싼 비단 행전(行纏: 무릎 아래부터 발목에 이르는 부분을 덮는 각반의 일종)과 도포 소매를 여미고 있는 가죽 습(拾: 활을 쏠 때 소매를 묶어주는 끈)은 건장한 체격과 조화를 이룬 그의 날렵한 발목과 손목을 더욱 도드라져 보이게 했다.

수생은 벌떡 몸을 일으켰다.

아아, 저 모습이야. 저 모습을 얼마나 뵙고 싶었는데!

조금이라도 그를 가까이에서 보고 싶어 수생은 마음이 달았다. 웅덩이에서 나가기 위해 수생은 가슴 높이 정도의 땅바닥에 얼른 손을 짚고 그 위로 급히 한 발을 올렸다. 그리고는 땅을 짚은 팔과 다리에 힘을 주고 펄쩍 뛰어올랐다.

그런데 다음 순간, 수생의 몸은 땅으로 올라오는 대신 웅덩이 바닥으로 미끄러지고 있었다. 백함의 손이 수생의 발목을 꽉 잡아 아래로 끌어내리고 있었던 것이다.

“아, 정말 왜 그러십니까!”

수생은 귀신에게서 발목을 빼내려고 버둥거렸다.

“지금 나가서 뭘 어쩌겠다고? 예서 기다리거라.”

“하지만 나리랑 저분들 모두 저 위로 올라가시려는 모양이란 말입니다."

볼멘소리를 하며 수생은 깃발을 따라 멀어지고 있는 능창군을 열심히 눈으로 좇았다. 능창군은 이미 다른 사원들과 함께 산자락을 올라가고 있었다.

급한 마음에 수생이 다시 웅덩이 밖으로 한쪽 다리를 척 올려놓았다. 그대로 위로 뛰어오르려는 순간 이번엔 허리춤이 조여왔다. 백함의 손이 수생의 바지허리를 묶은 끈을 뒤에서 잡아당기고 있었던 것이다.

"따라가 볼 수 있으면 가보든지."

말은 그렇게 하면서도 백함은 허리끈을 잡은 손에 힘을 주어 수생을 뒤로 확 끌어당겼다. 수생은 그대로 웅덩이 안으로 굴러 떨어졌다.

"여기 있다간 나리를 놓쳐버릴지도 모른단 말입니다!"

왜 도와 주기는커녕 방해를 하려는 건지 수생은 귀신을 이해할 수가 없었다.

“어허! 지금 네가 할 일은 저자의 뒤꽁무니를 쫓는 게 아니라 저자가 네게로 올 길을 지키는 것이란 말이다!”

“나리께서 이쪽으로 오실 거란 말입니까?”

수생의 목소리가 한 풀 꺾였다. 백함은 고개를 끄덕였다.

“이 과녁으로 화살을 쏠 것이니 당연히 자신이 쏜 화살을 확인하러 내려오겠지. 그러니 너는 이곳을 잘 지키고 있다가 그자가 가까이 오거든 말을 걸 기회를 엿보란 말이다. 그자의 동태는 내가 살피고 올 테니.”

백함은 그리 말하더니 순식간에 모습을 감췄다. 가타부타 대답할 겨를도 없이 수생은 웅덩이 안에 덩그러니 남겨졌다.

귀신을 기다릴까, 능창군을 따라갈까. 수생은 잠시 고민에 빠졌다.

과연 귀신의 말을 믿어도 될 것인가. 동태를 살피고 온다 속여놓고, 항아리 속에 들어가서 유유자적 자신이 애태우는 걸 지켜보는 건 아니겠지?

하지만 수생은 이내 고개를 저었다. 뻔뻔하고 가끔은 어이없는 속임수를 쓰기도 했지만 돌이켜보면 꼭 필요할 때 귀신은 늘 자신을 도와주었다.

수생은 천천히 웅덩이에 등을 기댔다. 그리고는 능창군이 올라간 산자락 쪽을 바라보았다. 정자 주위로 사원들이 삼삼오오 모여 활쏘기 준비를 하고 있는 모습이 보였다.

귀신은 지금 어디쯤에 있을까. 벌써 저 정자 위에 도착해 있겠지? 능창군 나리는 찾았을까?

그에 대한 소식을 들고 백합이 어서 돌아오기를 수생은 목을 길게 빼고 기다리기 시작했다.

정자 밑에 세워진 사대에는 갖가지 고운 빛깔의 화려한 천들이 휘날리고 있었다. 편사대회가 시작되면 사원들의 뒤에 늘어서서 창을 할 기녀들의 치맛자락이었다.

사원들이 아직 사대로 나서기도 전인데, 기녀들은 일찌감치 그곳에 모여들었다. 그 중에도 명당자리가 있는지 정자 가까운 한 곳에 유난히 많은 기녀들이 몰려 있었다. 그녀들의 시선은 모두 한 곳으로 향하고 있었다. 정자 저편에 자리를 잡은 채 열심히 활촉을 다듬고 있는 능창군, 그에게로.

자신에게 쏠리는 시선을 느꼈는지 능창군이 고개를 들었다. 여기저기서 감탄 섞인 탄식이 흘러 나왔다. 능창군은 눈이 마주치는 모든 기녀들에게 예의 그 공평한 미소를 흩뿌렸다.

백함은 정자 난간에 등을 기댄 채 그런 능창군의 모습을 지켜보고 있었다. 온갖 계집들을 훑으며 마음에도 없는 눈웃음이나 남발하는 사내라니. 저리 한없이 가벼운 사내가 그리 좋더란 말이냐. 무시무시한 귀신하고 계약을 맺을 만큼?

물론 겉모습이 번지르르한 사내인 것만은 틀림없었다. 하지만 속도 괜찮은 사내일까? 쉽게 계집들의 마음을 희롱한 다음 거리낌 없이 내팽개치는 그런 사내가 아니라는 걸 어찌 알지?

능창군의 눈이 문득 한 기녀에게 머물렀다. 먹잇감이라도 발견한 건가.

백함은 기대선 자세만큼이나 삐딱하게 입술을 일그러뜨렸다. 웬 귀신 하나가 자신을 잡아먹을 듯 노려보고 있는 것도 모르고 능창군은 눈을 반달처럼 접으며 느긋한 미소를 날렸다.

난 육신이 없지만 저 사내는 영혼이 없군. 저리 감흥 없는 미소에 호들갑 떠는 계집들이라니. 백함은 혀를 끌끌 찼다.

능창군은 곧 기녀에게서 미소와 함께 시선을 거둬들였다.

그저 닮은 이였을 뿐이구나. 허면 그 아이는 오지 않는 것인가?

능창군은 사대에 모여선 기녀들을 지나 활터 아래쪽으로 시선을 보냈다. 골짜기에 모여든 구경꾼들 사이에 혹 있을까?

능창군이 자꾸만 기녀들에게 눈길을 보내는 건 백함이 생각하는 것과는 달리 계집들을 희롱하려 함이 아니었다. 그는 수생을 찾고 있었다. 자신과 함께 밤을 보냈다는 믿기 힘든 말을 남기고 갔던 윤 상궁의 조카 아이.

그날 밤 일에 대해 분명 그 아이에겐 아직 할 말이 남아 있을 터. 능창군 역시 아직 듣지 못한 그 말들이 궁금했다. 두 사람 사이에 정확히 어떤 일이 있었는지를 알아야만 앞으로의 일에 대해서도 결정을 내릴 수 있을 것 같았다.

그냥 잊어버려도 되는 일인지, 혹은 어떤 방식으로든 책임을 져야 할 것인지…….

더 이상 새문리로 심부름을 오지 않는 그 아이를 만나려면 오늘이 좋은 기회가 될 것이라 능창군은 믿었다. 얼마 전, 글월 심부름을 온 수진궁 비자에게 슬쩍 편사대회 이야기를 흘린 것도 그 때문이었다. 즉, 그것은 편사대회로 자신을 찾아오라며 수생에게 보낸 전언이었던 것이다.

그러나 능창군이 오늘의 편사대회에 참여하기로 결심한 것은 수생 때문만은 아니었다. 그날 밤 아끼던 말에 이상한 장난을 친 자들에 대한 작은 오기가 발동했기 때문이기도 했다.

금일 활쏘기 실력을 겨루게 될 세 편은 각각 한성의 서쪽과 북쪽 그리고 남쪽에 위치한 세 곳의 사정이었다. 전란 이후 우후죽순 생긴 사정들 중에서도 이 세 곳은 한성을 대표하는 활터로 이름을 날리고 있었다. 그 이유는 세 활터에서 수련을 하는 사원들의 면면과도 무관하지 않았다.

남산골에 위치한 활터에는 남인들이, 백악 아래 북촌의 활터에는 북인들이, 그리고 이곳 인왕산 활터에는 서촌 근방에 거주하는 서인들이 속해 있었다. 다시 말하자면 권력을 놓고 엎치락덮치락 힘겨루기를 하고 있는 정치 세력들이 각각의 활터를 대표하고 있었던 것이다.

현재의 임금이 왕의 자리에 오른 지 칠 년. 예조판서 이이첨을 필두로 한 북인들은 권력을 독점해 나가며 승승장구하고 있었다. 반면 왕의 이복동생, 영창(永昌)을 추종하던 서인 세력들은 급격히 그 세를 잃었다. 그 결과, 이제 서인들은 권력에서 멀어진 채 숨을 죽이며 지내고 있었다. 온건파에 속하는 이항복을 중심으로 명맥이 유지되고 있었지만, 이이첨의 세력으로 흡수된 사람들도 부지기수였다.

남인들은 영의정 이원익을 중심으로 뭉쳐 있었다. 북인 중심의 조정에서 이원익이 살아남을 수 있었던 것은 왕이 아직 세자이던 시절, 영창을 옹립하려던 움직임에 반대한 덕분이었다. 때문에 일부 남인들은 이이첨에게 무릎을 꿇었다며 영의정을 곱지 않은 시선으로 보기도 했다.

이렇게 해서, 사색당파가 어우러졌던 조종은 몇 년 만에 북인들의 손에 의해 장악되었다. 이제 권력 싸움의 중심은 북인들 내에서 갈라진 대북(大北)과 소북(小北)에게로 옮겨간 상태였다. 세간에서는 삼(三)창 부원군이 현재의 조정을 쥐락펴락하고 있다는 말이 공공연하게 떠돌았다. 대북의 거두 이이첨, 그리고 소북의 거두 박승종과 유희분이 바로 그들이었다.

그러나 이이첨은 자신의 손에 들어온 권력을 다른 이들과 나누고 싶어 하지 않았다. 일 년이 멀다하고 반복되는 역모사건의 뒤에 다른 세력의 목줄을 끊어버리려는 대북 세력들의 음모가 있다는 것을 모르는 이들은 없었다.

호시탐탐 서로의 목줄을 노리는 정치 세력들. 그렇기에 오늘의 편사대회는 한성을 대표하는 사정들이 궁술을 겨루는 자리라기보다는, 무대를 바꾸어 벌어지는 힘겨루기에 더 가까웠다.

북인들이 중심이 된 백군(白軍)은 오늘의 활쏘기 대회를 이용해 자신들의 세력을 과시하고 싶어 했다. 반면 남인들을 중심으로 한 황군(黃軍)은 정권을 장악한 북인들에 대한 반감을 궁술로 되갚고 싶어 했다.

그러나 이 대회를 누구보다도 기다려온 것은 바로 서인들을 중심으로 한 청군(靑軍)이었다. 지난 해 역모 혐의로 사사된 왕의 이복동생 영창, 그 사건의 빌미가 된 서자들의 역모사건으로 철퇴를 맞은 서인들은 이 대회를 설욕의 장으로 삼고자 했다.

사정이 이렇다 보니 능창군의 대회 참석 여부는 날이 갈수록 초미의 관심사가 되어갔다. 한성 최고의 궁사라는 능창군이 만일 대회에 참여한다면, 각 사정의 이해관계가 크게 달라질 것이기 때문이었다.

평소 능창군이 이곳 인왕산 활터에 자주 모습을 보인다는 것은 널리 알려진 사실이었다. 덕분에 그의 활솜씨를 보고 배우러 먼 곳에서 일부러 인왕산 활터를 찾아오는 한량들도 있었다.

하지만 이번 편사대회에 능창군이 함께 할 것인가에 대해서는 같은 인왕산 사정의 한량들조차도 반신반의했다. 붕당 세력의 대리전 성격이 짙은 이번 대회에 서인들과 함께 참여를 한다는 것은, 정치적으로도 그들과 뜻을 같이 한다는 것으로 해석될 소지가 다분했기 때문이었다.

때문에 능창군이 편사대회에 참여할 것이라는 소식이 전해졌을 때, 서인들은 환호성을 질렀다. 대신 북인들은 입술을 깨물었다.

그리고 그것이 바로 능창군이 이 대회에 참여한 진짜 이유였다. 자신이 대회에 참가하지 못하기를 바랐던 자들, 그 목적을 위해 자신의 말에 못된 장난질을 한 자들에게 소소한 되갚음을 해주고 싶었던 것이다.

아무리 바람처럼 살겠다 하였어도 모든 것을 스치고만 지나갈 순 없는 일. 산이 가로막으면 옆으로 돌아가고 맞바람이 불면 뒤로 돌아간다 하여도, 작은 돌부리 정도로 제 길을 포기하긴 싫었다. 그 정도의 오기는 자신에게 허락하며 살아도 되지 않겠는가.

드디어 대회의 시작을 알리는 징이 울렸다. 먼저, 세 명의 사두(射頭 ; 사정의 우두머리. 편사장과 동일한 의미)가 나란히 사대로 나섰다. 백색 끈이 묶인 좌측의 사대에는 북촌 활터의 사두가, 황색 끈이 펄럭이는 가운데 사대에는 남촌의 사두가, 마지막으로 청색 끈이 장식된 우측의 사대에는 서촌의 사두가 자리를 잡았다.

활시위가 팽팽하게 당겨지더니 곧이어 경쾌하게 줄 튕기는 소리와 함께 세 대의 화살이 허공을 가로질렀다.

골짜기에서 퍼져 나오는 함성 소리를 지나 화살이 과녁에 꽂힐 때마다 과녁 옆에 선 획창(獲唱: 화살이 명중했음을 소리쳐 알리는 사람)이 '관중(貫中: 과녁에 명중된다는 뜻)이오!' 하며 크게 소리를 질렀다. 그러면 사대 뒤에 늘어선 기생들이 그 소리를 받아 신명나게 창을 했다.

사두들이 사대에서 내려가자 본격적인 편사대회가 시작되었다.

각 사정에서 선발된 열 다섯 명의 사원들은 순서대로 각각 다섯 발씩의 화살을 쏘게 되어 있었다. 그들이 과녁에 명중시킨 화살수를 더해 오늘의 승부가 가려지게 되는 것이었다.

웅덩이 안에 들어가 목을 뺀 채 백함을 기다리던 수생은 느닷없이 머리 위로 날아오는 화살 때문에 간이 떨어지는 줄 알았다. 놀란 가슴을 진정시킬 새도 없이 또다시 화살이 날아왔다. 수생은 급히 땅바닥에 엎드렸다. 심장이 벌렁벌렁 뛰기 시작했다.

이게 뭐지? 아까 사포를 붙이던 사내가 분명 고전은 화살이 적중하면 고하는 사람이라 했는데, 그게 아닌가? 화살받이가 되는 건가? 어쩌지? 귀신이 분명 여길 지키고 있으라고 했는데.

능창군의 소식을 알아보러 가겠다던 귀신은 정자 위로 올라간 이후로 감감무소식이었다.

백함이 오지 않는지 보려고 수생은 무겁 위로 고개를 쏙 내밀었다. 세 번째 화살이 날아왔다. 인간의 눈동자를 노리며 발톱을 세운 맹금처럼, 화살은 날카로운 촉을 앞세운 채 슉슉 바람을 가르며 수생의 눈을 향해 돌진해왔다.

수생은 비명을 지르며 웅덩이 안으로 쓰러지듯 주저앉았다. 머리 위를 아슬아슬하게 지나간 화살은 웅덩이의 반대편 벽에 부딪친 후 바닥으로 떨어져 내렸다. 조금만 반응이 늦었다면 화살에 머리를 관통 당했을지도 몰랐다. 이번엔 진짜로 죽을 뻔했다는 생각에 온몸이 후들후들 떨려오기 시작했다.

백함은 활터 밑 공터로부터 웬 귀곡성이 울려 퍼지는 것을 들었다. 그 소리에 화답하듯 골짜기를 메운 구경꾼들에게서 웃음이 터져 나왔다.

"아니, 어떤 계집 같은 놈이 저리 앙증맞게 짹짹대나 그래?"

누군가 빈정대며 외치는 소리에 다시 한 번 떠들썩한 웃음소리가 활터를 울렸다.

수생과 백함은 모르고 있었지만, 사실 과녁 앞에 웅덩이처럼 파놓은 무겁(사람이 들어앉아 화살의 적중 여부를 확인하는 장소)은 인왕산 활터의 명물이었다. 무겁을 향해 날아드는 화살을 피하기 위해 엎어지고 자빠지며 비명을 내지르는 고전의 모습은 이 활터에서 열리는 편사대회의 또 다른 재미 중 하나였다.

방금 들려온 것이 수생의 비명소리임을 백함은 즉시 알아챘다. 능창군을 좀 더 관찰하고 싶은 마음에 지체하는 사이, 본격적인 활쏘기가 시작되었던 것을 깨닫지 못하고 있었던 것이다.

무겁에 수생을 놓고 왔는데. 자칫하면 잘못 날아간 화살이 바로 과녁 밑 무겁으로 날아들 텐데.

그런 생각이 든 순간, 백함은 무겁을 향해 달려갔다. 비명소리가 들렸다는 건 아직 수생이 거기에 앉아서 자신을 기다리고 있다는 소리였다.

아니, 자신이 가져오는 능창군의 소식을.

아니, 무엇이든 좋았다. 지금은 빨리 수생에게로 가봐야만 했다.

수생은 좁은 웅덩이 안을 이리저리 개구리 튀듯 옮겨 다니고 있었다.

방향 잃은 화살들이 날아올 때마다 신음인지 울음인지 알 수 없는 소리를 내뱉으면서.

그러다 수생은 곧 화살을 피할 수 있는 방법을 찾아냈다. 무겁 안에서 가장 안전한 장소를 발견한 것이었다.

수생은 과녁에서 가장 먼 벽 쪽으로 다다닥 달려갔다. 등과 두 팔을 그 벽에 바짝 기댄 채 수생은 쪼그려 앉았다. 여기 있으면 화살이 날아와도 머리나 가슴에 맞진 않겠지. 그러면 적어도 죽지는 않을 거야.

그렇게 벽에 붙어 달달 떨고 있는데, 갑자기 한 사내가 웅덩이 옆으로 다가왔다. 과녁 옆에 서 있던 획창이었다.

"대체 뭐하고 있는 거요!"

"예?"

짧은 한마디를 내뱉는데도 턱이 덜덜 떨렸다.

"깃발 안 들 거요? 화살 방향 안 가리키고 그리 소리만 냅다 지를 거냐 말요!"

무겁에 든 고전이 해야 할 가장 기본적인 일은, 과녁에 꽂힌 화살의 방향을 자신의 깃발로 가리키는 일이었다. 그러고 나면 과녁 옆에 선 획창이 명중했다는 의미로 '변(邊)이오' 라고 외치며 커다란 깃발을 원 모양으로 돌리게 되는데, 그때 고전도 자신이 든 작은 깃발로 함께 원을 그려주면 되는 것이었다.

하지만 활터라곤 생전 처음 와본 수생이 그런 것을 알 리 없었다. 게다가 깃발이라니. 그런 것은 또 어디서 구한단 말인가.

안 그래도 놀라서 창백해진 얼굴이 당황해서 더 퍼렇게 질려갔다.

"거, 그러고 보니 수상하네. 처음 보는 얼굴인데, 고전 맞소?"

획창이 한 걸음 더 다가왔다. 금방이라도 무겁 안으로 뛰어들어 수생의 멱살을 잡고 끌어낼 기세였다.

그때 수생의 오른팔이 번쩍 올라갔다. 수생은 깜짝 놀라 제 팔을 바라보았다. 자신의 의지로 들어 올린 것이 아니었다. 그렇다면 누군가 다른 사람이?

"뭐하고 있느냐, 어서 이 깃발 잡지 못하겠냐?"

백함의 목소리가 귓가에서 수생을 재촉했다. 수생은 난데없이 나타난 청색 깃발이 들어 올린 자신의 손 옆에서 춤을 추고 있는 걸 보았다. 획창이 눈치 채지 못하도록 수생은 얼른 손가락을 뻗어 깃발을 잡았다.

"오, 오랜만에 하다보니 감을 잃어서……. 미안하게 됐소! 이제부터 조심하겠소."

수생은 최대한 목소리를 깔면서 사내 흉내를 냈다.

"제대로 하시오, 그리 실수했다간 높은 분들한테 곤장 맞기 십상이니. 아시겠소?"

획창은 마뜩찮은 표정을 지으면서 제자리로 돌아갔다.

휴우, 안도의 한숨을 쉬며 수생은 고개를 돌렸다. 어느새 모습을 나타낸 백함이 한심하다는 표정을 짓고 있었다.

평소라면 수생을 발끈하게 만들고도 남을 표정이었다. 하지만 이번엔 그렇지 않았다. 그 표정마저도 수생은 반가웠다. 화살 때문에 잔뜩 졸아 있던 마음이 이제야 조금 풀어지는 것 같았다. 창백했던 뺨에 홍조가 돌아왔다.

"왜 이리 늦게 돌아오신 겁니까? 도망가 버린 줄 알았단 말입니다!"

수생은 원망이 담긴 눈길을 백함에게로 던졌다.

"도망간 줄 알았으면, 너도 잽싸게 튀었어야지, 왜 여기 미련하게 버티고 앉아서 저 화살들을 받아내고 있는 게냐?"

"여기서 버티고 있으라면서요? 능창군 나리께서 이리 내려오실 거라고 그쪽이 분명 그렇게 말하지 않았습니까."

"해서…… 날 믿느라 그랬다는 것이냐? 그럴 리가. 능창군이 내려올까 봐 다른 데로 갈 수가 없었겠지."

백함이 삐딱하게 수생의 말을 받았다.

내 탓 하지 마라. 결국 또 그 소리를 하려는 겁니까? 수생은 대꾸를 하려고 입을 열었다.

"누가 그럽니까? 저는……."

문득 수생의 입술이 멈췄다. 능창군 나리께서 오실까 봐 다른 데로 못 간 게 아니라, 귀신 말을 믿느라 그런 거다, 그리 말하려고?

아니, 귀신의 말이 맞았다. 화살받이가 될까 봐 덜덜 떨면서도 이 자리를 뜨지 못한 건 그가 가져올 능창군의 소식이 궁금해서였으니. 하지만…….

그때 다시 화살이 슉, 무겁 위를 지나갔다. 백함이 수생의 손을 잡더니 그 손을 번쩍 위로 들어올렸다. '변이오' 하고 외치는 획창의 목소리가 들려왔다.

수생은 백함의 손을 재빨리 뿌리쳤다.

아무래도 그의 팔베개를 하고 잠이 든 순간부터 자꾸만 이상한 마음이 드는 것 같았다. 역시, 귀신한테 원기를 빼앗기면서 생기는 후유증이 분명했다. 그 후유증을 최소화하려면 조금이라도 귀신하고의 접촉을 삼가야 할 듯했다.

"왜 그러느냐?"

"함부로 자, 잡지 마십시오."

"도와준대도 싫다? 허면, 능창군 그자의 소식도 필요가 없단 말이지?"

"치, 좋습니다, 계속 그리 못되게 굴어보십시오! 전 제 힘으로 능창군 나리를 뵐 겁니다!"

수생은 휙 뒤로 돌아앉았다. 그리고는 무겁 위로 살짝 고개를 빼들었다. 능창군이 사대에 모습을 드러내기를 기다릴 심산이었다.

그런데 이게 웬 행운일까. 수생의 눈이 사대를 향함과 동시에 능창군이 거짓말처럼 모습을 드러냈다. 활터를 둘러싼 분위기가 확연히 달라지기 시작했다. 구경꾼들의 웅성거림이 커졌고 창하는 기녀들의 목소리도 높아졌다. 옆에 선 획창과 획관은 물론 다른 무겁 안에 들어가 있던 고전들까지도 사대 쪽으로 시선을 돌렸다.

멀리서 보기에도 빛이 났다. 바람에 펄럭이는 갓끈마저도 아름다웠다. 수생은 그 모습을 놓칠 새라 눈도 깜빡이지 않은 채 능창군을 지켜보았다.

사대에 올라선 능창군은 잠시 심호흡을 하며 숨을 골랐다. 이윽고 쇠뿔로 된 각지를 낀 엄지손가락 위에 화살 한 대를 올렸다. 활을 들어 올리며 능창군은 시위를 힘껏 당겼다. 한 순간 화살촉이 마치 태양이라도 쏠 것처럼 호기롭게 하늘을 향했다. 다음 순간, 그 촉은 백이십 보 거리에 세워진 과녁을 조준했다.

활시위를 끝까지 잡아당겼지만 능창군의 팔에서는 미세한 떨림조차 느껴지지 않았다. 굳건히 버티고 선 두 다리에서부터 균형 있게 발달된 등 근육까지, 수련으로 단련된 탄탄한 육신이 능창군의 흔들림 없는 궁력을 뒷받침해주고 있었다. 그런 그의 모습에서는 충만한 젊음의 기운과 늠름한 무인의 기상 그리고 고고한 선비의 기품이 동시에 풍겨져 나왔다.

능창군이 이윽고 엄지와 검지를 튕기듯 놓았다. 팽팽하게 당겨졌던 시위가 화살을 힘차게 앞으로 쏘아 보냈다.

모든 이들의 시선이 허공을 가로지르는 화살을 따라갔다. 그러나 수생의 시선은 오직 능창군에게만 머물렀다. 웃음도, 걸음걸이도, 목소리도 모두 황홀했지만 활을 든 능창군의 자태야말로 눈을 한 번 깜빡거리는 것도 아까울 만큼 멋진 것이었다.

화살이 뒤편 과녁에 꽂히는 소리에 수생은 겨우 정신을 차렸다. 돌아보니 과녁 한가운데 꽂힌 화살이 부르르 떨고 있었다. 수생은 화살이 정 가운데 명중했음을 깃발을 들어 알렸다. '변이오!' 하고 획창이 외치자 사대의 기생들이 '능창군 나리 관중이오' 라며 어느 때보다도 신명나게 창을 뽑아냈다.

능창군이 쏜 다섯 발의 화살은 모두 과녁 한가운데로 날아와 박혔다. 이를 가장 반긴 건 두말할 것도 없이 청군에 속한 사원들이었다. 능창군이 이뤄낸 몰기(한 순에 주어진 다섯 발을 모두 과녁에 명중시키는 것) 덕분에 백색 깃발을 앞세운 북촌 사정과 최후의 결전을 치룰 수 있게 되었던 것이다.

"이제 나리께서 내려오시는 겁니까?"

다른 이들의 축하를 받고 있는 능창군에게서 시선을 떼지 못한 채 수생이 물었다. 백함에게선 대답이 없었다. 함부로 잡지 말라 했다고 기분이 상했나? 귀신의 침묵에 신경이 쓰인 수생이 슬쩍 곁눈질을 했다. 옆자리에 앉아 있을 거라 생각했던 귀신은 온 데 간 데 없었다. 왠지 어깨에서 힘이 쭉 빠지는 것 같았다.

곧 다시 시합이 시작되었다. 이번엔 백군과 청군, 아니, 북인과 서인들의 맞대결이었다. 활시위가 한 번 당겨질 때마다 활터를 감싼 긴장감도 점점 높아져 갔다.

한 대의 화살도 허투루 쏠 수 없을 만큼 긴장된 분위기 때문일까. 사원들이 쏜 화살은 다섯 발 중 서너 발은 과녁에 꽂히거나 과녁 좌우를 아슬아슬하게 빗나갔다. 가끔씩은 과녁 위로 날아가 버리는 화살들도 있었다. 하지만 희한하게도 땅으로 떨어지거나 무겁을 향해 날아오는 화살은 없었다.

나리들, 잘하십니다! 쭉 이대로 힘내십쇼!

화살의 위협에서 벗어나자 이제 좀 살 만해졌는지, 수생은 과녁에 꽂히는 화살을 쳐다보면서 여유롭게 콧바람을 흩날리고 박수까지 쳐댔다.

승부는 끝까지 팽팽했다. 두 편이 각각 명중시킨 화살이 동수를 이루는 가운데 청군의 마지막 사원인 능창군이 사대로 나섰다.

옆에 선 백군 사원과 목례를 나눈 후 능창군은 활시위를 당겼다. 그의 화살은 한 치의 흔들림도 없이 과녁을 향했다. 옆에 선 사원도 안정된 자세로 화살을 날렸다.

관중. 또 관중. 다섯 번의 활시위를 당긴 시점까지 두 편은 같은 수의 화살을 과녁에 꽂아 넣었다.

승부가 끝까지 가려지지 않자 두 편의 사두가 방도를 논의하기 위해 모였다. 이대로 승부를 결정짓지 않은 채 대회를 끝낼 것인가. 아니면 끝까지 승부를 가릴 것인가.

두 사두는 양 편의 사원들에게 의견을 물었다. 그러나 모두의 의견이 다른 탓에 결론은 쉽게 도출되지 않았다.

정자에서 어떤 논의가 오가는지 알 수 없었던 수생은 무겁 안에서 발을 동동 구를 뿐이었다. 이대로 대회가 끝난 것인지 아니면 다시 대결을 시작할 것인지, 그 여부라도 알고 싶었다. 끝이 난 것이라면 더 이상 여기서 머뭇거릴 필요가 없었다. 얼른 저 위로 뛰어올라가서 능창군을 만나야 했다. 귀신은 그를 만나는 게 불가능할 거라고 말했지만, 그런 게 어디 있담! 간절히 원하면 답을 찾을 수 있는 법이었다.

내내 과녁 옆에 앉아 있던 백함이 몸을 일으켰다.

넋을 잃은 채 능창군을 쳐다보던 눈동자만큼이나, 저 안절부절못하는 모습도 꼴 보기 싫긴 마찬가지였다. 그럴 바엔 상황을 알아보러 활터 위로 올라가보는 게 낫겠다 싶었다.

백함은 정자를 향해 날듯이 걸음을 옮겼다.

정자에서는 아직도 논의가 계속 오가고 있었다.

사정들끼리의 회합이 주목적이었으니 이대로 대회를 끝내자는 온건파와 이왕 대결을 벌인 것이니 끝까지 승부를 봐야 한다는 강경파들이 설전을 벌였다. 승부를 내야 한다고 의견을 같이한 이들 사이에서도 방식에 대해서는 또다시 의견이 갈렸다. 모든 사원들이 한 순(巡)씩 돌아가며 다섯 발씩 화살을 쏘아야 한다는 의견과 한 사원이 대표로 나서서 다섯 발을 쏘자는 의견이 대립했다.

그때 백색 두건을 머리에 두른 사내 한 명이 앞으로 나섰다.

"외람되오나 사말(사원들이 자신을 낮춰 부르는 말)이 사두 어른들께 제안 하나 드려도 되올른지요?"

거침없는 목소리로 사내는 자신을 북촌 활터에서 수련하는 박상협이라 소개했다. 능창군도 몇 번 만난 적이 있는 사내였다.

마지막으로 보았던 게 아마……. 지난 번 매향각 회합 때였지?

상협은 능창군보다 십 년 쯤 연배가 높은 사내였다. 건장한 풍채

와, 대담하게 깎아놓은 목각인형 같은 얼굴은 사내답고 시원시원한 그의 성격을 짐작케 해주었다.

상협의 얼굴에서 유난히 눈에 띄는 것은 끝이 말려 올라간 입술이었다. 장난기 많은 짓궂은 소년의 잔상이 그 입술선 위에 아직 남아 있었다.

"지금껏 응사한 자들 중에서 가장 많은 화살을 관중시킨 이에게 승부를 맡기심이 어떻겠습니까? 단, 승부는 다섯 발이 아니라 한 발로 결정하는 것입니다."

상협의 제안에 사원들이 웅성거리기 시작했다.

"단 한 발에 승부를 결정짓는다면, 그것은 실력이라기보다는 요행에 가깝지 않겠소?"

누군가가 반대 의견을 냈다. 동조하는 이들이 여기저기서 고개를 끄덕였다.

"바로 그것입니다. 두 편의 실력은 이미 모든 사원들이 놓은 일흔 다섯 발의 화살로 증명이 되었습니다. 이제 두 사정 모두 우열을 가늠할 수 없을 만큼 출중한 실력을 갖추고 있다는 사실을 누구도 부인치 못할 것입니다. 허나 승부란 반드시 실력에 의해 좌지우지 되는 것만은 아니지 않습니까. 대결의 묘미도 바로 그런 데서 나오는 것이고요."

"승부를 가르는 것이 실력 말고 또 무에가 있단 말이오?"

"요행이나 우연이 아니겠습니까. 허니 이제부터 두 편 모두 실력은 내려놓고 가벼운 마음으로 한 발 남은 재미를 즐겨보심이 어떨

런지요?"

두 편의 사두가 다시 한 번 시선을 맞추었다. 그들의 입장에서 생각해봐도 상협의 제안은 솔깃한 것이었다. 상대편을 향한 경쟁심이나 투쟁심과는 별도로 승부를 가린다는 것은 양 편 모두에게 부담스러운 일이었다. 승리를 거둔다면 다행이지만 그렇지 못했을 경우 느끼게 될 열패감도 생각지 않을 수가 없었던 것이다.

그런데 이 상협이라는 자는 이미 진정한 실력은 가려졌다고 말한다. 승부를 가를 나머지 한 발은 요행과 재미일 뿐이라 한다. 그렇다면 부담을 내려놓고 승부를 즐겨볼 만도 하지 않겠는가.

그들은 상협의 제안을 따르기로 했다. 이제 마지막 응사자를 결정하는 일만이 남았다.

청군의 대표는 열 발의 화살을 모두 관중시킨 능창군이었다. 백군에서는 세 번째로 응사에 나섰던 한량이 대표로 뽑혔다.

두 사람이 사대로 나서기 직전 상협이 다시 사두들에게 다가갔다.

"송구합니다만, 한 가지 더 말씀 올릴 것이 있습니다."

"말해보시게."

"두 분의 접장(쏘는 이들을 높여 부르는 말)께서 가지고 오신 활 대신 두 분께서 한 번도 만져본 적 없는 생소한 활로 대결을 펼쳐보면 어떻겠습니까? 얼핏 보니 청군의 접장께서는 흑각궁을 사용하시고 백군을 대표하시는 접장께서는 목궁을 쓰시는 듯한데 이렇게 활의 재질이 다르면 바람의 방향이나 세기에 각기 다른 영향을 받지 않겠습니까."

"요행을 겨루는 데 그런 것이 무슨 문제가 된단 말이오?"

청군의 사두가 이마에 보일 듯 말 듯 주름을 잡으면서 물었다.

"모든 조건이 공평한 가운데 겨루어야 진짜 요행이 아니겠습니까?"

그런 질문을 예상하고 있었다는 듯 상협의 대답에는 망설임이 없었다. 청군의 사두는 즉답을 미룬 채 사대에 오를 준비를 하고 있던 능창군을 돌아보았다.

능창군이 가지고 다니는 흑각궁은 물소의 뿔로 만들어진 것으로, 그 재질이 귀할 뿐만 아니라 성능과 내구성 또한 뛰어난 활이었다. 습기에 약한 단점이 있긴 해도 오늘처럼 오색바람이 강한 날씨를 이겨내는 데는 이만한 활도 없었다.

그렇다면 결국 이 제안은 흑각궁을 사용치 못하게 하려는 계책이 아닌가. 능창군에 대한 명백한 견제라는 생각이 들어 청군의 사두는 마음이 언짢아졌다.

북촌 활터에서 수련을 한다는 것을 보니 저 박상협이란 자도 북인의 일원일 터. 그런 그의 제안을 별다른 의심 없이 덥석 받아들인 것을 청군의 사두는 뒤늦게 후회하기 시작했다.

그러나 능창군은 제안을 순순히 받아들였다. 어찌 보면 자신감의 표현이었고, 달리 보면 승부 같은 것엔 신경 쓰지 않겠다는 무심함이었다. 어느 쪽이건 평소의 능창군과 조금도 다르지 않은 모습이었다.

"허면 어떤 활을 사용하면 되겠습니까?"

능창군이 상협을 향해 물었다.

"이 활터에서 가장 허름한 활은 어떻겠습니까?"

정자에 늘어선 사원들의 머리 위로 활을 든 팔 하나가 삐죽 솟아 올랐다. 모든 이들의 시선이 일순간 그쪽으로 쏠렸다. 그러나 활을 든 자의 얼굴은 다른 사원들에게 가려 보이지 않았다.

청군의 사두가 그를 향해 다가서자 사원들이 길을 비켜 주었다. 그러자 비로소 한 손에 활을 번쩍 치켜든 사내의 모습이 드러났다. 작은 체구에 매부리 모양의 코가 도드라진 얼굴이었다.

능창군은 그를 한눈에 알아보았다. 일전에 친부의 집에서 만났던 소진사라는 자였다. 저자가 왜 여기에?

느긋하던 능창군의 눈동자에 순간 긴장의 빛이 스쳐갔다. 그다지 좋은 기억이 없는 자였다. 굳이 분류하자면 경계해야 할 인물에 가까웠다. 그날 소진사가 친부에게 전했다던 말을 떠올려보면 더욱 그랬다.

요즘 세간에 떠도는 소문 들으셨습니까? 새문리에 왕기가 서려 있다는 소문 말입니다…….

사두가 소진사 앞에 멈춰 섰다. 한쪽으로 살짝 치우쳐 있는 오른쪽 눈동자 때문에 소진사의 시선은 그 닿는 방향을 짐작하기가 힘들었다. 때문에 그가 지금 바라보고 있는 사람이 정면에 선 사두인지 혹은 그 뒤로 보이는 능창군인지 가늠하기가 쉽지 않았다.

"그 활은 접장의 것이오?"

사두가 물었다.

"소생은 그저 재미있는 편사대회가 열린다 하여 구경나온 객에 불과합니다. 오늘 대회에 참여한 어느 사정에도 속해 있지 않습니다. 다만 서촌에 기거하는 분들과 가깝게 지내는 사이라 할 수 있지요. 헌데 보니 북촌 나리께서 기발한 제안을 하시지 않겠습니까. 허면 서촌에서도 그에 상응하는 제안을 드려야 공평할 듯하여 결례를 무릅쓰고 이리 끼어들게 된 것입니다."

북인의 제안에 대한 서인의 응답. 그의 말대로 나름 균형이 맞는 공평한 거래였다. 두 사두는 짧은 논의를 거친 끝에 소진사의 제안을 받아들이기로 했다. 그들이 이런 결정을 한 데는 공평한 거래라는 점 이외에 또 하나의 중요한 요인이 있었다. 논의를 길게 끌어갈 경우 자칫 이 대결의 기저에 깔린 서인과 북인의 대립이 수면 위로 떠오르게 될지도 모른다는 우려 때문이었다.

꺼림칙한 느낌이 없는 것은 아니었지만 능창군도 묵묵히 결정을 따르기로 했다. 딱 한 발이었다. 설령 그 한 발을 엉뚱한 곳으로 날려버린다 한들 크게 문제될 일이 생기지는 않으리라. 저 소진사라는 자 또한 그저 많은 서인들이 모인 자리에서 제 존재감을 한 번 드러내보고 싶었던 것인지도 모르지 않은가.

백함은 사대 근처에 서 있던 능창군에게 다가갔다. 가까이 가서 보니 입술 꼬리가 장난스럽게 말려 올라간 남자가 능창군과 무언가 이야기를 나누고 있었다.

그 남자의 얼굴을 확인한 순간 백함은 얼어붙듯 멈춰 섰다.

분명히 기억에 남아 있는 사람이었다. 기억해야만 하는 얼굴이었다. 그런데 누구인지 떠오르지가 않았다. 기억보다 감정이 먼저 백함을 휘저었다. 뜨겁게 뭉친 불분명한 감정의 덩어리가 어두운 기억 밑바닥을 뚫고 솟구쳐 불꽃처럼 터졌다. 눈두덩이 뜨거워지는가 싶더니 눈앞이 빙빙 돌기 시작했다. 두꺼운 장막이 쳐진 것처럼 시야가 온통 암흑으로 변하며 몸이 휘청거렸다.

백함은 균형을 잃고 주저앉았다. 눈앞을 날아다니던 불꽃들이 이내 조각난 기억으로 변해 그의 머릿속을 휘젓기 시작했다.

그러는 동안 백군의 사원이 먼저 사대에 섰다. 시위를 떠난 화살이 허공을 향해 날아가기 시작했다. 팽팽하게 긴장된 공기를 뚫고 화살이 과녁을 향해 날아갔다. 사대에서 보기에는 화살의 방향이 오른쪽으로 조금 치우친 것처럼 보였다.

실패를 직감한 백군 사이에서 아쉬운 탄성 소리가 터져 나왔다. 하지만 그 소리는 이내 환호성으로 바뀌었다. 바람의 영향을 받은 화살이 아슬아슬하게 과녁 가장자리에 꽂혔던 것이다.

이제 승부는 능창군이 쏠 마지막 한 발에 달려 있었다. 능창군은 백군의 사원에게서 활을 건네받은 후 사대로 올라섰다.

모든 이들의 시선이 능창군에게 쏠렸다. 그 순간까지도 백함은 빙빙 돌고 있는 기억의 편린들 사이에서 괴로워하고 있었다.

능창군이 천천히 활을 들어 올렸다. 시위를 당기자 활체가 몸을 비틀며 기분 나쁜 소리를 냈다. 마치 손톱으로 딱딱한 벽면을 긁어대는 것 같은 소리였다. 오랫동안 닫혀 있던 문이 억지로 열리면서 삐걱대는 소리 같기도 했다.

탕!

화살이 시위를 떠나는 소리가 공기를 울렸다. 능창군이 활을 쏠 때면 으레 들리던 호쾌한 소리가 아니었다. 무언가가 잘못됐다는 것을 느낄 수 있을 만큼 둔탁하고 기분 나쁜 소리였다. 억지로 몸을 비틀던 활체가 타닥, 소리를 내면서 갈라졌다. 능창군은 화살이 과녁에 닿기도 전에 오늘의 대회가 끝났음을 알았다.

화살이 잘못된 방향으로 날아가고 있다는 걸 알아챈 사람은 능창군만이 아니었다. 백함도 그 소리를 들었다. 아니, 그 음산한 소리가 백함의 귀에 와서 박혔다는 말이 더 정확했다. 일그러진 채 돌고 있던 풍경들이 순식간에 폭풍이 되어 그의 눈앞으로 밀어닥쳤다. 이 폭풍에 말려버리면 영영 흔적도 없이 사라져버릴 것 같은 위협감이 들었다.

죽는다.

이대로 있다간 죽고 만다.

그렇게 생각한 순간, 말할 수 없는 공포가 밀려들었다.

죽다니, 누가?

저 화살을 맞는 사람이.

그 순간, 백함의 몸이 허공으로 붕 떠올랐다. 의지라기보다는 거의 본능에 가까운 움직임이었다. 다음 순간 백함은 자신이 맹렬한 속도로 무겁을 향해 날고 있다는 사실을 알았다.

다른 생각은 아무것도 떠오르지 않았다.

화살이 누구를 향해 날고 있는지, 자신은 또 누구를 위해 가고 있는지.

지금 저곳에 남겨두고 온 수생인지, 아니면 칠 년 전 그 산속에 남겨두고 온 자신인지.

백함은 아무것도 알지 못했다.

저 화살을 맞으면 죽는다.

오직 그 생각만이 회오리바람처럼 그를 휘몰아치고 있었다.

능창군이 쏜 화살을 눈으로 좇던 수생은, 갑자기 나타난 백함을 보고 기절할 듯 놀랐다. 무서운 속도로 날아오고 있는 그의 모습은 인간이라고도, 귀신이라고도 할 수 없는 것이었다. 굳이 비유하자면 암흑으로 만들어진 커다란 새 같았다.

그 새는 눈 깜짝할 사이에 수생의 눈앞까지 돌진해왔다. 주변으로 타닥타닥 푸른 불꽃이 일었다. 다음 순간 백함이 수생을 덮쳤다. 천둥 같은 소리가 나면서 불꽃이 벼락처럼 튀어 올랐다. 마치 세상이 폭발하는 것만 같았다.

수생은 백함에게 밀려 무겁 바닥으로 쓰러졌다. 불꽃이 폭발하면서 낸 굉음이 수생의 머릿속을 어지럽게 울려댔다. 캄캄해진 눈앞에서는 불꽃의 잔영들이 날아다녔다.

순간, 수생은 자신이 죽은 것일지도 모른다고 생각했다. 터질 듯 뛰고 있는 심장의 박동도 이 무서운 생각을 몰아낼 수는 없었다.

이윽고 굉음이 머릿속에서 잦아들었다. 수생은 천천히 눈을 떴다. 사방으로 둘러쳐진 웅덩이 벽이 먼저 눈에 들어왔다. 쓰러진 항아리가 옆에서 나뒹굴고 있는 것도 보였다. 급히 손으로 얼굴이며 팔을 만져보았다. 분명 제 몸뚱이가 틀림없었다.

살아있다는 사실을 확인하자 긴장이 풀리면서 몸이 떨려오기 시작했다. 수생은 떨림을 멈추려고 두 손을 부여잡았다. 하지만 증상은 오히려 더 심해질 뿐이었다. 오한이 난 사람처럼 벌벌 떨면서 수생은 다시 한 번 웅덩이 안을 둘러보았다.

귀신의 모습은 온 데 간 데 없었다.

조금 전 그 모습은 뭐였지? 설마, 날 공격하려 했던 걸까? 아니면, 날…… 구해주려고?

수생은 떨리는 손으로 무겁 바닥을 짚고 몸을 일으켰다. 그때 머리 위쪽에서 발소리가 들려왔다. 귀신인가 싶어 수생은 급히 고개를 들었다. 능창군이 다른 사원들과 함께 무겁 옆을 지나가고 있었다.

능창군 나리!

언제 떨고 있었냐는 듯 수생의 몸이 바닥에서 튀어 올랐다. 그 기세에 놀란 사원들 몇몇이 수생을 흘낏 쳐다봤다.

능창군은 과녁 앞에서 걸음을 멈췄다. 마지막 화살을 확인하러 내려온 모양이었다. 귀신 때문에 놀란 나머지, 능창군의 마지막 화살에 대해 신호하는 것을 까맣게 잊어버리고 있었다는 사실을 수생은 퍼뜩 깨달았다.

엄청난 실수였다. 하지만 결과적으론 그 실수가 능창군을 이리로 불러 내린 게 아닌가.

수생의 입가에 서서히 미소가 번졌다. 거 보십시오, 제가 뭐랬습니까? 제 힘으로 능창군 나리를 뵐 거라고 했잖습니까! 버릇처럼 수생은 백함에게 말을 걸었다. 하지만 대답이 있을 리 없었다.

수생은 얼른 주위를 돌아보았다. 텅 빈 무겁 안에는 귀신의 항아리만이 굴러다니고 있을 뿐이었다. 수생은 항아리를 집어 들어 품에 안았다. 다행히도 금이 간 흔적은 없었다.

귀신 나리, 어디 가신 겁니까? 다친 것은 아니죠? 항아리 속으로 들어간 거죠?

수생은 항아리에 묻은 흙을 털어낸 다음 손바닥으로 항아리 표면을 조심조심 쓸어내렸다. 아무 일 없을 거야. 그럼, 귀신인데. 그것도 그냥 귀신인가? 인왕산 호랑이보다도 세다는 수진궁 귀신인데.

수생은 애써 불안한 마음을 떨친 후 항아리를 안고 무겁을 나왔다.

능창군은 과녁 가장 가까운 곳에 서 있었다. 몇 겹으로 늘어선 사원들과 함께 그는 과녁에 꽂힌 화살을 살펴보고 있었다.

화살은 과녁 모서리 끝에 당장이라도 떨어질 듯 아슬아슬하게 꽂혀 있었다. 과녁 앞으로 다가간 능창군이 거침없이 화살을 빼냈다.

"요행을 겨뤄보자 하시더니 말씀대로 되었습니다. 이 정도면 저도 꽤나 요행이 따르는 사내 아닙니까?"

그렇게 말하는 능창군의 얼굴에 묘한 웃음이 걸렸다.

"그러게나 말입니다."

상협이 서글서글하게 웃으며 고개를 끄덕였다.

"활체가 부러지는 것도 모자라, 떨어진 화살이 다시 과녁에 꽂히다니요. 눈으로 보고도 믿기질 않았습니다."

수생은 능창군 일행이 하는 말에 귀를 종긋 세웠다. 그들이 주고받는 말을 종합해보면, 화살은 자신이 있던 무겁 가까이에 떨어졌다가 다시 튀어 올라 과녁에 꽂힌 것 같았다.

가만, 떨어진 화살이 다시 튀어 올랐다고?

능창군이 쏜 화살을 쫓아오던 귀신의 모습과 눈앞에서 번쩍이던 푸른 불꽃이 수생의 머릿속에 다시 떠올랐다.

자신을 향해 다급하게 두 팔을 뻗던 귀신의 얼굴. 바닥에 내동댕이쳐지던 순간 등 뒤에서 느껴지던 충격. 그리고 어깨에 남아 있는 묵직한 감각…….

그때 귀신이 날아와 주지 않았더라면 어떤 일이 벌어졌을까. 날아오던 화살이 자신의 몸을 관통했을지도 몰랐다. 상상만으로도 머리카락이 쭈뼛 섰다.

역시 나를 구해주려 했던 거야…….

"어이쿠, 큰일이 날 뻔하셨습니다!"

낯선 남자의 목소리가 골똘히 생각에 잠긴 수생을 깨웠다. 공기를 긁으면서 나오는 것 같은 독특한 목소리였다.

능창군이 뒤를 돌아보았다. 소진사가 부러진 활을 들고 뛰어오고 있었다. 과장된 몸짓에 비해 내뱉는 숨소리는 꽤나 평안하게 들렸다.

"생긴 것만 허름한 줄 알았는데 속까지 이리 부실한 활일 줄은 미처 몰랐습니다. 귀한 분께 큰 해를 입힐 뻔했지 뭡니까."

"똑같은 활로 겨룬 것입니다. 제가 쏠 때 활체가 부러졌다면 그것 또한 제 실력인 것이지요."

능창군은 예의바른 미소를 지으며 서책에서 방금 읽은 듯한 대답을 내놓았다.

"나리를 뵈올 때마다 소문이라는 것에 대해 가졌던 편견이 얼마나 부끄러워지는지 모르겠습니다. 어떤 상황에서도 겸양의 미를 잃지 않는 분이시라더니 소문이 이르는 바 그대로이십니다. 게다가 이 터가 나리께 유리하게 작용한 것을 보니, 인왕산의 기를 받아 좋은 운세를 타고나셨다는 소문에도 고개를 끄덕이게 되지 뭡니까."

한쪽 눈동자는 능창군에게, 다른 쪽 눈동자는 상협에게 초점을 맞춘 채 소진사가 웃었다. 그 교활한 웃음에 얼굴이 굳은 것은 능창군보다는 오히려 다른 사원들이었다.

인왕산은 이 나라가 세워질 때부터 주산(眞山: 임금이 정사를 보는 데 있어 최고의 명당으로 치는 자리)의 지위를 놓고 백악산과 다투어온 명산이었다. 왕궁은 비록 백악산 밑에 들어서 있지만 왕기가 서린 것은 인왕산이라 주장하는 풍수가들도 많았다.

지금의 왕이 총애하는 풍수가도 그런 인물 중의 하나였다. 인왕산 밑에 자리 잡은 새문리에 왕기가 서려 있다는 이야기도 그의 입에서 시작된 것이라는 걸 알 만한 이들은 모두 알고 있었다.

이런 시점에서 능창군에게 인왕산의 기를 받았다고 말하다니!

수생은 갑자기 굳어진 사람들의 표정이 의미하는 바를 정확히 이해하진 못했다. 하지만 칭찬 속에 가시를 박아 주고받는 것이 지체 높은 분들의 못된 버릇이라는 것 정도는 잘 알고 있었다. 무엇인지는 몰라도 조금 전 들은 말 속에 능창군에 대한 공격이 숨어 있는 것이리라. 수생은 가슴을 졸이며 능창군의 반응을 기다렸다.

"겸양을 칭찬해주시길래 요행보다 실력이라고도 추켜올려주실까 기대했는데, 운이라니, 꽤나 야박하십니다. 진사께 한 방 먹었습니다, 하하. 어찌됐든 실력보다는 요행이라는 데 서로의 의견이 일치했으니 참으로 다행입니다."

능창군은 호탕하게 웃으면서 능청스럽게 상황을 빠져나왔다. 덕분에 팽팽하게 당겨졌던 공기가 느슨해졌다. 궁지에 몰렸을 때도 당황하지 않는 여유로움과 상황을 자신에게 유리하게 만들 줄 아는 영리함. 어떤 이들은 능창군의 여러 매력 중에서도 이런 점을 으뜸으로 꼽기도 했다.

하지만 이러한 여유로움은 어떤 이들에게는 묘한 반발심을 불러일으키기도 했다. 언제나 태평스러운 저 얼굴이 한번쯤은 당혹감과 공포에 얼룩지는 것을 보고 싶다는 일종의 시기심 같은 것…….

능창군도 그런 것을 모르지는 않았다. 그렇기 때문에 더더욱 사람들에게 그런 모습을 보이지 않으려 했다. 그것은 자신을 집어삼키려 호시탐탐 노리고 있는 세상에 대한 그만의 방어술이었다. 자신을 배신하려고 준비하는 세상에 대한 일종의 복수이기도 했다.

어떤 순간이 닥치더라도 결코 무너지는 모습만은 보여주지 않으리라.

철이 들고 난 후 자신의 운명을 자각한 순간부터 능창군은 다짐하고 또 다짐을 했다. 그러한 오기가 능창군의 가슴을 갈고리처럼 단단히 옥죄고 있다는 것을 아는 사람은 아무도 없었다.

"허면 소생이 대신 말씀드려도 되겠습니까? 실은 꽤나 삐딱한 마음을 가지고 있었습니다. 대체 얼마나 대단하기에 그리도 세간에서 나리의 궁술을 칭송하는지 말입니다. 속 좁은 사내의 시기심 같은 것이었달까요. 헌데 활체가 부러지는 상황에서도 끝까지 시위를 조절하시는 모습을 보니 최고의 활솜씨라 불리는 이유를 알겠더이다. 자, 어찌 되었든 오늘의 승부는 이리 결정이 났으니 예서 이러지들 마시고 정자에 오르셔서 오늘의 회포를 풀면 어떻겠습니까."

상협이 모두에게 들으라는 듯 목소리를 높이며 상황을 정리했다. 때마침 사두들이 보낸 중띠(사정의 두 번째 우두머리를 일컬음) 두 사람이 도착했다. 사원들이 상황을 보고하는 사이, 오늘의 대회가 청군과 백군의 공동 승리로 끝났다는 획창의 목소리가 활터를 울렸다.

사원들은 정자로 다시 돌아가기 위해 발걸음을 옮겼다. 일행을 따라가지 않고 제자리에 남은 사람은 둘 뿐이었다. 바로 수생과 소진사였다.

수생은 등을 돌린 능창군을 보면서 발을 동동 굴렀다. 몇 걸음 따라갔다가 멈추기를 반복하며 어찌할 바를 몰라 하는 수생을 소진사가 의미심장한 눈으로 바라보았다.

사실 그는 능창군이 화살을 확인하러 과녁으로 다가갔을 때 무겁에서 뛰쳐나오던 수생을 보았다. 물론 그것은 소진사 자신이 능창군을 집요한 눈으로 좇고 있었기에 가능한 일이었다.

하지만 처음엔 그저 청군에서 고용한 고전이라고만 여겼다. 화살의 관중 여부를 알리지 못한 고전이 벌을 피하려고 도망치는 건가 싶기도 했다. 그런데 이리저리 목을 뺀 채 능창군을 보겠다고 애쓰는 모습을 보자, 그의 생각이 바뀌었다.

계집이로구나. 소진사의 눈이 번뜩였다. 수없이 많은 계집을 품어본 그였다. 덕분에 남장 속에 숨은 계집의 몸을 꿰뚫어보는 것쯤은 일도 아니었다.

화살을 피해 이리저리 뛰어다니느라 수생의 옷은 온통 흙투성이였다. 소매 뒷부분에는 찢긴 흔적까지 있었다. 그 모습을 보며 무언가를 골똘히 생각하던 소진사의 얼굴에 이윽고 교활한 미소가 떠올랐다.

"헌데 말입니다……."

이미 발걸음을 옮기기 시작한 사원들이 소진사의 목소리에 다시 등을 돌렸다. 수생도 멈춰 섰다. 소진사는 성큼성큼 걸어 능창군에게로 곧장 다가갔다.

"무례가 되지 않는다면 손에 드신 화살을 잠시만 보여주실 수 있겠습니까?"

무슨 꿍꿍이인지 알 수 없었지만 딱히 거절할 명분도 없었다. 능창군은 과녁에서 뽑아낸 마지막 화살을 소진사에게 건네주었다. 화살을 앞뒤로 돌려가면서 살펴본 소진사가 이번에는 청군의 상협에게 화살을 건넸다.

"접장께서도 좀 봐주시겠습니까?"

"무엇을 말입니까?"

영문을 모르겠다는 표정으로 상협이 화살을 받았다.

"화살에 흙이 조금도 묻어 있지 않은 게 조금 이상하다는 생각이 들어서 말입니다."

소진사의 말에 상협은 화살을 눈앞에 들어 살펴보았다. 그의 말대로 화살은 깨끗했다.

"그런데 그것이 어쨌단 것입니까?"

의아함을 떨치지 못한 얼굴로 상협이 다시 물었다.

"분명 땅에 떨어졌다 다시 튀어 올랐다면 화살에 그 흔적이 남았어야 하지요. 헌데 아무런 흔적도 없다니 괴이한 일이 아닙니까. 능창군 나리께서는 어찌 생각하십니까?"

소진사의 두 눈동자는 이번에도 양쪽으로 초점을 달리했다. 눈동자 한쪽은 능창군에게로, 다른 하나의 눈동자는 수생에게로.

그 시선을 느낀 순간 불길한 예감이 수생을 엄습했다. 수생은 불안한 눈으로 능창군을 바라보았다. 그의 시선도 소진사의 눈동자를 따라 수생에게로 옮겨왔다.

순간적으로 두 사람의 눈길이 마주쳤다. 불행인지, 다행인지, 남장을 한 수생을 능창군은 알아보지 못했다.

"진사께서는 이미 답을 찾으신 듯하니, 소생의 궁금증도 어서 풀어주시지요."

능창군은 동요 없는 얼굴로 소진사에게 답을 넘겼다.

"답이라기보다는 짐작입니다만 혹 누군가가 일부러 그 화살의 방향을 바꿔 과녁으로 다시 던진 게 아닐까요. 능창군 나리를 돕기 위해서 말이지요."

소진사의 말에 사원들이 웅성거리기 시작했다.

"물론, 화살이 무겁 가장자리에 맞고 저절로 튀어 올랐을 수도 있겠지요. 그럼에도 흔적이 남지 않았다 생각할 수도 있을 겁니다. 단, 무겁 안에 아무도 없었다면 말이지요. 헌데 실상은 그렇지가 않았습니다. 그 안에는 저자가 있었습니다."

소진사의 손가락이 가리키는 방향으로 사람들의 시선이 움직였다. 그 시선의 끝에는 물론 수생이 서 있었다.

갑작스레 쏟아지는 시선에 수생은 완전히 당황하고 말았다. 무언가 말을 하고 싶었지만 어떤 말을 꺼내야 할지 알 수가 없었다.

화살은 자신이 쳐낸 것이 아니었다. 하지만 귀신이 그랬다고 말할 수도 없는 노릇 아닌가.

답을 바라는 심정으로 수생은 능창군을 보았다. 능창군이 그 아름다운 미간을 살짝 찡그린 채 자신을 쳐다보고 있었다.

"네가 그리하였느냐?"

물어오는 능창군의 목소리는 힐난하고는 거리가 멀었다.

"아닙니다!"

반사적으로 대답이 목구멍에서 튀어나왔다.

"이 미천한 것이 무슨 재주가 있어 날아오는 화살을 쳐내겠습니까? 그 전에 화살에 맞아 죽었을 겁니다. 그랬다면 진즉에 황천길을 걷고 있을 테구요!"

억울한 마음을 가득 담아 수생이 외쳤다. 능창군의 입에서 짧은 웃음이 새어나왔다.

"속이 시원한 대답이로구나."

능창군은 미소를 머금은 얼굴을 다시 소진사에게로 돌렸다.

"자, 이제 이자의 답변에 대해서는 무엇이라 말씀하시겠습니까?"

"무검 바닥에 작은 항아리 하나가 떨어져 있더이다. 저자가 품고 있는 저 항아리 말입니다. 저것으로 화살을 쳐냈을 수도 있지 않습니까?"

소진사의 말에 상협이 수생에게로 다가왔다.

"허면 확인을 해보면 되지 않겠습니까. 만일 그리했다면 표면에 흔적이 남아 있을 테니까요."

상협은 그리 말하며 수생에게 손을 내밀었다. 왠지 항아리를 빼앗기는 느낌에 수생은 머뭇거렸다.

"보여주거라. 잠시 확인만 하고 돌려줄 것이다. 약조하마."

수생을 안심시키듯 능창군이 다정하게 말을 건네 왔다.

할 수 없이 수생은 상협에게 항아리를 내밀었다. 그것을 받아들던 상협의 손이 순간, 멈칫했다.

왜 그러지? 수생은 고개를 들어 상협을 보았다. 항아리를 보는 그의 눈빛이 왠지 심상치가 않았다.

긴장으로 수생의 입이 말라 왔다. 저 나리가 대체 항아리에서 뭘 발견한 거지? 그새 표면에 상처라도 생겼나? 괜한 꼬투리를 잡힐 것 같아 수생은 불안했다. 행여나 이 일로 인해 능창군에게 피해가 갈까 봐 속이 타들어갔다.

그때 누군가의 손이 수생의 오른쪽 팔을 지그시 붙잡았다. 그 손에서 안심하라는 위안이 전해져 오는 듯했다.

수생은 손의 주인을 향해 고개를 돌렸다. 그곳에는 뜻밖에도 능창군이 서 있었다.

능창군은 상협이 항아리를 살피는 모습을 주의 깊게 지켜보고 있었다. 그럼에도 불구하고 화들짝 놀라는 수생의 기색도 놓치지 않은 듯했다.

"정말로 저 안에서 무슨 짓이라도 저지른 게냐?"

여전히 시선을 전방에 둔 채 능창군이 슬쩍 수생을 떠보았다.

"절대로 아닙니다, 나리! 천지신명께 대고 맹세할 수도 있습니다."

"뭘 그리 펄쩍 뛰느냐. 화살을 관중시켜주었다면 도우려고 한 것이겠지 해를 입히려 한 것이겠느냐."

"나리께서 그리 믿어주신다 해도, 저분들이 달리 믿으시면 큰일 나는 것 아닙니까? 허나 걱정 마십시오! 혹시라도 항아리 때문에 꼬투리를 잡힌다면 차라리 나리께 해를 입히려 했다고 말하겠습니다. 그러면 나리께는 아무런 피해도 가지 않을 것입니다!"

의외의 대답이었는지 능창군이 수생을 돌아봤다. 하지만 수생은 결연한 의지를 불태우느라 능창군의 눈동자가 제 얼굴을 향하는 것도 눈치 채지 못했다.

두 주먹을 불끈 쥔 모습이 재밌어 보였는지 능창군이 설핏 미소를 지었다. 그러다 문득 사내의 옆모습이 낯이 익다는 생각이 들었다.

누군가를 닮았는데…….

능창군은 천천히 오른손을 들어올렸다. 그 손이 수생의 얼굴을 향해 다가왔다. 갑작스런 행동에 놀라 수생은 숨을 멈췄다. 다음 순간 능창군의 손바닥이 수생의 이마를 두른 머리끈 위에 놓였다.

능창군은 그 자세로 눈을 가늘게 뜬 채 수생을 한참동안 쳐다보았다. 이마를 동여맨 머리끈을 가리니, 확실히 계집의 모습이 보였다.

역시, 그 아이였구나.

수진궁 글월 비자에게 전언을 흘렸던 것이 예상대로 효과가 있었다. 만족스러운 미소가 능창군의 얼굴에 떠올랐다.

"요즘은 이리 작정하고 속이는 것을 무어라 부르더냐?"

"예?"

능창군은 요전 날 수생이 자신한테 따지듯 내뱉었던 말을 그대로 흉내 냈다. 그러나 항아리 걱정에 노심초사하고 있던 수생의 귀에 그 말이 곧이곧대로 들릴 리 없었다.

"속이는 것이 아닙니다. 어찌 소녀, 아, 아니, 소인이 나리를 속일 수가 있단 말입니까!"

능창군이 다시 한 번 빙긋 웃었다. 그 웃음의 의미를 파악할 수 없어 수생은 어리둥절하기만 했다.

그때 상협이 능창군을 부르는 소리가 들렸다. 항아리에 대한 조사가 끝났다는 뜻이었다. 능창군과 수생의 시선이 다시 마주쳤다.

"걱정 마시라니까요, 나리. 꼬투리가 잡히면 모두 제가 덮어쓸 겁니다. 나리께 반해 일부러 그랬다고 하면 되지요, 뭐."

애써 대범한 척 수생은 허세를 부렸다.

"네놈이 이젠 나한테 남색가라는 소리까지 듣게 할 작정이로구나. 이쯤 되면 정말로 해를 입히려 했다는 말을 믿어야 할지도 모르겠다."

농담처럼 핀잔을 날린 후 능창군이 서둘러 앞으로 걸어갔다. 수생도 냉큼 그 뒤를 따랐다.

상협이 수생에게 항아리를 내밀었다. 능창군이 얼른 받으라는 손짓을 했다. 수생은 건네받은 항아리를 품에 안고 능창군의 뒤로 한 걸음 물러났다.

"괜한 수고를 드렸지 무엇입니까. 흔적은 아무것도 없었습니다."

소진사의 삐딱한 눈동자가 능창군을 향해 겸연쩍게 웃었다.

참으로 다행이었다. 안도의 한숨이 수생의 입안에서 흘러나왔다. 능창군 앞에서는 아무렇지 않은 척했지만 실은 심장이 밑바닥까지 바들바들 떨리고 있었던 것이다.

수생은 손에 든 항아리를 내려다보았다. 매끄러운 표면이 반짝거리고 있었다. 기특하다는 듯 수생은 손바닥으로 항아리를 쓰다듬었다.

거기 잘 계시지요, 귀신 나리? 거기 계시는 것 맞지요?

나타나지 않는 백함이 수생은 다시 걱정이 되기 시작했다. 하지만 지금은 애써 그 생각을 밀어 넣으려 했다. 아직은 발등에 꺼지지 않은 불이 타고 있었던 것이다.

이어지는 소진사의 말은 그 생각이 틀리지 않았음을 확인시켜주었다.

"헌데 말입니다, 기왕지사 이리 된 것, 하나 남은 의혹도 풀고 가면 어떨까 싶습니다."

소진사의 태도는 보다 더 노골적이 되어갔다.

"또 무엇이 남아 있단 말씀입니까?"

"아까 저자가 했던 말도 검증을 하고 가면 어떨까 해서 말입니다."

소진사가 가리킨 사람은 이번에도 역시 수생이었다.

"예? 소인 말씀이십니까?"

이자가 이번에는 또 무슨 트집을 잡으려고 하는 걸까. 경계심으로 수생의 얼굴이 딱딱하게 굳었다.

"네 입으로 화살을 건드린 적이 없다 했지? 그렇다면 그것을 증명해보여라."

"그걸 어떻게 증명하란 말씀이십니까?"

"일단 그 항아리 좀 다시 내보거라."

소진사가 수생에게 손을 벌렸다. 내키지 않았지만, 수생은 그에게 항아리를 건넸다. 소진사는 건네받은 항아리를 그대로 옆에 내려놓았다. 항아리는 마치 누군가의 손에 밀린 것처럼 옆에 있던 무겁 안으로 굴러 떨어졌다.

아, 내 항아리. 깨지면 어쩌지? 수생의 눈은 조마조마한 심정으로 항아리를 좇았다.

"자, 이제 모두 벗어보아라."

"예?"

항아리에 잠시 정신이 팔려 있던 수생은 순간, 자신의 귀를 의심했다. 잘못 들은 거겠지. 그렇게 생각하며 소진사의 얼굴을 보았다. 하지만 아니었다. 잘못 들은 게 아닌 듯했다. 수생의 얼굴이 시퍼렇게 질려갔다.

"어, 어찌…… 그런 말씀을……."

수생은 엉거주춤 뒷걸음질을 쳤다.

"네가 화살을 건드리지 않았다면 네 몸에도 아무런 흔적이 남아 있지 않겠지. 그 매끈한 항아리 표면처럼 말이야. 반대로 네가 화살을 쳐냈다면 열에 아홉은 몸뚱어리에 상처가 생겼을 터! 그걸 확인해야겠단 말이다!"

소진사가 수생을 향해 위협적으로 달려들었다. 수생은 놀라서 옆으로 몸을 피했다. 창백하다 못해 흙색으로 변한 낯빛은 누가 더 귀신같은지 백함과 겨뤄야 할 지경이었다.

소진사가 그런 수생을 향해 다시 사나운 기세로 손을 뻗었다.

"그만하시지요!"

능창군이 소진사의 앞을 막아섰다. 자신을 끌어들이기 위해 애먼 아이를 괴롭히려는 그에게 화가 났다. 그렇다면 그가 상대할 사람은 바로 자신임을 알려주는 수밖에 없었다.

앞을 가로막고 선 능창군의 태도에서는 일종의 단호함이 느껴졌다. 지금은 때가 아니라는 생각이 들었는지 소진사가 주춤거리며 뒤로 물러났다.

의외로 쉬운 항복 선언이었다. 집요하게 물고 늘어지던 조금 전까지의 행동을 본다면 의아하다고 여길 만큼.

그래도 어찌 됐든 다행인 일이었다. 능창군은 뒤에 있는 수생이 괜찮은지 확인하려고 고개를 돌렸다.

바로 그 순간이었다. 소진사가 쏜살같이 수생에게로 다시 달려들었다. 그의 손이 잽싸게 수생의 옷고름 끝을 낚아챘다.

수생은 외마디 비명을 지르며 몸을 뺐다. 그 바람에 소진사가 쥐고 있던 옷고름의 매듭이 풀렸다. 으악! 소리를 지르며 수생이 정신없이 앞섶을 여몄다.

소진사는 틈도 주지 않고 다시 달려들어 수생의 멱살을 잡았다. 능창군이 그를 말리려고 손을 뻗었다. 하지만 수생의 행동이 더 재빨랐다. 멱살을 잡은 소진사의 손등을 수생은 있는 힘껏 깨물었다.

"으아악!"

소진사가 고통에 찬 비명을 지르며 손을 놓았다. 수생은 얼른 뒷걸음을 쳤다. 찡그린 얼굴로 손을 털며 소진사가 수생을 노려보았다. 이번만은 그 눈동자의 초점이 정확히 수생을 향하고 있었다. 적어도 수생에게는 그렇게 느껴졌다.

"이제 그만하시지요. 모든 일에는 예의와 명분이 있는 법입니다. 헌데 어찌 심증만으로 애꿎은 사람에게 모욕을 주려 하십니까!"

능창군은 애써 높아지려는 목소리를 억눌렀다. 자칫 흥분했다가는 이자에게 말려들고 말 것 같았다.

"그걸 어찌 모욕이라 하십니까. 비겁함으로, 정당하지 못함으로 승리를 얻는 것이 모욕입니다. 이대로 의혹을 묻어버린다면 오늘의 편사대회는 모욕으로 남을 것입니다."

"멋대로 제기한 의혹에 응대하지 않으면 모욕이라니, 이 무슨 해괴한 소리요! 서촌 사람들과 가깝다고 했던 말은 이런 농간을 부리기 위한 포석이었소? 아니면 서촌에 앉아 북촌을 바라보는 소인배였던 것이오?"

소진사의 말에 발끈한 청군의 사원이 목청을 높였다. 그 말에 백군의 사원이 발끈하고 나섰다.

"지금 우리 북촌 사람들을 소인배라 칭한 것이오? 그러는 서촌 분들은 얼마나 대인배시길래 조금만 정세가 수상하다 싶으면 그리 바짝들 엎드리시는 게요?"

순간, 활터의 공기가 싸늘해졌다. 청군과 백군의 궁술 대결이 순식간에 서인과 북인의 대립이라는 민낯을 드러냈기 때문이었다.

흥분한 양편 사람들이 서로를 향해 날선 시선을 던졌다. 일촉즉발의 상황. 마지막 화살을 어찌하느냐에 따라 이 자리는 새로운 갈등의 시작이 될 수도 있었고, 반대로 활터끼리의 화합의 장으로 남을 수도 있었다.

소진사가 다시 능창군에게로 돌아섰다.

"저자의 몸에서 화살의 흔적이 발견되지 않으면 나리와 나리께서 속하신 서촌은 명예를 얻을 수 있습니다. 그런데도 그것을 포기하시겠습니까? 대신 오욕과 비겁을 택하시겠단 말씀입니까? 대체 무슨 이유로 이렇게 저자를 감싸고도시는 겝니까? 능창군 나리만을 위한 사정이며 편사가 아니질 않습니까? 함께 참여한 사원들의 명예도 생각을 해주셔야지요."

소진사는 능창군을 향해 준비하고 있던 화살을 날렸다. 그것이 오늘의 편사대회를 마무리하는 최후의 화살이라고 생각했다.

그러나 능창군에게도 아직 마지막 한 발의 화살이 남아 있었다. 사람들의 이목이 그에게로 쏠렸다. 능창군은 자신을 바라보는 수많은 시선 속에서 수생의 눈을 찾았다.

불안함과 걱정이 가득 담긴 눈이었다. 하지만 비겁한 눈은 아니었다. 혹시라도 꼬투리를 잡힌다면 차라리 나리께 해를 입히려 했다고 말하겠습니다! 그렇게 말하며 불타오르던 당돌함이 여전히 수생의 눈 속에서 반짝거리고 있었다.

저 아이를 끌어들일 수는 없다. 그저 나의 부름에 응했을 뿐, 이 얽히고설킨 힘 싸움의 한가운데서 상처 입을 이유가 없는 아이였다.

능창군은 수생에게서 거둔 눈길을 차례대로 소진사에게, 두 편의 사두에게 그리고 모든 사원들에게로 천천히 옮겼다.

"대답을 드리겠습니다."

입을 연 능창군의 목소리는 언제나처럼 여유롭고 당당했다. 모두들 입을 다물고 그의 다음 말을 숨죽여 기다렸다. 다음 순간, 그들의 눈이 휘둥그레졌다. 능창군이 난데없이 두 팔을 들어 올리더니 사람들을 향해 큰 절을 하기 시작했던 것이다.

저 지체 높은 왕가의 자손이, 단 한 번도 면을 구겨본 적 없는 고고한 사내가, 옆에 있으면 늘 한 뼘쯤 아래 서 있는 느낌을 들게 하는 저 잘나디 잘난 남자가, 허리를 굽히고 이마가 바닥에 닿도록 큰 절을 하고 있다니!

놀란 사람들의 웅성거림이 활터 이곳 저곳에서 물결쳤다. 그 중에서도 가장 놀란 사람은 다름 아닌 수생이었다. 능창군이 왜 저렇게 죄인처럼 고개를 숙여야 하는지 수생은 도저히 이해할 수가 없었다. 순식간에 가슴에서 울컥, 뜨거운 것이 올라왔다. 모든 것이 다 제 탓인 것만 같았다. 수생은 능창군에게로 달려가려 했다. 하지만 어느새 곁에 와 있던 상협이 수생의 팔을 붙잡았다.

"놓아주십시오, 나리! 소인이…… 실은 소인이……."

"네 녀석이 이 일을 해결할 수 있다고 생각하느냐? 어리석기는."

상협이 얼굴을 찌푸리며 수생을 타박했다.

"허나 나리께서 저렇게……."

"처음부터 능창군 나리를 향해 쏜 화살이다. 맞든, 피하든, 되돌려주든, 그것도 나리의 몫이다. 허니 네놈은 얌전히 앉아 기다리거라. 분수도 모르고 나대는 것이야말로 나리께 해를 끼치는 일임을 명심하고!"

상협은 수생의 팔을 놓아주면서 다시 한 번 다짐하듯 수생을 쳐다보았다. 마지못해 수생이 고개를 끄덕였다.

이윽고 능창군이 얼굴을 들었다. 저무는 햇빛이 그의 얼굴을 부드럽게 감싸 안았다. 이마와 뺨 위로 음영이 드리우자 이전까지는 본 적 없는 처연하고 신비스러운 분위기가 그의 얼굴에서 풍겨 나오기 시작했다. 해사한 소년이자 애잔한 순교자의 얼굴이 된 능창군이 다시 사람들을 쳐다보았다. 탄성인지 한숨인지 모를 소리들이 여기저기서 조심스럽게 터져 나왔다.

그 순간 상협은 웃음을 터뜨릴 뻔했다. 능창군이 우스워서가 아니었다. 오히려 그 반대였다. 능창군이 정조준한 마지막 화살. 그 화살이 정확하게 그가 의도한 곳에 가서 꽂히려 하고 있음을 느꼈기 때문이었다.

순진한 얼굴을 하고 있지만 영리한 사내다. 필요하다면 자신의 모든 무기를 동원해서라도 사람들을 매혹시킬 줄 아는 자다. 저런 자가 작심하고 자신의 편을 만들려 마음을 먹는다면, 어찌 왕에게 위협적인 존재로 느껴지지 않겠는가.

상협은 소진사를 슬쩍 돌아보았다. 딱딱하게 굳은 얼굴이었다. 하지만 묘하게도 그의 입술 끝에서는 희미한 웃음기가 감돌고 있었다. 소진사도 자신과 같은 생각을 했음을 상협은 직감했다. 능창군의 저 꽃 같은 미모 속에 어떤 사내가 들어앉아 있는지, 상협은 진심으로 궁금해지기 시작했다.

"접장분들께 고개 숙여 사죄 말씀 올립니다. 예와 도를 중시하고 덕과 인을 쌓는 것이 궁술일진데, 소생은 스스로를 바르게 하지 못했습니다. 그 결과 오롯이 소생이 덮어써야 할 진흙이 여기 계신 접장들께 미칠까 두렵습니다."

능창군의 목소리는 차분했다. 하지만 그 속에는 사람의 마음을 끄는 묘한 힘이 있었다. 사원들은 모두 입을 닫은 채 그의 다음 말을 기다렸다.

"그럼에도 불구하고 소생, 감히 명예 대신 오욕을 택할 수 있도록 허락해주시길 청합니다. 시시비비를 덮는 대가로 명예를 버리자고 간청드립니다. 그렇게 함으로써, 아무런 죄도 없는 한 사내를 평생 잊지 못할 수치심으로부터 구할 수 있게 해주십시오. 부디, 소생이 그 모든 진흙을 덮어쓰도록 허락해주십시오."

다시 한 번 능창군이 고개를 숙였다. 사방이 고요했다. 하늘을 날아 둥지로 돌아가는 여름새의 날갯짓 소리만이 들려올 뿐이었다.

이윽고 능창군이 조용히 자리에서 일어났다. 청군의 사두가 그에게로 가서 어깨를 두드려주었다. 상대편 사원들도 하나둘씩 그에게 인사를 청했다. 개중 어떤 이들은 수생에게 못마땅한 시선을 던지기도 했다. 그러나 더 이상 능창군을 걸고넘어지는 이들은 없었다.

수생은 사람들에게 둘러싸여 있는 능창군을 바라보고 있었다. 눈앞에 있는 사람인데도 천리만리나 멀리 떨어져 있는 것처럼 느껴져 괜스레 마음이 아파왔다. 자신이 감히 넘볼 사람이 아니라는 자각이 그 어느 때보다도 선명하게 밀려왔다.

단순히 신분이 높은 사람이라서가 아니었다. 오히려 그가 얼마나 잘난 사람인지를 확인해서라는 편이 옳았다. 능창군에 비해 자신은 얼마나 보잘 것 없고 얼마나 초라한가. 어찌 저런 분과 연을 맺고 싶다는 허황된 생각을 했을까. 지금이라도 귀신한테 협정을 물리자고 말해볼까.

수생은 어깨를 축 늘어뜨린 채 고개를 숙였다. 그 순간 항아리가 자신의 손 안에 없다는 사실을 깨달았다.

맞다, 내 항아리!

불현듯 무덤 안으로 굴러 떨어지던 항아리가 생각났다. 수생은 몇 걸음 떨어져 있는 웅덩이 쪽으로 재빨리 뛰어갔다.

그런데, 없었다. 항아리가 있어야 할 무덤 바닥에는 이리저리 엉켜 있는 나무뿌리와 작은 돌멩이들만이 굴러다니고 있었다.

수생은 무덤 안으로 뛰어내렸다. 그냥 보이지만 않는 건 아닐까, 마치 귀신처럼? 그런 희망으로 바닥을 급히 손으로 더듬거려보았다. 그러나 몇 번을 반복해도 흙덩어리 이외에는 아무것도 만져지지 않았다. 항아리는 없었다. 사라져버리고 만 것이다.

수생은 털썩 바닥에 주저앉았다. 그리고 엎드리듯 두 팔 위에 얼굴을 묻었다. 머릿속이 하얘지다 못해 텅 비어버리는 것만 같았다.

어떡하지? 항아리를 잃어버리면 다시는 귀신을 못 만나는 게 아닐까? 그렇게 생각하자 가슴이 덜컥 내려앉았다.

이렇게 주저앉아 있을 시간이 없었다. 어떻게든 빨리 항아리를 찾아야했다. 수생은 훽 고개를 들었다. 그 순간, 심장이 멎을 뻔했다. 사람의 얼굴이 수생의 두 눈 위에 떠 있었다.

"으악!"

반사적으로 어깨가 펄쩍 뛰어올랐다. 능창군이 재미있다는 얼굴로 웃었다.

"예서 무얼 하느냐? 또 누가 트집을 잡을까 봐 도망이라도 와 있는 것이냐?"

무접 안으로 가볍게 뛰어 들어온 능창군은 그대로 수생의 옆에 주저앉았다. 소스라치게 놀라서 수생이 반사적으로 몸을 일으켰다. 그러자 능창군이 재빨리 수생의 소맷자락을 끌어당겼다.

"이제 보니 내가 무서워서 도망을 와 있었던 게로구나? 왜, 내게 무슨 죄라도 지은 모양이지?"

표정을 보면 농을 하고 있는 게 분명했다. 그러나 찔리는 구석이 있을 때는 농담도 곧이곧대로 들리지 않는 법이었다.

"허긴 이번에는 남장으로 나를 속이려 했으니, 죄는 죄가 맞으렸다."

능창군은 다시 가벼운 농을 던졌다. 이미 수생의 정체를 알고 있다는 걸 넌지시 알려주고자 함이었다.

이번에는 그 의도가 제대로 적중한 것 같았다. 수생의 얼굴에 놀란 빛이 떠올랐다.

나리께서 날 알아보셨다니!

대번에 가슴이 덜컥 내려앉았다. 물론 능창군이 자신을 알아보길 바란 건 사실이었다. 혹 끝까지 알아보시지 못하면 어쩌나, 걱정이 되기도 했다.

하지만 실토하기도 전에 들켜버리다니. 게다가 남장을 하고 오는 바람에 나리께 자칫하면 큰 해를 입힐 뻔했잖아. 그런데도 나리께선 나를 도와주셨어.

그렇게 생각하자, 너무나도 송구한 생각이 들었다. 수생은 능창군 앞에 넙죽 엎드렸다.

"용서 하십시오, 나리."

"어찌 이러느냐?"

갑작스러운 수생의 반응에 당황한 것은 능창군이었다.

"무릎을 꿇어야 할 분은 나리가 아니라 이 미천한 계집이었습니다. 남장을 한 것도, 사람들을 속이고 고전 노릇을 한 것도, 모두 소녀가 멋대로 벌인 짓이니 벌을 받아도 마땅히 소녀가 받아야 했습니다."

"그 일이라면 괘념치 말거라. 저들이 원한 것이 내 무릎이었으니 원대로 내어주었을 뿐이다."

"허나……."

"왜, 너무 쉽게 무릎을 꿇는 모습이 비굴해 보이더냐? 그래서 실망했느냐?"

어두워진 수생의 안색을 살피다가 능창군이 다시 농을 걸어왔다. 그러나 수생은 불행히도 그 말의 진의를 파악하지 못했다. 능창군과 마주앉아 있다는 사실만으로도 이미 정신이 반쯤 나간 나머지 귀에 들어오는 단어들을 곧이곧대로 해석할 여력밖에는 없었던 것이다. 덕분에 해서는 안 될 말이 수생의 입 밖으로 쑥 나오고 말았다.

"그럴 리가 있습니까! 능창군 나리께서는 이 세상에서 가장 잘나신 분입니다! 그런 나리를 지켜드려야 했는데 그러지 못했다 생각하니 너무나도 죄스러워서……."

용감하게 내뱉은 말들이 제 귀에 닿는 순간 수생은 자신이 무슨 말을 하고 있는지를 비로소 깨달았다. 급히 입을 다문 수생의 얼굴이 순식간에 귀 끝까지 벌겋게 달아올랐다.

홍당무가 된 수생의 얼굴을 능창군이 말간 얼굴로 쳐다보았다. 지금껏 수많은 사람들의 칭송과 교태 속에서 살아온 그였다. 하지만 사람들이 건네는 달콤한 말들에 익숙해지긴 했을지언정 취해 살지는 않았다. 세찬 바람 한 번에도 흩어져버릴 꽃잎 같은 말들. 맞바람에 쉽게 도망가 버릴 수양버들 같은 사람들임을 잘 아는 까닭이었다.

그런데 지금 이 맹랑한 아이는 열띤 얼굴로 자신을 지켜주고 싶었다는 말을 하고 있다. 그 말이 얼마나 무서운 의미를 담고 있는지를 너는 아느냐. 그 의미를 안다면 그때 너는 어떤 표정을 지을 것이냐.

"나를 지켜주려 했더냐? 무슨 재주로 말이냐?"

당황한 수생을 조금은 놀려주고 싶은 생각이 들었는지도 모른다. 혹은 아무것도 모르는 아이가 생각 없이 내뱉은 한마디에 쉽게 동요하고 만 자신에 대한 조소였는지도 몰랐다. 능창군은 눈을 크게 뜨며 과장되게 놀란 시늉을 했다.

그 모습에 수생은 자신이 얼마나 주제넘은 말을 한 것인지를 다시 한 번 깨달았다. 어쩔 줄 몰라 하는 수생을 보고 능창군이 너털웃음을 터뜨렸다.

"하하하, 그리 당황 말거라. 네가 나를 그리 생각해주고 있었다니 안심이 돼서 그런 것이니. 그런 줄도 모르고 네게 영락없이 미움을 받고 있는 줄 알았지 무엇이더냐."

"예?"

상상도 못했던 말이 능창군의 입에서 나왔다. 나리를 미워한다니, 이번에야말로 농이시겠지? 수생은 두 눈을 깜빡이는 것도 잊은 채 그를 바라보았다.

"생각해보아라, 그날 아침 그리도 날 구박하고 몰아붙인 다음 사라졌으니 내 어찌 그리 생각하지 않을 수 있었겠느냐."

순식간에 그날 아침의 일이 화제에 오르자 수생의 얼굴이 다시 상기되었다. 드디어 올 것이 왔다는 생각에 가슴이 두방망이질쳤다.

능창군은 역시 그날 일을 잊지 않고 있었던 것이다. 잊다 뿐이랴. 능창군처럼 총명한 사내라면 기억하지 않아도 될 세세한 것들까지 다 기억하고 있을지도 모를 일이었다.

순간, 아까 전 능창군이 건넸던 말이 떠올랐다. 요즘은 작정하고 속이는 것을 무엇이라 하더냐. 분명 그리 물었다. 그 물음이 아까와는 전혀 다른 의미로 수생에게 다가왔다. 그의 말인즉슨, 수생이 했던 온갖 버릇없고 방자한 말들이 능창군의 뇌리 속에 고스란히 남아 있다는 이야기였다.

"혹 그날…… 제가 올린 말씀들을…… 다 기억하고 계신 것은 아…… 니시지요?"

사색이 된 얼굴로 물어오는 수생을 보고 능창군이 어깨를 으쓱했다. 그리고는 손에 턱을 괴더니 짐짓 기억을 더듬는 시늉을 했다.

"가만 있자, 뭐라 했더라. 얄팍하다, 무능하다……. 허풍만 떤다고도 했던 것 같구나. 아, 맞다. 쥐꼬리에 난 털 이야기도."

"제발 잊어주십시오, 나리!"

수생이 다급하게 능창군의 말허리를 잘랐다.

"그날은 제정신이 아니었던 게 틀림없습니다!"

수생은 이제 거의 울상이 되어 있었다.

"책망하는 것이 아니다. 오히려 그 반대일 게다. 내가 네게 어떤 책망 받을 짓을 한 것인지, 그에 대한 책임은 또 어찌 져야 하는 것인지……. 그것을 알고 싶은 것이다. 그래서 널 다시 보기를 그간 노심초사 기다렸던 것이고. 너도 내게 할 말이 있었으니 오늘 이렇게 사내 행세를 하면서까지 나를 찾아온 것이 아니더냐?"

마치 어린아이를 달래듯 능창군이 나긋나긋하게 말을 이었다. 웃음기도, 농담의 그림자도 어느덧 사라진 담백한 목소리였다.

하지만 그 목소리는 어느 때보다 더 수생을 놀라게 했다. 능창군이 자신을 만나려 노심초사 했다니. 단 한 번도 꿈꿔본 적 없는, 상상 밖의 일이었다. 버릇없는 계집이라고 화가 나셨으면 어쩌나, 그런 걱정만 했을 뿐, 자신이 내뱉은 말 때문에 능창군이 진지하게 고민을 하고 있으리라고는 짐작도 하지 못했다. 책임 질 일이 있다면 발뺌하지 않겠다고 했던 그날 아침 능창군의 당황한 얼굴은 거짓이 아니었던 것이다.

그 사실을 깨닫자 수생의 심장이 가파르게 뛰기 시작했다. 만나기를 고대했다는 말에 혹해서도, 책임을 지겠다는 말에 두근거려서도 아니었다. 이번에야말로 능창군을 실망시키고 화나게 만들지도 모른다는 생각에 겁이 덜컥 났던 것이다.

그 모든 것이 자신의 바보 같은 착각과 실수 때문에 벌어진 일이라는 것을 어떻게 설명해야 할까. 수생은 눈앞이 캄캄해지는 기분이었다. 하지만 더 이상 피할 수는 없는 일이었다.

"예…… 나리께 드릴 말씀이 있었던 것은 사실입니다."

"말해보아라. 그날 밤 너와 나 사이에 무슨 일이 있었는지 말이다."

수생은 고민에 고민을 거듭하며 생각해낸 변명을 떠올려보았다. 하지만 곧 고개를 가로저었다. 제법 그럴듯하게 느껴졌던 그 변명들이 이제와 생각해보니 터무니없이 얄팍한 속임수로만 느껴졌다.

그렇다고 있었던 그대로를 고하자니 그것은 더 큰 문제였다. 아무리 능창군이 넓은 아량과 이해심의 소유자라 해도 자신과 귀신을 착각한 것이라는 이야기까지 순순히 믿어줄 리는 만무했다.

"정말로 우리가 함께 밤을 보냈더냐? 내가 네게 연을 맺자 약조를 했더냐?"

수생이 망설이는 사이 능창군이 다시 물어왔다.

"……아닙니다, 나리. 그런 일은 없었습니다."

돌덩이를 매단 듯 무거운 마음으로 수생이 입을 열었다. 귀신 이야기까지 꺼낼 수는 없겠지만 그래도 최대한 진실만을 이야기하리라 수생은 다짐했다. 그렇지 않으면 정말로 능창군을 속이고 기만하는 기분이 들 것 같았다.

수생의 대답을 들은 능창군은 잠시 말이 없었다. 기다리는 수생의 손바닥에서 진땀이 배어 나왔다.

"지금 한 말이 정녕 사실이더냐?"

다시 물어오는 능창군의 목소리는 여전히 온화해서 감정의 변화를 감지하기가 쉽지 않았다.

"예, 나리. 함께 밤을 보낸 일도, 약조를 나눈 적도 없습니다."

"허면 내가 너를 희롱하고 괴롭혔다는 것도 모두 네가 지어낸 이야기더냐? 인연의 끈이니, 혼례니 하던 말들도?"

자신이 내뱉었던 경솔한 말들이 능창군에게서 하나씩 튀어나올 때마다 경악으로 수생의 입이 벌어졌다. 정말로 모두 다 기억하고 계셨다니! 그 말들이 수생에게는 하늘이 무너지는 소리처럼 느껴졌다.

"나리께서 그런 말들을 다 마음에 담아두고 계실 줄은 몰랐습니다."

수생은 상황을 수습하려 애썼다. 하지만 당황한 나머지, 자신이 찾아낸 대답이 수습은커녕 더한 오해를 불러올 수 있다는 사실은 미처 깨닫지 못했다. 즉, 마음에 담아둘 줄 몰랐다는 대답은 듣는 이에 따라선 떠보기 위해 그런 말들을 던졌다는 의미로 받아들일 수도 있었다. 그리고 불행히도 능창군이 바로 그런 이들 중의 한 사람이었다.

"이제 보니 내가 너를 희롱한 것이 아니라 네가 나를 희롱했던 게로구나."

그의 목소리에 화난 기색은 없었다. 다만 어딘가 모르게 기운이 빠진 목소리였다. 하지만 그것만으로도 수생을 펄쩍 뛰어오르게 만들기엔 충분했다.

"희롱이라니요, 그럴 리가 있겠습니까!"

"그렇다면 무슨 연유로 내게 그런 거짓말을 하였더냐."

능창군은 그렇게 물었지만 듣지 않아도 답은 훤히 보였다. 함께 밤을 보냈다는 거짓말을 늘어놓으며 인연을 운운하는 여인의 속내란 뻔하디 뻔한 것이 아니겠는가.

그런 얄팍한 아이는 아닐 것이라 기대했던 탓일까. 옅은 실망감이 능창군을 스쳐 지나갔다.

"아닙니다! 거짓말은 맹세코 아니었습니다."

"이제 와서 거짓은 또 아니었다고?"

"믿어주십시오. 실은……."

수생은 마른 침을 한 번 꼴깍 삼켰다. 이 대답을 듣고 나면 얼마나 나를 얼빠진 계집으로 생각하실까. 능창군에게 비웃음을 살 것이라 생각하니 수생은 벌써부터 눈물이 다 나올 것 같았다.

그래도 그를 속이고 기만했다고 영원히 오해를 받을 순 없었다. 수생은 용기를 냈다.

"……다른 사내와 나리를 착각…… 해서 그리 되었던 것입니다."

어스름이 지기 시작한 활터 위에는 초승달이 조급하게 얼굴을 내밀고 있었다. 활터 위쪽에서는 노랫가락과 호탕한 웃음소리가 들려왔다. 정자에서 응사원들과 기녀들이 편사대회의 여흥을 즐기고 있는 소리였다. 그러나 수생의 귀에는 그 소리가 능창군에게서 흘러나오는 비웃음 소리처럼 들렸다. 아닌 게 아니라 능창군의 얼굴에도 이지러진 초승달 같은 웃음이 걸렸다.

"착각을 했다니, 내게 그 말을 믿으라는 것이냐?"

평소 같으면 그저 그랬더냐, 라고 말하며 웃은 후 수생의 대답을 넘겨버렸을 터였다. 자신과 상관없는 일이라 했으니 그렇게 믿으면 될 뿐, 꼬치꼬치 다시 캐물을 이유 같은 것도 없었다.

사실 누구도 들이지 않으려고 마음을 꽁꽁 싸매왔던 그에게 수생은 난데없는 불청객 같은 존재였다. 다만 자신이 끌어들인 불청객이라면 모른 척할 수도 없는 일. 그 때문에 몇 날을 고민했던 능창군이었다.

그런데 지금 수생은 모든 것이 제 착각이라 말하고 있었다. 그렇다면 그로선 안도하면 되는 일이었다. 그렇게 수생과의 작은 소동을 잊어버리면 그만이었다.

그러나 예상치 못했던 대답에 허를 찔렸던 탓일까. 혹은 헛된 고민을 했다는 생각에 은근히 자존심이 상했던 것일까. 웬일인지 능창군의 기분이 묘하게 언짢아졌다. 닮은 사내와 착각을 했다는 수생의 말을 곧이곧대로 믿어주고 싶지가 않았다. 그런 마음의 균열이 그의 미소를 일그러뜨렸던 것이다.

"만일 착각하지 않았더라면 어찌 감히 나리께 그런 식으로 방자하게 대들 수가 있었겠습니까?"

"이 한성 바닥에 나와 착각할 만큼 닮은 사내가 있었다면 이미 여인들 사이에서 호들갑이 나도 몇 번은 났어야 하거늘, 어찌 내 귀에는 그런 말이 난 한마디도 들리지 않았더란 말이냐."

"나리와 닮았다는 게 아니라, 제가 나리인 줄 착각을 했던 겁니다."

"닮지도 않은 자를 착각할 리는 없지 않느냐"

"그날은 소녀가 잠시 혼이 나가서…… 전혀 다른 사내를 나리와 닮았다고 생각을 해버리고 말았습니다."

"허면 그 사내를 내 앞에 데려와 보거라."

여전히 부드러운 말투였지만 그 속에는 쉽게 물러서지 않겠다는 고집스러운 울림이 섞여 있었다. 마주친 능창군의 눈동자 또한 방금 한 말이 진심임을 알려주고 있었다.

귀신을 데려오라니. 능창군이 원하는 것이라면 무엇이든 할 준비가 되어 있는 수생이었지만 이건 도저히 불가능한 명이었다. 속 시원히 귀신 이야기를 털어놓을 수 없는 이 상황이 수생은 답답해서 미칠 지경이었다.

수생이 답을 찾지 못하고 쩔쩔 매는 사이 능창군이 다시 한 번 수생을 재촉해왔다.

"어찌 됐건 착각을 했다면 어딘가 나와 닮은 구석이 있겠지. 허니 내가 직접 살펴보면 네 말이 사실인지 거짓인지 판별할 수 있지 않겠느냐? 생각해보니 그것 참 재미있겠구나, 나와 닮은 자를 만나볼 수 있다니 말이다."

"하, 하오나 그자는 소녀가 마음대로 오라 가라 할 수 있는 자가 아닙니다."

"본래 이 세상에 없는 사내라서 그런 것은 아니고?"

"아닙니다, 절대로요."

수생은 열심히 설득을 했고 능창군은 열심히 반박을 했다. 그렇게 줄다리기를 하느라 지금의 상황이 자신들의 본래 의도와 정반대로 흘러가고 있다는 사실을 두 사람 모두 깨닫지 못하고 있었다.

수생은 능창군의 진실한 마음을 얻고 싶다면서 다른 사내와 함께 밤을 보냈다는 말을 하고 있었고, 아무도 곁에 들이지 않겠다던 능창군은 수생의 말을 반박하려 애를 쓰고 있었으니 말이다.

이 희한한 줄다리기를 먼저 알아챈 것은 능창군 쪽이었다. 억울해 죽겠다는 표정으로 자신을 쳐다보는 수생의 얼굴에서 제가 이상한 고집을 부리고 있다는 사실을 문득 깨달았던 것이다.

지금 내가, 사람에게 욕심을 내고 있는 것인가.

본능적인 경계심이 고개를 들었다. 능창군은 줄다리기를 하던 손을 서둘러 놓았다. 줄이 풀려나간 손바닥 안에 희미한 열기가 남아 있는 것 같았다. 능창군은 주먹을 가볍게 움켜쥠으로써 그 열기를 마저 식혀버렸다.

"그렇다면 내 너를 두고 괜한 고민을 한 게로구나."

수생은 능창군이 계속해서 고집을 부릴까 봐 가슴이 조마조마했다. 그러나 다행히도 능창군은 가벼운 한숨을 쉬며 순순히 물러났다.

"혹 네가 나쁜 마음을 먹고 내게 접근한 것이 아닐까, 내 그리 걱정을 하지 않았겠느냐. 알고 있는지 모르겠다만, 내가 세간에서 미움을 좀 많이 받고 있어서 말이다."

의도적인 자조를 농담 속에 섞으며 능창군이 웃었다. 모든 것을 가볍게 스쳐 지나가자. 그런 새삼스러운 다짐이 그 웃음 속에 담겨 있었다.

하지만 능창군의 다짐을 알 리 없는 수생은 그 말을 그냥 지나칠 수가 없었다.

"말도 안 됩니다! 나리께서 미움을 받으시다니오. 오히려 그 반대입니다. 능창군 나리를 모르는 이는 있어도 알고도 반하지 않는 이는 없다는 얘기도 있을 정도인걸요!"

분명 나쁜 마음을 먹고 접근했다는 부분에 발끈하리라 생각했는데 엉뚱한 곳에 저리 열을 내는 모습이라니. 예상치 못했던 반응에 피식 웃음이 나왔다.

"어찌 그런 말을 하느냐. 지금 내 눈앞에 예외가 있지 않더냐."

능창군이 두 눈썹을 위로 살짝 들어올렸다. 놀리는 듯 보였지만 실은 반박을 하고 싶으면 해보라는 뜻이었다.

이 마지막 반문에 이르러서야 수생은 비로소 자신이 또 다른 실수를 저질렀다는 것을 알아챘다. 거짓말을 하고 싶지 않아 성심껏 변명을 한 것이 결국 다른 사내를 마음에 두고 있다는 고백으로 둔갑해버린 것이다.

이것이야말로 수생에겐 최악의 상황이었다. 어떻게든 사태를 수습해야겠다는 생각에 수생의 머릿속이 하얘졌다. 다급해진 마음만큼 목소리도 휘청거렸다.

"소녀를 말씀하시는 것입니까? 하오나 소녀는…… 소녀는……."

수생은 저 활터 위의 기녀들처럼 세련되고 우아하게 사내들의 마음을 유혹하는 법을 알지 못했다. 은근하게 제 마음을 내비추고 상대의 마음을 간질이는 법도 알지 못했다.

그렇다고 제 가슴앓이를 그대로 고백해버릴 수는 없는 일이었다. 반했다고도, 반하지 않았다고도 말할 수 없는 가여운 입술이 달싹거렸다. 그런 제 마음을 알아주길 바라며 수생은 애타는 눈길을 헛되이 능창군에게로 던졌다.

"허허, 실없는 농에 그리 놀라면 어찌하느냐. 내 지난 며칠간 걱정했던 것이 괜히 억울하여 어깃장을 좀 놓아볼까 했는데 아니 되겠구나. 좋다, 내 너를 더 이상 괴롭히지 않으마."

솔직히 수생의 말이 선선히 믿기는 것은 아니었다. 분명 이 아이는 자신의 얼굴을 예전부터 알고 있었다. 게다가 그날 아침은 새문리 집까지 자신을 찾아왔던 것이 분명했다. 그런데도 다른 사내라 착각해 대거리를 했던 것이라니, 도무지 믿기지 않는 이야기였다.

하지만 저렇게 우긴다면 일단 믿어주는 수밖에. 거짓말이 아니라면 무슨 사연이 있는 것이겠지. 마음을 털듯 능창군은 흙 묻은 도포 자락을 탁탁 털며 몸을 일으켰다.

무겁을 날듯이 뛰어 나가는 능창군의 모습에 수생의 가슴이 철렁 내려앉았다. 이대로 또 다른 오해를 만든 채 능창군과 헤어진다는 생각에 정신이 아득했다.

이 일을 이제 어떡합니까! 이번에야말로 나리 탓을 해야 될 일 아닙니까!

백함을 향해 원망을 날리던 수생이 멈칫했다. 능창군의 갑작스런 등장 때문에 항아리를 찾아야 한다는 생각을 그만 까맣게 잊어버리고 있었던 것이다.

수생은 앞뒤 잴 겨를도 없이 무겁에서 튀어나왔다. 뛰어오는 발자국 소리에 능창군이 뒤를 돌아보았다.

"왜, 아직 더 할 말이 남았더냐?"

제가 했던 거짓말을 갑자기 자백이라도 하고 싶어진 건가. 궁금증을 숨기지 못한 얼굴로 능창군이 물었다.

"항아리, 혹시 제 항아리 못 보셨습니까?"

"항아리?"

기대와는 다른 대답이었던지 되묻는 능창군의 목소리에서 조금은 바람 빠진 소리가 났다.

"이걸 찾는 게냐?"

불쑥 끼어든 목소리를 향해 수생과 능창군이 동시에 고개를 돌렸다. 상협이 활터의 어스름 속을 성큼성큼 걸어오고 있었다. 수생의 눈동자가 재빨리 상협의 손으로 향했다. 그의 손에는 보일 듯 말 듯 푸른 기운이 감도는 흰 색의 항아리 하나가 들려 있었다. 그것을 확인한 순간, 수생의 눈이 휘둥그레졌다. 틀림없는 귀신의 항아리였다.

"예, 맞습니다! 잃어버린 줄 알고 얼마나 놀랐는지 모릅니다!"

반색하며 수생은 항아리로 급히 손을 뻗었다. 그러나 그 손이 채 닿기도 전에, 항아리가 뒤로 슥 물러났다. 수생이 고개를 들었다. 상협이 항아리를 잡은 손을 뒤로 거둔 채 수생을 빤히 내려다보고 있었다.

"왜…… 그러십니까, 나리?"

"이것을 내게 팔지 않겠느냐?"

생각지도 못했던 제안이 상협의 입에서 나왔다. 농인지 진담인지 분간할 수 없게 만드는 묘한 표정이 상협의 얼굴 위를 떠돌고 있었다.

"안 됩니다!"

수생이 단호하게 대답했다.

"이 항아리는 팔 수 없는 물건입니다."

"특별한 이유라도 있느냐? 웅덩이에 놓고 갔기에 버려도 되는 물건인 줄 알았더니 값어치 나가는 물건이었던 게야?"

"값나가는 것은 아니지만……."

"허면 내게 팔지 못할 이유도 없지 않느냐."

상협이 반문했다.

수생은 난데없이 항아리를 사겠다고 나선 상협 때문에 어리둥절했다. 여기서 우물쭈물했다가는 항아리를 빼앗길지도 모른다는 생각에 겁이 나기도 했다. 그래서 누구도 토달지 못할 만큼 그럴듯한 이유를 생각해내려 했지만 딱히 좋은 답이 떠오르질 않았다. 하는 수 없이 수생은 최대한 사실에 가까운 대답을 내놓기로 했다.

"실은 이 항아리가 있어야 떠난 벗이 다시 돌아올 수 있습니다."

"……벗이라 했느냐?"

상협의 목소리가 조금 변한 것 같았다. 수생은 다시 고개를 들어 상협을 보았나. 조금 전까지의 장난기가 말끔히 사라진 얼굴이었다. 이내 상협의 눈매가 가늘어지며 그 끝이 살짝 떨려왔다.

"참으로 이상한 일이로구나."

그렇게 말하는 상협의 목소리도 눈꼬리처럼 떨렸다.

"왜 그러십니까, 접장?"

그때까지 가만히 두 사람을 지켜보던 능창군이 입을 열었다.

"아, 별것 아닙니다, 능창군 나리. 단지 좀 놀라워서 그렇습니다. 실은 소생도 일전에 이것과 똑같이 생긴 항아리를 갖고 있었던지라……."

이번에는 상협의 말에 수생이 놀란 눈을 했다. 꼭 닮은 항아리라니. 그렇다면 설마 수진궁의?

"가깝게 지내던 벗이 실력 있는 도공에게 특별히 주문해 만든, 세상에 단 하나뿐인 항아리였습니다. 그 친구가 세상을 떠나기 직전, 제게 선물로 준 것이지요. 그래서 더욱 소중한 것이었습니다. 헌데 이리 닮은 것이 세상에 또 있을 줄은 몰랐습니다. 그래서 더욱 놀랍고 의아합니다. 게다가……."

상협은 잠시 말을 멈추었다. 빈틈이 없을 정도로 매서운 그의 눈초리가 수생의 얼굴을 재빨리 훑었다. 수생은 무언가를 곰곰이 생각하고 있는 눈치였다. 역시 짐작이 맞았던 건가? 상협은 그 대답을 알고 싶어 서둘러 다음 말을 이었다.

"도둑이 들었는지, 그 항아리가 어느 날 감쪽같이 사라져버렸단 말이지요."

분명 상협의 말을 듣지 못했을 리는 없는데 수생에게선 별다른 반응이 없었다. 떠오른 생각에 골몰하느라 귀에 닿은 그 말의 뜻이 즉각적으로 머릿속에 전달되지 않은 탓이었다.

수생의 얼굴에 놀란 빛이 떠오른 것은 잠시 후였다.

잠깐만, 도둑이라고? 설마 지금 나를 의심하는 건가, 내가 그 항아리를 훔쳤다고?

"훔친 것이 아닙니다!"

수생이 급히 외쳤다.

"그 항아리는 운종가에서 산 것입니다. 일전에 수진궁 고직 어른의 심부름을 갔다가 그곳에서 우연히 발견한 것이란 말입니다."

수생의 말을 들은 상협의 뺨이 미세하게 움찔거렸다.

아차! 수생은 자신이 엄청난 말실수를 했다는 사실을 깨달았다. 짐작이 맞다면 상협이 잃어버린 항아리는 수진궁 사당에 놓여 있던 그 항아리일 수도 있었다. 그런 마당에 수진궁 심부름을 운운하다니.

물론 도둑맞은 항아리의 행방을 상협이 알고 있을 리는 없었다. 그럼에도 불구하고 제 발 저린 도둑 마냥 심장이 쪼그라드는 건 어쩔 수가 없었다.

"시전에서 샀단 말이냐? 그렇다면 이 항아리가 내가 잃어버린 그 항아리일 가능성이 높겠구나. 장물아비의 손을 거쳐 장으로 흘러 들어갔을 수도 있으니."

다행히도 상협은 수진궁이라는 말에 대해서 특별한 반응을 보이지는 않았다. 대신 수생이 들고 있는 항아리가 장물이라는 확신을 갖게 된 모양이었다.

"아닐 것입니다. 제게 항아리를 판 상인도 정말 좋은 사람처럼 보였습니다."

"네 탓을 할까 봐 이리 나오는 것이라면 걱정할 것 없다. 다만 너무나 소중한 물건을 잃어버려 안타까워하던 차에 이것을 보니 그냥 지나칠 수가 없어서 말이다. 좋은 값을 쳐줄 것이니 내게 팔거라. 그래도 아니 된다 하면 항아리를 훔쳐간 놈들하고 한 패인지 의심해볼 수밖에 없다."

상협이 구슬림 반 협박 반으로 수생을 압박했다. 이렇게까지 나오는 것을 보면 분명 그에게도 이 항아리가 소중한 것임에 틀림없었다.

하지만 수생도 항아리를 내어줄 순 없었다. 항아리가 사라지면 협정도, 귀신도 함께 사라질까 봐 두려웠다.

"비록 이놈, 지체 높으신 나리와는 비교도 되지 않는 미천한 것이나, 소인에게도 벗은 소중합니다요. 나리께서 벗이 주고 간 항아리를 잃고 안타까워하셨던 것처럼 소인 또한 그 항아리를 잃게 된다면 그럴 것입니다. 허니 부디 그 마음 헤아려 돌려주십시오, 나리."

항아리를 돌려받고 싶어 애가 닳아 있는 수생을 능창군은 한 발짝 떨어진 곳에서 유심히 지켜보고 있었다. 겉으로는 저리 순진한 척을 하고 있지만 실은 무언가 꿍꿍이를 가지고 있는 아이가 아닐까. 잠시 그런 의심이 그의 머리를 스쳐 지나갔다.

생각해보면 첫 만남부터 심상치가 않았다. 개구멍을 찾아 집 안으로 들어오려 하질 않나, 약조를 지키라며 난데없이 찾아와 당황시키질 않나, 조금 전 대회에서는 연유야 어찌 되었건 자신을 곤경에 빠뜨릴 뻔하기도 했다. 그런데 그것도 모자라 훔친 항아리라니.

수생이 이번에는 어떤 식으로 상황을 빠져나갈까 능창군은 궁금해졌다. 이번에야말로 이 아이에 대해 제대로 된 판단이 설 것 같은 기분이 들었다.

"돌려주지 않고 가져가버리면 어찌할 것이냐?"

수생의 고집에 기분이 상한 탓일까. 되묻는 상협의 목소리는 딱딱하게 굳어 있었다. 그 말투 속엔 양반인 자신이 항아리를 가져가면 미천한 신분인 네가 어쩔 수 있겠느냐는 은근한 비아냥거림이 담겨 있었다.

수생이라고 그것을 눈치 못 챘을 리 없었다. 하지만 여기서 졸아들어 그대로 물러선다면 정말로 항아리를 빼앗기고 말지도 몰랐다. 그럴 순 없지! 포기하지 않겠다는 의지를 보여주기 위해 수생은 용감하게 대답했다.

"나리 댁에 또 한 번 몰래 도둑이 들 것 같습니다."

"무어라?"

생각지도 못했던 당돌한 대답에 상협은 놀란 듯했다. 미간을 찡그린 그가 다시 입을 열었다. 한바탕 호통이라도 칠 모양새였다. 그것을 막은 것은 난데없이 튀어나온 능창군의 웃음소리였다.

"푸하하하."

능창군은 고개를 뒤로 한 채 큰 소리로 웃었다. 이런 아이를 두고, 꿍꿍이를 가진 채 자신에게 접근한 것이 아닐까 의심했다니. 크게 웃어젖히는 그의 속이 후련했다.

"실례했습니다, 접장. 이놈이 하도 맹랑한 소리를 하기에 저도 모르게 실소가 터졌나 봅니다."

이내 웃음기를 거둔 능창군이 상협을 향해 가볍게 목례를 했다. 그러면서 슬쩍 곁눈질로 수생을 살폈다. 이미 어둑해진 저녁 하늘 아래서도 붉게 달아오른 수생의 두 뺨이 선명히 보였다.

"외람된 말씀이오나 그 항아리, 이 녀석에게 돌려주시면 아니 되겠습니까?"

최대한 예의를 갖춘 정중한 말투로 능창군이 다시 상협에게 물었다.

"아무래도 그래야 할 것 같습니다. 그러지 않았다가는 좀도둑 걱정에 매일 밤 잠을 설치게 생겼으니 말입니다."

능창군의 부탁이었기 때문일까. 고집을 부렸던 것에 비하면 상협은 의외로 쉽게 그 제안을 받아들였다.

"가져가거라. 이 항아리가 있어야 네 놈의 벗이 돌아올 수 있다 했지? 이것이 설령 내 것이라 해도 나의 벗은 돌아오지 못하니 어찌 됐든 네 놈이 갖고 있는 것이 낫겠지."

상협이 수생에게 항아리를 내밀었다. 그의 표정은 어느 새 오후에 보았던 서글서글한 모습으로 돌아와 있었다.

"감사합니다, 나리!"

행여 상협의 마음이 바뀔까 싶어 수생은 얼른 항아리를 받아들었다. 그리고 옆에 선 능창군을 향해 허리를 접을 듯이 인사를 했다. 능창군이 자신의 편을 들어주었다는 감격 그리고 항아리를 다시 찾았다는 안도감에 수생의 가슴이 자꾸만 들썩거렸다.

하지만 마음 한구석엔 죄책감도 있었다. 상협의 말대로 이 항아리는 좀도둑의 손을 거쳐 자신의 손에 들어온 장물일지도 몰랐다. 혹은, 수진궁에서 제가 깨트린 항아리가 바로 상협의 벗이 주고 간 선물일 수도 있었다. 어떤 경우든 상협에게서 소중한 추억을 빼앗는다는 느낌을 지울 수가 없었다.

게다가 만일 수진궁 항아리가 진짜 상협의 것이었다면, 그렇다면…….

"저…… 그런데 나리의 벗이라는 그분은 언제…… 세상을 떠나셨습니까?"

주제넘다며 불호령이 떨어질 것을 각오하고 수생이 입을 뗐다. 상협이 살짝 미간을 찌푸렸다.

"왜 그런 것이 궁금한 게냐?"

"혹여 소인한테 항아리를 판 상인을 다시 만나게 되면 언제 어떻게 구입하게 된 것인지, 이 물건의 유래는 어찌 되는지 확인해볼까 해서요……."

"칠 년 육 년 …… 아니, 벌써 칠 년이 되었다."

잠시 뜸을 들인 후에 상협이 한숨처럼 대답을 내뱉었다.

칠 년이라고? 그렇다면 이 나리가 말하는 벗이 정말로 수진궁 귀신일까?

어서 빨리 귀신을 찾아 이 소식을 전해주어야겠다는 생각에 수생의 머릿속이 바빠지기 시작했다. 생전의 벗을 찾았다는 이야기를 들으면 귀신은 어떤 표정을 지을까. 기뻐하겠지? 귀신의 원한을 푸는 데도 틀림없이 큰 도움이 될 거야.

비록 의도한 것은 아니었지만 드디어 자신도 귀신을 위해 뭔가를 했다는 생각이 들어 수생은 약간의 흥분감마저 느꼈다.

반면 상협은 오랜만에 떠오른 친우 생각 때문인지, 상념에 잠긴 복잡한 얼굴이었다.

“누군가가 아끼던 물건에는 그 사람의 혼이 깃든다는 말을 혹시 들어보셨습니까?”

수생의 품에 안긴 항아리에서 시선을 떼지 않은 채 상협이 능창군에게 물었다.

“예, 떠난 자에게도, 남은 자에게도 유익한 말이지요.”

한숨 같은 상협의 말을 능창군은 별 것 아니라는 얼굴로 받으며 싱긋 웃었다.

“떠난 자는, 마음속에 깃들지 않으니 남겨진 사람을 아프게 하지 않아 좋고, 반대로 남겨진 자는, 떠난 자가 물건 속에 깃들었다 믿으니, 가끔씩 그 물건을 보며 위안을 얻을 수 있어 좋은 것 아니겠습니까.”

마치 그런 질문을 예상하고 있었던 것처럼 능창군의 대답에는 거침이 없었다. 언뜻 듣기엔 죽음이나 소멸에 대해 단 한 번도 고민해본 적 없는 새파란 애송이의 오만한 대답 같기도 했다.

상협의 얼굴에 쓴웃음이 떠올랐다. 허긴 어찌 보면 능창군의 말이 옳은지도 몰랐다. 혼 같은 것이 있을 리가 없다. 존재하는 것은 오직 남은 자의 마음뿐. 미련도, 그리움도, 두려움도 모두 어리석은 마음이 만든 그림자일 뿐이었다.

상협은 제 마음의 그림자를 향해 짧게 작별 인사를 건네기로 했다.

"잘 있게나, 백함."

그것으로 미련을 떨쳤다는 듯 상협이 항아리에서 시선을 거두고 능창군을 돌아보았다.

"이제 그만 올라가시지요. 모두들 위에서 기다리고 있습니다."

상협은 활터 위 정자를 가리켰다. 능창군이 고개를 끄덕이자 상협이 성큼성큼 걸음을 옮기기 시작했다.

능창군은 상협을 따라가는 대신 옆에 선 수생에게 흘낏 시선을 던졌다.

수생의 눈은 상협의 뒷모습을 향하고 있었다. 그러나 수생의 눈동자는 어딘가 다른 곳을 헤매고 있었다. 붉은 입술이 보일 듯 말 듯 달싹거렸다. 그 입에서 나온 목소리가 들리지는 않았지만 능창군은 수생의 숨결이 부르고 있는 이름을 알 것도 같았다.

백함.

분명 수생은 그리 속삭이고 있었다.

백함은 자신이 지금 어디에 와 있는 것인지 알지 못했다. 자신을 휘감았던 폭풍 속에 떠밀려 어딘지 모를 늪으로 끌려 들어온 느낌이었다. 머릿속을 휘젓던 기억의 조각들이 속도를 늦추어 그의 눈앞을 돌고 있었다.

저 속 어딘가에 그 사내가 있다.

백함은 기억의 편린들을 붙잡아 멈추려 애를 썼다. 그러나 그럴 때마다 기억은 방향을 바꾸어 달아날 뿐이었다. 백함은 애가 탔다. 가슴이 타들어갈 듯이 아파왔다. 사내를 기억해내기 전까지는 도저히 멈출 것 같지 않은 고통이었다.

그때 기억의 장막을 뚫고 나지막한 목소리가 그의 귀에 와서 박혔다.

"잘 있게나, 백함."

그 순간, 강렬한 기시감이 백함을 휘감았다. 동시에 그를 둘러싸고 있던 기억의 편린들이 움직임을 멈추었다.

한 사내의 얼굴이 보였다. 살짝 각이 진 턱과 날렵하게 위로 치켜 올라간 눈매를 유난히 홍조 띈 붉은 뺨이 감싸고 있었다. 그가 백함을 향해 미소를 지었다. 짓궂은 입술 끝이 고양이 수염처럼 말려 올라갔다.

그 얼굴 위에 조금 전 보았던 사내의 얼굴이 겹쳐졌다. 홍조가 사라진 두 뺨은 야위었고 턱선은 보다 강인하고 남성적으로 변해 있었지만 장난기 많은 입매만은 그대로였다.

아아. 어떻게 잊고 있었을까. 형제만큼이나 가까웠던 죽마고우, 서책과 술잔과 마음을 나누었던 소중한 벗을…….

순식간에 백함의 머릿속에 기억들이 밀려왔다. 둘도 없는 절친이었던 부친들의 영향으로 백함과 상협은 형제처럼 자랐다. 최고의 벗이자 형제. 상협은 백함에게 그런 존재였다. 그것을 기억하자마자 그를 휩싸고 있던 고통이 사라졌다.

참으로 이상한 일이었다. 항아리 속에 갇혀 있었을 때도, 그곳을 벗어나 세상으로 다시 나오게 된 후에도 상협에 대한 모든 기억이 봉인되어 있었다니.

항아리 속에 갇혀 수진궁 사당에서 칠 년이라는 시간을 보내는 동안 백함은 꽤 흥미로운 사실들을 몇 가지 알게 되었다. 주로 사당에 모셔진 혼백들이 쑥덕이는 소리들을 들으며 얻은 정보들이었다. 그 이야기들에 따르면, 억울하게 죽은 혼백은 자신이 죽은 원인을 알지 못하게 되어 있다고 했다. 죽은 자가 원한을 갚기 위해 산 자들의 세계에 개입하면 세상의 질서가 깨지기 때문이라고도 했다.

그렇다면 상협에 대한 기억이 사라진 것도 비슷한 이유에서가 아닐까. 분명 상협은 자신의 죽음에 대한 비밀을 알고 있으리라. 그렇기 때문에 자신의 혼백이 상협을 찾아가지 않도록 그에 대한 기억이 묻혀버린 것이리라.

상협에게 가야겠다.

백함은 몸을 움직이려 했다. 그런데 움직여지지가 않았다. 손발에 힘을 주어봤지만 결박이라도 당한 것처럼 꿈쩍도 할 수가 없었다.

불현듯 능창군이 쏜 마지막 화살을 막아내던 순간이 떠올랐다. 그때 그 화살을 따라간 것은 백함의 의도가 아니었다. 활이 삐거덕거리던 소리에 본능이 반응한 결과였다. 저 음산한 소리가 누군가를 노리고 있다. 그것을 막아야 한다. 그런 본능적인 외침이 그를 잡아끌었더랬다.

무겁을 향해 날아드는 화살을 쳐낸 것도 본능이었다. 오직 화살을 막아야 한다는 일념이 그를 온전히 사로잡았던 것이다. 화살을 막는 순간 주위의 공기가 급격하게 요동쳤다. 그와 동시에 거센 소용돌이가 발밑에서부터 온몸을 휘감아 왔었다. 빠져 나가려고 버둥거려봤지만 그럴수록 몸은 옥죄어왔다. 그렇게 옴짝달싹도 할 수 없는 상태로 정신을 잃었다는 사실이 기억났다.

그랬다. 무언가, 알 수 없는 어떤 힘이, 그를 꽁꽁 옭아매고 있었다. 사방팔방으로 뻗은 거미줄 한가운데 꼼짝없이 걸려든 느낌이었다.

백함은 새삼 제 주위를 둘러보았다. 모든 것이 어둑한 안개 속에 잠겨 있었다. 아니, 존재하는 것은 오로지 이 기분 나쁜 안개뿐인지도 몰랐다. 백함은 비로소 자신이 어디에 있는지를 알았다. 혼백이 된 후 항아리에 들어가기 전까지 헤매 다녔던 바로 그 안개 속이었다.

다만 그때와 다른 점이 있다면 자신에게서 점점 기운이 빠져나가고 있다는 사실이었다. 이대로 가다가는 제 존재도 물방울처럼 흩어져서 이 축축한 공기 속으로 녹아들 것만 같았다. 위협감이 백함을 휘감아왔다.

그때 안개 속에서 무언가가 움직였다. 희미한 새 그림자 같은 형체가 보였다. 뭐지? 백함은 눈을 부릅떴다.

그림자는 백함을 향해 미끄러지듯 다가왔다. 거리가 가까워질수록 그림자의 형체가 점점 또렷해졌다. 그것은 새가 아니었다. 검은 두루마기 소매를 펄럭이며 날아오고 있는 사내였다. 시커먼 암흑으로 만들어진 그의 얼굴이 백함을 노리고 있었다.

직감적으로 백함은 위협을 느꼈다. 이대로 붙잡히면 모든 것이 끝이라는 생각이 들었다. 백함은 필사적으로 발버둥을 쳤다. 하지만 그럴수록 자신이 거미줄에 걸린 먹이라는 절망적인 사실을 확인하게 될 뿐이었다.

사내가 갑자기 속도를 높였다. 가속도가 붙은 검은 그림자는 순식간에 백함의 눈앞까지 날아왔다. 암흑 같은 얼굴 속에서 번뜩이는 두 개의 눈동자가 백함을 노려봤다. 그러자 백함을 둘러싸고 있던 안개가 부르르 떨리기 시작했다. 서서히 공기의 흐름이 바뀌려 하고 있었다.

그림자 같은 사내가 앞으로 양손을 뻗었다. 길고 검은 열 개의 손가락이 백함을 잡아먹을 듯 달려들었다. 주위의 공기도 함께 소용돌이치며 백함을 집어삼키려 했다. 누군가 도와줘! 제발! 백함은 절박하게 부르짖었다.

그때 기적처럼 누군가 자신의 이름을 불렀다.

백함.

그렇게 속삭이는 목소리가 귀에 닿는 순간, 백함은 거짓말처럼 거미줄에서 풀려나왔다. 다음 순간 그의 영혼은 자신을 향해 달려드는 손가락을 피해 빨려들듯이 수생의 항아리 속으로 들어가고 있었다. 열 개의 검은 손가락이 아슬아슬하게 그를 스쳐 허공을 가로질렀다. 항아리 안을 감싸고 있던 어둠이 백함의 혼백을 맞아들였다. 이젠 무사하다는 안도감이 백함을 감싸 안았다.

그러나 그것으로 끝이 아니었다. 검은 사내는 포기하지 않고 백함을 향해 다시 손을 뻗었다. 날카로운 손톱이 미처 항아리 안으로 들어가지 못한 백함의 발목을 할퀴었다. 타는 듯한 통증이 느껴지더니 순식간에 온몸이 마비되는 것 같았다. 백함은 그대로 항아리 바닥으로 굴러 떨어졌다.

착혼(捉魂)꾼도 백함을 따라 항아리 속으로 돌진했다. 그러나 입구를 통과하지 못한 채 거센 힘으로 튕겨져 나오고 말았다.

아깝다. 한 발 늦었군.

눈앞에서 먹이를 놓친 맹수처럼 착혼꾼이 아쉽게 입맛을 다셨다. 하지만 성과가 없는 것은 아니었다. 손톱 끝에 무언가 투명한 것이 물방울처럼 대롱대롱 매달려 있었다. 혼백에게서 떨어져 나온 살점. 즉, 그의 기운이었다.

착혼꾼은 소매 안에서 작은 주머니 하나를 꺼내 그 속에 백함의 흔적을 넣었다. 이것만 있다면 지상을 떠돌고 있는 저 혼백을 다시 쫓을 수 있을 것이었다. 그보다 급한 것은, 혼백이 나타났다는 것을 차사에게 보고하러 가는 일이었다.

(2권에서 계속)